[武汉战疫日记]

THE BATTLE FOR WUHAN
DIARIES OF JOURNALISTS ON THE COVID-19 FRONTLINE

新华社武汉前方报道团队 ◎ 著

新华出版社

图书在版编目（CIP）数据

武汉战疫日记 / 新华社武汉前方报道团队著.
-- 北京：新华出版社, 2020.7
ISBN 978-7-5166-5243-5

Ⅰ. ①武… Ⅱ. ①新… Ⅲ. ①纪实文学 – 作品集 – 中国 – 当代
Ⅳ. ①I25

中国版本图书馆CIP数据核字（2020）第133754号

武汉战疫日记

作　　者：	新华社武汉前方报道团队
选题策划：	梁相斌　刘　刚　唐卫彬
特约编辑：	周甲禄　张旭东　皮曙初　李鹏翔　吴箫剑
责任编辑：	张程
封面设计：	刘宝龙
出版发行：	新华出版社
地　　址：	北京石景山区京原路8号　邮　编：100040
网　　址：	http://www.xinhuanet.com/publish
经　　销：	新华书店、新华出版社天猫旗舰店、京东旗舰店及各大网店
购书热线：	010－63077122　中国新闻书店购书热线：010－63072012
照　　排：	六合方圆
印　　刷：	三河市君旺印务有限公司
成品尺寸：	170mm×240mm
印　　张：	25　字　数：355千字
版　　次：	2020年7月第一版　印　次：2020年8月第一次印刷
书　　号：	ISBN 978-7-5166-5243-5
定　　价：	98.00元

版权专有，侵权必究。如有质量问题，请与出版社联系调换：010-63077124

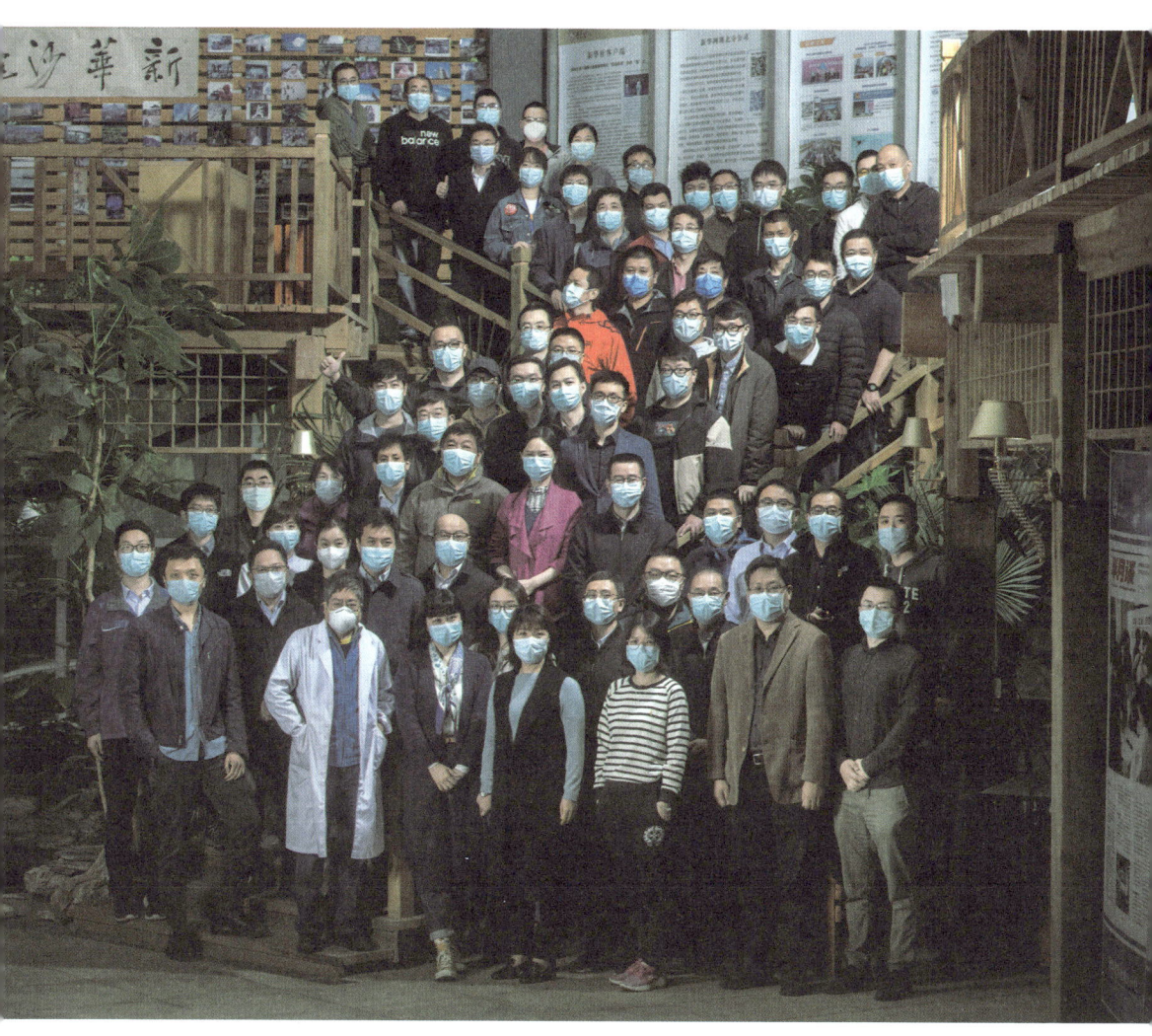

新华社武汉前方报道团队合影

无愧于党和人民的信任重托
（代序）

新华社党组书记、社长　蔡名照

看到大家胜利完成武汉抗疫报道任务，身体健康、精神饱满回到北京，我心里由衷地高兴。首先，我代表社党组和全社干部职工，热烈欢迎同志们凯旋，向你们表达诚挚问候，对你们的勇气和付出致以崇高敬意！

新冠肺炎疫情发生以来，在以习近平同志为核心的党中央坚强领导下，全党全国人民同心协力、共克时艰。新华社深入学习贯彻习近平总书记关于疫情防控重要讲话精神，坚决落实党中央决策部署，社党组第一时间启动重大突发公共事件报道应急机制，成立疫情防控工作领导小组，并在武汉设立前方报道指挥部，成立临时党支部和孝感、黄冈两个党小组，充分发挥党组织战斗堡垒作用和党员先锋模范作用，统筹推进疫情防控和宣传报道工作。全社同志闻令即动、尽锐出战，全面动员、全力以赴，忠实履行党中央"喉舌""耳目"职责，为打赢疫情防控的人民战争、总体战、阻击战提供了有力舆论支持。

"疫情就是命令，现场就是战场。"面对前所未有的严峻疫情和艰巨任务，前方全体同志大力弘扬对党忠诚、勿忘人民、实事求是、开拓创新的新华精神，不畏艰险、克服困难、奋勇争先、冲锋在前，充分彰显了新华人的政治本色。湖北分社同志一直坚守在抗疫报道一线，不顾安危、忘我工作；总社很多同志主动请缨，在最危险的时刻驰援武汉；不少在鄂探亲休假的总社部门和其他分社采编人员就地结束休假、投入战斗。在重症病房"红区"，在火神山、雷神山医院建设工地，在街道社区防控一线，在救援物资转运现场……到处都有新华社记者的身影。大家日夜奋战在抗疫最前沿，以坚定的政治信仰、精湛的业务水准、过人的勇气胆识圆满完成了党中央赋予的重要使命，展现出特别能吃苦、特别能战斗、特别能奉献的优秀品质和敢打硬仗、能打胜仗的顽强作风，用实际行动践行了党的新闻工作者的初心使命。

这次疫情是对新华社履职能力的一次重大考验。前方同志以高度的政治责任感和使命感投入报道，采写了一大批有思想、有温度、有力量的优秀作品，充分发挥了统一思想、坚定信心、鼓舞斗志、凝聚力量的作用。旗帜鲜明宣传核心、维护核心，围绕习近平总书记亲自指挥亲自部署疫情防控工作精心组织策划报道，采写了《党旗，高高飘扬在防控疫情斗争第一线》《将战"疫"进行到底！》《不获全胜不收兵》等一批重磅稿件，深入宣传总书记重要讲话精神，全面展现总书记团结带领全党全国人民英勇战疫的非凡壮举。深入人民群众和基层一线采访报道，推出《武汉战"疫"凝聚中华民族磅礴力量》《英雄的城市，英雄的人民》《壮哉，大武汉》等重点作品，充分反映各级党组织和党员干部的战斗堡垒作用和先锋模范作用，深入宣传广大医务工作者不怕牺牲、无私奉献的先进事迹，生动讲述武汉人民、湖北人民、中国人民众志成城、英勇抗疫的鲜活故事，极大鼓舞了干部群众战胜疫情的信心决心。面对复杂舆论态势，敢于斗争、善于斗争，加强热点问题舆论引导，以权威声音凝聚共识，及时澄清谣言、批驳谬误，推出的《武汉新冠病例新增清零鼓舞世界》《武汉：一座城市的牺牲与贡献》等对外报道，被海外主流媒体广泛转引，发出积极正面声音，有效影响国际舆论。事实证明，新华社不愧为党的新闻舆论工作主力军主渠道主阵地，我们这支干部队伍不愧为一支召之即来、来之能战、战之能胜的精锐之师。

参加抗疫斗争，对于大家来讲是人生中一段不平凡的经历，是一笔宝贵的精神财富。大疫大考是一场政治历练，能够锤炼思想作风、砥砺意志品格，锻造斗争精神、增强业务本领。我们落实习近平总书记要求，增强脚力、眼力、脑力、笔力，归根到底要在社会大课堂中经风雨、见世面，在实践大熔炉里壮筋骨、长才干。只有经过重大斗争的考验，经过社会实践的磨炼，才能成为一名合格的党的新闻工作者。相信通过抗疫斗争的报道实践，大家对坚决做到"两个维护"有了更加深刻的领会，对中国特色社会主义制度的显著优势有了更加深入的认识，对蕴藏在亿万人民中的磅礴力量有了更加真切的感知，政治上、思想上、业务上、作风上都会上一个新的台阶。

社党组高度重视前方同志的身体健康和生命安全，时刻把大家的安危放在心上，指导武汉前指采取最严格的防护措施，向湖北分社下拨疫情防控专用款，想方设法送去口罩、护目镜、防护服等防疫物资，从总社选派医务人员奔赴前方，同时还成立一线人员家属保障工作专班，努力帮助大家解除后顾之忧。这次在武汉采访报道的全体同志无一人感染新冠肺炎病毒，湖北分社干部职工也都安然无恙。同志们今天从武汉返回，我们按照中央要求和北京市防控规定安排大家在小汤山基地进行集中观察。办公厅、总编室、机关管理服务中心要落实工作责任，对相关服务保障工作细致安排，确保大家在此期间得到周到照顾。

最后，希望大家安心休养、调整状态，以更加充沛的精力、更加饱满的热情、更加昂扬的面貌返回工作岗位，同全社同志一道，立足本职、扎实工作，拼搏进取、再建新功，为加快建设国际一流的新型世界性通讯社作出更大贡献，更好地担负起举旗帜、聚民心、育新人、兴文化、展形象的使命任务，更好地服务党和国家工作大局。

再次向大家致以崇高敬意！

（本文是蔡名照同志2020年4月22日在看望返京总社增援武汉前方人员时的讲话摘编）

大考中交出优异答卷
（代序）

新华社党组副书记、总编辑　何平

今天是4月22日。3个月前的这个时候，武汉"封城"在即。在这惊心动魄、艰苦卓绝的90多个日日夜夜里，你们和湖北分社全体同志一起组成前方报道团队，临危受命，逆行出征，不畏艰险，深入一线，战斗在没有硝烟的战场，充分体现了新华人的红色气质，彰显了党的新闻工作者的使命担当，诠释了什么是增强"四个意识"、怎样做到"两个维护"，为打赢疫情防控阻击战提供了有力舆论支持。

武汉和湖北是全国抗击新冠肺炎疫情的主战场。面对前所未有的严峻疫情，新华社武汉报道团队勇于担当，忠诚履职，不负重托，不辱使命，播发各类稿件1万多条，深入宣传习近平总书记一系列重要讲话和党中央重大决策部署，及时反映疫情发展最新动态，广泛传播疫情防控科学知识，用心用情书写抗"疫"一线感人事迹，推出一大批镇版刷屏之作，充分发挥了强信心、暖人心、聚民心作用。

如果说这次大疫是一场大考，那么参加抗疫报道的全体同志交出的是一张优异答卷。

首先，这是一张政治过硬的答卷。疫情就是命令，报道就是使命。

政治上是否过硬，主要看关键时刻能否冲得上去，危难时刻能否豁得出来。面对凶险疫情，新华社武汉报道团队全体同志挺身而出，冲锋在前，将个人安危置之度外，把家庭困难抛在一边，发扬特别能战斗、特别能奉献的优秀品质和敢打硬仗、能打胜仗的顽强意志，在高强度、快节奏的报道和防疫压力中，每天工作超过十几小时，夜以继日，连续奋战，足迹遍布隔离病房、方舱医院和街道社区，先后派出50人次进入医院"红区"采访，并在疫情仅次于武汉的孝感、黄冈成立报道组，组织10余支小分队深入湖北其他市州采访，充分发挥了新华社舆论引导的主力军主渠道主阵地作用。

其次，这是一张本领过硬的答卷。沧海横流，方显英雄本色。在此次战疫报道中，新华社武汉前方报道团队践行"四力"要求，发挥融合优势，坚持内外并重，用手中的笔和镜头，记录可歌可泣的历史一幕，书写气壮山河的英雄史诗。从《党旗，高高飘扬在防控疫情斗争第一线》等重点稿件，到《致敬！身上挂满药袋的人》等小切口报道，从《拼渐冻生命 与疫魔竞速》等医护人员先进典型报道，到《致敬"沉默的英雄"》等各行各业战疫群像报道，从《壮哉，大武汉》等镇版之作，到《英雄之城》等刷屏之作，每一段描写、每一组镜头背后都倾注着对人民的大爱深情，每一个词语、每一帧画面都记录着英勇悲壮的战"疫"历程，为中华民族铭刻下不可磨灭的历史记忆。

第三，这是一张作风过硬的答卷。召之即来、来之能战、战之能胜，是新华人优良的传统作风。突如其来的疫情，对新华社武汉前方报道指挥部的应急反应能力、组织指挥能力、统筹协调能力、后勤保障能力、安全管控能力等，都是严峻考验。按照社党组要求，前方指挥部充分发挥党组织战斗堡垒作用，迅速成立增援人员临时党支部，并举行2场"火线"入党仪式,先后发展5名新党员,让党旗在防控疫情斗争第一线高高飘扬,增强了报道团队的凝聚力和战斗力。前指将来自总社11个部门、湖北分社和全国其他4个分社的采编人员统一指挥、统一调度,大家众志成城,团结拼搏,牢牢坚持正确舆论导向,努力创新报道方法手段,准确把握时度效,忠实履行党的喉舌耳目职责,圆满完成报道任务。

在同志们凯旋之际,我为你们倍感骄傲和自豪,向你们表示由衷敬意和感谢!

当前,全国已经进入到统筹推进疫情防控和经济社会发展工作的新阶段。希望你们按照习近平总书记最新讲话要求和党中央最新决策部署,将武汉抗疫报道形成的好经验、好作风总结发扬,在打赢疫情防控的人民战争、总体战、阻击战,和决胜全面建成小康社会、决战脱贫攻坚这一重大主题报道中,再显身手,再立新功。

(本文是何平同志2020年4月22日在看望返京总社增援武汉前方人员时的讲话摘编)

目 录
CONTENTS

无愧于党和人民的信任重托（代序） …………………………… 蔡名照 / 1

大考中交出优异答卷（代序） …………………………………… 何　平 / 5

一、应对突发疫情

2020 年 1 月 20 日　确定"人传人"武汉成立防控指挥部 ………………… 2

　　　　　　　　　　附录：警报是这样拉响的 ………………………………… 4

2020 年 1 月 21 日　武汉实施管控措施 …………………………………………… 9

2020 年 1 月 22 日　二级应急响应启动 …………………………………………… 14

2020 年 1 月 23 日　武汉"封城" ………………………………………………… 18

2020 年 1 月 24 日　重症隔离病房里的除夕夜 …………………………………… 22

　　　　　　　　　　"火神""雷神"齐上阵 ……………………………………… 26

2020 年 1 月 25 日　江城最特殊的"跨年" ……………………………………… 30

2020 年 1 月 26 日　八方驰援　众志成城 ………………………………………… 34

2020 年 1 月 27 日　"不动"也是一种战疫的姿态 ……………………………… 37

| 2020年1月28日 | 今天他们出院了！ | 41 |
| 2020年1月29日 | 按下"暂停键"的一周 | 45 |

二、打响人民战争

2020年1月30日	打响疫情防控的人民战争	50
2020年1月31日	走进疫情"风暴眼"武汉金银潭医院	55
	附录：张定宇：渐冻生命与疫魔竞速	59
2020年2月1日	凡人亦英雄	63
2020年2月2日	没有一个冬天不可逾越	67
2020年2月3日	农村战疫开启攻坚模式	70
2020年2月4日	至暗时刻的关键之举	74
2020年2月5日	她的建议改变了诊断标准	79
2020年2月6日	遇见方舱"读书哥"	83
2020年2月7日	康复与牺牲	87
2020年2月8日	"武汉客厅"成了最大的方舱医院	89
	元宵节：未圆，将圆，会圆	93
2020年2月9日	"一省包一市"，近6000名医疗队员驰援湖北	96
2020年2月10日	火线上的紧急约谈	100
2020年2月11日	社区排查 干部"下沉"	103
2020年2月12日	战役在最薄弱之处打响	106
2020年2月13日	湖北和武汉更换"主官"	110
2020年2月14日	用车灯照亮她前行的路	113
2020年2月15日	国新办首次在鄂举行发布会	115
2020年2月16日	首次遗体解剖	119

2020年2月17日	武汉拉网式大排查	123
	生命之桥！生命之舟！	126
2020年2月18日	挺进"红区"	129
	战疫的一天	133
2020年2月19日	首次！新增治愈病例数超过新增确诊数	136
2020年2月20日	与国家同舟 与人民共济	138
2020年2月21日	数据有订正，有人被问责！	142
2020年2月22日	中央暖心"十策"的背后	146
	一个"无疫情村"的"战疫史"	150

三、形势渐趋缓和

2020年2月23日	严峻的形势有所缓和	154
	国新办记者见面会上的平凡英雄	158
2020年2月24日	戛然而止的旅途	162
	病毒"快递员"	166
2020年2月25日	走出被臆想的"围城"	169
2020年2月26日	雨衣妹妹：疫情不走，我不走	173
2020年2月27日	"ECMO"紧急大驰援	176
2020年2月28日	社区"药神"丰枫	180
2020年2月29日	新生命的"摆渡人"	184
	奋战抗疫一线的人民警察	186
2020年3月1日	武汉日增数百确诊病例追踪	189
	决胜之地的三场战斗	193
2020年3月2日	科技是最有力的武器	197

	附录：与时间赛跑，用疫苗捍卫生命	201
2020年3月3日	友谊小区封控下的生活	205
2020年3月4日	奋战在抗疫一线的"90后"	208
2020年3月5日	"疫"线闪耀"火焰蓝"	212
2020年3月6日	留守外国人与武汉共度时艰	215
2020年3月7日	武汉雷神山医院的"摆渡人"	218
	青椒肉丝引出的爱心食堂	221
2020年3月8日	巾帼英雄战疫魔	224
2020年3月9日	一个长江边村庄的抗疫之路	228
	最后的方舱之夜	232

四、春天脚步近了

2020年3月10日	习近平在湖北省考察新冠肺炎疫情防控工作	238
	16家"方舱"靠岸停泊	244
2020年3月11日	疫情防控阻击战的关键时刻	247
2020年3月12日	春天的脚步近了	251
2020年3月13日	打好后勤保卫战	255
2020年3月14日	部分医院回归正常	258
	"战友"相隔11年的见面	261
2020年3月15日	人民子弟兵奋勇战疫	264
2020年3月16日	"三药三方"进入全球视野	268
	我的血液，你的生命	272
2020年3月17日	逆行天使，今日回家	275
2020年3月18日	数据首次归零！	279

2020年3月19日	与病毒较量的幕后英雄	283
2020年3月20日	春分时节的武汉	287
2020年3月21日	与死神赛跑的他	292
2020年3月22日	追踪一位无症状感染者	295
2020年3月23日	珞珈山上"云赏樱"	299

五、按下"重启加速"键

2020年3月24日	在艰难中按下"重启加速"	304
2020年3月25日	解除离鄂通道管控	308
2020年3月26日	医疗废物去哪了？	312
2020年3月27日	这熟悉的日常，把武汉人看哭了	317
2020年3月28日	"烟火味"武汉等你来"过早"	321
2020年3月29日	人间有爱，海棠花开	326
2020年3月30日	壮哉，英雄的武汉人民	331
2020年3月31日	告别一季度，武汉迎来振奋人心的好消息	335
	不负春光 负重前行	339
2020年4月1日	"主战场"化危为机科学应变	343
2020年4月2日	这些烈士会被永远铭记	346
2020年4月3日	走近战疫背后的"沉默英雄"	348
	附录："火神""雷神"同日休舱	351
2020年4月4日	流泪是为了更勇敢地前行	355
2020年4月5日	20万滞鄂人员返京	358
2020年4月6日	夕阳下的送别	361
2020年4月7日	等待曙光到来	365

2020年4月8日　76天后，武汉解封	368
附录：武汉在院新冠肺炎患者清零	372
后　记	374
《武汉战疫日记》作者名单	379

一

应对突发疫情

2020年1月20日
确定"人传人" 武汉成立防控指挥部

1月20日,新华社播发消息《习近平对新型冠状病毒感染肺炎疫情作出重要指示 强调要把人民群众生命安全和身体健康放在第一位 坚决遏制疫情蔓延势头 李克强作出批示》,引发社会广泛关注。

当天,在国家卫健委组织的一场高级别专家组记者会上,钟南山院士代表专家组发出警示通报:"新型冠状病毒传染已确认存在人传人和医务人员感染。"

国家卫健委决定从1月20日起在全国范围内实行病例日报告和零报告制度。

这一天,人们开始意识到疫情的严重性,武汉的抗疫之战由此进入一个新阶段。

自从2019年12月底武汉发现"不明原因肺炎"病例并上报,已过去20多天,武汉当地的医卫部门开展了一系列应对行动。但在最初的通报中,都一直说"未

钟南山(刘大伟 摄)

见人传人"。

1月14日,武汉市卫健委在疫情通报中有了新的提法:"不排除有限人传人。"这是官方第一次公开表示可能"人传人"。但是,当时这个通报并不广为人知。

实际上,这段时期,神秘的病毒正在以人们意想不到的速度扩散。到1月19日,广东、浙江、北京、上海、四川、广西、云南等地陆续发现确诊或疑似病例。

1月20日,武汉市成立新型冠状病毒感染的肺炎疫情防控指挥部,统一领导、指挥全市疫情防控工作。武汉市卫健委通报两日内新增确诊病例136例,累计通报确诊病例增至198例。

这时,国家卫生健康委成立了新型冠状病毒感染肺炎应对处置工作领导小组,指导地方做好疫情应对处置工作。国务院批准将新冠肺炎纳入法定传染病,国家卫健委发布1号公告,将新冠肺炎纳入乙类传染病,采取甲类管理措施。

为应对越来越多的患者,20日,武汉市公布发热门诊医疗机构和定点救治医疗机构名单,确定全市61家医院开辟专门的发热门诊,其中中心城区41家;定点医疗机构9家,其中中心城区3家。还组建省市联合医疗救治专家组,由来自武汉同济医院、协和医院等10家医院的25名专家组成。

补记:从后来专家发表的论文可以看出,当时感染者在快速增多。

2月17日,中国疾控中心专家在《中华流行病学杂志》发表《新型冠状病毒肺炎流行病学特征分析》报告,分析了截至2020年2月11日中国内地传染病报告信息系统中上报的新冠肺炎病例,发现从1月10日开始,病例陡然上升,随后便开启了几乎无法遏制的增长态势,1月11日至20日暴增。这其中主要是武汉的病例。(周甲禄)

扫码收看
与钟南山面对面
(上)

扫码收看
与钟南山面对面
(下)

附录：
警报是这样拉响的

2019年12月30日，武汉大地沉浸在一片新年的喜庆之中。

即将过去的2019年让武汉人格外自豪。10月份，第七届世界军人运动会在武汉举行，"九省通衢"吸引了全球目光，人们豪情满怀。

然而，正当武汉人满怀信心憧憬着美好未来时，一场灾难悄然来临。

30日晚，一份《市卫生健康委关于报送不明原因肺炎救治情况的紧急通知》在网上广泛传播。通知说："根据上级紧急通知，我市华南海鲜市场陆续出现不明原因肺炎病人，为做好应对工作，请各单位立即清查统计近一周接诊过的具有类似特点的不明原因肺炎病人，于今日下午4点前将统计表报送至市卫健委医政医管处邮箱。"

原来，几天前，武汉市多家医院陆续收治了一些不明原因肺炎患者。湖北省中西医结合医院呼吸内科主任张继先发现这些肺炎患者不同寻常，凭着对传染病疫情的高度敏感，她立即将情况报告给了疾控部门，疫情的警报就此拉响。

12月26日，中西医结合医院门诊接诊了一位老太太，有发烧、咳嗽喘气、呼吸困难等症状，因病情比较严重，收到了住院部。病人的甲流、乙流、支原体、衣原体等常规流感检查结果都显示为阴性，这让住院部医生感到奇怪。张继先了解情况后，给老太太拍了肺部CT片，虽然病人咳嗽等症状看起来像是流感或普通肺炎，但CT片的结果与两者有明显的区别，肺上有些特殊的表现。

27日，医院神经内科又请张继先为一位老先生会诊，老先生有乏力症状，因本身有糖尿病就被收治到神经内科去了，但给老先生做肺部CT，发现肺部一大片炎症，立即转入呼吸科。两位老人前后住进了呼吸科，才发现原来他们是夫妻，而且两人的病症和CT结果都出奇相似。

张继先当时就觉得这极不正常。得知老两口都是由儿子送到医院的，她就赶紧让他们的儿子来医院接受检查，他儿子说自己没有什么特殊症状，不是很愿意来。

在张继先的坚持下，老两口的儿子也来医院做了检查，一看CT，肺部也有类似症状，但是症状不重。

"哪有一家子三个人得一样的病？这说明这病可能有传染性。"张继先一下子警觉起来。

这一天，医院还来了一个华南海鲜市场的商户，一样的发烧、咳嗽，一样的肺部表现。

张继先给这些患者做了甲流、乙流、鼻病毒、衣原体、支原体、合胞病毒、腺病毒等与流感相关的检查，全部呈阴性。

两天内接连出现4个肺部同样表现的病人，张继先心里涌起疑团。她告诉记者，他们几人做了很多排除检查，血象检查是病毒感染，当时比较确定是一种病毒性肺炎。但是具体是什么病毒，没人知道。CT影像给人感觉这不是一般病毒，跟常见的病毒不太一样。

在2003年"非典"疫情防治期间，张继先是武汉市江汉区专家组成员，那时她的工作是到各个医院排查疑似患者，这段经历让她对传染病疫情始终保持高度敏感。

12月27日下午，她把这四个人的情况向医院做了汇报，医院上报给江汉区疾控中心。江汉区疾控中心就来做了流行病学调查。与此同时，她在呼吸科的病房中隔出了一块区域，将4个病例统一安排在这个相对封闭的地方，她还要求隔离区内的所有医疗用品均不可与其他病人混用。

接下来的两天里，张继先所在的科室又陆续收治3名病人，都与之前一家三口有类似症状。一开始医院并不知道这3人来自哪里，后来把他们放到一个区域治疗，他们相互认识，才知道都是华南海鲜市场的，有的是摊主，有的在里面打工，来医院之前他们还在同一家门诊打过针看过病。

张继先一看,心里的疑团更大了:同一个地方发病有7个人,肯定有问题。她立即又向医院进行了报告,并建议医院召集多部门会诊。

29日下午两点钟左右,医院立即召集了呼吸科、院感办、心血管、ICU、放射、药学、临床检验、感染、医务部的10名专家对7个病例逐一讨论:影像学特殊,全身症状明显,实验室检查肌酶、肝酶都有变化。

专家们一致认为,这种情况确实不正常,和以前知道的病都不一样,要引起高度重视。同时他们了解到还有两例类似病史患者,已到华中科技大学同济医学院附属同济医院(下称"武汉同济医院")、武汉协和医院去治疗,留下来的地址也是华南海鲜市场。医院立即决定:直接向湖北省、武汉市卫健委的疾控处报告。

12月29日,省、市卫健委疾控处接到报告后,指示武汉市疾控中心、金银潭医院和江汉区疾控中心,来到湖北省中西医结合医院开始流行病学调查。

29日晚上,传染病定点医院——武汉市金银潭医院业务副院长黄朝林和ICU主任吴文娟火速抵达湖北省中西医结合医院,逐一查看了7例病患。当晚11点多,就转走了其中6位病人前往金银潭医院进行治疗。还有1人留在湖北省中西医结合医院治疗,并于2020年1月7日治愈出院,就是前面说的三口之家中的那位儿子。

当晚,黄朝林就和中西结合医院领导商量,向有关部门提出关停华南海鲜市场建议。三天后,这个市场休市整治。

张继先还告诉记者,当时感觉这病会人传人,只是不明显。那个三口之家,儿子平时很少和父母一起住,老人生病了之后,儿子才回去照顾了几天,然后带来看病,发现了同样的病症,那这一家可以确定人传人了。

"因为我们知道它至少是个病毒,会传染。就像甲流、乙流也是个传染病,它也有传染性,甲流乙流引起的肺炎比这个要轻些。"她说。从这天起,她要求所有呼吸科医护人员戴口罩。随后,她又嘱咐科室人员在网上订购了30套细帆布做的白色工作服,让大家穿在身上。

最初,人们都以为疫情发源于华南海鲜市场,但张继先告诉记者,他们反复问过最初来看病的一家三口,他们都没有去过华南海鲜市场,和海鲜市场没有关系。这家人住在中西医结合医院附近,离华南海鲜市场不远,他们当时不知道华南海鲜市场有人也得了同样的病。

张继先以超强的专业敏感意识,最早判断并坚持上报新型冠状病毒感染肺炎疫情,成为第一个为疫情防控工作拉响警报的人。

据湖北省中西医结合医院官网介绍,该医院又名湖北省新华医院,是湖北省卫生健康委员会直属的国家三级甲等综合性医院。医院现有职工1200余人,其中有中高级技术职称者513名,博士、硕士300余人。

在医院官网"新华名医"栏目中,张继先排在第九位。点开她的名字,内有对她的介绍:"呼吸内科主任、主任医师、医学硕士,湖北省医学会中西医结合协会呼吸分会常委……擅长呼吸系统各种疑难重症、慢性阻塞性肺疾病及其并发症、支气管哮喘、肺间质性疾病、肺部肿瘤等疾病的诊治。"

就在张继先上报疫情信息后不久,2019年12月31日凌晨,国家卫健委派出工作组、专家组赶赴武汉市。次日,国家卫健委成立疫情应对处置领导小组。

2020年1月7日,习近平总书记在主持召开中共中央政治局常务委员会会议时,对做好不明原因肺炎疫情防控工作提出要求。

在此前后,对病毒的研究和了解正在提速:1月2日,中国疾控中心、中国医学科学院收到湖北省送检的第一批4例病例标本,即开展病原鉴定。5天后,中国疾控中心成功分离新型冠状病毒毒株。1月8日,国家卫健委专家评估组初步确认新冠病毒为疫情病原。世界卫生组织表示,在短时间内初步鉴定出新型冠状病毒是一项显著成就。

1月10日,中国疾控中心、中国科学院武汉病毒研究所等专业机构初步研发出检测试剂盒,武汉市立即组织对在院收治的所有相关病例进行排查。

1月12日,武汉市卫健委首次将"不明原因的病毒性肺炎"更名为"新型冠状病毒感染肺炎"。中国向世卫组织提交新型冠状病毒基因组序列信息,在全球流感共享数据库(GISAID)发布,全球共享。

1月15日，国家卫健委发布新型冠状病毒感染肺炎第一版诊疗方案、防控方案。3天后发布第二版诊疗方案。

1月18日至19日，国家卫健委组织国家医疗与防控高级别专家组赶赴武汉市实地考察疫情防控工作。19日深夜，高级别专家组经认真研判，明确新冠病毒出现人传人现象。

2月4日，湖北省人力资源和社会保障厅、省卫生健康委员会决定，给予张继先记大功奖励。（周甲禄）

张继先为疫情防控拉响警报

2020年1月21日
武汉实施管控措施

1月21日起,武汉市对进出武汉人员加强管控,武汉市旅游团队不组团外出,公安交管部门对进出武汉的私家车辆进行抽检,检查后备厢是否携带活禽、野生动物等。

截至1月21日24时,国家卫健委收到国内13个省(区、市)累计报告新型冠状病毒感染的肺炎确诊病例440例,报告死亡病例累计9例,新增3例,全部为湖北病例。报告新增冠状病毒感染的肺炎确诊病例149例。

21日晚,武汉市委、市政府发布给市民朋友的一封信,呼吁武汉市民:"从我做起,从现在做起,从每一个卫生习惯做起,你能,我能,武汉能!"

武汉,这座曾经迎战过特大洪水、抗击过SARS疫情的城市,再一次站到了新型冠状病毒防控的前排。

武汉市卫健委21日凌晨发布消息称,目前武汉市共有15名医务人员确诊为新型冠状病毒感染肺炎病例,另有1名为疑似病例。16名患者中,危重症1例,其余病情稳定,均已隔离治疗。

作为疫情防控的主力军,医务人员感染是疫情升级的信号,也让人流密集的医院成为公众关注的焦点。

我21日在同济医院看到,这家医院设立了相对独立的发热门诊,来该门诊就诊的患者基本都已佩戴口罩,接诊医生则身穿两层隔离服,并佩戴口罩、护目镜、手套和脚套。

同济医院门诊办公室主任兼临时党支部书记李刚说,医院已启动三级预检分诊机制,发现疑似发热患者会引导其去发热门诊确诊。对于高度怀疑新型冠状病毒患者会根据病情进入留观病房,并采样送到疾控中心进一步检测,一旦确诊就会转到定点医院进行治疗。

同济医院有关负责人介绍，在初期出现一家三口感染的病例后，医院就已感到病毒传染性较强，随即对医务人员启动二级防护。由于加强防护启动较早，措施到位，医务人员感染控制得比较好。

当前正值春运高峰，"九省通衢"的武汉仅三大火车站的到发人数每天就高达六七十万人，火车站的防护情况牵动人心。

武汉火车站当日到发人数超过18万人，进出站口、候车厅等地人头攒动。一眼望去，大多数人并没有佩戴口罩。东进站口门口处停有两辆救护车，不时有穿白大褂、戴口罩的医护人员进出。进站口处还设有几台红外体温快速筛查仪，每位进站人员的体温都会在电脑上显示。

与武汉华南海鲜市场一街之隔、人流量更大的汉口火车站，其疫情防护措施与武汉火车站并无二致。

在武汉天河国际机场，旅客进入T3航站楼前，需先经过红外识别设备检测体温。全日空航空公司职员李先生告诉我，21日全日空航空公司所有员工均戴口罩上班，天河机场中大约半数旅客戴上了口罩。截至1月20日，天河机场共开展体温检测近141万人次，发现63名发热人员，排除阳性病例36例。

我在武汉市大街小巷走访发现，街上戴口罩的行人明显增多，许多药房出售的专业防护口罩、板蓝根等全面脱销，可谓"一罩"难求。一些药店还出现排队抢购口罩、加价卖口罩的现象。

在武汉市武昌区黄鹂路老百姓大药房，前来购买口罩的群众排起长队。很多群众一进药店就问有没有防护口罩，但药店专业防护口罩已经卖断货，只剩一些医用一次性口罩。店员还推荐购买"防病毒口服液"。一位店员说："这是公司推荐的预防药品，我们自己也在喝。"在沙湖路普安药房，一位妇女一边咳嗽一边购买口罩，周围群众见状赶紧躲闪。这位妇女告诉我，前阵子她开始咳嗽，但一直忙着准备春节，没时间去看医生。这几天咳嗽加重，听说肺炎可能传染，她准备先到药店买口罩，再去医院就医。

我所在的几个微信群都在热烈讨论去哪里购买口罩。在几个网络购物平台，防护级别较高的N95医用口罩已经脱销。

多家中小学培训机构均已发出通知，暂停所有课程，春节后等待通知。不少人因为疫情取消回老家或到外地旅行的计划，更多人主动减少聚会，采取防护措施。家住武昌区的吴女士说，她身边改变行程留在武汉的朋友很多，她自己也已经把订好的回家过年的票退掉了，几场早就约好的饭局也推掉了，"这个春节我就在家蹲着，哪儿都不去了"。

随着疫情蔓延扩散，从中央到地方迅速升级了疫情防控措施。

21日晚，国家卫生健康委网站发布消息称，已牵头成立应对新型冠状病毒感染肺炎疫情联防联控工作机制，成员单位共32个部门，下设疫情防控、医疗救治、科研攻关、宣传、外事、后勤保障、前方工作等工作组，分别由相关部门负责同志任组长，明确职责，分工协作，形成防控疫情的有效合力。

湖北省委21日召开省委常委会会议，明确要求各地各部门落实属地管理责任，做到"内防扩散、外防输出"，加强春运期间流动人口管理，在各离汉通道采取严格筛查检测措施等。湖北省委强调，要加强信息披露，回应社

1月21日，武汉实施进出人员管控。（肖艺九　摄）

会关切，坚持公开透明原则，及时准确向社会公开疫情和防治工作进展，坚决杜绝瞒报、漏报、迟报和错报、谎报；加强政策措施宣传解读，广泛宣传疫情防护知识，提高公众自我保护意识和能力。随后，湖北省政府召开省政府常务会议，部署落实相关工作。

武汉市卫生健康委员会副主任彭厚鹏在 21 日召开的新闻发布会上介绍，根据疫情实时发展情况，武汉市正采取及时措施进行防控。

首先，全力以赴救治患者，对重症患者采取一人一医疗团队、一人一诊疗方案开展诊疗。武汉市按照诊疗方案，集中患者、集中资源、集中专家、集中收治、增设救治患者床位。3 家定点医院设置床位 800 张，其他直属医疗机构将腾出 1200 张床位。全市设有 61 家发热门诊。

其次，实行"五大医院包保定点医院""一大医院包保一重症病区"的包保措施。同济医院、协和医院、湖北省人民医院分别包保武汉市金银潭医院 3 个重症病区；中南医院、中部战区总医院分别包保市肺科医院 2 个重症病区，5 家大医院各派出近 30 名医务人员 24 小时值守，开展病人医疗救治工作。并从全市抽调一批骨干医务人员支援定点收治医院。

再次，加强密切接触者管理。继续对密切接触者实施"一人一档、一区一督导"，同时采取社区干部、网格员、医务人员等"三包一"的方式，配备"五个一"，即一支体温计、一个口罩、一个表格、一支笔、一份宣传册，进行居家医学观察和健康宣教，对密切接触者实施分类监测管理，家属及其他一般人群密切接触者由区疾控中心和社区卫生服务中心入户随访，每日 1 次，累计 1.21 万人次。

最后，深化爱国卫生运动。开展为期 3 个月的冬春季爱国卫生运动。截至 20 日，全市 2313 个单位出动人员 4.41 万余人次、车辆 1950 次，清理垃圾 2399 余吨、卫生死角 1.4 万余处，更新健教宣传栏 1740 余个，开展宣讲活动 574 场，使用灭鼠设施 2.68 万余个。同时，组织 3 个工作督查组、3 个专家暗访评估组深入各区明察暗访。

彭厚鹏介绍，此前政策规定，凡是确诊的病人除医保报销外，医疗费全由政府兜底，现在则规定，凡是在各发热门诊留观的病人，门诊费也均由政府埋单。无论是门诊还是住院，基本实现患者零缴费。

陡然紧张的疫情，让公众对疫情相关信息的需求陡增，互联网上恐慌情绪蔓延，大量发热患者开始涌向医院，增加了交叉感染的风险。

当天，"新华每日电讯"微信公众号发出题为《公开透明是最好的疫情稳定剂》的评论。评论称，当前正值春节春运特殊时期，"九省通衢"的武汉人员流动量大、范围广，疫情现在还处于早期，疫情发展变化的不确定性较大。必须切实提高警惕，制订科学应对的方案，齐心协力打好这场没有硝烟的疫情防控攻坚战，坚决遏制疫情蔓延势头。

评论认为，科学防控首先要切实提高认识，真正在思想上重视起来，坚决摈弃形式主义和官僚主义。对于疫情防控这种事关人民群众生命安全和身体健康的大事，怎么重视都不为过——宁可把困难估计得大一些、风险估计得高一些、危害估计得重一些，也决不能有丝毫侥幸心理，决不能掉以轻心。

评论指出，公开透明是最好的疫情稳定剂。对于新型冠状病毒感染肺炎疫情这种关乎公共安全的事件，权威信息发布的缺位、失位、错位会误导公众，将群众暴露于肆虐的病毒中，贻误疫情防控的最佳时机。相反，及时发布权威、准确的信息，可以有效驱散谣言，更能缓解公众因不确定性带来的焦虑感和恐慌情绪。要及时客观发布疫情和防控工作信息，第一时间回应公众的各种疑虑和关切；同时，要科学宣传疫情防护知识，充分调动每个人的积极性，让个个提高警惕、人人科学防护，画好防止疫情扩散蔓延的最大同心圆。（王贤）

防控疫情重申"四早"，公开透明是最好的疫情稳定剂

2020年1月22日
二级应急响应启动

这一天,湖北省正式启动突发公共卫生事件二级应急响应。

这是为加强新冠肺炎防控工作、有效防止新冠肺炎传播、保障人民群众的身体健康和生命安全,根据《中华人民共和国传染病防治法》等有关法律法规的规定所作出的决定。

——应急响应启动后,湖北着力强化7大举措,切实强化疫情防控。具体内容包括:严格实行属地管理制度、严格实施隔离措施、加强社会面防控、严格疫情报告制度、加强医疗机构管理、做好物资保障工作、维护社会稳定等。

湖北各市、州、县将成立新型冠状病毒感染肺炎防控工作领导机构,统一负责本行政区域内的新型冠状病毒感染肺炎防控工作;区域内各单位(含中央在鄂单位、驻军、武警部队)不分行政隶属关系,都要接受统一领导、统一指挥、统筹协调。各地、各部门要各司其职,确保政令畅通,共同做好疫情防控工作。严格实施隔离措施。

湖北省明确要求,医疗机构要认真落实传染病预检分诊和发热门诊制度。各地要指定新型冠状病毒感染肺炎救治定点医疗机构并及时向社会公布。各级定点医疗机构对发现的新型冠状病毒感染肺炎患者,一律无条件收治,不得以任何理由拒收。治疗新型冠状病毒感染肺炎患者所发生的医疗费,由各地政府按规定解决。

此外,湖北对疫情报告实行属地化管理;对趁机制售伪劣产品、囤积居奇、哄抬物价、行骗牟利等扰乱市场秩序的行为,依法从严从快查处。

——社会面防控各项举措被逐一明确:加强流动人员管理、交通枢纽设体温检测点、对来自疫区的人员进行健康登记……

其中,湖北提出,加强流动人员管理,省内所有机场、车站、码头等交

1月22日，汉口火车站工作人员对进站旅客的体温进行监测。（肖艺九 摄）

通枢纽均设体温检测点，对所有进站人员实行体温检测，并做好健康登记；对检测发现有疑似症状的人员，实施临时隔离留验，并向地方卫生健康行政部门指定的医疗机构移交；城乡基层组织要对来自疫区的返乡人员和外来人员逐一进行健康登记，及时跟踪观察其健康状况，发现发热、咳嗽等情况应立即报告。

同时，湖北省政府强调，各地要严格控制外出开会、旅游、考察等活动，严格限制举办大型活动；要切实做好公共场所、集贸市场、餐饮食品生产经营单位的卫生管理和消毒工作，严防通过交通工具传播新型冠状病毒感染肺炎，尽力阻断新型冠状病毒感染肺炎病源进入校园。

各地、各部门要加强传染病防治法律法规及防治知识的宣传普及，提高群众健康素养。各医疗卫生机构、机场、铁路、车站、码头、海关等部门和单位的一线工作人员，以及交通工具、商场、餐饮、理发店等密切接触服务对象的工作人员，必须严格执行戴口罩上岗和其他必要的防护制度。

——佩戴口罩，成为明确要求。这天晚上，武汉市政府发布通告，决定在公共场所实施佩戴口罩的控制措施。国家机关、企事业单位工作人员在岗期间应当佩戴口罩。这是武汉市针对新型冠状病毒感染肺炎疫情防控采取的最新部署。

根据这项措施，武汉市各公共场所经营者应要求进入其场所的顾客在佩戴口罩后方可进入，并在入口处设置佩戴口罩的醒目提示，对未佩戴口罩进入场所者应当予以劝阻。

这些公共场所包括宾馆、饭馆、咖啡馆、酒吧、茶座、公共浴室、理发美容店、影剧院、音乐厅、体育场（馆）、游泳场（馆）、公园、展览馆、博物馆、美术馆、图书馆、商场（店）、书店、候车（机、船）室等人群聚集地。

同时，武汉市还要求国家机关、企事业单位工作人员在岗期间佩戴口罩。

武汉市还对这项措施的责任单位和第一责任人进行了明确。

根据这项措施，对不听劝阻的，将依据《中华人民共和国传染病防治法》和《公共场所卫生管理条例》的规定向相关主管部门报告，由各相关主管部门按照各自职责依法处理。

阻碍突发事件应急处理工作人员执行职务，触犯《中华人民共和国治安管理处罚法》，构成违反治安管理行为的，将由公安机关依法予以处罚；构成犯罪的，依法追究刑事责任。

——针对"四类人员"，要严格实施隔离措施。这四类人员，具体包括新型冠状病毒感染肺炎疑似病例、确诊病例，以及密切接触者、可疑暴露者。

其中，对确诊病例实施隔离治疗，根据有关诊疗方案符合出院标准的准予出院，解除隔离。对疑似病例实施医院内隔离医学观察，并尽快开展实验室排查工作；经实验室诊断排除新型冠状病毒感染的，可解除隔离。

对密切接触者及可疑暴露者，实行居家或集中隔离医学观察，观察期限自最后一次与病例发生无有效防护的接触或可疑暴露后14天。医学观察期间，如未出现发热、咳嗽、气促等急性呼吸道感染症状的，期满后可解除医学观察。

这一天，世卫组织总干事谭德塞通报的消息显示，世卫组织专家组赴武汉考察。

自上周末抵京，世卫组织专家组已在北京、四川和广东开展工作，22日前往武汉，意味着他们将继续在疫情中心区开展工作。

此前，谭德塞通报，该专家组汇集全球9个机构的流行病学、病毒学、临床管理、疫情控制和公共卫生专家，包括来自美国疾病预防控制中心、美国国家卫生研究院、俄罗斯国家肺结核和传染病医学研究中心、德国罗伯特·科赫研究所等机构的专家。

疫情是全世界的共同敌人，携手战疫已经开始！（梁建强、陈罡）

2020年1月23日
武汉"封城"

关于新冠肺炎死亡病例持续增加及15名医务人员感染的官方通报，彻底坐实了人们对这一新发疾病传染力和致命性的担忧。欲遏制病毒进一步扩散，必须出台强有力的措施。

23日凌晨2时，武汉市新冠肺炎疫情防控指挥部发布第1号通告，自当日10时起，武汉全市城市公交、地铁、轮渡、长途客运暂停运营；无特殊原因，市民不要离开武汉；机场、火车站离汉通道暂时关闭。对于一个有着千万人口的城市采取这样的举措，放眼古今中外，都无先例。但毫无疑问，这是必要之举。

上午10时，武汉市的道路上已看不到什么公交车。我在汉口常青花园公交枢纽站看到站内停满了公交车。武汉市公共交通集团第三营运公司服务主管彭冬梅说，公司负责的721路、792路公交已全部回到枢纽站，车辆在消毒后被贴上了封条，具体何时恢复运营待通知。10时15分，随着当日最后一班地铁列车到达终点站，全市地铁站已全部关闭。

我在武汉火车站看到，原本春运出行高峰人流汹涌的进站大厅空无一人，出站厅里显得空空荡荡。所有乘客只允许出站，不允许再进入。

在天河机场，大批乘客等待改签。我从多家航空公司获悉，截至上午10时，南方航空所有航班全部取消，其他航空公司的航班正在调整中。

一些计划返乡过年的市民选择私家车出行。自23日清晨起，在武汉多个高速公路出城口，等待出城的车辆排起了长队。我从武汉市公安交管等部门了解到，武汉市各大公路也将陆续封闭，原则上是只进不出。

午后，我在武汉龚家岭收费站看到，高速公路已经封闭，所有车辆不能驶上高速，现场有不少交警维持秩序，令车辆折返。据了解，除了龚家岭，

一 应对突发疫情

1月23日，武汉"封城"，一位旅客在武汉火车站广场。（程敏 摄）

小军山、汉南、北湖、花山、柏原、青龙、西湖站入口，以及京港澳高速武汉西、武汉北、蔡甸、永安等高速公路口全部封闭。

23日一早，武汉多家超市、药店出现排队集中购物情况。我在马池北路丰泽园生鲜市场、武昌岳家嘴武商量贩等多家超市看到，新鲜蔬菜基本销售一空。

我从家乐福华中区公共事务部了解到，超市已准备了从除夕到初三的货，现在货源充足，消毒液以及肉蛋禽水产都可以保证。家乐福超市全力紧急调配，哪怕亏钱也不涨价。公司还给予上班员工交通补贴。

在武汉市健康人、好药师等多家药房，客流量明显比往常多。市民集中购买预防药物、口罩、感冒药及体温计等。在环湖中路一家益丰大药房，我看到，大部分药品供应充足，但也有一些货架空了不少。

针对市场情况，武汉新冠肺炎防控指挥部上午发布第2号通告说，目前武汉市大宗商品、食品、医疗防护用品等储备充分、供应顺畅，请广大市民不用恐慌，不必囤积，以免造成不必要的浪费。

紧接着发布的第 3 号通告称，为做好社会各界捐赠武汉市抗击疫情的医用耗材、防护用品等物资接收调配工作，现开通 24 小时电话接收社会各界爱心捐赠。当日随后又跟进第 4 号通告，明确了武汉市慈善总会负责接受捐款和通用物资，武汉市红十字会负责接受医用耗材、防护用品等专项物资，并特别指出口罩需求量较大。

针对网传武汉加油站停止供油，武汉市商务局发布通知，称武汉市成品油经营企业充足，供应正常。油企启动应急预案，确保加油站 24 小时营业，不断档、不脱销。

采取加大防疫措施后，武汉这座城市深深牵动全国人民的心，一些重要举措正在有力支援武汉的"战场"。

交通运输部 23 日发出紧急通知，做好抵离武汉公路水路通道查控和疫情联防联控应急物资运输保障准备工作。各省级交通运输主管部门要同步建立省内应急联络机制，确保进入武汉的营运车船管控措施落实到位、应急保障车队按需组建到位。

23 日凌晨，工信部已经安排中央医药储备向武汉市紧急调用 1 万套防护服、5 万套手套。

多家电商平台明确表态：抵制涨价。从 21 日晚间至 22 日早间，淘宝、饿了么、苏宁易购、拼多多、京东、美团陆续发布通知，在特殊阶段，不允许平台在售的口罩等物资涨价，一旦发现价格异常将作下架处理。

为了保障武汉及其他地方的消费者能及时买到口罩等防护用品，部分区域生产企业迅速展开应对，多家上市公司、工厂已经在加急生产。

此外，全国各地的医院已开始有医护人员积极报名，随时准备赶赴武汉参加救治。

公共交通暂停令市民感到出行不便。有医院工作人员告诉记者，公共交通停摆后只能搭出租车上下班。可是，当天晚上 11 时许，武汉市新冠肺炎疫情防控指挥部发布第 5 号通告说：为更大范围切断病毒传播途径，自 24 日 12

时起,全市网约出租车停止运营;巡游出租车实行单双号限行。恢复时间另行通告。(吴植)

扫码收看

离汉通道关闭首日

2020年1月24日
重症隔离病房里的除夕夜

如果不看日历,很难相信这是除夕的武汉街头。

多数门店早已关门歇业,少量尚未关门的商超外,门口聚集了戴着口罩神情紧张的市民,他们在抓紧采购宅家的物资,看不见一丝节日气氛。

今天,湖北省新型冠状病毒感染的肺炎疫情防控指挥部通告,启动重大突发公共卫生事件一级响应。

我驾车沿着中北路朝南行驶,这条武昌区曾经最繁忙的道路车流稀疏,没有了往日接连不断的催促鸣笛。喜贺新春的大红灯笼在风中晃悠,一下下地撞击灯柱。格外萧条的街道,只是偶尔被呼啸而过的救护车唤醒。这一切,与往日迥异。

接连联系了几家医院,都不接受媒体去隔离区采访,"防护物资太紧张了,医护人员都已经不够用了""我们医院的防护物资只有两天的储备了,消耗量太大了",全是这样的答复,紧迫的语气里,甚至能感受到电话那端的慌乱和疲惫。

"该去哪里呢?"我自己反问着自己,这是作为记者独有的慌张——世界好像在发生剧变,而你却不知道哪里是你的战场。好在没过多久,武汉大学中南医院宣传部长高翔的回复让我眼前一亮,"我们医院防护物资暂时还比较充裕,来吧"。我从躺倒的座椅上弹了起来,挂挡出发,"可算是来活了。"

在武汉大学中南医院的门诊楼,我见到了挎着相机的高翔。他正带着其他媒体的两个同行采访著名妇产科专家李家福教授,他刚刚为一位发热的孕妇做了剖腹产手术。从家属不住的感谢中,我才得知,这位孕妇昨夜临盆在即,但是因为发热,一家人辗转四家医院都被拒绝接受。在疫情防控初期,这种混乱似乎随处可见。

高翔领着我来到了 5 号楼重症隔离病房一病区的门口，简单地交代，"已经跟彭主任说好了，你自己做好防护，不要离得太近，相机出来了之后就别用了，消完毒晾两天。"我点头应允，走进了缓冲区。

　　在外勤护士的帮助下，我第一次笨拙地穿上了防护装备，两层手套、手术帽、防护服、护目镜……人所有的感官像被封印在了一个笼子里，呼吸、移动、说话，都需要耗费额外的力气，还没进入隔离区，我就已微微出汗。待到穿戴完毕，外勤护士离开了。略微调整呼吸后，我对着浑浊的镜子拍下了一张自拍照，留作纪念，然后独自走向隔离区。

　　武汉大学重症隔离病房一病区是武汉最早一批接收新冠肺炎患者的重症隔离病房。从 1 月 6 日收治第一个新冠肺炎患者开始，仅用了两天的时间，16 张床位就全部收满了。

　　推门所见，是一排身穿防护服的医护人员的背影，监护仪的嘀嗒声中穿插着医护人员简短的交流。每名医护人员负责两张病床，都在紧张地忙碌。

　　护士张蔚正在用马克笔在同事的防护服上写名字，见我一脸好奇，边画边给我解释：穿上隔离服的医护人员只能露出一双眼睛，谁也认不出对方，于是他们进入隔离区的第一件事，就是相互在隔离服上写下对方的名字或者外号，有时还会艺术创作一下，这成了隔离病房里"神秘的仪式"。一个小太阳、一个爱心，或是一句加油的话语，都成了他们在这个狭窄空间里相互鼓励的方式。

　　病房角落里的一张床位上，有一位老人蜷缩在被子里，默默地流下了眼泪。护士长马晶瞥见了，马上走过去握住她的手："您怎么了？有什么不舒服吗？"老奶奶却不说话，只是不住地微微摇头，眼泪还在不停滑落。

　　马晶反应了过来，抬头朝我解释："她是因为害怕。"随后俯下身子轻声安慰她："不要害怕，可以治愈的，我们一直都陪着你……我去帮你把饭热一下来喂你好吗？"五分钟过后，老人的情绪才平复下来。

　　彭志勇是中南医院重症医学科的主任，进入隔离病房后一刻不歇地开始查房，长期的值班熬夜，让他眼睛肿胀得厉害，透过护目镜和面屏，只能看一条线。病房里一个拄着拐杖的大个子也特别显眼,他是副主任医师饶歆,前段时间左脚崴伤,却恰好赶上疫情暴发,他在隔离区内多备了一副拐杖,坚持在自己的工作岗位上。

患者黄淑丽在经过十余天的治疗后,已经退烧,彭志勇与她交谈时,笑着给她拜了个年,她也双手合十回礼。"我进来的时候就发烧,烧到快 40 摄氏度了,那时候怕得厉害,真的怕烧过去就醒不来了,结果进来以后,在医生护士的照顾下,慢慢地烧就退了,太感谢了。"

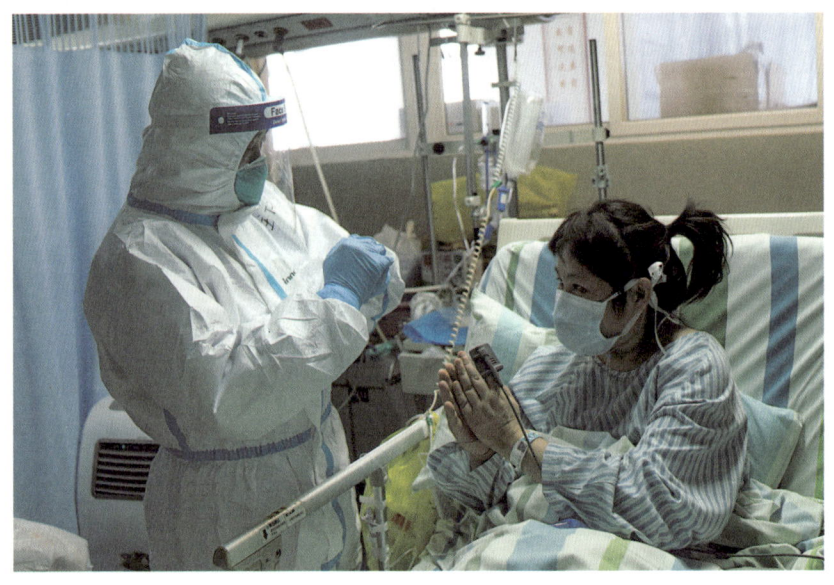

1 月 24 日除夕夜,在重症隔离病房内,中南医院重症医学科主任彭志勇(左)与病情好转的病人黄淑丽互道新年快乐。(熊琦 摄)

半个小时之后,各项检查指标合格,她将被转入普通隔离病房。在被推走的时候,所有的医护人员都围拢了过来,给她送别。男护士陈少峰冷不丁地开玩笑:"别再进来了!"周围的人都乐了,她拨浪鼓似的摇头:"我再也不要进来了!"

在重症病房,每一张病床上方都有一个摄影头,用来监控患者的实时情况。显示器中的 16 个小窗口,就意味着 16 条生命。"现在有什么好办法了吗,对这个病毒?"我小心地发问,彭主任看着监控屏幕:"目前没什么特效药,只有靠重症医护人员仔细地守床，用生命支持仪器帮助他们维持住生命体征，希望他们扛过去，我们工作细致一些，他们的希望可能就大一点。"没有继续追问，我盯着屏幕发了会呆，抬起头，那些看不见面孔的背影，依然还在病床前忙碌……

临近午夜，采访结束的我走出了中南医院，门外不远处，武汉汉秀剧场外墙灯幕打出了鲜红的标语："武汉加油"，刺进有些暗淡的城市夜景里，我才意识到，马上该是春晚倒计时了。

补记：那天夜里发生的事情，只是武汉千万个故事中的小小片段和缩影。

再后来，隔离服上的图案，成了这次抗击疫情的文化符号，天使们在白色铠甲上写上名字，画满了图腾，走入隔离区与病魔生死搏斗。

彭志勇主任一直没有闲下来，白天辗转各个病区，晚上与国外专家连线，分享中国医生丰富的临床经验，一直打满了战疫全场。

患者黄淑丽在转入普通隔离病房后，病灶逐渐消除，没过多久，就办理了出院手续，转入了隔离点。

饶歆医生拄拐的背影照片被我发稿后，走红网络。他女儿的学校组织学习先进事迹，以这张照片后的故事写作文，一直被女儿"嫌弃"的他，突然成了女儿心中的英雄。护士长马晶安慰的那个老人，最后还是离开了。两个月后，同事在中南医院采访时，偶然地接触到老人的女儿，却收获了一份意外的感谢：感谢新华社记者的记录，让她看到了妈妈生前最后的影像，知道她有被人用心照顾过。

男护士陈少峰一直坚持上岗，取消了和未婚妻准备了近一年、本来应该在2月份举办的婚礼。直到患者清零，轮休结束，他开始和未婚妻商量新的日子，准备补办婚礼。

这就是2020年除夕夜的故事。（熊琦）

扫码收看

直击重症隔离病房听听ICU医生的心愿

"火神""雷神"齐上阵

1月23日下午,武汉市决定参照非典期间北京小汤山模式,在蔡甸区知音湖畔火速筹建一所可容纳1000个床位的医院。

建设开始了,但医院的名字却难住了建设者。24日晚,武汉市政府为这座医院取了一个颇有象征意义的名字——火神山医院。

1月23日17时,接到上级指令的中建三局第一时间召开应急医院施工筹备会,在汉单位纷纷请战,即刻调配资源,连夜开始基础施工。

霎时,知音湖畔变战场——1月23日17时,连夜基础施工;1月24日除夕,加速场平。1万余名建设者日夜鏖战,朝着10天内交付的目标努力。

24日晚,除夕夜,天空下着大雨,武汉市西南部的知音湖畔,灯火通明、热火朝天。

我冒雨走进了火神山医院建设工地,20多台挖掘机、推土机发出的轰鸣声不绝于耳,200多名建筑工人放弃与家人团聚,在日夜兼程,抓紧施工。

在建设工地的临时板房里,一群工人正在吃年夜饭。说是年夜饭,其实是几份盒饭拼在一起。

1995年出生的吕俊是工地上的运输车司机。"来了就是年,一起坐下来过个团圆年吧。"吕俊摘下口罩给我搬来板凳。他告诉我,自己是昨天凌晨3点到的现场,一直在忙着开车运土,累了就在车上眯个眼。

"这是我长这么大,第一次在外面过年。"吕俊说,自己是家里的独子,爸妈这几天多次催促他回家过年。"我知道这个工程很重要,但也不忍心让他们二老自己独守除夕夜。"说到这里,吕俊默默地低下了头。

"不如在工地陪我们过年吧。"坐在一旁的彭咏召的一句玩笑话,打破了现场的寂静。他告诉我,自己是孝感人,昨天正准备动身回家,接到公司的电话后赶紧放下行李直奔工地了。"希望这个医院赶快建起来，能够迅速把疫情控制住，大家都能够安心地过日子。"

"说得好！说得好！"大家都站起来，一阵热烈的掌声与窗外轰隆的机器声交织在一起。

夜幕中的武汉，迎来了新的一年。天空下起了小雨，但工地依旧一片忙碌。

火神山医院建设号角刚刚吹响，武汉市新型冠状病毒感染肺炎疫情防控指挥部又紧急召开调度会，决定半个月之内在武汉市江夏区黄家湖再建一所雷神山医院。

这一次，任务又交给了中建三局。这家总部设在武汉的建筑央企，秉承与生俱来的红色基因，总是第一时间冲在最前线。1月25日，项目成立中建三局火神山医院项目指挥部临时党总支及由各局属参建单位组成的8个临时党支部，授旗8个项目部党员突击队。

10天或者半个月内建设一所医院，对于许多人来说不可想象。业内人士介绍，一般情况下，这种全功能的传染病医院，需要两年左右的时间才能够建成。而建设火神山、雷神山医院却都只有10天左右的时间，而且当时连设计都还没有开始，项目地址也是刚刚选定。

对于项目方和建设者来说，这是一次极限的挑战。先不说技术能不能达到，材料能不能凑齐，就是在春节假期内快速召集1万多名工人都是个极大的难题。

1月23日进场当晚，中建三局迅速调集了武汉市正在加班的五个建设项目中的1400多名工人，场地平整等工作才得以迅速展开。与此同时，中建三局还广发"英雄帖"，通过劳务分包公司迅速召集工人。

与中建三局有长期合作关系的劳务公司纷纷响应，主动包车开到建筑工人集中的乡镇村湾接人。24日起，一辆辆满载工人的汽车从湖北省内宜昌、荆州、襄阳、咸宁等地陆续抵达现场；同时，又动员武汉周边农村的工人结伴前来。

一呼百应、八方来援。800人、1000人、2000人、5000人，现场人数的每一次增长，都意味着完成这个"看似不可能的任务"越来越有底气。

1月24日,武汉火神山医院开建。(肖艺九 摄)

建设工程还面临着天气的考验。土方施工最怕下雨。恰恰刚开工就下了四天的雨,下雨期间要挖土,要运土要填方,施工起来很难处理。加上现场有1万多人在同时施工,各类建筑材料、医疗设备都赶着进场。现场空间非常狭窄,车辆、物资调度难度非常大,施工现场协调上万人,涵盖几十道工序,经历设计、交底、土建、设备安装、装修等阶段,多道工序必须齐头并进。

早一分钟建好医院,就早一分钟收治病人。全体现场施工人员则以"白加黑""5+2"的工作模式,"两班倒"24小时昼夜不停施工,争分夺秒抢抓工程进度:上一个单位刚完成场地铺沙,下一个单位马上进场铺设防渗膜;施工、监理人员一齐守在现场,边沟通、边设计、边施工、边调整,许多难题都由他们热火朝天讨论后现场敲定解决方案。

为了让全国关心火神山、雷神山建设的网友实时了解医院建设情况,人民网等大型网站借助5G信号搭建了实时直播平台,提供了全景和近景直播画面。越来越多网友变身"云监工",半夜不睡觉关注着两座医院的建设。

补记： 英雄挥戈去，万马战犹酣。2月2日、2月6日，火神山医院、雷神山医院先后交付使用。

"十天建成"大型传染病医院，网友称之为与疫情赛跑的"中国速度"。对此，时任中建三局董事长陈华元感慨颇深。他说，"中国速度"背后的门道，就是在党的领导下，集中力量办大事的制度优势。

项目建设得到了全社会的高度关注和八方支援。在春节这样一个特殊的时段，又遇上疫情最为严重的危急时刻，建设应急医院的消息一发布，全社会都动了起来。诸多央企、地方国企、民企都积极参战，通力合作，供电、供水、供气、供网企业和供应商都高效协同，各方参与建设者达到4万人。这种无声的动员汇聚成了强大的能量。

在朋友圈、微信群里听说建医院需要人手，"我能来""我要来"的请战声音此起彼伏。武汉人、湖北人，全国各地的农民工兄弟不讲条件，克服困难，勇敢逆行，从四面八方汇聚过来，形成了一场史无前例的大会战。

无数的志愿者、好心人，用不同方式来贡献一份力量。上亿的"云监工"24小时守着屏幕，为我们鼓劲加油。这种民族力量、社会力量，万众一心的场面，让现场的建设者们热血沸腾、众志成城。（徐海波）

"火雷"速度背后的汗水与泪水

2020年1月25日
江城最特殊的"跨年"

千门万户曈曈日,总把新桃换旧符。

对于江城武汉而言,这是一个从未有过的大年初一。因为"新型冠状病毒感染肺炎"这个特殊的概念,史无前例的"封城"状态下,除夕之夜到大年初一的过渡,格外冷清。

"跨年"之际,许多新华社记者还在一线奔走。与往昔相比,这座城市颇有些不同——街头的车辆少了许多,商场中也不复有熙熙攘攘的人群。

将时针拨回跨年前的这个除夕之夜,太多人还在一线坚守。在武汉市红十字会接听了一下午电话,志愿者杨颖琛接过盒饭,和其他志愿者一同吃上了一顿别样的除夕"团年饭"。了解到红十字会公布的接受社会捐赠热线电话被"打爆"的消息后,杨颖琛自发从家里来到红十字会,参与到帮助接听电话工作中。

"许多爱心人士打电话过来表达捐赠意愿,核对捐赠账号和地址。"杨颖琛说,几部热线电话的铃声,几乎没有停过,接了一下午电话,耳朵都疼了,但她心中洋溢着温暖。"很多打电话来的热心人士都会说一声'武汉加油',这让我作为一名武汉人特别感动。"

从位于武陵山区的湖北省恩施州民大医院来到武汉,参与支援新冠肺炎救治工作的3名医护人员谭晓、周玲、刘娇的年夜饭是3碗热腾腾的方便面。24日上午,3个人参加了相关的培训,随即,就开始了忙碌。

虽然除夕不能和家人团聚,会有点遗憾,但是她们都说,"不后悔"。因为,"患者需要我们"。

这个夜晚,列车长黄洁正在一列飞驰的"复兴号"之上。作为武汉客运段南线动车组车间"凤舞楚天"乘务班组的一员,她一直在京广高铁线上负责乘务工作。这是她在高铁上度过的第八个春节。她留意到，为了切实防控疫情，机场、火车站等离汉通道暂时关闭，这让武汉火车站的站台显得格外空旷。

忙碌，是"快递小哥"陈萌在这个除夕夜的特殊状态。奔走在武汉的大街小巷，他佩戴的口罩边缘已经被汗水浸湿。他是电商平台天猫超市的一名配送员。"今天配送的有不少是口罩和防护用品，必须得早点送到，不能让它们在仓库中'跨年'。"他笑着说。

除夕夜，电力抢修人员林瑨和几名抢修队员一同匆匆冒雨赶往一处突然跳闸的变电站。"柏泉变电站承载着武汉市东西湖区近80%的供电量，而东西湖区目前有两所发热门诊定点机构，虽然医院都有发电设备、备用电源等确保用电，但其供电可靠必须优先得到保障。我们慢不得！"

在武汉市蔡甸区武汉职工疗养院附近，参照北京小汤山医院模式，一座专门救治新冠肺炎患者的医院正在24小时施工建设中。"今晚估计又是一个通宵。我们要加快进度，为医院早点建好多出些力。"首次在外地过年的"95后"运输车司机吕俊说。

"跨年"之际，不少老家在外地的"新武汉人"也选择了留下，陪伴这座暂时生病了的城市。

在武汉市硚口区行政审批局工作的湖南女孩尹叶琼，默默退掉了好不容易"抢"到的火车票。做好了一桌饭菜之后，她给父母打了一个视频电话，问候新年快乐。

"本来也曾抱有一丝侥幸心理想迅速回家，但思想斗争了很久，终于还是决定留守武汉。"尹叶琼说，虽然内心会有失落，但她深知，只有遵从"无特殊原因，市民不要离开武汉"的要求，才能减少其他城市人民的恐慌，也免得给家人增加压力。

在武汉市一家综合三甲医院工作的陈莉，这个除夕夜在家中"自我隔离"。因为在工作中接触到了新冠肺炎病人，她有些忧虑。好在，暂时没有出现发热状况。"参加防疫工作前，我已经把四岁的儿子托付给父母，送往了老家。

1月25日，上海援鄂医疗队医护人员们在听取培训报告。（程敏 摄）

今天，我把家里所有的用品都消毒了一遍。上午在家电话办公，晚上吃了一碗泡面。"

她和同为医务工作人员的丈夫，最近都工作在抗击疫情的前线，已经一周没有见面。看到空荡荡的屋子和儿子平时玩的玩具，她说，不知何时才能再见到儿子。

"其实，我也没法隔离太久，还有很多工作需要去完成。"陈莉说。医院的工作人员每天都要接触大量的疑似或确诊病例，独自度过这个特殊时期的除夕夜之后，大年初一一早，她会穿上防护服，返回工作岗位。

对于少儿绘本作家、编辑陈颖而言，相较以往，这个除夕夜颇有些冷清，家里取消了小规模的团年饭，取消了往来拜年的计划。她浏览起网页，关注着疫情防控的最新消息。"这注定是一个永生难忘的新年，皆因我感受到此时此刻，有这么多我不知道姓名的家人，在这个城市的各个角落，怀着各样的心情，为着同样的希冀，同守着我们共同的家园。"

"跨年"之际，武汉大学中南医院重症医学科主任彭志勇依旧在病房中穿行。新冠肺炎病人黄淑丽向他挥手,他们互道新年快乐。经过10余天的治疗,黄淑丽病情正在好转,下午,已经被转入了普通隔离病房。

除夕,在传统文化中是除旧布新、祈福禳灾的日子。初一,代表着新的希望。

这一天,人们迎来了一条至关重要的消息:1月25日,习近平总书记主持中央政治局常委会会议并作重要讲话,对疫情防控工作进行再研究、再部署、再动员,决定成立中央应对新型冠状病毒感染肺炎疫情工作领导小组,在中央政治局常委会领导下开展工作,加强对全国疫情防控的统一领导、统一指挥。

会议强调,要突出重点,进一步加强湖北省和武汉市疫情防控。中央向湖北派出指导组,推动加强防控一线工作。统筹调配全国资源,优先保障湖北省和武汉市防控急需的医护力量和防护服、口罩等物资,确保居民生活必需品供应,物资调运实行绿色通道。湖北省和武汉市要层层落实责任,加快建设集中收治医院、改造酒店作为隔离区,做好发热病人及时诊治工作,防范发生次生问题。加强医护人员轮换和防护,缓解他们的身体和心理压力。严格做好城乡接合部、省市边界人流进出管理,做到外防输出、内防扩散。

携手并肩,没有一个冬天不可逾越。(梁建强)

除夕夜,隔离区的"祝福"

2020年1月26日
八方驰援 众志成城

与疫情抗战！与时间赛跑！

湖北50多万名医护人员全员上岗，各地组建医疗队火速驰援；原本放假的口罩企业复产复工，一片忙碌；私家车主自发义务接送医护人员上下班……

1月26日，距钟南山院士发出的"人传人"警示不到一周时间。在暂时关闭离汉通道，发热门诊排成长队，收治医院一床难求的紧急状况下，来自社会各界的支持、援助，源源不断涌向武汉、温暖武汉。

1月24日，除夕团圆夜。三架军用运输机分别从上海、重庆、西安三地升空，总共载着三支医疗队共450人，支援武汉，这也是第一批赶至武汉的医疗队。随即，来自上海、北京、江苏等地医疗队，陆续抵达武汉，全力投入病患救治。

"临行前，家人做好了年夜饭，我坐下简单吃了两口，行李已经收拾好，我看到我父母坐在那里眼圈红了，还是忍不住哭了出来。"来自上海华山北院重症监护室的护师姜华说，当领导提出可以再考虑几分钟时，"我直接在电话中回复：我可以！"

当时很少人会意识到，这是新中国成立以来规模最大的一次医疗力量调遣行动。

汹汹疫情，突如其来，医院就诊患者数量陡增，床位严重不足。正值春节，员工返乡，大量工厂企业、物流车队停产停工，防护物资短缺。

确诊感染病例数量陡增，发热门诊与重症救护拥挤不堪；护目镜、N95口罩、防护服不足，医院需要各界捐助。

除夕当日，位于广州花都区的口罩厂家保卫康劳保用品公司车间里依旧忙碌，几十位工人正赶制口罩。工厂负责人杨康彬说，面对大量的口罩需求，

1月26日,陆军军医大学医疗队开始进驻武汉市金银潭医院。(程敏 摄)

工人们加班加点轮番赶制,完成了每天50万只口罩的产量。

社会各界组织、企业机构、热心人士纷纷动员起来,一份份爱心犹如涓流,汇聚成为支援武汉的温暖海洋。

1月24日除夕日中午,一架满载着口罩、防护服等医疗物资的顺丰航空全货机飞抵武汉。这是天河机场迎来的第一架驰援飞机。

针对救助物资紧缺的情况,卓尔公益从柬埔寨、菲律宾等地紧急采购一批口罩、防护服,通过两架专用货机空运,抵达武汉。卓尔公益秘书长汪素娟说,每套防护服背后都对应着一位医护工作者的健康安危,"我们必须快点,再快点"。

"听到要在短时间里新建像北京小汤山的医院,我和同事马上从南昌赶了过来。"留守江西南昌九龙湖医院建设项目的中建三局工程师沈锴得知武汉新建火神山医院的消息,驱车500多公里赶到武汉蔡甸,马上就开始参与现场制订方案、物资调配、后勤保障等工作。

自 23 日 10 时武汉全城暂停运营城市公共交通后，不少医护人员面临上下班难题。23 日上午，武汉善缘义助志愿者服务队发起倡议，号召市民加入医疗支援队，无偿接送医护人员上下班。倡议发出不到两天，报名参与的私家车主已超过 4000 人。

除夕当天，邱晨接送了 3 名医护人员。以往春节，这位土生土长的武汉人一般都出国或者去外地旅游。今年春节，他不旅游，不拜年。他说："在家闲着也是闲着，现在这个情况，总得为社会做点什么。"

在汉某部队医院医生曾程在农历新年第一天，乘坐市民私家车从范湖地铁站赶到医院上班。"爱心司机们让我们医护人员感受到了温暖和正能量，感觉社会力量和我们在一起抗击疫情。"他说。

每个普通人身上体现的家国情怀、同舟共济，是中华民族在诸多大灾大难中屹立不倒、顽强拼搏的优秀品质，也是构筑起抵御疫情生命屏障的精神力量。（李劲峰）

扫码收看

出发！目的地，武汉！

一　应对突发疫情

2020年1月27日
"不动"也是一种战疫的姿态

1月27日，农历正月初三，武汉新增确诊新冠肺炎病例已达892例。

受习近平总书记委托，中共中央政治局常委、国务院总理、中央应对新型冠状病毒感染肺炎疫情工作领导小组组长李克强来到武汉，考察指导疫情防控工作，看望慰问患者和奋战在一线的医护人员。

同日，中共中央政治局委员、国务院副总理孙春兰率中央指导组也抵达湖北省武汉市，全面加强对一线疫情防控的指导督导。

为保障医务工作者、城市运行一线工作人员及市民应急出行，1月27日，武汉市交通运输局组织安排310辆公交车、6000辆出租车（网约车）分配到各城区，由各城区统筹管理使用。

武汉全市10个中心城区（含功能区）共计1159个社区，按照每个社区至少配4辆车的标准，共计组织安排6000辆出租车（网约车）用于社区居民应急出行。车辆由社区居委会统一调度使用。310辆公交车分派到15个城区（含功能区）保障医务人员及城市运行一线人员出行。

武汉于23日封城后，一方面由于各种原因导致医院人流聚集，容易造成交叉感染；另一方面武汉面临各种物资短缺的困难，有不少市民家中的生活物资出现补给困难，在抗疫的"战斗"中显现疲态。而许多居民小区还未实行封闭式管理，一些市民依然外出闲逛，以致当地的媒体纷纷发出呼吁，要市民"别再出门了"。

武汉保卫战，比的不仅仅是对抗病毒和疫情的勇气，而是理性、耐心和科学，这是一个比较长期的持久战。

史美东一家三口近几年春节都要开车去深圳，与住在养老院的父母团聚。

今年春节前，史美东特意换了辆新车。没想到的是，23日武汉"封城"，实施交通管制，以抗击新型冠状病毒感染肺炎疫情，这"阻断"了他的亲情之旅。

宅在家里，58岁的史美东说："心情还好！就是这几天不能出去玩，感觉有点压抑、有点憋屈。"史美东是个运动达人。"每个星期要踢三四场足球，还是踢全场。"史美东说，"像我这种比较喜欢热闹的人，喜欢交朋友的人。要把自己关在屋里，很不习惯。"大年初二实在憋得不行了，他就在屋里锻炼了一会儿。他说，武汉前几天都在下雨，在家也好，睡到自然醒，看电视、看手机。今天不下雨了，心里痒痒，想出去运动运动，运动场馆肯定不开放，"真的想早点战胜疫情"。

武汉市有1100多万常住人口，流动人口将近500万。当下还有900多万人留在武汉。

"疫城口罩翁，买菜走烂鞋。"提前从加拿大回武汉陪母亲过春节的张元用一句诗来形容大年初二出门买蔬菜的窘况，"我家里还有一些，过两天没了再去更远的中百超市买，那里有货。"

"难得一觉睡到自然醒，就是家务活太多，有点烦。"张元说，有时间会看看电视，偶尔会戴着口罩去小区后面的喻家山、喻家湖走走。"原定2月4号回温哥华，现在改签机票了。估计公司也不希望我早回去。静等航班恢复吧！也好趁机多陪陪母亲。"张元担心的是家里请的保姆回乡去了，不知她还回不回来。

在高校工作的程润文情况比较特殊，老爸2019年12月刚去世，所以到老妈家陪她过年，又遇上病毒肆虐，响应号召也就不出门了。

"过去大家都不够重视，目前疫情出现上升趋势。"程润文说，她没有准备口罩、消毒酒精，但为了过年，倒是买了一大堆吃的，足够应付到初五左右。"我这几天就坚守武汉了，也不聚会，更不聚餐。"本来亲戚朋友有聚会的，都取消了，亲戚们就在网上"走走"、问候一下。程润文在家看看电视，上网追剧，在几个房间遛遛，也算锻炼了。"困难的是网购也没了，订的口罩酒精到不了。"程润文本打算初十去给父亲扫墓，但解除交通管制的时间还没公布，"还不知能否成行"。程润文还沉浸在父亲离去的悲伤中。

一 应对突发疫情

1月27日,一位市民在武汉吉庆街街头雕塑中翻看手机信息。(程敏 摄)

家住青山区的李朝阳是土生土长的武汉人,退休在家的她原本就打算在武汉过年。"家人、朋友聚聚,一起吃吃饭,聊聊天,到武汉周边转转",这样的过年计划也泡汤了。

"心情复杂。"四代同堂的李朝阳说这几天没出门,在家待着除了做一家人的一日三餐,主要看手机上的信息,"很压抑、焦虑,同时也有感动。不只是为家人,也为这座城市和我们的国家。"李朝阳记得23日那天,她在微信朋友圈转发了这样一段话:"武汉'封城',壮士断腕。这很可能是人类历史上第一次对一个超千万人口的城市采取的最严厉的防疫措施,但这体现了中国政府防控疫情的决心和大国担当。武汉加油!"

这四位受访者的经历,写成稿件在新华社客户端播发后,点击量突破百万。一读者在转发链接时感叹:原来在"封城"里"不动"也是抗击新冠疫情的战斗姿态呀!

补记:后来,我得知爱好运动的史美东,在"封城"期间成为小区里的志愿者。4月11日才走出家门,踢了"解封"后第一场足球。他告诉我:宅在家里足足长了 10 斤肉；张元主动放弃了加拿大政府包机来汉接滞留人员的机会。他说："这个时候扔下母亲一个人是不是太没良心了？"为母亲请的小保姆也在"解封"后顺利到来。直到 4 月 28 日张元才登上返回加拿大的航班。滞留期间，儿子收到加拿大 5 所名校的录取通知书；失去父亲的程润文没能在农历初十给父亲上坟，甚至 4 月 4 日清明也只能在家里祭拜。她告诉我，"封城"期间她学会了发豆芽；李朝阳在家封闭太久变得很烦躁，但她常常提醒自己：宅在家很累，但想想抗疫的人们吧！在朋友圈沉默多时的她，在"解封"不"解防"的后"封城"时期，又开始转发正能量的帖子了。（何自力）

新华视界：疫情防控中心的武汉市民生活

2020年1月28日
今天他们出院了！

新型冠状病毒感染肺炎疫情在湖北和全国多地蔓延扩散，防护物资短缺，频频告急。国家卫生健康委1月27日24时的统计数据显示，全国30个省（区、市）累计报告确诊病例4515例，疑似病例6973例。

但就在疫情最危急的时候，武汉协和医院传来了一则好消息：经过治疗，华中科技大学协和医院首批3名医护人员，两次病毒核酸检测均为阴性，临床症状得到有效控制，经专家评估后出院。

医护人员被感染，一直牵动着各方心弦。在疫情暴发的初期，作为首批被感染的医护人员，针对他们的救治具有重要意义。

首批3名出院医护人员中1人已于27日晚自行出院，另2人于28日11时许出院。这3人均是武汉市卫健委通报的确诊感染新型冠状病毒肺炎的医护人员。

28日，我们一大早就赶到了协和医院等候，当几位被感染的医生走出来时，人们看到，这两名医生经历了一场大病，虽然明显还有些虚弱，但神情自若，步履还算轻松。他们一边接受我们的采访，一边缓步离开隔离病房，步行100余米坐上等候在外的车辆回家。

这两名感染后治愈出院的医护人员分别是来自消化内科的胡医生和心外科的杨护士。

胡医生介绍称，自己从1月11日开始突然乏力，感觉低热、浑身酸痛，但并未明显发热，吃了点药隔离后观察，几天后开始高热，做CT发现胸片有问题后，16日开始住院治疗，治疗过程大概两周左右。对于感染原因，胡医生推测称，消化内科有一些胃肠镜检查，部分新型冠状病毒感染肺炎病例呈现出的是胃肠道症状，在做检查时胃肠道体液可能有一定传染性。

杨护士回忆，自己从1月15日下夜班当天就发烧了，连烧四天，吃了药也退不下来。"当时病毒核酸检测结果还没出来，自己觉得发烧、不舒服，就要求住院了。"杨护士从1月19日被收治入院，28日正式出院，治疗时间总共不到10天。

医护人员作为专业人士，对治疗的具体环节感受得比较精准，其治疗过程具有很重要的参考价值。

据胡医生回忆，他的治疗用药主要是抗病毒、抗感染类的，对症处理，纠正电解质、酸碱平衡，该退热就退热。用了激素、丙球蛋白等药物。

"就像发了一场烧一样，烧退了就好多了。"胡医生坦言，得病了肯定会有恐慌，但不用太担心，一定要积极治疗。进行一些对症支持治疗，病程到了一定程度后，可以自己慢慢恢复。

令人感动的是，面对我们的镜头，胡医生坚定地表示自己休息一段时间过后一定"归来再战"。

当时的武汉，除了协和医院有陆续被治愈的病例外，在武汉多家医院，

1月28日，被治愈的医护人员向他的同事挥手告别。（肖艺九 摄）

更多的好消息也陆续传来。

38岁的郭琴是武汉大学中南医院急诊病房护士，在家中接受隔离，每天接受相关治疗，病情慢慢好转。连续2次核酸检测（间隔24小时）呈阴性，并经过专家评估身体状况良好的郭琴于1月28日早上又回到了中南医院急救中心，继续护理住院患者。

同样也在1月28日，武汉市肺科医院5名新型冠状病毒感染肺炎患者经过治疗后康复出院。5名患者入院最早的1月9日，最晚的1月20日。住院后，核酸检测为阳性，确诊为新型冠状病毒感染肺炎。

其中最年长的是一位87岁婆婆，入院时身体虚弱，完全无法进食，体温38摄氏度。经过有效对症治疗及医护人员精心护理，连续两次（间隔24小时）核酸检测呈阴性，CT影像显示病灶明显好转。

在1月28日的武汉，所有治愈出院的新型冠状病毒感染肺炎患者仍需进一步接受医学观察，治愈者体内能否产生抗体有待进一步确认，同时还将继续加强医护人员与患者的沟通，继续为治疗抗击当下的疫情提供科学诊疗依据，不断丰富诊疗指南。

彼时，武汉保卫战才刚刚开始打响。按照"集中患者、集中专家、集中资源、集中救治"原则，湖北省组织腾退床位上万张，设立112个定点医院，一律无条件收治患者，但仍有一些发热患者住院难。

协和医院发热门诊的面积扩大到平时5倍，最高峰每天接诊800人，医护人员忙得一秒都不能停，但依旧无法满足需求。

监测数据显示，1月27日武汉市发热门诊的接诊量是10261人，平均每个医院一天接诊发热病人174人，其中真正需要留观的有377人。

疫情就是命令，战疫就此打响，全国的医护人员正在赶来。截至1月28日晚，将近有6000名来自全国各地的医疗人员，会同湖北的医务人员一起奋战在抗击肺炎疫情的一线。

为了弥补人员缺口，连日来，国家卫健委、国家中医药管理局迅速调集医务人员和医疗物资，各地医疗机构也纷纷展开驰援行动。除了武汉，医疗队也会被调配至黄冈、咸宁、孝感、仙桃等7个城市的定点医院开展工作。有很多人是在年夜饭饭桌上、在和家人团聚的过程中，紧急打起背包赶赴机场驰援武汉。

一拨又一拨医护人员紧急驰援，给人们带去了希望和信心，但缺口仍然很大。

武汉，逆风前行。（胡喆）

武汉出院医生：隔离结束后还要上前线！

2020年1月29日
按下"暂停键"的一周

1月29日,农历大年初五,武汉按下"暂停键"刚好一周,这座城市安静却依旧美丽。

一觉醒来,84岁的钟南山院士接受新华社专访的视频刷爆网络。

视频中的一个细节让许多人感动:他流泪了!84岁的钟南山院士哽咽了,双唇紧闭,鼻子抽搐了一下,透过眼镜,我们都能看到他眼角的泪花。半响,他接着说:所以,这个劲头上来了,很多事情都能解决……武汉本来说就是一个英雄的城市。有全国,有大家的支持,武汉肯定能过关!

从1月23日开始,武汉成为全国乃至全世界关注的焦点。这一切源于一个未知的病毒,这座城市成为全国确诊病例数最多的地方,城市按下暂停键,900多万武汉市民宅在家中度过了2020年的春节。

初五的武汉街头略显冷清,但是身着橙色环卫服的环卫工人仍然忙碌。与平时不同的是,他们不仅负责清扫保洁,还须对街道各处进行消毒清洗。

农历大年初五,是中国人烧香拜财神的吉日。往年,按照武汉的习俗,这一天许多老百姓都会拖家带口,约上三五好友到归元寺烧香"迎财神"。香火缭绕的归元寺,也是武汉过年的盛景之一。

然而,今天农历大年初五,40多岁的武汉市民欧阳和母亲自行隔离已将近10天,老公和儿子早在封城前就已经被她安排挪到另一处房子分开过年。

这一切只是因为70岁的老母亲年前连续多天发烧、腹泻。医生跟欧阳说,她的母亲有95%的可能性是新型冠状病毒感染肺炎患者。

庚子年春节,欧阳过得焦灼不安。对于900多万武汉市民来说,这个春节令他们终生难忘。

"住在这里几十年,这是第一次不见车水马龙、熙攘人群,只能听见风声。"

"封城"一周,少量汽车从武汉长江大桥上驶过。(程敏 摄)

一位武汉市民在朋友圈这样写道。

在"封城"的最后一刻,同济医院急诊科医生龚静和同在一家医院工作的丈夫,在高速路口把7岁的孩子"交接"给城外的父母,转身,离去,奔赴工作岗位。

武汉大学人民医院呼吸与危重症医学科女医生张旃17年前曾参与过抗击非典,如今她再次奋不顾身,申请到抗击新型冠状病毒第一线。写下请战书之时,她特别注明,此事没有告知自己的丈夫——同在武汉大学人民医院工作、担任神经外I科副主任的李明昌教授。"个人觉得不需要告诉,本来处处是战场!"

武汉市金银潭医院是这场战"疫"中最早收治病人且收治病人数量最多的"主战场"。身为主将,早已被确诊为"渐冻症"(肌萎缩侧索硬化症)的院长张定宇,尽管双腿行动不便,却一直在加快速度,"我必须跑得更快,才能从病毒手里抢回更多的病人"。

同为医务工作者的妻子，被病毒感染，在十几公里外的另一家医院接受隔离治疗。"我很内疚，我也许是个好医生，但不是个好丈夫。我们结婚28年了，我也害怕，怕她身体扛不过去，怕失去她！"

连日阴雨停了。希望，也像久违的阳光一样，一寸一寸在人心中生长。

"这是反反复复熬住泪水的七天。"一位网友写道。

是啊，多少人在煎熬啊！但，前行必有光！烛火，同样能照亮这座城市的未来，在每一天。

度过最初的惊慌无措，欧阳冷静了下来，带着母亲在家隔离，等待最后确诊和后续治疗。分开后每一天，老公和儿子都会通过手机视频跟留守的娘儿俩拜年。一家人已经可以微笑着相互打趣，"装作一切并没有发生"。

归元寺对面马路上，市民张先生和父亲面对寺庙，悄悄祈福。"也希望大家都能够坚强应对，相信我们的武汉会一天一天好起来。"

这一周好消息陆续传来：

27日，武汉协和医院被感染医护人员开始陆续出院；

28日下午3时，武汉市肺科医院5名新冠肺炎患者康复出院；

29日凌晨，北京、上海等26个省（区、市），多支军医大和部队医院组织共计52支医疗队、6097名医护"逆行者"驰援湖北。

28日，"街道口的风，撩醒了夏虫，竹床上的小孩做着梦；热干面糊汤，一样的吃相……我爱我的武汉。"一首《武汉伢》的歌旋风一样在网上火了起来。

"封城"，已经过去了一周。

就在今天，武汉市妇幼保健院的产房，11个新生婴儿呱呱落地。（钱彤、廖君）

影像日记：这七天，他们都经历了什么？

二

打响人民战争

2020年1月30日
打响疫情防控的人民战争

1月30日，晴，农历正月初六。

春节假期最后一天，本该是熙熙攘攘、人声鼎沸的返程高峰。已经按下"暂停键"一周的武汉，却是悲伤而静默的。

当天举行的湖北新冠疫情防控例行新闻发布会，以默哀开场，全场人员向在疫情中逝去的生命鞠躬致哀。截至30日，湖北省已累计确诊病例5806例，其中武汉市2639例；死亡204例，武汉市159例。

同样是这一天，日内瓦也举行了一场新闻发布会。世界卫生组织总干事谭德塞宣布，新型冠状病毒感染肺炎疫情已构成国际关注的突发公共卫生事件。

悲伤却不绝望，静默却非静止。面对来势汹汹的疫情，面对仍在不断增长的确诊和死亡病例，人们或许有恐惧，却从不曾放弃。

最近网上有一首非常感人的歌道出了湖北人的心声，"这是我的家，我们守护它，如果有一天，它也需要我，搭把手，就过了……"正如有的武汉市民所说，"我的城市生病了，但我依然爱着它"。

为保卫自己、保卫家庭、保卫国家而战，深植于人民群众中最深厚最广泛的伟力正不断生发，强大而绵长。

人民组织起来了，就不怕任何困难，就会无敌于天下。正是这种力量，让火神山医院、雷神山医院以不可思议的速度拔地而起，数万医护人员白衣执甲，逆行出征，急需的抗疫物资源源不断运送到已经"封城"的武汉。

——这一天，武汉市江夏区第一人民医院/协和江南医院呼吸与危重症医学科医生彭银华，因病情加重被紧急送往武汉市金银潭医院。

原本，两天后的正月初八，彭银华要与心爱的人举行婚礼。考虑于此，医院没有安排他春节值班,但是随着疫情的升级,他主动推迟婚礼。1月21日,彭银华所在的呼吸与危重症医学科三病区被列为第二批投入收治"不明原因的病毒性肺炎"的住院隔离病区。

成立隔离病区后,患者蜂拥而至,当时一天就收治了130个病人。所有的医生都吃在医院、睡在医院。大年三十,彭银华感到不舒服,没有胃口、不想吃饭、有些低烧,第二天仍然不舒服,再次CT检查,发现了感染病灶。

不到一个月,多个器官衰竭带走了这个年轻的生命。彭银华的同事说:"他是我们的同行,我们都可能是彭银华。""我们虽然可以留给别人一个背影,被称作逆行者,但是我们更多想到的不是去当英雄,我们的职责意识告诉我们,这是工作而已。"

——这一天,在武汉市金银潭医院支援的安徽医科大学附属阜阳医院EICU(急诊重症监护室)护士刘静没有忍住泪水。

1月30日,一批从海外采购的防护服正在武汉天河机场卸货。(程敏 摄)

在长时间紧张的工作后，刘静感觉呼吸急促，便站在窗口大口呼气，希望能缓解一些。另外一位同事想上厕所，为了不浪费防护服就一直蹲在地上忍着。一位患者看到医护人员这么辛苦，将仅有的一点零食分给大家说："谢谢你们从安徽赶过来给我们看病。"而另一位患者夜里不停咳嗽，却不愿告诉医生开消炎药，只是因为想到现在医药资源紧张，自己尽量忍着。

"我听到后眼泪瞬间流了下来，"刘静在1月30日的日记中写道："那一刻的心情无法形容，只知道我要更努力一点，更坚强一点，救治更多的病人，一定要帮助武汉人民打赢这场硬仗！"

——这一天，武汉市公安局江岸区分局大智街派出所民警邵玉春双腿有些酸痛，心里却很充实。

1月30日下午，邵玉春和同事们来到武汉江岸区泰宁社区某居民楼，准备将该社区的疑似病患送医隔离，忽然听到单元楼里传来带着哭腔的呼喊声。

"快来帮帮忙啊！"68岁的周大爷瘫坐在楼梯上不能动弹，还正在发烧。邵玉春蹲下身子，在同事的帮助下将老人背起，固定好后缓缓下楼，小心翼翼地将老人背到楼下的转运警车里，火速送往医院。

——这一天，一对四川达州叔侄带上工具，中午1点从四川达州出发，当晚10点半赶到火神山医院中建三局工地。

32岁的周国军曾在沿海长期从事通风工程施工，回到达州市开创了自己的事业，也小有名气。得知中建三局紧急招募，参建火神山医院，急缺通风工程安装人手，周国军打了60多个电话联系工人，有的人害怕，有的村子封住了，没有人能去。他找到堂叔周文堂："小叔，我答应了别人，不要工资，去不？"周文堂点点头。

叔侄俩就这样投入了火神山医院的建设。"这辈子没见过这么集中的工地，这么自觉的工人。"周国军回忆，身边的人天南海北什么口音都有，没有一个人偷懒，连歇气抽烟的都没有。"大家都说，早点建成就能早点救人。"

——这一天，满载 200 多吨毛节瓜、西葫芦、莴笋、海鸭蛋等民生物资的首趟冷链集装箱专列，从广西南宁国际铁路港发出，开往湖北武汉。

1 月 30 日凌晨 2 点开始，卢跃英等 60 多名村民在广西南宁坛洛镇金起桦蔬菜基地里冒着冷风，连夜采摘了 10 万斤包菜。"村民们得知这些菜要送到武汉市场，个个干劲十足，8 个小时左右就完成了采摘和装车。"金起桦蔬菜基地管理员黄庆说。

——这一天，军事科学院军事医学研究院陈薇院士等在武汉紧急展开的军事科学院帐篷式移动检测实验室开始运行，一方面参与病例核酸检测，另一方面展开疫苗研制应急科研攻关。

人类同疾病较量最有力的武器就是科学技术。1 月 30 日，中共中央政治局常委、国务院总理、中央应对新型冠状病毒感染肺炎疫情工作领导小组组长李克强来到中国疾控中心考察疫情防控科研攻关情况，听取专家和医务人员对疫情防控工作的意见建议。

——这一天，武汉市民孟超在自己的日记中写道：

"武汉居民同唱国歌呐喊'武汉加油'，医生从飞沫传染角度不建议该举动，但人类自古就有齐喝酒壮行的传统，或许失传已久的文化又从呐喊中唤醒了几分血性，令身在疫情的人们振奋精神继续勇敢直面未知的困难，阴霾终将消散，困难有多艰辛险阻，胜利就有多么的感动天地；在这其中愿所有的意外与苦难都是虚惊一场，有惊无险，愿所有的奋不顾身都不被辜负，所有的深情都被温柔以待！"

能用众力，则无敌于天下矣。

在这场与疫情不期而遇的战斗中，一个个挺身而出的平凡人给我们最多感动、最多力量。

他们是"不计报酬、不论生死"的医务工作者，是"召之即来、来之能战、战之能胜"的人民子弟兵，是迎着风霜雨雪守护家园卡点的基层干部和社区工作人员，是不分昼夜铺设线路、竭尽全力增加产能、争分夺秒抢运物资的劳动者、志愿者,是源源不断向疫区捐款捐物的爱心人士,是情系祖国的海内外中华儿女,是每一个与国家民族同呼吸共命运的你我他。(胡浩)

2020年1月31日
走进疫情"风暴眼"武汉金银潭医院

1月的最后一天，武汉市金银潭医院抗击疫情已"满月"。

金银潭，老武汉人都未必熟悉的一家传染病专科医院，这些天频繁见诸媒体。这里，是最早集中收治不明原因肺炎患者的医院，是这场全民抗疫之战最早打响的地方；从12月29日收治首批病患，到21个病区800多张床位全开……

连日来，这场疫情的"风暴眼"，拌和着空气中浓浓消毒水味的，还有凝重紧张的气氛。

院长张定宇是这一片战场的主心骨。不顾身患"渐冻症"的他，领着医

武汉市金银潭医院外景。（肖艺九　摄）

院所有职工坚守阵地，毫不退缩，与疫魔展开鏖战。

张定宇说，2019年12月29日晚共转来6个病人，实际留下了9个。有的家属发烧、咳嗽，要求留下，最后这些病人就都留下来了，安排在隔离病房。

隆冬，一股寒意向金银潭袭来，情况比想象的要糟。

"当时不少医疗机构也陆续出现不明原因肺炎病人，绝对不能大意。"多年从事传染病防治工作，职业敏感让张定宇第一时间判断，这不是普通的传染病。

张定宇回忆，30日医院就决定给住院的病人做肺泡灌洗液检查。因有两人拒绝，实际采到七份样本。样本送到属地的东西湖区疾控中心后，他们又送给武汉市疾控中心。样本同时还送到同医院合作的科研单位——中科院武汉病毒所。

在张定宇看来，做肺泡灌洗液检查这一举动非常及时，为当时一些科研工作打下了基础。2019年12月31日，国家派出专家团队进入金银潭医院，成员包括临床、疾控、流调、检测等专业，一共来了20多位。当时国家、省、市专家组对每一个病人都出了诊疗方案。当天晚上，专家组还在医院召开跨年会议，研判病毒情况，会开完后，就觉得情况不一般。

"医院出现病人暴增的情况应是在春节后。当时有一阵，几乎每两天就要开一层楼。看着这个病区要收满了，另一个病区就要准备，原有病区的病人还得转诊。病区要清理、消毒，工作量非常大。"张定宇还是第一次碰到这种情况。

在这里，希望与失望交织，生存与死亡较量，人类与疫病决斗的惨烈令人终生难忘。

张定宇说，这些病人和以前见到的呼吸道传染病表现完全不一样，特别是早期收治的病人，所有手段都上了还是拉不回来。看到不停有病人去世，你会感觉很无助，感到束手无策，真的很沮丧，内心很煎熬。我们能做的，就是尽量不让他们滑向危重症。

"最艰难应该是大年三十前后，那时整个医院状态已非常疲惫、紧绷，医务人员已连续工作二十多天,全院都动员起来了,但能力、资源很有限。"张定宇说。物资紧张的时候,今天用了,明天有没有还不知道。

在那段大家都很疲惫的时间,得到消息说解放军医疗队要来,再晚一些上海医疗队也要来,全院同事就一起欢呼:解放军要来了!上海医疗队要来了!我们有救了!

金银潭医院病区内,从一个病区,到一栋楼,到三栋楼;护士从2小时交接班一次,延长到四五个小时一次;医生更是恨不得把一个人掰成两个人来用……

在张定宇的身后,是亲密无间的战友——"以身试药"的副院长黄朝林;为前线战士输送弹药的医院药师们;医院南二病区楼道和病房中进进出出的白衣天使;为所有医护人员和患者守着"一盏灯"的后勤员工;比任何人都更接近病毒的检验科员工……

金银潭医院240多名党员顶上去了!没有一个人迟疑、退缩,全部挺在急难险重岗位。有了张定宇和党员们,600多名职工全部坚守岗位,从未有人主动要"下火线"。

"在武汉这么多年了,肯定是喜欢她的。因为家在这里,我们在这里,大家都在这里。"被问到为什么留在武汉时,涂盛锦和曹珊这样答道。

今年44岁的涂盛锦是武汉市金银潭医院南六楼重症隔离病区副主任医师,40岁的曹珊是南二楼病区护士。

首批不明肺炎患者转入金银潭医院后的第二天,涂盛锦就参与到救治工作中。后来,病区越开越多,曹珊从1月7日起也投入战斗。1月23日,武汉关闭出城通道,不久市内公共交通停运,医院职工不能回家的太多,加上前来支援的医疗队,单位宿舍爆满,酒店房间也吃紧。夫妻俩做了一个决定:把机会让给其他同事,自己睡车上——"在车上睡了几次也习惯了。"

于是,正月初一那天开始,这辆陪伴夫妻俩8年的爱车成了他们的第二个"家"。

一段时间后,医院通知他们已协调出附近酒店的房间,可涂盛锦还是决定在车上过夜,"房间是有,但酒店到医院开车都得10多分钟。遇到抢救的,那是按秒算,有这时间就可能把患者从死亡线上拉回来!"他大多时候不脱外套,就盖个被子,"能省多少时间是多少。"

1月31日17时左右,武汉市金银潭医院共有20名新型冠状病毒感染肺炎患者集体出院。其中,年龄最大的64岁,年龄最小的15岁。这是疫情发生以来,同时出院人数最多的一次。目前,武汉市金银潭医院已累计治愈出院患者72例。

截至30日24时,湖北省已累计治愈出院新型冠状病毒感染肺炎患者116例。

1月31日,武汉雷神山医院总体建设进度超过55%。

1月31日晚,厦门航空两架航班分别从泰国曼谷、马来西亚哥打基纳巴卢将滞留在当地的199名湖北籍旅客接回武汉。

武汉,紧张中蕴含着不安和骚动。

武汉市政府党组成员李强31日在新闻发布会上说,武汉市红十字会已接收捐赠超过6亿元。

"当然,我们工作中也存在一些问题。比如说,周转不够快、调拨不够及时,这些都需要在工作中加以改进。"李强说。

"感谢全国抗疫英雄!""武汉加油!""武汉必胜!"……

31日晚,武汉汉江、长江畔25公里"巨屏"多处地标建筑外立面亮出的灯光字幕,为武汉战胜疫情加油鼓劲。(侯文坤)

扫码收看

武汉加油!

附录
张定宇：渐冻生命与疫魔竞速

如果知道自己的生命开始倒计时，还会拼了命争分夺秒为他人做一些事，这样的人有吗？

有！张定宇就是这样的人。

4月10日，湖北省委组织部报请省委研究同意，拟提拔重用4名在疫情防控工作中表现优秀、业绩突出、群众公认的干部。其中之一，是武汉市金银潭医院党委副书记、院长张定宇，拟任湖北省卫生健康委员会党组成员、副主任。

隐瞒身患渐冻症的病情、顾不上感染新冠病毒的妻子，张定宇踩着高低不平的脚步，坚强地挺立在新冠肺炎疫情的"暴风眼"。病人激增、医疗资源短缺、手下医务人员"一人当两人使"……他这一仗，打得极其艰苦。"这是我一生中遇到的最大挑战。"

他是医生，面对汹涌疫情，舍身忘我、无私无畏。

武汉是此次新冠疫情的风暴眼，金银潭医院更是风暴眼的中心。

手里接打着一个又一个几乎不间断的电话，脚下步子也不停，还不忘对身边人发出一个又一个清晰的指令……

这，是张定宇给人的第一印象。

2019年12月29日，首批不明肺炎患者转入金银潭医院。

多年从事传染病防治工作，职业敏感让张定宇第一时间判断，这不是普通的传染病。他果断决策，将这些病人迅速集中到隔离病房，自己穿上防护服，进隔离区查看症状，分析研判。

12月30日一早，他再度决策：紧急布置腾退病房，抽调更多医疗力量，新开两个病区，完成清洁消毒，设备物资人员调配……

之后的日子，不断有新病人转入，相当于医院要不断"换水"，任何一丝遗漏都会弄出乱子。

早上7点半，往往换班的医护人员还没到，张定宇就已经到了。"今天收了多少病人？""多少出院？"他每次问，都要回答者脱口说出精确数字。"收病人、转病人、管病人，按道理有些事他可以不管，他都会到现场亲自过问。"南三病区主任张丽说，"但有困难找他，总会有办法。"

张定宇身后，从一个病区，到一栋楼，到三栋楼；护士从2小时交接班一次，延长到四五个小时一次；医生更是恨不得把一个人当成两个人来用……

一向脚步如风的张定宇下楼梯脚步越来越慢。面对越来越多人的追问，张定宇终于承认："我得了渐冻症，两年前就犯病了，下楼吃力，更怕摔倒。我特别怕下楼，必须扶着。平时，我下楼都会抓住我爱人。"

"多少次问他，都说膝关节动过手术。"感染科主任文丹宁说。直至这次，她和其他同事才回过神来，才知道"为什么他脚步高低不平，上下楼一定要抓紧扶手，慢慢挪"。

北七病区护士长贾春敏却有怀疑。"他明明走得好快！"1月21日晚腾退完病房后，正等待转入新病人，贾春敏就接到张定宇电话："5分钟到北7楼，看新病区还差些什么。"

放下电话，贾春敏赶紧拉上装物资的小推车一路小跑。"他从办公室到北7楼比我远，等我到的时候，他已经在那儿了。"贾春敏说，"平时他老跟不上我们，但他拼的时候，我们跟不上他。"

"有他在，医护人员、病人、家属心里都有底。"文丹宁说。

他是院长，面对救治压力，勇于担当、恪尽职守。

疫情初期，清早6点钟起床、次日凌晨1点左右睡觉，不知不觉成了常态。好几个夜晚，张定宇凌晨2点刚躺下，4点就被手机叫醒。

金银潭医院收治首批病人22天后，张定宇得到消息，在另一家医院工作的妻子，工作中被感染新冠肺炎，住进相隔10多公里的医院。

妻子入院3天后，晚上11点多，张定宇赶紧跑去探望，却只待了不到半小时。"没说太多话,都很疲惫,只是离开时叮嘱了下:保重。"

"实在是没时间。我很内疚,我也许是个好医生,但不是个好丈夫。我们结婚28年了。刚开始两天她状态不好,我就怕她扛不过去。"几乎没时间去看患病的妻子,却又搁不下、放不了挂念,谁也没法想象张定宇心里的纠结。

一个多月,夜以继日,张定宇病了。躺在床上输液时,他手里仍拿着各种材料数据了解病人情况、重症人数、救治进展,布置各项工作……刚刚好一点,只要身体允许,张定宇都会再穿上被称为"猴服"的防护服,从病人通道走到隔离病房,走到重症室查房。

好在,妻子在入院10天后的1月29日下午,痊愈出院。这个消息不仅让张定宇,而且让了解张定宇的人们,都松了一口气。

他是党员,拖着病体,冲锋在前、挺身而出。

共产党员、院长、医生,是张定宇的三重身份。

"无论哪个身份,在这非常时期、危急时刻,都没理由退半步,必须坚

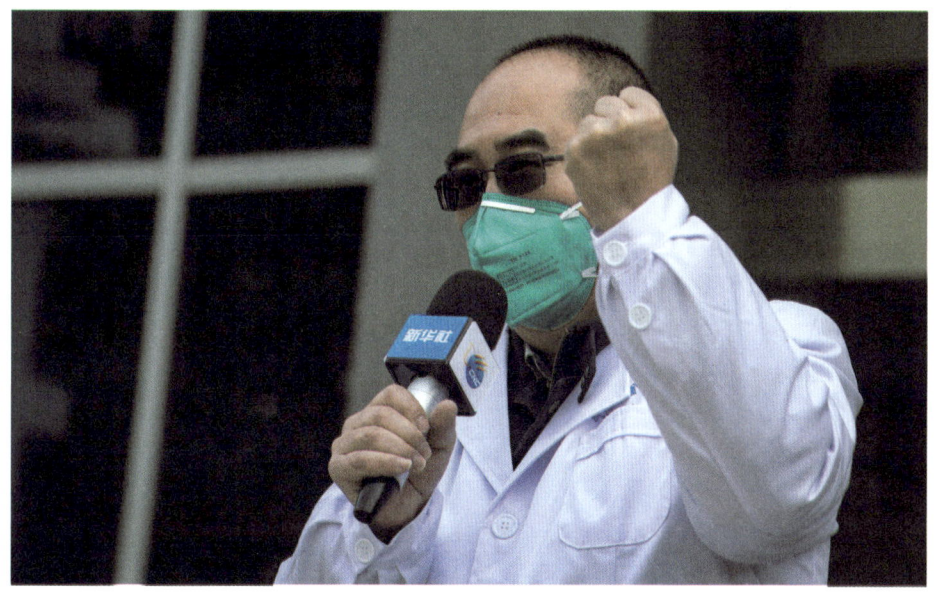

武汉市金银潭医院院长张定宇拖着病痛折磨的残腿,坚守工作岗位。(肖艺九 摄)

决顶上去！"张定宇说。

今年 57 岁的张定宇，曾随中国医疗队出征，援助阿尔及利亚；2011 年除夕，作为湖北第一位"无国界医生"，出现在巴基斯坦西北的蒂默加拉医院……

他和同事们的身影，也曾出现在重大灾害发生的现场。2008 年 5 月 14 日，四川汶川地震第三天，他带领湖北省第三医疗队抵达重灾区什邡市……

在张定宇的带领下，金银潭医院 240 多名党员没有一个人迟疑、退缩，全部坚守在急难险重岗位；600 多名职工也全部恪尽职守，没有人临阵脱逃。

张定宇有个希望，在自己能动的时候，跑赢这次与新型冠状病毒的赛跑。"我会慢慢失去知觉，将来会真的跟冻住了一样。"张定宇下意识地摸了摸腿，"慢慢我会缩成小小一团，固定在轮椅上……"

干吗还要这么拼？

"我已经很幸运，病情发展不是那么快，所以我更加珍惜这份眷顾，尽可能多做工作，而我的工作就是救人。"张定宇说，"必须跑得更快，才能跑赢时间，把重要的事情做完。"

每当危难时刻，总是有人挺身而出，扛起重担，克难攻坚。张定宇，践行了一名共产党员、医生和院长的初心使命。向这位努力跑赢时间的勇士致敬！（李鹏翔、侯文坤）

拼渐冻生命，与疫魔竞速

2020年2月1日
凡人亦英雄

英雄，亦是凡人。他们是我们的邻居，偶尔想起的朋友；是父母的孩子，忙碌的父母，平淡的夫妻……

今年51岁的史庆辉，是空军军医大学口腔医院放射科医生，1月27日驰援武昌医院。他每天从早上7点半一直忙到下午2点多，穿三层防护服，根本想不起来上厕所，交班后吃饭、上厕所一次性解决。

激励他拼命战斗的，是母亲张茹英的"朋友圈"："今天是大年初一，大家都分别奔向家庭，奔向幸福，奔向平安，我的儿子却收拾行李，逆向而行，奔向疫区，创造幸福，创造平安。他2008年汶川地震时受命去抗震救灾，今年又去疫区战斗，一生中有两次这样的经历也不多见，值得骄傲。"

史庆辉说："疫情中感染的大多是老年人，看到他们就想起妈妈，还有什么说的，上吧。"

这种"同理心""同情心"闪耀着朴素的人性光辉，是灾难中感人至深的力量。

武汉大学人民医院感染科护士长谌利琴，1月7日起奋战在新冠肺炎疫情救治一线。她早上7点上班，晚上7点回家。有时遇到转运病人、病人较多，担心夜班护士忙不过来，也来临时加班。

结婚这么多年来，谌利琴因工作顾不上家，但家人一直非常支持她。"我让他们给我留点饭就行，他们先吃。他们还是坚持要等，等到很晚，一家人一起吃。特别是我先生，比以前做得更多了，像照顾病人一样照顾我，递茶、递水果，弄得我都不好意思。"

灾难当前，家永远是帮助人战胜苦难、让人勇敢前行的依托。

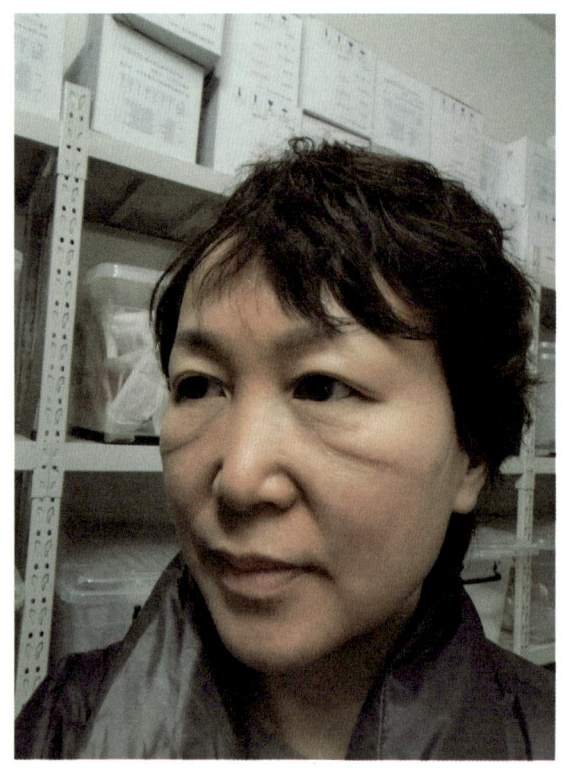

谌利琴护士长穿了一天防护服后,口罩的印迹清晰可见。

1月24日除夕夜,广东中山大学附属第三医院PICU(儿科重症监护病房)护士长段孟岐随广东医疗队对口支援汉口医院。疫情期间,82个护士分成7个组排班,11—12人一组。4小时一个班,每天一组轮空休息。段孟岐说:"我已经过蒙了,刚熬完两个夜班,护士平均每人每天只能睡五个小时。"

大年初一那天,5岁儿子微信留言:"妈妈,妈妈,我对着月亮许愿了,保佑你早点平安回来。"还问:"妈妈,你把那些人治好了吗?"累了、困了,段孟岐就会把留言拿出来听。

武汉同济医院急诊科副主任医师严丽,1月20日放弃休假后,一直坚守岗位。很少有人知道,和正常人一样拼着干的严丽,是一名肿瘤患者,住过7次院,动过多次手术。

3个月前,为弥补长期以来对丈夫和孩子的亏欠,严丽提交休假申请,精心制订了旅行计划。登机前,严丽接到医院紧急电话:"两个同事生病,门诊量剧增。"二话没说,她拿着行李返回医院。

"同事们都在一线,我不能成为逃兵。"严丽说,"所有人,都是拿命在拼。没有休假的,也不止我一个人。"

丁新波是武汉大学中南医院重症医学科护士长。今年1月1日科室组建隔离病房后一直在奋战。与疫情的战斗，浸泡着泪水、汗水，今年40岁的他坦言，这是从医15年来，从没遇到过的压力和困难。

"你不是一个人在战斗"。令他感动的是，科室每次发问卷，护士们都表示不愿休息、不愿退下来，相反还有其他科室同事请战。"救死扶伤，我们回到了医护人员的初心。我觉得白衣战士这个称号，对我来说太高了。可能有时候比较辛苦，但只要能得到老百姓认可，我就感到欣慰。"

凡人啊凡人！柴米油盐、酸甜苦辣，生活的平淡消磨、挫伤了许多可贵的东西。平淡中能坚守初心、唤回使命感，人间烟火气中就会多几分清朗。

上海市第一人民医院急诊危重病科主任王瑞兰今年53岁，1月26日，大年初二，她驰援武汉市第三医院。

下班后，脱下防护服，慢慢喝上两大杯水，是她一天最放松的时刻。"穿着防护服不好上厕所，我尽量不喝水，下班后只想慢悠悠喝口水。"

"医院要求呼吸科和ICU医生支援湖北，必须正高。"王瑞兰说，"科里三个正高，一个高血压，一个摔过，我是科主任，又是搞病毒感染和重症肺炎的，理应我来。我直接报名，多简单一件事。"

"在国外读书的女儿召集校友筹集医疗物资，先生也在找同事、同学帮忙。"王瑞兰说，"这场没有硝烟的战斗中，没有一个医护人员退缩。"

没有豪言壮语，默默行动、默默支持。"理应我来""所有人都在拼"……互相感染，互相鼓励，小亦不小，凡亦不凡，汇聚起战疫的洪流。

也有防控作风不实而受处理的。新冠肺炎确诊病例数量在湖北省内仅次于武汉的黄冈市，有337名党员干部被问责，防控工作不力的6名领导干部被免职，其中3名是正县级干部。

疫情发展让人揪心。湖北省副省长杨云彦介绍，全省12个市州确诊病例超百例，武汉之外其他市州确诊数已占总数一半以上。

力量在汇聚。2月1日，中国工程院院士、国家卫健委高级别专家组成员李兰娟团队一行5人，从杭州出发驰援武汉。他们将进驻武汉大学人民医院东院区，负责新冠肺炎重症救治。

补记：3月31日，即将凯旋之际，身上贴满援鄂医疗队员签名爱心贴纸的李兰娟，从人民医院院长王高华手中接过"中华脊梁"的书法作品时，虽满脸疲惫却一脸笑意，像是邻家慈祥的老奶奶……（黎昌政）

凡人英雄

2020年2月2日
没有一个冬天不可逾越

"流感突起,肺炎逼至,想父亲安康……您于院中应多加留意,谨防传染。吾坚信没有一个冬天不可逾越,病毒肆虐的当下,亦如是。"工整娟秀的字迹、饱含深情的家书。这是一位14岁的武汉女孩给奋战在抗疫一线的医生父亲写的一封家书,也是无数个医生家庭中子女最恳切的心声。

1月底,初次在网络上看到这封家书时,我就萌生了寻找它的主人的念头。

疫情暴发的初期,这座被按下暂停键的城市中,所有的热闹戛然而止。然而,那一扇扇医院的大门内,却有着异于往常的喧哗。敲开一个医生的家门,去聊聊疫情给一个普通家庭带来的瞬时巨变,是鸣响这场抗疫报道持久战的枪声之一,也是在武汉这座疫情"暴风眼"的城市之中,一个不可或缺的片段。

经过前期沟通和进家门前的消毒,我第一次进入这个双职工医生家庭。这是一个普通而又温馨的家庭——十几张不同时期的全家福分布在家中各个温馨的角落,靠墙的一整面书柜连接着阳光倾泻而下的露台……

这名女孩叫孙婉清,人如其名,温婉可人。她是一名中学生,成绩优异,聪明伶俐。在疫情肆虐的当下,她的处境与同龄人有些不同,因她的父母都是抗疫一线的医务工作者,她有时被迫独自"留守"。

言为心声。200余字的家书,传递着孙婉清对父亲深情的问候、温暖的鼓励、迟来的歉意,以及对战胜这场疫情坚定的信心。

眼前的这个女孩缘何写出"健康所系,性命相托""于我偶有失信,曾怪罪于您""您于院中应多加留意"这样的字句?她与医生父母间又有哪些平凡而动人的细节?

写这封家书的时候,她已经好多天没见到爸爸了。作为第一位和婉清面对面接触的记者,我很幸运。婉清并没有像她母亲张清之前在电话中所说那

14岁少女孙婉清在家中书房阅读。（李贺 摄）

样"害羞"，她阳光、开朗、健谈。在近一个小时的交谈中，我了解到这封家书实则是一封拜年帖，而其中每一个字句都来自生活中点滴的积累。随着交谈的深入，婉清和父母近几年来日常生活的片段慢慢在眼前铺陈开来，最重要的是，婉清流露出对医生这个职业最直接、最真切的赞美与自豪感。

"健康所系，性命相托"，原来出自母亲张清无意中向她提起过的医学生誓言——

"我决心竭尽全力除人类之病痛，助健康之完美，维护医术的圣洁和荣誉，救死扶伤，不辞艰辛……"20多年前，张清踏入医学学府时宣读的誓言犹在耳畔。耳濡目染，女儿竟将这个誓言也记在心里。此刻重温这句誓言，张清心潮起伏，激动难平。"许多年来的细细体味，一点点明白这托付有多重，以及为这份承诺要付出多少。"张清哽咽。

也许是太多次的"无意"提及，导致婉清在这封家书中"刻意"地摘选。

"我以前觉得医生这项工作挺好的，有时和爸爸一起走在路上，有人认出他说'孙医生谢谢你'，觉得挺自豪。现在觉得真的挺累的，选择医生这个职业，非常伟大。"婉清说这句话时，眼里闪过一丝担忧。

如果急诊科的父亲不幸染病，如果麻醉科的母亲也上"战场"，那么这个女孩该如何度过这个冗长、难熬的冬天？在成稿的过程中，不安的思绪时不时冒出来。我戴上耳机又听了一遍婉清念这封家书的录音，清脆的声音中勾勒出她初识"没有一个冬天不可逾越"的画面——

也是某一年的冬季，阳光穿过窗玻璃泼洒进课堂，黑板被映照得发亮，老师用粉笔写下一个句子，从此印刻在孙婉清的脑海中——"眼下正是一年中颜色最为单调的季节，目之所及，四处是裸露的黄色土地，以及遒劲的灰色树枝，但没有一个冬天不可逾越。"

补记： 在之后持续近百天的抗疫报道中，我一直和婉清保持着密切的联系，也渐渐和她，以及她的母亲成了朋友。

从1月中旬至4月初武汉"解封"，孙婉清把大量独处的时光交给诗书与墨香。书房外连通着阳光倾泻而下的露台，简单添置一个小书桌、一把小凳子，这就是她的世界，是她战胜孤独的"战场"。在整个疫情期间，她在这一块有限的天地，传递出无限的力量。

孙婉清，不仅仅是一名普通的居家隔离的中学生，也是许许多多个一直坚守在抗疫一线的医护人员子女的一个缩影。可以说，婉清的故事是一个样本，带领无数的读者和观众瞥见真实的武汉、顽强的武汉、青春的武汉。

在我们报道团队随后形成的稿件和新媒体产品中，"没有一个冬天不可逾越"的故事，也成了此次疫情防控阻击战中第一批聚焦医务人员群体的重要记录，甚至成了凝聚全社会力量与信心的重要标识。（喻珮）

扫码收看

听！14岁女儿把感人家书念给了医生父亲

2020年2月3日
农村战疫开启攻坚模式

疫情如火！截至2月2日24时，作为毗邻武汉的地级市和革命老区，黄冈确诊病例达1246例，仅次于武汉。

春节以来，从武汉流出的人口大部分流向省内农村地区。黄冈之忧，反映出形势之严峻，"当前市州疫情呈现城市向农村蔓延、输入型向社区感染型发展的新态势"。

2月3日起，新华社首个派赴湖北市州的报道组，开始了黄冈之行。所见所闻，让我们的心揪得更紧了——

在市区，黄冈版"小汤山医院"、大别山区域医疗中心于1月28日紧急启用。面对不断增长的病例，当地医务人员加上山东、湖南援助医疗队，无论是人手还是物资都承受着极大压力。

在各县区医院，隔离病房、救护设备、救护物资等捉襟见肘，医务人员更为紧缺。有的行政村只有几名村医，"以一管百""以一管千"是常态。

数日内，孝感、随州、荆州、襄阳等地市确诊病例也突破千人。数字猛增的背后，收治能力有限、防疫物资紧缺、群众防疫意识不足等诸多短板，都警示着农村疫情防控不容有失，否则后果将不堪设想。

——"软""硬"兼施群防群控。

"今天到处串门，明天肺炎上门"……黄冈市蕲春、武穴、黄梅等县农村，沿路可见这些"土味儿"标语。

"各位村民同志，一律不要出门，不要串门，不要拜年……"蕲春县张榜镇马踏石村，广播里响起村支书李小珍的"霸气"喊话。

大喇叭响起来了，锣鼓敲起来了，一些"黑科技"也派上用场。在武穴市石佛寺镇，盘旋在半空的无人机，向村民喊话"勤洗手，多通风，少出门，多健身"。如果发现有人聚集,村干部通过无人机"点名",提醒村民迅速回家。

有"软"劝导,也有硬措施。

"你是哪来的?"

我们在通山县通羊镇采访时,路口值守的村民隔着竹竿搭建的"关卡"警惕地询问。

此时,湖北全省实行村组封闭管理。进村道路设立卡口,只留应急车道,无特殊情况不得通行。每个村确定专人负责物资采购,集中统计需求,逐户送货上门,最大限度降低居民出行频次。

蕲春县株林镇黄泥塘村,一场本该热闹的"喜丧"举行。没有丧宴、没有亲友吊唁,只有10来个戴口罩的送葬人员……"虽然觉得大不孝,但眼下是紧要关头,不让亲戚来,是为了大家安全!"家属在电话里哭着表明态度。正是这样的严格防范,黄泥塘村到目前未出现一例确诊或疑似病例。

——全力排查"四类人员"。

每天下午,罗田县九资河镇官基坪村的返乡人员微信群就会热闹起来——返乡村民开始上报自测体温。

"有些人没测也在群里报。为了防止这一点,我们上门去测,每天至少

湖北省蕲春县十里畈社区实行严格的封闭管控举措,路上设立了卡口并有专人值守,无特殊情况不得通行。(邹伟 摄)

一次。"村支书胡亚龙说。

确诊病例、疑似病例、发热病例、密切接触者这"四类人员"有多少，是我们每到一地必问的问题。

"我们镇4万人，在家的24182人，其中武汉返乡人员3674人；目前确诊3人，疑似7人，密切接触者54人；征用一个酒店作为集中留观点，有40个房间，28人隔离……"应城市黄滩镇党委书记蒋家彪报出数字。

蒋家彪介绍，各村发现发热病人就立即上报，指挥部安排专车送到乡镇卫生院分诊，疑似的送定点医院，不能排除的送观察点，属于其他病症的开药回家吃。

2月7日起，湖北省整合镇村干部、党员、民警、医务人员和居民群众等，组建专兼职工作队伍开展全面摸排。

在通山县德船村村委会值班室，我们见到多名干部正对照本村名单逐个打电话询问。

1900多人口的德船村已排查出48名有武汉旅居史人员及2名与疑似病例有过非密切接触的人员，全部严格居家隔离。还有1名与外地确诊病例有过密切接触的，已送往县里隔离观察。

各市州都在紧急行动。自2月初开展拉网式排查以来，截至2月11日晚，黄冈市共发现发热病人1.3万人。

——向更多难题开战。

黄梅县是一个百万人口大县。然而，全县没有传染病医院，也没有负压救护车，病员转运和标本运输隐患较大。

黄梅县疾控中心主任郭在清说，县里仅两家医院设有发热门诊，其他公立医疗机构只有发热诊室，且多数达不到防控要求。民营医疗机构基本没有发热诊室。

"卫生院每天需要N95口罩120个、外科口罩200个、防护服40套、护目镜40个，缺口很大。"黄梅县独山镇卫生院院长陈春阳介绍。

"一罩难求。"武穴市花桥镇吴文贵村村干部说，之前村里发了420个口罩，而全村约 400 户人家，除去每日值守和巡逻所需外，剩下的口罩一户分不到一个。

临床需求大，救治力量薄弱，县乡两级医务人员、检测技术人员严重不足……形势严峻，但绝非无解。

更多医疗力量在赶来——

凌晨接到通知，匆匆告别亲友，洛阳市第二批 90 名医护人员 9 日上午出发，随河南省援助湖北医疗队赶赴随州。

按照国家统筹安排，19 个省份对口支援湖北省除武汉市外的 16 个市州及县级市，不断充实基层救治力量。

更多物资设备在到位——

在监利县，当地企业募集的 30 万个医用口罩、5000 件医用防护服被送往各乡镇；

在江陵县，武汉雷锋小组捐赠的 10 箱共 6000 双手套陆续分发到各乡镇卫生院……

更多党员干部站了出来——

黄梅县苦竹乡苦竹口村 63 岁的老党员柳再荣，每天背着几十斤重的药桶，对村里公共场所消毒。"确实有点累。"柳再荣说，"能换来大家的健康，值了！"

"不漏一户、不落一人。"在村里摸排的独山镇党委书记马聪边走边说，全镇已经发动所有党员干部包片包组，上门开展地毯式排查，一定要确保不留盲点、守住源头。（邹伟）

记者探访：湖北黄冈农村实行村组封闭管理

2020 年 2 月 4 日
至暗时刻的关键之举

"王辰院士关于方舱医院的建议想对咱们讲讲,但他还在斟酌……"

"事关重大,采访越快越好,我可以带队去!"

2月4日深夜零点23分,手机铃声骤响,电话来自总社负责联系卫健委的资深记者陈芳。

经过紧急联系,这场重要的独家专访由此确定下来——

4日上午10点,我和文字记者赵文君、摄影记者王毓国、视频记者方亚东一行四人从武昌区的武汉前指,驱车40公里赶赴蔡甸区的中核国际酒店。

在酒店三层会议室,两张简易椅子,在一幅《苏轼赤壁赋》的书法挂图前,中国工程院副院长、中国医学科学院院长王辰和我面对面对座,就抢建方舱医院等疫情防控焦点问题一谈就是两个多小时。

"启用大空间、多床位的'方舱医院',这是中国采取的重大公共卫生举措。""把所有的确诊轻症患者统一集中收治隔离,以免造成更大范围的扩散,这是当前打赢疫情防控阻击战的关键问题。"

这位非典时期曾担任北京医疗专家组组长的呼吸与危重症医学专家,博学儒雅、娓娓道来,语气温和却异常坚定。

实践证明,王辰院士振臂呼吁的方舱医院建议,在这场惊心动魄的武汉保卫战中发挥了极其关键的作用,被誉为"关键时期的关键之举"。

此时的武汉,可谓正处于"至暗时刻":武汉2日累计确诊5142例,3日累计确诊6384例,4日累计确诊8531例……快速增长的确诊病人犹如"堰塞湖",令武汉医疗系统几近崩溃。

一床难求,是病人和家属望眼欲穿的锥心之痛。

疫情中,湖北电影制片厂导演常凯一家四口相继去世这一令人悲痛的消息，正是当时疫情凶猛、床位难求的一个缩影。常凯在让人泪目的遗书中写道："噩梦降临，大年初一，老爷子发烧咳嗽，呼吸困难，送至多家医院就治，均告无床位接收，多方求助，也还是一床难求。"

抗疫初期，火神山、雷神山两所医院得以火速开建，2月4日上午火神山医院已开始接收首批患者；但两所医院床位合计尚不到3000张，当时武汉一天新增的确诊病例就可以填满。

更令人担忧的是，大量患者奔波在求医路上，成为"移动的传染源"，很多病人在煎熬等待中由轻症拖成重症，诸多惨剧根源于此……

严峻形势亟待非常之策！

2月1日到达武汉的王辰院士，经过调研后发现当时最紧迫的任务是解决病毒的社会传播和扩散问题。他在接受我们采访中直言：这些患者若得不到有效收治会陷入困境甚至生命危险，这是传染源控制不力，是社会和专业干预不够的表现，要采取强有力乃至较为极端的专业措施。如果不介入，后果

2月4日，正在加紧改造中的武汉客厅方舱医院。（程敏　摄）

会更严重。

2月3日下午,一场重要会议在武汉市疫情防控指挥部召开。王辰在会上提出建议,可利用现有体育馆、展览馆等场所进行改造,用于收治大量轻症患者,迅速缓解床位不足的问题。

中央赴湖北指导组领导当场决定:这个法子可行,立即改建方舱医院!

专业的建议,果断的拍板,火速转化为具体实践——

在指导组推动下,武汉市3日当晚立即着手将会展中心、体育场馆等改造为方舱医院,已经改造成的3家方舱医院新增3800张床位,用于集中收治轻症患者。国家紧急抽调来自20个省大型三级综合医院的医学救援队、3个移动P3实验室和2000名专业护理人员,4日全部抵达武汉,5日可以收治患者。

经全力筹备,诸多方舱医院迅速建设启用。到4日当晚,随着新一批体育馆、会展中心的加入,接诊床位增至万余张,"方舱医院"扩容至11家:洪山体育馆、武汉客厅、武汉国际会展中心、光谷科技会展中心、武汉国际博览中心、塔子湖体育中心、武汉体育馆、武汉市石牌岭高级职业中学、大花山户外运动中心、黄陂一中体育馆和武汉体育中心。

从3日当晚开建,29小时后首批患者即入住方舱医院。一系列配套措施紧锣密鼓:研究制定轻症管理规范和方舱医院救治标准;每个病床配上电热毯,分散空调保持室温18摄氏度;联系餐饮企业制作盒饭加热供应;医废集中收集处理……

方舱医院启用建设之初,也曾有担心交叉感染、患者聚集引起群体事件等不同意见,洪山等有的方舱医院等启用之初曾因安排原来的住院病人入住或设施简陋等,一度引发关注质疑。

2月4日晚,新华社独家权威专访《关键时期的关键之举——中国工程院副院长、呼吸与危重症医学专家王辰回应武汉疫情防控焦点问题》一文播发,这篇国内最早最权威最系统的方舱医院报道迅速引发广泛反响,在关键时期发出权威之声,对方舱医院建设、使用发挥了引导舆论的重要作用。

针对"患者会否造成交叉传染"的问题,王辰明确指出,由于是确诊患者,病原相同，交叉感染这个问题不是突出问题。入院前除新冠病毒核酸检测阳性外，还会经过流感抗原筛查，尽最大可能避免可能的生物安全风险。他说，方舱医院的病房是开放式的，看护效率可以大大提高，如果病友间互助性强一些，还可以参照社区互助模式。

在中央提出"应收尽收，应治尽治"的工作方针后，实际上方舱医院就是为了落实这一方针而创意推行的，扭转了防控一度极为被动的局面。在具体实践中，方舱医院还成立了临时党支部，同时挂起国旗、党旗，唤起每个患者的公民意识，要万众一心共克时艰。随着配套措施的跟进，方舱医院设有图书架、读书角、小课桌、电视区等，医生和患者其乐融融，成了当时唯一能跳"群体广场舞"的地方，还组织起了广播操、"群体八段锦"，文化生活丰富，形成了良好的社区氛围。

补记：方舱医院，被视为此次战"疫"中关键的生命方舟。从2月3日开建到3月10日休舱，武汉总计建设启用16家方舱医院，累计收治1.2万余人。方舱医院形成抗疫的"中国方案"，也被国际上诸多国家所借鉴采用。

王辰院士在3月11日再度接受新华社记者采访时，用"三个三"来总结方舱医院的经验：有"隔离""治疗""监测"这三项基本功能；有"大容量""高速度""低成本"这三个建设特点；也成功克服了"患者是否愿意入住方舱""交叉感染问题""发生群体性事件的风险"这三大顾虑。

事非经过不知难——方舱医院正是启用于抗疫的"至暗时刻"，武汉保卫战也由此逐渐由被动转向主动，防控局面开始得到有效控制。

事实上，对当时各界高度关注的疫情发展程度和走势，王辰院士2月4日在接受我们采访时也做出了科学理性的研判：病毒有一个宿主适应的过程，要适应新的宿主体内环境生存下来并繁衍，会产生一系列复杂的变化。病毒传播力变强还是变弱？每个传播出去的病毒在不同人群身上、不同个体身上会出现什么变化？还都是未知的，都有很大偶然性。对当时大家议论的疫情"拐点"、天气转暖是否有利于抑制病毒等问题，他认为还没有疫情传播高峰、低峰的依据；有人根据非典时期的经验猜测，天气转暖有利于控制疫情，但这种经验还较为局限，尚不足为鉴。

正如方舱医院所带来的启示：尊重科学、尊重专业性，是我们这场疫情防控阻击战取得的重要经验，也是当前和今后我们在疫情防控中必须加强的基本态度。（张旭东）

王辰院士提议"方舱医院"

2020年2月5日
她的建议改变了诊断标准

2月5日,国家卫健委向社会公布了《新型冠状病毒感染肺炎诊疗方案(试行第五版)》(以下简称"第五版诊疗方案")。在诊断标准上,方案首次在湖北"疑似病例"和"确诊病例"两类病例之外,增加了"临床诊断病例"。而这个日后对疫情防控影响深远的改变,也一定程度上得益于武汉大学中南医院一位医生的呼吁、建议。

张笑春,是武汉大学中南医院的一名影像科大夫,在新冠病毒还没大面积传播的时候,她就已经站在了最前线。

一般来讲,肺部出现炎症的患者,就诊时会拍 CT 等影像资料以辅助诊断。张笑春回忆,医院里最早见到这样的影像是在 2019 年 12 月 27 号左右,那时候大家并不知道是哪种肺炎,有同事让她去看一下这个影像。张笑春震惊之下脱口而出:"这像非典,难道非典又卷土重来了?"

过了几日,12 月 31 号上午,张笑春接到医院医务处的电话,通知开会,会上被告知武汉市发生了不明原因肺炎,这是她最早接触到这个疫情的时间。那时的张笑春,没想到自己会一度成为抗疫的新闻人物。

春节前后,武汉"封城",部分年轻同事无法返岗,张笑春便开始较多地参与影像处理、出具报告。在参与撰写中南医院新冠肺炎临床诊疗指南过程中,张笑春要反复根据核酸确诊的病例来对照 CT。敏锐的她发现一个奇怪现象:不少具备新冠肺炎特征的影像案例核酸检测结果却呈阴性。

张笑春对核酸检测准确度产生了质疑,随后开始着手调查,咨询检验科的同事后,得知相当比例肺部 CT 已经有病症表现的患者,核酸检测结果反而是阴性,而阳性比例只有 30%—50%。这个令人震惊的结果,一定程度上也印证了张笑春的猜测——核酸检测存在漏检。

恰在此时，同样的事情发生在张笑春最亲近的人身上。

大年初二的晚上11点，张笑春的母亲来电说有些不适。症状很诡异，主要表现在神经方面，四肢发麻。

急诊科的同事依据临床经验怀疑是新冠肺炎，张笑春解释说，新冠肺炎不止表现为发热、咳嗽，很多呼吸道以外的症状也会出现。因此，翌日一早，张笑春就带着母亲拍了个CT，影像显示，双肺都有一条窄窄的实变，但随后的核酸检测结果却是阴性。

因母亲的CT结果不乐观，下午，张笑春给父亲也做了CT检查。没想到，自认为没有任何不适的父亲，肺部的病变比母亲的范围还广，而且也不是典型肺炎的影像。但因为当时收治的标准是核酸检测呈阳性，她只能让父母回家隔离。

即使张笑春在医院工作，父母也因为核酸检测结果是阴性而住不进医院。而她认为，在家无法实现一个完全的医学隔离，这种家庭留观实际上是无效的。

类似的事情在当时的武汉，并不鲜见。张笑春在医院帮助父母排队办理手续时，队伍后面有人不小心把家属的CT片掉在地上，她余光一扫，发现也是双肺弥漫性病变。张笑春赶紧告诉他："肺都这么严重了，应该住院。"却得知这位病患核酸结果同样为阴性，住不进医院。

张笑春回忆说，当时她望向身后的病人，看到一种非常绝望的眼神。本就为父母病情揪心，这个眼神更加刺激到她，张笑春开始思索怎么利用CT结果将这些人先收治入院。

然而，信息上报的渠道却难住了张笑春。彼时，所有医务人员都忙于处理疫情相关的事务。张笑春想，就算向院长报告，他也不一定有能力解决。所以她一直在踌躇，跟谁也没说，不知该怎么办。

此外，张笑春当时也持有一些顾虑。一方面，她担心这些观点会不会给疫情的防控带来负面影响，毕竟专业建议和政府部门采取的措施可能会存在一些差异。另一方面，作为一名医院职工，张笑春害怕发表这些观点会给单位和领导带来不好的影响。用她的话说：大疫面前，大家要"大局为重"。

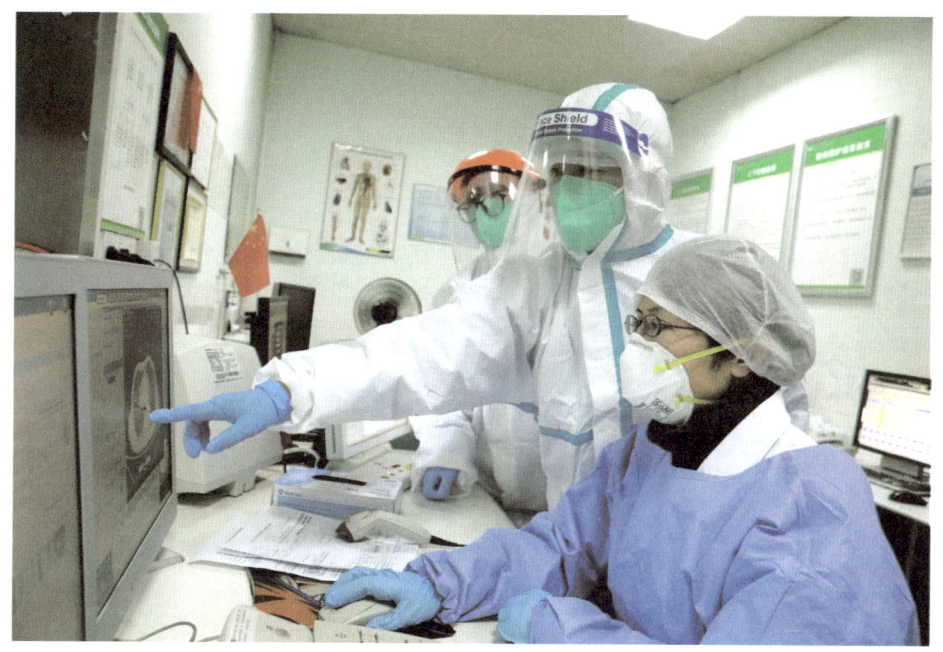

2月5日,武汉大学中南医院医学影像科副主任张笑春(右一)和同事一起看新型冠状病毒感染肺炎患者CT影像。(高翔 摄)

一直倍感纠结的她,从2月3日的凌晨3点起,把微信编了删、删了编,到底还是删掉了。到早上9点左右,张笑春下定决心,写了一段话,配上图发到朋友圈。

贴文开门见山:"强烈推荐CT影像作为诊断2019nCoV肺炎的主要依据。强烈建议政府征用酒店、宾馆或学生宿舍,收纳近十万之多的疑似及大部分医学观察者,强制隔离治疗!"

一石激起千层浪。虽然该条朋友圈十分钟后就被她删除,但这两条建议依然广泛流传并引发热议。一时间,舆论的焦点汇集到张笑春和她的朋友圈截图上。

在张笑春疾声呼吁两天后,2月5日,国家卫健委出台第五版诊疗方案,将CT影像纳入诊疗范围。从划分"临床诊断病例"的标准,到单间隔离的收治办法,都和她的建议高度吻合。张笑春说,疑似病例和临床诊断病例都是单间隔离,比确诊病例的隔离标准还严格,就是为了杜绝不是新冠肺炎的患者受到交叉感染，CT影像作依据并不会误伤非新冠肺炎患者。

补记： 2月13日，湖北省首次以临床诊断病例作为报告数据，当日上报确诊病例为14840例，其中有13332例是通过CT影像作为诊断依据。之后，武汉市征用了一批学校、酒店作为临时收治点。

至此，许多无法得到救治且自身具备传染性的潜在病患终于被纳入集中诊疗的范围内。

张笑春说，她的言论是否起到了直接的推动作用尚且不论，起码，第五版诊疗方案终于加入了这一部分内容。"这对湖北省，尤其是武汉市这种重点疫区的几百万老百姓来说，就是救命！因为人命关天，及时救治才是最重要的。"（王斯班）

增加CT影像筛查

2020年2月6日
遇见方舱"读书哥"

两天前,武汉市几乎所有的建筑企业都动起来了。参与改建一种工人们以前没见过的医院:方舱医院。

2月3日晚,武汉市首批规划的3个方舱医院连夜动工。工人们清空场馆,按照一定的间距摆放床铺,再用木板隔成一个个大隔间,安置临时厕所,如同战时医院一样的格局。

5号中午,朋友传来消息,武汉国际会展中心方舱医院的建设进展加快,被命名为江汉方舱医院,可能马上收治首批病人。新华社记者赶紧从单位赶去,等待拍摄收治首批病人。没想到,这一等居然等了8个多小时。

深夜9点左右,一辆公交车缓缓停在武汉国际会展中心的2号门门口。"来了……"旁边的同行轻轻喊了一声。我们套上单位准备的防护服,揣上相机,慢慢走了过去。工人们还在陆续撤出,一些没来得及清走的建筑材料还堆积在门口,没人注意到我们这几个挂着相机、站在墙角的记者。因为内部设施搭建还未完成,患者只能在车上等待。又是一个多小时过去了,工人终于撤出完毕,身着白衣的医护人员慢慢多了起来,方舱医院启用了!

三五张围起来的办公桌椅,就成了方舱医院首个收治病人的临时"前台"。"莫慌,莫慌,一个个地来,都住得进克(去)",医护人员操着武汉话,大声地安慰着这些在公交车上已经等待多时的患者。大多数的轻症患者精神状态都还不错,在医护人员一对一的引导下,患者被带领到自己的床位旁。刚入住的患者如释重负,不住地对医护人员表达感谢,而排着队的患者,依然焦虑地向前挤,想要尽快地将材料交给医护人员,办理入院。工作人员给每位患者都准备了一个物资箱,贴心地放置了棉拖鞋、毛巾、卫生纸、垃圾袋等日用品,希望在简陋的环境下让患者尽可能地舒适……在满是雾气的防

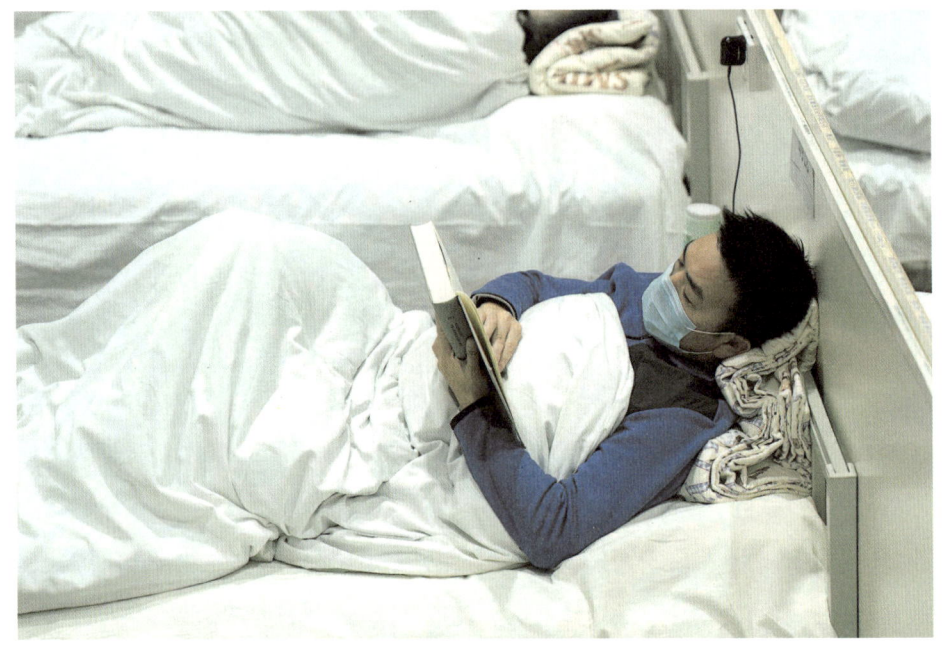

一位患者躺在方舱医院的病床上阅读。（熊琦 摄）

护镜下，我艰难地记录着眼前的一切。

采访即将结束，我攀上一个木梯，想从高角度最后拍摄下整个病区的全景，却看到了一天之中最让人动容的瞬间：18号病床上，躺着一个年轻的小伙子，他静静地举着一本学术性书籍：《政治秩序的起源：从前人类时代到法国大革命》，在安静地阅读。口罩遮住了他的表情，但却藏不住眼神里的平静和专注。

瞥见我举起相机，他轻轻摆了摆手，示意不用拍他，我犹豫片刻，还是执意按下了快门。也许他并不明白，在有些喧嚣的方舱医院里，近乎静止的他，此刻却有着巨大的张力。在最绝望的时刻，依然保持着对知识的渴求、对人类的反思和对未来的畅想。在这个充满慌乱和焦虑的灰白空间，一个平静的阅读者，用他面对灾难和生命的态度，绽放了无限的生机。

已近午夜，着急发稿的我，没有与他再做过多的交流，急匆匆地去寻出口。"集装箱还没运来，清洁区还有两个小时才能搭建好，你得在这等着。"护士的一番话如当头一盆凉水。再过不久，很多报纸就已经截稿了。我犹豫片刻，心一横，趁着医生不注意，从围栏缝隙处找了个空当钻了出去，在大马路上脱掉了防护服，在车上开始发稿……

照片播发后，引发了现象级的关注，方舱"读书哥"成了当天最热门的话题，网友充满感情地称赞："打不垮的武汉人！"那本图书的作者，美国著名学者佛朗西斯·福山，甚至在推特上亲自转发了这张读书照片。这份淡定和从容，让"打不垮的武汉人形象"广为传播。

但故事的主人公，却是出乎意料的"低调"，婉拒了一切采访。人们只是从照顾他的医护人员口中，才陆续得知他的一些情况。"读书哥"是一位博士，从武大博士毕业后去美国深造，目前博士后，在佛罗里达州立大学教书。这次回武汉探望父母，没想到和家人都"中招"，2月5日晚上作为第一批患者转到江汉方舱医院。

补记：后续的两个月时间里，我没有放弃，通过各种各样的方式，尝试去联系他，但都石沉大海，他仿佛消失在了这座城市。与此同时，总社摄影部的孔卉老师通过同学，联系到了身在欧洲的福山教授，教授欣然答应给"读书哥"寄上一本签名版的原著。随着时间一天天过去，越来越多的疑问也萦绕在我心中：他在哪？还好吗？也许不用再采访他，只是想知道他的现状。

3月12日，事情终于迎来了转机。有朋友传来消息，"读书哥"正在汉口六渡桥附近的一家酒店隔离，明天就将隔离期满，出院回家。我马上带上福山教授寄过来的签名书动身了。面对突如其来的"造访"，"读书哥"倍感意外，却也退无可退。终于，在一个破旧停车

作者签名的书。（熊琦　摄）

场的角落,我见到了"读书哥"的真容:付小峰博士。

"实在不好意思,我不是故意躲着大家,但是真的觉得,我不值得受到这么大的关注,医护人员和你们记者,这些逆行的人,才是真正的英雄。"一见面,付博士就对我连连抱拳。"我只是躺在床上看了看书,什么都没有做,实在不想大家把关注浪费在我身上。"我将福山教授的签名书送给了他,付博士欣喜地打开这个跨越万里的包裹,只见教授在扉页写道:

"致付先生

谢谢你读我的书

希望你能够战胜病毒尽早痊愈

祝福你

——弗朗西斯·福山"

聚光灯下多有打扰,这是作为记者必须面对的矛盾。于是,我只是简单地拍下了一张付博士拿着签名书的照片,记录下了这跨越万里的祝福。

两天之后,付博士隔离期结束,顶着乱糟糟的发型,终于顺利出院回家。

(熊琦)

方舱读书哥今天回家了!

2020年2月7日
康复与牺牲

2月7日，湖北省宜昌市第三人民医院，一位91岁高龄的新冠肺炎患者治愈出院。

"年事很高，也有一些基础性疾病，尤其是有冠心病、心脏上过支架等情况，一度出现心肺功能衰竭。针对这些情况，我们组织呼吸科、心内科以及重症医学科专家组建治疗团队，综合施策。"宜昌市新型冠状病毒感染的肺炎医疗救治专家组组长、第三人民医院副院长杜德兵说，"为了舒缓老人情绪，病区心理咨询师每天还对老人开展心理疏导。"

"能够治愈，非常开心，感谢各级组织对我的关心和照顾，感谢所有医护人员对我的精心治疗。"老人十分激动。他说，自己参加过解放战争，和打仗相比，这个病没什么可怕的。

他是现在所知年龄最大的治愈患者。

从当前的情况看，武汉85%以上的重症患者都是60岁以上的老年人，30%多都合并高血压，20%多合并糖尿病。中华医学会感染病学分会主任委员、北大第一医院感染疾病科主任王贵强介绍，重症患者特别是老年人和有基础病患者的救治，不仅仅是针对肺炎，还要做好基础病的综合把控治疗，需要多学科的专家团队紧密配合。

在当日的国务院联防联控机制新闻发布会上，专家表示，按照"四集中"原则，将重症患者集中到综合实力最强的医院进行救治，集中优势的资源和专家力量，按照"一人一策"的多学科、综合的个体化诊疗，着力做好重症患者的治疗工作，有效地降低病死率。

当天，还有一则消息牵动人心。武汉中心医院凌晨发布微博，对李文亮医生去世深表痛惜和哀悼。国家卫健委和武汉市等相继表示哀悼，并向广大

群众向李文亮医生遗像鞠躬。(王毓国 摄)

英勇奋战在抗疫最前线、保护人民生命安全和身体健康的医务工作者表示崇高的敬意。

在疫魔面前,白衣天使是最勇敢的战士,他们不顾个人安危、舍小家为大家、迎难而上。新生与牺牲,紧紧缠绕在一起。

补记:不惜一切代价救治生命。无论年龄再大、病情再重,也决不放弃。在这场抗疫斗争中,人民群众生命安全和身体健康始终被放在第一位。在武汉新冠肺炎病例中,80岁以上的患者累计有3000多人,最大年龄108岁,最小的仅出生30小时。

用生命守护生命。有超过3000名医护人员感染新冠肺炎,其中40%在医院感染。一些医护人员以身殉职,李文亮是其中之一。

关于群众反映的涉及李文亮医生有关情况,国家监委成立调查组并公布了调查结论。

李文亮是好医生,也是中共党员。他被评为烈士,追授"全国卫生健康系统新冠肺炎疫情防控工作先进个人""中国青年五四奖章"。(皮曙初、吴箫剑)

2020年2月8日
"武汉客厅"成了最大的方舱医院

2月8日,元宵节。武汉阴沉的天空终于绽放出一丝晴朗的笑容。

武汉三镇大地上,"生命之舱"方舱医院恰如雨后春笋般,紧随着火神山、雷神山医院的步伐,抓紧部署建设。

为了更直观地反映方舱医院的建设进展和筹备情况,新华社全媒体采访团队深入武汉市最大的一家方舱医院——武汉客厅院区进行采访报道。

如何让轻症患者能够更好地得到集中收治和统一治疗,如何让这些患者能够住得进去、住得放心、住得满意,这都是大家关心的话题。

为此,我们专门联系了武汉方舱医院建设构想的重要推动者之一、中国工程院副院长王辰院士,武汉客厅方舱医院的负责人、武汉大学中南医院副院长章军建以及北京中日友好医院援鄂医疗队队长任景怡等专家,一起走进武汉客厅方舱医院,实地探访医院筹备进展,为公众解开心头的疑惑。

作为武汉临空经济开发区的重要会展窗口,武汉客厅的占地面积、单体建筑规模都非常庞大,主题展馆共分A、B、C、D四个馆,此次计划将这四个馆都改造成方舱医院,届时最多可容纳1700人在此同时接受治疗。

在我们到达武汉客厅的下午,正有200名从社区收治过来的轻症患者在有条不紊地排队等候检测、入住方舱医院。

章军建副院长告诉我们,目前已经投入使用的A馆,患者可以在里面正常就医、用餐,并配备了日常生活所需的基本用品和治疗药物,爱心公益组织还为广大患者特意捐赠了大批最新、最热的畅销图书,有专门的病友互助组织及医护人员24小时为大家服务。

走进正在筹备的B馆,我们专门体验了一下馆内的温度,在冬日里比较潮湿、阴冷的武汉,馆内却并没有太多寒意,病友们的床位多为双层高低床的配置，很像大学军训时宿舍的感觉。院方特意在每一张病床上都配置厚铺盖和至少两床棉被，并为大家又专门准备防寒保暖的军大衣，为空旷场馆增添了不少暖意。

在医务人员的工作间和治疗准备间，呼吸机、除颤仪等各式各样的医用设备已经配齐，正在做最后的调试，常用常备的一些治疗药物也正陆续到岗，一面面鲜红的国旗和党旗交相辉映，"众志成城、同心抗疫"的励志加油海报分布各处，给期盼着战胜病毒的人们注入强大的精神动力。

民以食为天。入住方舱医院，"吃"是大家都比较关心的问题。在武汉客厅方舱医院，除了为每位病友特别配备的一日三顿营养餐外，院方还专门设置了爱心食品角，这里方便面、自热小火锅等快捷食品一应俱全，无疑会成为众多吃货的集中打卡地。

接到建设方舱医院的任务后，无数武汉的基层工作者，还有外地援鄂的医疗工作队，都火热地投入到方舱医院的筹备中来。

千里迢迢赶到武汉援鄂的北京中日友好医院心脏科专家任景怡医生是无

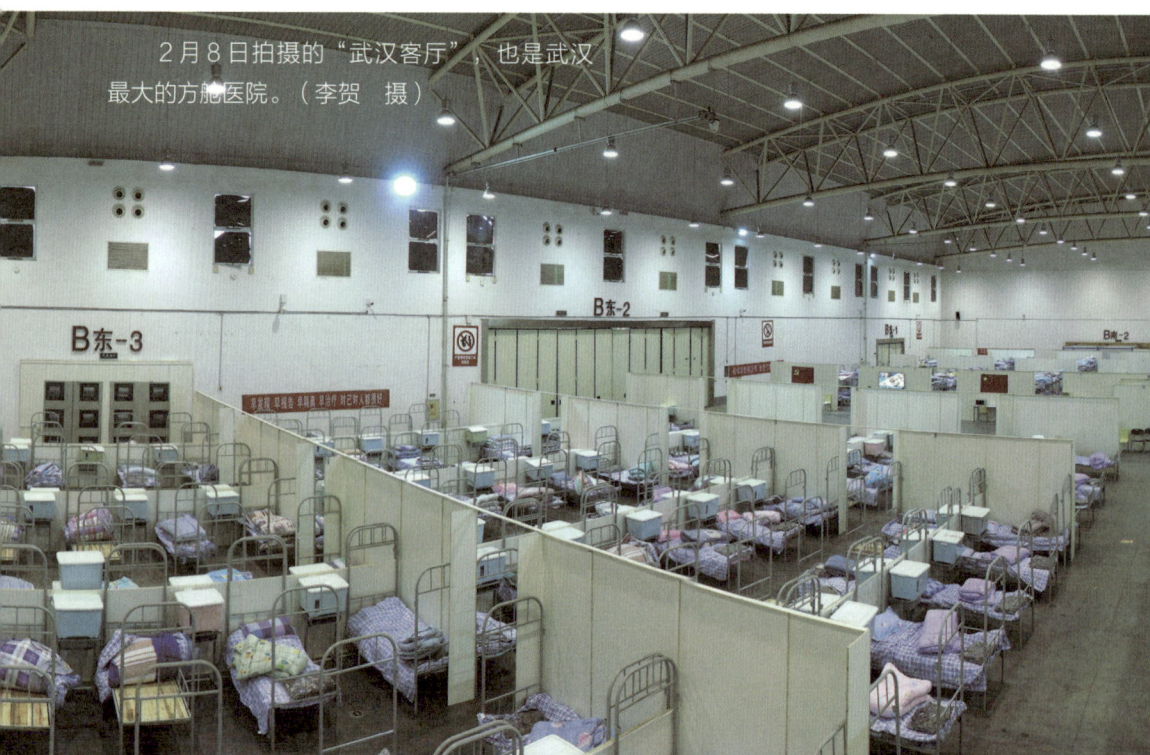

2月8日拍摄的"武汉客厅"，也是武汉最大的方舱医院。（李贺 摄）

二 打响人民战争

数"逆行者"中的一员,她已经在抗疫一线工作了多天。文静的她,一谈到对新冠肺炎患者的治疗,便立即开启了"职业模式",思路清楚地向我们介绍对轻症患者的详细收治及诊疗方案。有这样专业、敬业的医生在此,我们的病友一定能得到妥善的救治。

方舱医院外,驱车21小时从北京日夜兼程火速赶来的移动P3实验室正在做最后的调试,很快将正式投入使用,对病友进行感染病毒核酸和肺部感染的检测。

刚刚跟车过来的北京协和医学院病原生物学研究所所长金奇来不及休息,便马上投入到紧张的设备调试和准备工作当中。他告诉我们,由于新冠病毒的临床表现还不明确,尽管还需不断完善,但病毒核酸检测仍是目前最精准的检测方式。他们带来的移动P3实验室,将承担整个武汉客厅方舱医院患者的病毒核酸检测工作,通过荧光定量的PCR法可以独立完成所有入院前和出院前的病毒核酸检测任务。

"设立方舱医院是非常时期的关键举措、意义重大。我相信我们上下一心、

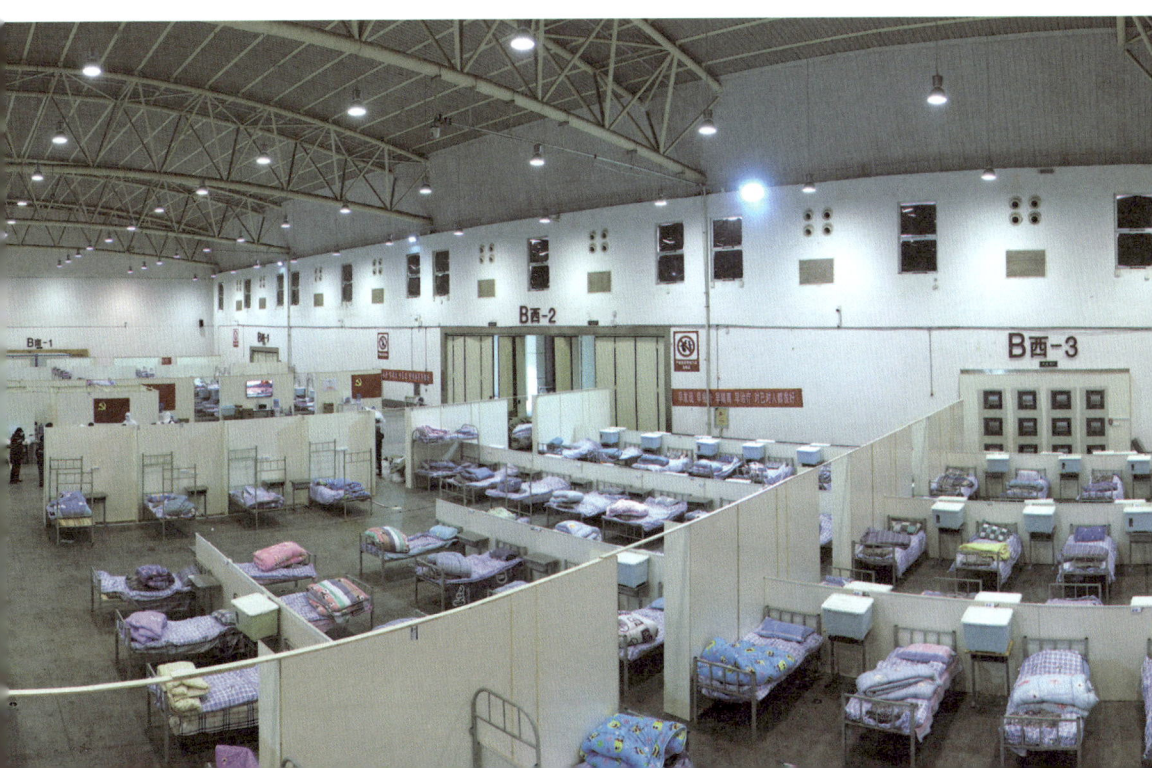

医护一心,一定能取得这场战'疫'最终的胜利。"已经操劳数日的王辰院士,仍然像他在一线工作时那样,关切地询问着每一个细节,为病友们的生活需要和诊疗需求不停奔走,一个下午的时间,他和我们一起走访、一起查看病房,从头到尾没有喝一口水,也没有片刻休息,体现着作为一名救死扶伤的医者的仁心和素养。

2020年的武汉,这个元宵节注定令人难忘。在春天即将到来的日子里,我们在方舱医院感受到了每一个人的努力和付出。这里的春草已经长出了嫩芽,这里的人们欢笑依旧。

在我们即将结束采访的时候,一位武汉客厅方舱医院的工作人员向我们展示了病房里患者们集体跳广场舞的视频。有工作人员悄悄告诉我们,在病房里,一些热心的大叔大妈已经开始为家里的单身青年张罗起了相亲,他们约定好,出院之后就要"马上安排"。

这是春天的气息,这是武汉这座城市里最真实的生活味道。(胡喆)

扫码收看

武汉抢建"方舱医院"

元宵节：未圆，将圆，会圆

2月8日，庚子元宵。武汉三镇的街道依旧一片寂静，连续多天阴沉的天空终于透出一丝晴朗。

古人称夜为"宵"，正月十五是一年中第一个月圆之夜。为这一天，中国诗人曾写下无数美丽诗篇，时代不同、身份各异的无数中国人更是习惯在这一天阖家团圆。

"每年元宵节，一家人围坐在一起，吃一碗黑芝麻甜馅的五芳斋叠式汤圆，这是许多土生土长的武汉人的习惯。"50多岁的龚学平在中山大道大智路口的五芳斋工作了近30年，遇到元宵节这天，他还是会搭把手，亲自上阵包汤圆。

今年正月初二后，五芳斋就关门停业了，终于可以歇歇的龚学平，心里却空荡荡的。

同样冷清的还有吉庆街，这里承载着武汉人元宵节浓烈的、香气四溢的记忆：买份儿"汪玉霞"饼、来碗儿"蔡林记"热干面、点盘儿"老通城"豆皮……今年今日，不见了往年元宵节长长排起的买饼队伍，听不到回荡街头透着十足武汉味儿的吆喝。

截至2月7日24时，武汉确诊感染新冠肺炎病例为13603人，是全国确诊病例数最多的城市。

对正与新冠肺炎疫情鏖战的武汉人来说，压得人透不过气的疫情，似乎盖过了节日该有的温暖。紧张和忙碌的身影，似乎盖过了节日的团圆和闲暇。

48岁的郭磊负责社区工作，辖区就包括吉庆街。往年这个时候，他最重要的任务是走街串巷，维持秩序。而今年从大年三十以来，他一直睡在办公室里，最劳心费力的事情就是全面摸排街道1.1万多户、2万余名居民的健康状况，确认疑似的送隔离点，已经确诊的赶紧联系对口医院，"不落一户、不漏一人"。

2月8日，元宵夜的武汉。（程敏　摄）

离家20年，地道的武汉汉子，首都医科大学宣武医院呼吸内科副主任肖汉每年春节都会回老家。大年初二，作为北京援鄂医疗队队员，他驰援家乡武汉，一直忙着在协和医院抢救病人，一次也没回过自己的家。

郭磊、肖汉计划等疫情结束回家，跟家人好好聚一下。但对于年仅40岁的南漳县公安局交警大队三级警长郑勇来说，他再没有机会和家人共度元宵佳节。从1月21日开始，一直坚守疫情防控一线的郑勇，突发急性肝衰竭，因病情过重抢救无效，2月5日上午11时去世。

疫情，似乎让武汉成了一座孤岛。正月十五，无数人，同在一城，两处牵挂，却并不孤单。

在武汉同济医院中法新城院区产后隔离病房，查房的妇产科医生乌剑利带来了从主院区新生儿科传来的视频。这位确诊为新冠肺炎的产妇陈女士，终于在产后2天和隔离中的宝宝通过"视频"团聚。

从大年二十九起，建筑工人刘铖连续奋战在火神山、雷神山工地。大年初九，雷神山医院首个样板房完成装修。那天，他的儿子出生了。

元宵节当天，刘铖只能隔着手机屏幕，亲了亲刚出生的儿子。"希望儿子满月时，我能把他抱在怀里，我要狠狠地亲他个够！"他这么表达自己的元宵节心愿。

今年，注定有许多人不是和家人，而是和陌生人一起过元宵。

2日开始，武汉大力推动对"四类人员"的集中收治和隔离——对确诊患者无条件集中收治，对疑似患者实行集中隔离治疗，对发热患者和密切接触者实行集中隔离观察。

在武汉首批改造完成并投入使用的方舱医院，不同社区的患者正陆续入住，这里被视为"生命方舟"。截至5日20时，全国29个省（区、市）和军队的107支医疗队、10596名医疗队员来到湖北，协助开展医疗救治工作。湖北17个市州全部实现支援队伍"全覆盖"。

龚学平还在念叨着他的五芳斋手工汤圆。"跟包汤圆一样。"他说，当前病毒虽然凶狠，但全国四面八方都伸出援手，大家齐心协力，就能迎来胜利，大家也就能赶快回家团圆。

立春方过，月色朦胧。武汉东湖樱园，早樱含苞跃上枝头。（廖君）

爱，比病毒离你更近

2020 年 2 月 9 日

"一省包一市"，近 6000 名医疗队员驰援湖北

2月9日，全国10余省份近6000人组成的多支医疗队乘坐41架次民航包机陆续抵达武汉天河机场。这是疫情发生以来，湖北机场集团迎接运输保障医疗队人数最多的一天。

连日来，按照党中央的部署决定，全国19个省份在做好本地防控的同时，加大对湖北省武汉市以外其他地区的对口支援。

19省份积极响应，迅速出台援助方案、迅速投入防疫战场，对口支援湖北省除武汉市外16个市州（林区），齐心协力守护人民群众生命安全和身体健康。

悬壶入荆楚，白衣作战袍。当疫病肆虐神州，当患者亟待救治，来自全国各地的数万名白衣天使从天而降，一批批急需医用物资空运而至，为疫情中心带来生的希望。自凌晨01:50最早一架包机落地，一直到深夜23:50，来自辽宁、上海、天津、河北、山西、江苏、浙江、广东、四川、山东、河南、福建等省市的5787名医疗队人员，来自俄罗斯等世界各地的328.1吨防疫物资，昼夜不息、驰援湖北。

"肺科医院！""第十人民医院！""华山医院！"……从庚子年除夕夜开始，上海、广州等多地机场的候机大厅内，相继回荡起这样特殊的"点兵"声。

解放军医疗队多箭齐发，来自浙江、上海、江苏、广东、陕西等地的217支医疗队紧急驰援，19个省份对口支援湖北省……此次医疗救援的调动规模和速度，超出以往。

医疗界精锐尽出，战胜疫情的决心，不言而喻。

深圳、武汉、北京……84岁的钟南山辗转多地，调查研究疫情防控，奋

战在科技攻关和科学救治两条战线上。王辰院士2月1日赶赴武汉，每天都持续工作到凌晨三四点。

抗击非典、汶川大地震救援、援非抗击埃博拉……从"60后"到"90后"，四代医学工作者无畏付出，迎着疫情坚定前行。

"80后"ICU医生、南方医科大学珠江医院王凯医生记得，2003年抗击非典时，正上初中的自己被奔赴一线的医务工作者感动，立下学医的理想。如今，他主动请战，"到了我奋战的时刻了！"

两次请战，24岁的佘沙成为四川第三批支援湖北医疗队里年龄最小的队员。汶川地震时，她是受援者；如今武汉战疫，她成了驰援者。作为一名汶川人，佘沙说："汶川地震时，全国各省区市都来援助我们，现在我们也以同样的心情回馈湖北。"

疫情如火，空中通道就是生命通道。"'快'字当头！只要有利于疫情防控、能加快医疗救援和物资运输，就要有求必应。这是一场确保'生命航道'

2月9日，264名白衣战士乘坐厦航MF8767航班驰援武汉。（贺晟 摄）

的疫情防控阻击战！"湖北机场集团党委书记、董事长陈辉给5000名机场员工下了这样一道命令。

这次疫情防控是对天河机场的检验，也是对中国民航的检验。天河机场运输保障能力效率折射了国家战时动员能力和资源配置能力，意义重大、举世关注。

怎样在信息不完整、不衔接的紧急状态下，有条不紊地把医疗队转运全流程统筹起来？怎样将前往多目的地的混装行李和物资快速、精准地分拣分装？怎样"一机一策"地安排好国内外各类客货专包机的运行保障流程？……

从平常到异常，从日常到战时——天河机场每一次空地联动，都是生死时速的救援：湖北疫情如火，从最早不足百名患者到迅速攀升突破5万余名患者；口罩、防护服等急需医用物资奇缺，一段时间里虽有缓解也是处于"紧平衡"……

天河机场运行指挥中心硕大的屏幕上，每天都显示着临时的飞行航班计划。调度员手上的工作明细表，就是"作战地图"：从接到航班计划任务开始，内部协调机场海关、边检、公安、空管、航空公司等保障单位，外联省市政府、民航中南局、省监管局、省市卫健委、军代处、各大医院等多个部门。

时间就是生命，与病毒赛跑。机坪上，司机、装卸员严阵以待，平台车、传送带、拖车依序排开，只想快一点、再快一点，让医疗物资早一点送达防疫一线。

1月24日至2月9日，武汉机场共保障航班579架次，运输2.7万人次，货物3007.6吨。其中，共运送医护人员124架次，1.7万人次；运送防疫物资115架次，运送防疫物资29.3万件，2205.4吨。

随着多地医疗队与物资的陆续抵达，武汉"方舱医院"开始全速运转，湖北各地医院医疗资源挤兑情况得到明显改善。

带着近百名新冠肺炎轻症患者在方舱医院跳起舞蹈，新疆医疗队员巴哈古丽·托勒恒出名了。跳了这么多次舞，熟悉她曼妙的舞姿，病人们依旧不知道巴哈古丽的相貌。

"给他们心理关怀、提振信心，鼓励他们勇敢抗击病魔最重要！"汗蒸馆般的工作环境，巴哈古丽的衣服一次次被汗水浸透，但患者脸上的笑容却让她倍感振奋。

同样振奋的，还有江西省第一批支援湖北随州医疗队的护士罗艳。

"来随州第 8 天，10 号床的病人在大家的努力下病情好转，要从重症病房转回普通病房了。"口罩掩不住罗艳脸上的笑意，"这位病人一直握着我的手不松开，还比着胜利的手势，大家都很开心。"

爱在流淌，生的希望在升腾。（乐文婉）

集结号！一天近 6000 医疗队员到达湖北。

2020年2月10日
火线上的紧急约谈

10日下午,习近平总书记在北京调研指导疫情防控工作时,视频连线武汉抗击新冠肺炎疫情前线,要求坚决打赢湖北保卫战、武汉保卫战。

一分部署,九分落实!如何分秒必争,把应收尽收这一打赢保卫战的关键性工作落实到位、抓实抓细?

"战时状态决不能当逃兵,否则就会被钉在历史的耻辱柱上。"2月6日上午,在武汉市疫情全面排查动员部署会上,中共中央政治局委员、国务院副总理、中央指导组组长孙春兰说的这句话在社交媒体刷屏。

针对武汉疫情防控工作中暴露出的突出问题,中央指导组祭出重拳,于2月10日晚开展了一场紧急约谈,新华社记者参加了这次约谈并采写报道:《战"疫"当前,失职失责必问责》,为激发广大党员领导干部担当履责,回应群众期盼起到了积极作用。

在中央指导组约谈会现场,国务院副秘书长、国务院办公厅督查室主任高雨的诘问一针见血,也透出事态的严重性:"应收尽收是防控新冠肺炎疫情的关键,要把好事办好,怎么能把好事办坏?这些负责转运危重和重症病人的党员干部为什么不跟车?现在的武汉就是战时状态,这些人的行为十分恶劣。"

办公桌对面,接受约谈的武汉市武昌区区长余松边听边记,脸色通红。

这场约谈会的缘起是2月9日发生了一件相当恶劣的事情:当天,武汉市对确诊还未住院的新冠肺炎重症患者进行集中收治。有媒体记者跟踪采访发现,当晚在将患者转运至武汉同济医院中法新城院区的过程中,武昌区工作滞后、衔接无序、组织混乱,不仅转运车辆条件差,街道和社区工作人员也没有跟车服务,导致重症病人长时间等待继而情绪失控,做法十分恶劣。

武汉市在全市展开对"四类人员"的集中排查。(程敏 摄)

记者迅速将这一情况向中央指导组报告,在中央指导组的过问下,问题很快得到妥善解决。

"对这一事件,中央指导组的意见是:区政府和街道要向这些患者挨个赔礼道歉,对相关责任人根据党纪政纪严肃问责。另外,作为区长、作为指挥长,在这件事上你应该负什么责任,要向上级写一份深刻检查。"高雨说。

"得知9日晚的事件,我非常痛心,我们有责任,一定深刻检讨。"余松说。

随后,中央指导组又先后约谈了武汉市副市长陈邂馨、武汉市洪山区区长林文书。

"对9日晚武昌区发生的事件,武汉市要督促武昌区认真整改,市里要以此为戒,也要深刻反思;并举一反三,把老百姓反映的问题逐一梳理、落到实处,并对有关人员严肃问责。"中央指导组同志说。

"这个事我们有责任,我们马上落实中央指导组要求,做好善后。"陈邂馨回答。

"我们收集了近期有关应收尽收的问题线索，洪山区有200余条；你们是不是工作不够细，还没做到位？"中央指导组同志约谈洪山区区长林文书时说。

"这段时间我们克服了许多困难，也做了不少工作，但也有做得不到位的地方，回去后我们马上对照问题一一整改，补齐短板。"林文书回答。

约谈进行了一个多小时。"回去我们要马上行动起来，对照这些问题狠抓落实、狠抓整改。"约谈对象表示。

中央指导组参与约谈的同志说，针对当前防疫工作暴露出来的突出问题，我们要及时进行约谈，及时敲响警钟。约谈给广大干部释放一个强烈信号：战"疫"当前，失职失责者，必将受到严肃问责。

补记：2月11日，武昌区政府负责人来到武汉同济医院中法新城院区重症监护病房，向2月9日晚因所辖街道工作人员工作失职，而未能及时妥善安置的重症病人代表当面道歉。同时，相关街道负责人逐一对受影响患者电话道歉，对受影响患者家庭也逐一道歉。随后，多名相关街道负责人被免职、党内警告处分、诫勉谈话处理。

2月20日，中央指导组成员、国务院副秘书长丁向阳出席国新办新闻发布会时称，约谈释放失职失责必须追究的强烈信号，警醒广大党员干部要切实进入战时状态，真正把人民群众的生命安全和身体健康放在第一位。

2月10日，在疫情防控火线上开展的这样一场约谈会，经新华社报道后引起强烈反响。当时，武汉市疫情防控工作中的一些问题持续引发强烈关注，中央指导组的约谈及时回应了群众关切，疏解了群众的不满和愤懑情绪，同时也通过这样一场严肃的约谈，向广大干部敲响了警钟——失职失责必问责！

（王贤）

2020年2月11日
社区排查 干部"下沉"

截至2月10日24时,据31个省(自治区、直辖市)和新疆生产建设兵团报告,现有确诊病例37626例。其中,湖北省累计报告病例31728例,武汉市报告18454例。

作为新冠肺炎疫情核心区,湖北武汉的疫情防控目前正处于最关键、最紧急、最严峻的关头。

"打赢疫情攻坚战,关键在末梢,防控在基层,重点在社区。城乡社区作为社会治理的基本单元,既是当前控制疫情蔓延的基础防线,也是疫情防控的薄弱环节。"民政部全国基层政权和社区治理专家委员会委员、华中师范大学教授陈荣卓说。

8日,中央指导组在武汉发出动员令,不折不扣落实"四类人员"分类集中管理措施,切实推进"应收尽收、不漏一人"。连日来,武汉城区1100多个社区开展拉网式、网格式排查,超过3万名干部职工下沉社区战"疫"。

江汉区唐家墩街西桥社区是一个1.6万余人口的"万人社区"。我们见到了西桥社区党委书记董守芝,安抚居民情绪,组织社区消毒,安排物资发放,她每天要接听上百个电话,忙得像个"陀螺"。

"所有确诊和疑似患者送至定点医院和隔离点后,社区各项工作也逐步理顺了。"董守芝说。西桥社区群干组织居民测量体温,已将36名确诊患者全部送至医院,所有疑似病患送至隔离点。

"疑似患者由街道护送到隔离点后,将第一时间进行核酸采样检测,并实施对症治疗。检测结果出来后,呈阳性的轻症患者进方舱医院,重症进定点医院。"武汉市武昌区委书记刘洁说。

青山区工人村街青和居社区党总支书记桂小妹每晚睡不到4个小时。"将

'四类人员'识别出来,摸清底数,相应收治或隔离后,社区工作重点就是做好消毒和防范。"桂小妹说。

"人手非常不足。"洪山区广八路社区党支部书记王璧对我说。广八路社区居住着 4589 户居民,将近 8000 人,而社区工作人员只有 12 名。

武汉市发出通知,要求所有市直属机关事业单位、市属企业的基层党支部和在职党员干部全部下沉到社区参与疫情防控。

叶珺是武汉市洪山区行政审批局的工作人员,这些日子,她成了广八路社区的"临时员工"。"我专门设计了一个小程序,让大家可以通过微信报送自己和家人的健康情况,这样可以加快排查进度。"叶珺说。

尽管如此,还是有一些不熟悉手机操作的居民,尤其是老年人,需要社区工作人员通过打电话的方式逐一核查。

"每天要打 100—200 个电话。开始的时候居民不认识我,甚至抱有戒心,

西城壕社区书记翁文静(中)与志愿者柳莹(左)、张琦上街进行防疫宣讲。(肖艺九 摄)

这些日子天天跟大家联系，慢慢熟悉了。有些老年人情绪紧张，我们就陪他们聊聊家常。有的在隔离点观察的居民担心自己情况加重，我们要给他们普及医学知识和防疫事项。"叶珺说。

平时很少干体力活的叶珺在社区要参加搬运蔬菜，还要每天自带午饭。武汉市委要求下沉到社区的党员不仅要掌握帮扶对象的情况，还要帮他们解决买菜、买药等实际困难，宣传疫情防控知识，做好心理慰藉、情绪疏导等思想工作。同时，不得向社区提出办公、用车、就餐等方面的要求。

下沉到广八路社区的干部来自湖北省、武汉市、洪山区等不同层级的机关单位。"我们会根据每天的日程安排他们与社区工作人员一起参与消杀、给孤寡老人送菜、测量进出社区人员体温等各项工作。"王璧说。

来自洪山区司法局办公室的杨端华负责对小区的5个单元进行楼道消杀。每个单元从1层爬到7层，要迈上111个台阶。每天上午、下午各消杀一次。

上下班不再定时定点，中午没有了就餐的食堂，从机关办公室来到社区，杨端华要面临很多转变。"在办公室时我喜欢喝一杯清茶，在社区消杀楼道，穿上防护服上厕所非常不方便，所以不敢多喝水。"

截至2月10日，武汉市共有市直机关、市属国有企业等单位的1.67万名干部职工，下沉到疫情较重的社区，统一编入街道社区工作队；15个城区统筹区直单位和街道（乡镇）共计1.77万名党员干部，全覆盖联系包保社区（村），总计3.4万名干部职工，下沉社区共同抗疫。（冯国栋）

扫码收看

直击武汉拉网大排查

2020年2月12日
战役在最薄弱之处打响

农村是当前疫情防控的薄弱环节。防疫意识弱，防疫条件差，防疫工作一旦缺位，疫情就"一发不可收拾"，后果十分严重。湖北农村防疫工作做得怎么样？存在哪些困难、问题？还有哪些漏洞亟待填补？带着这些社会关注的问题，我们深入湖北农村基层调研。

"口罩和呼吸机，您老二选一。""省小钱不戴口罩，花大钱卧床治病。""自觉隔离心不烦，为人为己节约钱，为国家省口罩，为老婆省钞票……"一段段夹杂方言的乡土话语分外接地气。

在湖北农村，墙面上，大树间，挂满了各式防疫宣传标语。这些"土味"横幅，通俗易懂，话糙理不糙，在农村群众中起到了很好的宣传作用。

不仅有"土宣传"，还有硬措施。自疫情暴发以来，湖北17个地、市、州相继采取了交通限行措施，一些村庄还实行了"封村"。

在荆门市东宝区漳河镇泉洼村，从荆门市西外环线进村的路上设立了多个卡口，进入各组各户的小道也都用堆土进行隔断，道路只留一个应急车道，无特殊情况不得通行，确需外出的（如看病等）要到村委会开证明才能外出。

2月7日晚，湖北省发布紧急通知要求，实行村组封闭管理，村与村之间留一条应急通道由专人值守外，其他路口一律封闭。

在一系列空前严格的管控措施下，今年湖北农村的春节过得格外安静。路上行人少了，串门拜年没了，红事一律取消，白事尽量从简。

然而，我们在一些农村看到，有的村组虽然在路口设立了路障，大车和轿车不能进出，但是摩托车、自行车和行人还是可以通行。

即使在如此严峻的防控形势下，仍有一些村民的防范意识亟待加强，存在"病毒离我们远着呢""就聚一次没事""没必要戴口罩"等侥幸心理和错误思想，特别是在本地、本村还没有出现确诊病例的时候，部分村民继续聚会、娱乐，跟乡村干部玩"躲猫猫"。

在农村，"熟人社会"好"防"，但也难"防"。一些坐不住的村民还是偷偷串门，受访者碍于情面，不好将来客拒之门外。特别是近几天，阳光明媚，一些村民开始偷偷开始聚集打牌。而村干部也碍于情面，只是劝阻，不好用强硬手段。

湖北省2月7日提出要求，迅速开展辖区人员健康状况全面摸排，要逐户逐人包保，做到"不落一户、不漏一人、不断一天"，切实全面、精准、实时掌握情况。并对确诊病例集中收治、疑似病例集中收治、发热病例集中留观、密切接触者集中隔离必须全部做到"百分之百"。

然而，这些工作对于基层而言是个巨大的工作量。以黄冈市为例，目前对确诊病例和疑似病例这两类人员已全部收入定点医院进行隔离治疗。发热病人和确诊病例的密切接触者数量很大，市区超过千人，各县平均有四五百人以上。

"众里寻他千百度。"在黄冈市采访中，不少基层干部如此向我们感慨，道出了"大排查"背后的故事。

为全面摸清底数，早在2月初，黄冈市便在全市开展"大排查"，按照社区排查一批、集中排查一批、卡口排查一批、单位排查一批等"四个一批"办法全面排查，突出交通卡口、返乡人员、商铺门店的管控，县、乡、村、组（自然湾）路口一律设卡，做到四级隔断，对武汉、黄州等地返乡人员一律实行14天的居家隔离的规定。

在进出黄冈的各高速路口，现场值守交警都会拦住过往车辆，在查验通行证后，会要求车上人员下车接受测量体温，并登记个人身份信息。

在黄冈市区，各大路口均有卡口。我们路过路口，执勤人员在检查完车辆通行证，问清事由后，一旁手持测温仪、身穿防护服的工作人员就会上前测量体温。同时，在我们居住的酒店里，每天都有社区工作人员上门测量顾客体温。

在严格控制居民出行的湖北省黄冈市区,除了值守各个路口禁行关卡的工作人员,行人寥寥无几。(徐海波 摄)

2月8日,从浠水县采访返回黄冈的途中,路过黄州区巴河卡点时,工作人员测量我们一行三人的体温均在37.1度左右。工作人员发现我们车内开着空调,便要求我们先下车透透风。"等下再测一次,如果还是高了,就要报告了。"

"多少度为高?"我询问,"你们有没有查出过体温超标的?"一名女性工作人员告诉我,超过37.3度,测温器会自动报警。"前天有一位附近村民几次测量体温都是37.5,我们就通知他们村里把他带到乡镇卫生院做检查了。"

"全方位排查、全员排查、全面排查、全天排查。"黄冈市委书记刘雪荣说,黄冈压实各级党委、政府属地管理主体责任和党员干部包保责任,市包县、县包乡、乡包村、村包户,层层立军令状。

一声令下,全市1万多个基层党组织、20多万名党员投身防疫一线,驻村"第一书记"全部返村,5000多名网格员全部上岗,开展拉网式、地毯式排查。疫情攻坚阶段,更多当地基层党员干部站了出来,奔走在疫情防控一线。"要做到不漏一户、不落一人，必须把工作做细做实。"正在村里摸排的黄梅县独山镇党委书记马聪说，坚持不留盲点，不走过场，切实抓好源头防控。

疫情大考，难在基层；形势依然严峻，但难题绝非无解。在乡镇医院，在村口塆里，在田间地头，我们看到了更多令人感动的努力和付出，合力增添战胜疫情的砝码。（徐海波）

扫码收看

农村战"疫"如何攻坚？——来自湖北农村疫情防控一线的报告

2020年2月13日
湖北和武汉更换"主官"

"武汉胜则湖北胜,湖北胜则全国胜。"

2月13日,战疫胶着之际,对于身处疫情中心的武汉来说,是大事频发的一天。

中央对湖北省和武汉市"一把手"进行了调整——

应勇同志任湖北省委委员、常委、书记,蒋超良同志不再担任湖北省委书记、常委、委员职务。

王忠林同志任湖北省委委员、常委和武汉市委书记,马国强同志不再担任湖北省委副书记、常委、委员和武汉市委书记职务。

值得注意的是,人事安排官宣前,还有一个重要消息,也在鼓舞着士气。

2月13日上午9时起,11架运输机,包括运20、伊尔76、运9,陆续降落在天河机场,近1000名军队支援湖北医疗队队员和大批医疗物资抵达武汉。截至目前,军队已派出3批次4000余名医护人员支援一线,此次任务,也是"鲲鹏"首次参加非战争军事行动。

与此同时,医疗界"精锐力量"也在向湖北集结。除了"南湘雅、北协和、东齐鲁、西华西"这样的"王炸天团",据统计,截至2月12日,共有190支医疗队、23103名医疗队员支援湖北。其中,在武汉的有159支医疗队、18541名医疗队员。

也是在这一天,湖北省卫健委通报,2月12日0—24时,湖北省新增新冠肺炎病例14840例,其中包含临床诊断病例13332例。

确诊病例五位数的大幅增加,引起了社会各界的高度关注,特别是湖北省从13日起将临床诊断病例数纳入确诊病例数公布。正如国家卫健委新闻发言人、宣传司副司长米锋所言,修订标准是为了让患者能及早按照确诊病例相关的要求接受规范化治疗，进一步提高救治成功率。多位专家认为，这恰恰反映了我国对待疫情统计数据的认真负责态度。

此前，在湖北有相当一部分疑似病例病毒核酸检测仍呈现阴性，或未能进行核酸检测，但影像学特征符合新冠肺炎标准的患者。《新型冠状病毒感染肺炎诊疗方案（试行第五版）》（以下简称"第五版诊疗方案"）在湖北省的病例诊断分类中增加了"临床诊断"。按照第五版诊疗方案，湖北对既往疑似病例开展了排查，并对诊断结果进行订正，对新就诊患者按新诊断分类诊断。这有利于对此类尚未确诊的患者精准施策，既有利于患者治疗，也利于疫情总体防控。

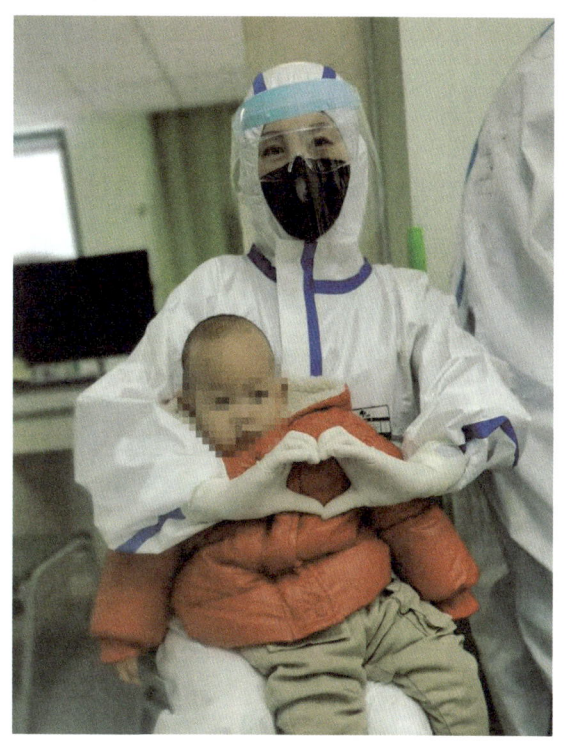

2月13日，在武汉儿童医院，医护人员抱着牛牛准备出院。

"应收尽收、应治尽治"是当务之急。人力、财力、物力，无不在为湖北和武汉打开新局面贡献一份力量。

企业复工的时间再次被延迟，明确省内各类企业不早于2月20日24时前复工。大专院校、中小学、中职学校、技工院校、幼儿园延期开学。

1岁2个月的牛牛，国内确诊的首例危重型新冠肺炎患儿在这一天康复出院。

这一天，武汉市金银潭医院党委副书记、院长张定宇在新闻发布会上呼吁康复患者捐献血浆。因为康复患者体内有大量综合抗体对抗病毒，他说，现在金银潭医院正在开展康复患者的恢复期血浆输入，目前已显示出初步效果。他恳请康复患者积极到医院捐献血浆，共同拯救还在与病魔作斗争的患者。

补记：张定宇的呼吁得到许多市民的响应，他患新冠肺炎治愈的妻子、武汉市第四医院护士程琳也在2月18日捐献了400毫升血浆。（梁建强）

夫妻俩都是英雄！张定宇妻子程琳捐献血浆

2020年2月14日
用车灯照亮她前行的路

2月14日,情人节,一个本该是爱人团聚相依的日子,在新冠肺炎疫情的笼罩下,却显得那样触不可及。

零点,武汉大街上空无一人。汪莹鹤照旧打开车灯,开车跟在妻子汪晓婷后面,护送她去医院上夜班。

汪晓婷是武汉市新冠肺炎定点收治医院武昌医院的医生。面对突如其来的疫情,她自1月23日开始,便奋战在最前线。新冠肺炎传染性强,为了不把危险带给家人,她一个人住在医院附近的小宾馆,每天步行上下班。

最近的时候,他们只隔十米,相见却无法相拥。

"她一个女孩子晚上走在路上,我怕危险,从宾馆走到医院还是有点距离的,我就说跟她说我要送她,她说你送可以,但是我不上车。"汪莹鹤边开车边说。

汪晓婷上夜班有时是零点,有时是凌晨4点。20多天来,不论刮风下雨,也不论夜有多深,只要妻子上夜班,汪莹鹤总是默默开车跟在后面,用温暖的车灯照亮妻子前行的路。光打在路上,也照在汪晓婷的心里。

在汪莹鹤的车上,我们跟他展开了对话:

"妻子天天在医院上班,你担心吗?"

"肯定有点担心啊,特别是刚开始更担心,因为不知道这个病传染性到底有多强。"

"那你妻子担心吗?"

"她也担心啊,她连车都不敢上。"

"每天这样送,你觉得累吗?"

"比起她来好多了,她这段时间都瘦了。"

零点，武汉大街上空无一人。汪莹鹤照旧打开车灯，开车跟在妻子汪晓婷后面，护送她去医院上夜班。

扫码收看

今天，触不可及的爱，无处不在

夫妻俩结婚已有8年了。平时两个人工作都比较忙，妻子汪晓婷是儿科医生，经常要上夜班；丈夫汪莹鹤从事高铁设计工作，经常要跑工地、加班。

汪晓婷告诉我们，丈夫虽然平常话不是很多，但是内心还是比较细腻的。"他每天晚上这样送我，心里感觉很温暖。"

汪晓婷住的宾馆距离医院只有10多分钟的车程，不一会儿，医院到了。夫妻俩挥挥手道别，汪莹鹤不忘大声向妻子叮嘱几句。当天凌晨4点下班后，汪晓婷在值班室睡了一小会儿，早上8点又忙碌起来。

汪莹鹤说，他最大的愿望就是一家人能够平平安安、和和美美的。（马原驰、王贤）

2020年2月15日
国新办首次在鄂举行发布会

虽然发布台的布置与发言人的开场白还是很熟悉，但国务院新闻办公室在2月15日上午9时举行的这场发布会却十分特殊——举办地点设在了湖北武汉，台上所有发布人都佩戴口罩，记者采取视频连线提问……

疫情发生以来，国新办首次离京召开新闻发布会，将发布会直接开到了武汉战疫一线。目的是和派驻一线的几百名新闻工作者一起，更及时准确全面地介绍疫情防控一线的情况。

在这场约50分钟的发布会上，针对中外媒体记者提出的关于湖北疫情状态、重症患者救治、方舱医院、中医药诊疗等问题，4位长期奋战在疫情防控一线的发布人，现场深入回应解答，透露了很多重要信息：

——217支医疗队、25633名医疗队员支援湖北。国家卫生健康委员会党组成员、副主任、湖北省委常委王贺胜介绍，截至14日24时，各地共派出217支医疗队、25633名医疗队员。其中，武汉市有181支医疗队、20374名医疗队员；其他地市有36支医疗队、5259名医疗队员。此外，还调集了三个移动P3实验室。"这些都大大超过了2008年汶川特大地震医疗救援的调动规模和速度。"

王贺胜说，中央安排了19个省份采取"一省包一市"的方式对口支援湖北省。医疗队按照属地管理原则，接受属地卫生健康部门和受援医院统一指挥、统一安排。

——湖北以外省份新增病例"十连降"。国家卫生健康委新冠肺炎疫情应对处置工作专家组组长梁万年介绍，除湖北以外，全国其他省份的新增确诊病例数从2月3日的近900例，下降到2月13日的300例以下，实现了"十连降"。其中，山西、内蒙古、吉林、西藏、甘肃、青海、新疆和新疆生产建设兵团等新增确诊病例数已经连续三天少于5例。

梁万年说，从发病时间看，武汉1月23日到2月1日每日新发生的病例数处在较高的水平，但是2月1日以后每日新发病例数呈现下降趋势。

梁万年称，总的来看，武汉之外的其他地市社区传播速度较慢，社区持续传播和局部暴发比较少。还有一些地市，比如恩施州、神农架林区，现在的疫情仍然是以输入性为主，传播的风险相对较低。

王贺胜说，经过全国上下不懈努力，特别是采取了针对性强的防控措施，有效压低了流行高峰，削弱了流行强度，为全国乃至国际疫情防控赢得了时间。

——武汉9家方舱医院开放，在院患者5606名。王贺胜介绍，武汉已将一批体育馆、会展中心、培训中心等改造成了方舱医院和隔离收治的场所，目前，已经开放了9个方舱医院、6960多张床位，在院患者达到5606名。

王贺胜同时指出，当前，新冠肺炎疫情的防控到了最关键的阶段，湖北省武汉市仍然是主战场，提高收治率、治愈率，降低感染率、病亡率仍是重中之重。

——重症定点医院武汉金银潭医院和肺科医院出院率超过30%。国家卫生健康委医政医管局副局长焦雅辉介绍，武汉的重症病例占所有确诊病例和住院病例18%左右。为了加强重症和危重症患者救治，全国成立了多名院士领衔的国家医疗救治专家组。在前一个阶段救治经验的基础上，国家卫健委专门形成了重症和危重症患者诊疗方案，包括抗病毒治疗、氧疗、中西医结合治疗以及恢复患者的血浆治疗等。武汉市最早的两家重症定点医院武汉市金银潭医院和武汉市肺科医院，目前患者的出院率已经达到30%至39%。

疫情期间，国务院新闻办、相关部门以国务院联防联控工作机制名义在疫情最严重的湖北省，建立日常新闻发布机制，第一时间公布疫情信息。这些现场直播的发布会全面通报疫情及抗疫工作最新进展，充分回应国内外舆论关切。

国新办在鄂的首场发布会结束后，15日中午，雨雪大风袭来，一时间，江城漫天飞雪，寒风往来呼啸。

2月15日，运送成都市成华区捐赠武汉10个单位30吨消毒液的卡车在市区行进。（王毓国 摄）

降温猛、范围广、强度强，武汉市融雪防冻指挥部启动低温雨雪冰冻灾害Ⅱ级应急响应。武汉市城管委相关负责人介绍，雨雪来前，武汉环卫部门对定点医院、方舱医院、集中隔离点及主次干道、快速路、桥梁、高架桥等重点部位进行预撒融雪剂，确保疫情防控生命线、重点区域不积雪，不结冰。当气温在0℃及以下时，辖区定点医院、方舱医院、集中隔离点及人行天桥、地下通道入口及各类商超市场周边要铺设草垫草袋，防止行人摔倒损伤。

武汉市金银潭医院南四病区护士长吴静说，如果没有这场疫情，她也许会在窗前好好体会这场大雪。但此时全力看护好病人，帮助病人康复，是她唯一关心的事情，"期盼风雪过后，便见到彩虹"。

和吴静一样，寒潮带来了一场急雪，但没有击退岗位上的他们——湖北机场集团加强值守和巡视检查，确保机场进出通道畅通；中国铁路武汉局集团有限公司盯紧隧道、山区线路等关键处所，确保列车运输安全；湖北省市交管部门针对运送防疫物资的省内各大高速公路，加大巡逻频次，追踪运送物资车辆的轨迹;为帮助病患及医护人员御寒,武汉各城区也已对援汉医疗队、隔离点、一线保障点位等采取多重措施应对……

急雪之下,湖北有的地方已经裹起了"银装",换了一番景象。"希望这场雪能够阻断病毒的肆虐,阻断疫情的悲痛,春天快来吧!""瑞雪兆丰年,马上就会有好消息!"这场雪,在新型冠状病毒感染肺炎疫情下,被市民们寄予了更多的期待,网友纷纷留言,期待着雪停后的晴天。(侯文坤、喻珮)

国务院新闻办公室在湖北武汉举行新闻发布会

2020年2月16日
首次遗体解剖

2月16日,按照国家法律政策的相关规定,华中科技大学同济医院刘良团队在全国率先开展新冠肺炎患者遗体的解剖。当天,全国第一例、第二例由遗体解剖获得的新冠肺炎病理均顺利完成送检。

不知道病毒在肺里、肠道里是怎么分布的,也不知道突破点在哪里,抗疫就是"盲打"。要解决这个问题,其中一个办法,就是从器官学、组织学、细胞学的形态,甚至从分子学的形态去判断识别敌我双方在哪里交战,这就是临床病理要做的事情,唯有解剖一条路可走。

事实上,这两例遗体解剖手术准备匆忙,一间闲置手术室临时充当解剖室。面对病毒空气中气溶胶传播的风险,经验丰富的刘良团队也感到紧张。华科校友近期捐赠了部分防护装备,有了正压头盔,穿上去喘气不再像一开始那样闷,改善了他们的防护条件。

进行遗体解剖手术,意味着要在密闭的空间面对高浓度病毒,安全风险很大。华中科技大学同济医学院院长陈建国说:"刘良教授和他的团队是冒着生命危险做这件事。"

2月15日晚上9点多,我正在微信电话采访刘良。其间,刘良接到武汉市金银潭医院院长张定宇的电话,说有患者遗体可以做解剖,刘良紧急召集团队分赴医院。但是,为了保密,刘良在微信采访时并没提及这一消息。

第二天晚上,他向我回顾了这一首例解剖的全过程:2月15日晚,到金银潭医院大概晚上10点多,进解剖室的是三个男法医,外面的人员策应做辅助工作,已经59岁的刘良是遗体解剖的主刀医生。刘良团队在手术室等了一个小时后,遗体送到。

穿上防护服、戴上多层手套、戴上面罩,不到10分钟,刘良和助手汗如雨下，呼吸困难，眼镜护目镜看不清。第一例手术做到大半截，刘良的身体出现了像高原反应一样的心慌、头晕、低血糖等症状。

第一例手术从2月16日凌晨1点20分做到凌晨3点50分，刘良回家睡了2个小时后就与团队总结解剖技术细节。

常规的解剖就是把器官拿下来肉眼观察，做一个小的取材，送去做病理等检查。此次新冠肺炎是新发病的解剖，所以把全部器官都做了解剖，甚至包括肌肉、皮肤都要取样观察。

刘良称，相比于正常人的肺，患者的肺更"韧"，"像一个肝脏"，而肺的切面有很多黏稠状的分泌物。

刘良表示："我希望通过解剖尽快找到病变，及时反馈给前线临床。后续还会有多个团队来做病毒、病理、电子显微镜观察等研究工作。"

2月16日接近中午时，刘良再次接到张定宇院长电话，通知又有一例遗体可以解剖。刘良紧急召集人员前往医院，下午4时左右进行手术，晚上6点半结束。他在自媒体平台写下感慨："行动最重要！18个小时内连续尸检2例新冠肺炎患者遗体。"

当天不少临床诊疗专家和病理专家都表示支持，因为，由解剖获得的新冠肺炎病理，对于探索新冠肺炎患者临床的病理改变、疾病机制等有重大帮助，并能从根本上探究新冠肺炎的致病性、致死性，给未来临床治疗危重症患者提供依据。

刘良说，解剖手术得以快速进行，得益于逝者家属的理解和支持，同时也得益于国家卫健委高效的紧急会议，基本上是特事特办的模式——在紧急出台文件的同时，迅速给重点医院通知。

刘良团队在尸检前专门安排为遗体默哀的环节。他恳切地说："特别要向遗体捐赠者致敬！鞠躬！他们是我们前行的动力！"

从事法医病理学工作30余年来，刘良亲自检案数千次，其中不乏国内、省市内的各种疑难、典型、重大要案。从1月22日开始，刘良不断在朋友圈里表达对病理解剖介入抗疫的焦急。

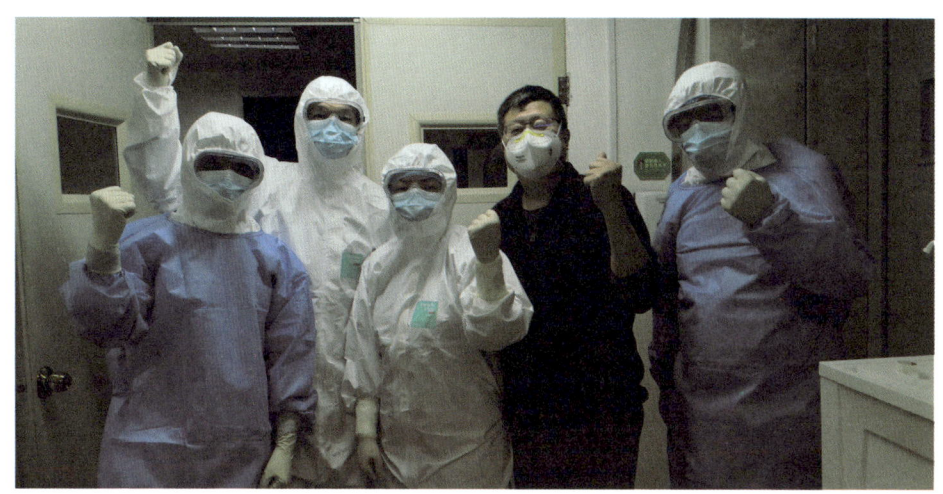

华中科技大学同济医学院法医病理学教授刘良（右二）团队。（受访者提供）

时间就是生命。

补记： 2月28日，首份新冠肺炎患者遗体解剖观察报告预发表于《法医学杂志》2020年2月第36卷第1期。我从刘良团队提供的报告中看到，该报告讲述了解剖方法和死者病史等信息，主要报告内容为一例系统遗体解剖的肉眼观察结果。研究团队指出，新冠病毒主要引起深部气道和肺泡损伤为特征的炎性反应。

报告称，死者肺部损伤明显，炎性病变（灰白色病灶）以左肺为重，肺肉眼观呈斑片状，可见灰白色病灶及暗红色出血，触之质韧，失去肺固有的海绵感。切面可见大量黏稠的分泌物从肺泡内溢出，并可见纤维条索。

考虑影像学所见磨玻璃状影与肉眼所见肺泡灰白色病灶对应，提示新冠肺炎主要引起深部气道和肺泡损伤为特征的炎性反应。

报告认为，新冠肺炎病理特征与SARS和MERS冠状病毒引起的病理特征非常类似。此外，刘良团队发现，从这例死者的肺部切面上，能看到有黏液性的分泌物。刘良打了个比方：肺泡是前线阵地，黏液破坏了交通，氧气就送不上去，前沿阵地就容易失守。目前，道路打通是关键，但现在道路被堵。

尸检并不能指导医护人员干预所有病例，但是对肺部黏液问题，只需稀释肺泡黏液，比如翻身拍背、运用化痰药物，就能改观。这给后来的临床诊疗带来重大参考。

在刘良看来，法医其实就是翻译，遗体不会说话，法医要做的就是把死者的语言翻译出来。令刘良非常感动的是，陆续有新冠肺炎遗体捐献志愿者，"他们是真英雄"。（李伟）

2020年2月17日
武汉拉网式大排查

"请大家按登记表全面排查。住址、姓名、联系电话要登记好。情况特殊的要备注清楚。"2月17日下午,在武汉市江汉区唐家墩街西桥社区,社区书记董守芝和20多位社区工作人员开短会布置任务。

在前期工作的基础上,从2月17日开始,一场为期3天的拉网式大排查在武汉3300多个社区、村湾同步展开。

武汉市要求本次排查要做到五个"百分百",即:确诊患者百分百应收尽收、疑似患者百分百核酸检测、发热病人百分百进行检测、密切接触者百分百隔离、小区村庄百分百实行24小时封闭管理。

董守芝所在的西桥社区是"万人社区",实有人口1.3万人。社区距离最先发现疫情的华南海鲜市场不到2公里,疫情较重。

她说,春节至今,社区深入宣传"发热不上报"的危害,广泛发动居民通过电话或微信平台,主动上报发热情况。疫情发生后,董守芝的手机24小时不间断接听居民电话、解决问题诉求、安抚居民情绪,有时她一天要接上百个来电。

"这次拉网式大排查,目标是确保不漏一户、不漏一人。重点排查与新冠肺炎相关的所有人员,还包括危重在家的基础病患者,比如尿毒症透析患者、恶性肿瘤、其他疾病重症患者,以及孕产妇。"董守芝说。

不仅是武汉发起了社区大排查,湖北省新冠肺炎疫情防控指挥部随后也发布关于全面开展发热病人排查核查的通告。其中,1月20日以来购买降热退烧止咳类药品人员被列入排查对象。

通告称,当前,疫情防控工作正处在最吃劲的关键时期,为进一步加强发热病人核查筛查,从源头上切断传染源,阻断传播途径,实现早发现、早报告、早隔离、早救治。要求以社区、村组为单位,逐户逐人上门排摸、核实情况,全面掌握社区、村组发热病人数量、基础信息和病情状态,并做好信息登记,每日汇总上报所属防控指挥部。

通告要求,全面排查1月20日以来,各医疗机构就诊的发热病人、通过实体药店购买或网上订购降热退烧止咳类药品人员,掌握上述人员就诊或购药时间、姓名、居民身份证号码、现居住地址、联系电话等信息,并组织上门核实、后续检测、隔离收治等工作。

为了确保疫情工作不掉扣子,湖北各地已经问责了一批工作不力的干部,火线提拔重用了一批敢于担当的干部。"疫情面前,人人都是战斗员。"湖北省政府研究室主任覃道明在湖北省新冠肺炎疫情防控工作例行新闻发布会上介绍说,党员干部首先要冲在前面、做在前面,机关事业单位的党员除了直接参与疫情防控,对口帮扶社区、村以外,一律就近下沉,主动报到,服从统一调配。

2月18日,青山区工人村街道青和居社区第三网格网格员李文丽(左)挨家排查。(程敏 摄)

覃道明表示,疫情防控是一场战争,最怕的就是搞形式主义、官僚主义,下沉的党员干部不是去当指挥员发号施令的,而是去与当地社区、村组干部并肩作战,要当帮工,不仅仅是当监工。干部到了战斗前沿,就是要不挑活,不怕苦,发现问题、解决问题,对作风不实,失职失责,导致疫情蔓延的坚决严肃问责。同时,对干部既严格要求也关心爱护,各地已经问责了一批工作不力的干部,同时也火线提拔、重用了一批敢于担当作为的干部。

在武汉,武汉市纪委 16 日通报,洪山区人民政府副区长、区疫情防控指挥部副指挥长、医疗救治组组长王在桥因严重失职失责问题受到政务撤职处分。王在桥失职失责表现之一,就是不认真执行上级集中隔离新冠肺炎感染者密切接触人员的决定,导致洪山区大量密切接触者未被及时集中隔离。

(廖君)

"00后"的"跑腿"一天

生命之桥！生命之舟！

10天建成一所医院是怎么做到的？为了见证这个奇迹，我先后5次前往火神山医院工地，记录它的"孕育"、"成长"与"诞生"。

2月4日，建成后的武汉火神山医院开始收治首批确诊患者。此时，导航软件上已经有了武汉火神山医院的位置，路上的指路牌也都立了起来。

来到医院，经过了解，得知医务人员将会护送患者通过一个长长通道进入病房。于是，我果断选择了爬上对面病房楼顶蹲守。

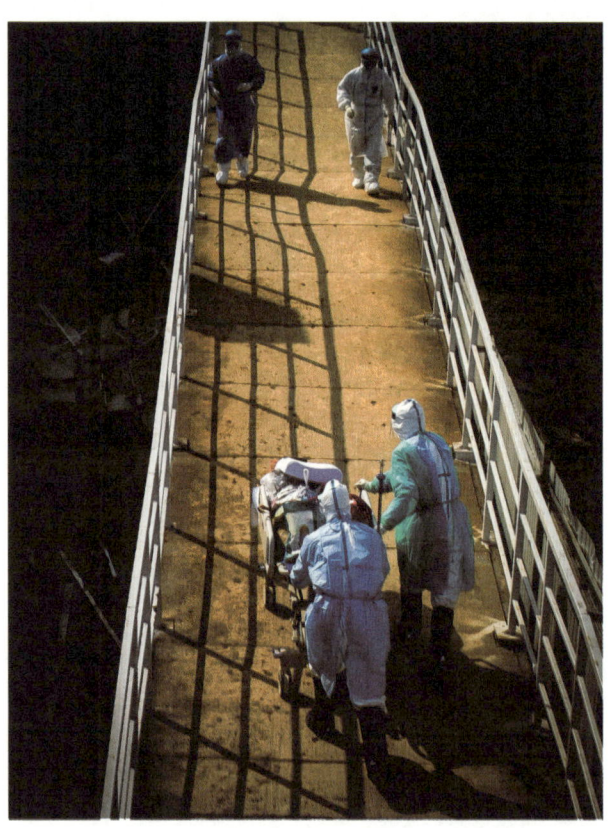

武汉火神山医院接收首批新型冠状病毒感染肺炎确诊患者。（肖艺九 摄）

此时，很多医务人员已经聚集在一起相互检查着防护服的穿戴、查看患者的医嘱并列队在楼下等候。

不一会，三辆救护车抵达。在医务人员的护送下，患者紧凑有序地进入病房，我用镜头将这一幕幕记录下来。

无人机升起瞬间，和煦的阳光正好照射在这条长长的通道上，这一刻，我心头也似有暖流涌入，无比温暖且颤抖起来——通道的一头是技术精湛的医务工作

二　打响人民战争

2月17日夜拍摄的武汉体育中心方舱医院。（肖艺九　摄）

者和设备齐全的医院以及这两者和谐完美的配合，另一头则是等待救治的病患和无数人的期盼与希望。

这条长长的通道就像是一座桥，一座"生命之桥"！在如洪水猛兽般凶恶的病毒蔓延之时，这座桥把那些挣扎在新冠肺炎病痛中的人们带向希望：生的希望与康复的希望！

由体育馆、会展中心等大型场馆改建而成的方舱医院，用于收治确诊新冠肺炎的轻症患者。虽然与传统意义上的"红区"（"红区"是抗疫医院中重症隔离病房的别称）不同，但这里同样也是疫情战斗的主战场。

2月17日晚，我来到武汉体育中心方舱医院采访。

武汉体育中心曾是2019年军运会的主会场，也是我这些年体育摄影报道的主战场。

依靠"主场优势"，我快速联系到现场负责人，来到江苏援鄂医疗队的清洁区，此时，医疗队的杨洁、张志俊、李飞、汤建伟、陈俊正在穿戴防护装备做进舱前的准备工作。

随后,我穿过"观众检票口",朝着四楼看台走去。

到达四楼看台的那一刻,我被眼前的景象震撼了:整个体育中心宛若一艘诺亚方舟!一格格、一间间,井然有序:患者在里面休息治疗,医务人员不停地穿梭忙碌其间,宁静而繁忙。

看到这一幕,之前的担忧和惧怕都瞬间被抛诸脑后,我赶紧开始记录下眼前的一切,并且尽可能多地去拍摄。

没多久,密闭防护服闷得人浑身是汗,护目镜也已完全被口罩里喷出的雾气糊住,眼前的景象也变得朦胧起来。稍微休息一下,让自己的呼吸和心跳平缓下来,让护目镜里的雾气逐渐散去,再接着继续拍摄,然后又休息一下,让自己的呼吸和心跳平缓下来……

夜已深,有的患者渐渐进入了梦乡,而在方舱里,医务人员依然在默默忙碌着:他们在持续地与病魔抗争——这种宁静而坚强的力量,弥漫在整个方舱之中,让方舱医院真的成了"方舟",生命之舟。

在这艘"生命之舟"里,人们齐心抗击疫情。温暖、光亮和希望在此传递、汇集、交织,凝聚成冲破黑暗的巨大力量,去迎接最灿烂耀眼的曙光。(肖艺九)

扫码收看

生命之桥!生命之舟!

2020年2月18日
挺进"红区"

2月18日,庚子年正月廿五,太阳高挂天空,给依然寒冷的武汉带来一丝春的气息,而疫情仍然十分严峻。

这一天,我进入同济医院中法新城院区"红区"采访,视频记者许杨与我同行。

住在"红区"的都是危重症患者。对医护人员来说,这里是与病魔搏斗的主战场;对记者来说,这里是新闻报道的主阵地。到"红区"采访,是我到武汉后一直有的强烈愿望。

下午3时许,我和许杨为进入同济医院中法新城院区"红区"做准备,在医护人员的指导下穿戴防护服装。首先是两层防护服,然后是两层口罩,最后戴上护目镜和遮尘罩。

我们花了整整一个小时,终于"穿戴整齐"。为了严防病毒,我还把索尼相机用塑料薄膜裹得严严实实,只露出镜头口。做完这一切,我已感到又憋又闷,喘不上气来。旁边的医生周莹告诉我,她们的护士长要穿戴这些装备,一个班次要在里面工作六个小时,不能喝水,不能上厕所。我一听惊呆了!对这些冒着生命危险救死扶伤的医护工作者肃然起敬。

在专家赵建平教授和医生周莹的带领下,我们穿过四道门,到达"红区"。出现在眼前的是整洁的环境,地板擦得锃亮,护士们四下忙碌着,气氛祥和,不像危险四伏的样子。

带领我们采访的周莹医生从护士那里得到信息:有一位患者今天出院,恰好今天是她的生日,医护人员准备给她送去礼物和祝福。得到这个消息,我们直奔目的地。

在东面的一间病房里,赵教授带领医护人员给严女士送上生日礼物,并祝她生日快乐。之后，大家送严女士离开病房出院。当走到门口时，严女士转身给医护人员深鞠一躬，向他们表示感谢。整个过程都被我摄入镜头。

送走严女士，我们跟随赵建平教授进行查房。赵教授是湖北省医疗救治专家组组长、华中科技大学同济医院呼吸与危重症医学科主任，是全国著名的医学家。疫情开始后，他身先士卒，像这样的"红区"不知进了多少次。

每到一个病房，赵教授都要仔细询问患者的情况，耐心解答他们的疑问。当来到一个病房，赵教授指着一位患者对我说："这是我的同事，叫李佐凡，是同济医院麻醉科的医生，他在给新冠肺炎患者做手术时感染了病毒。"

我对李佐凡进行了采访。他话语不多，感情质朴。他说此时最大的愿望就是尽快痊愈出院重返工作岗位。采访结束时，我对李佐凡说："勇士，加油！"

在"红区"采访，我不断与患者交谈，了解他们的生活和心愿。患者对疫情十分关心，每天必看电视新闻；几乎所有的患者每天都跟亲人通话，了

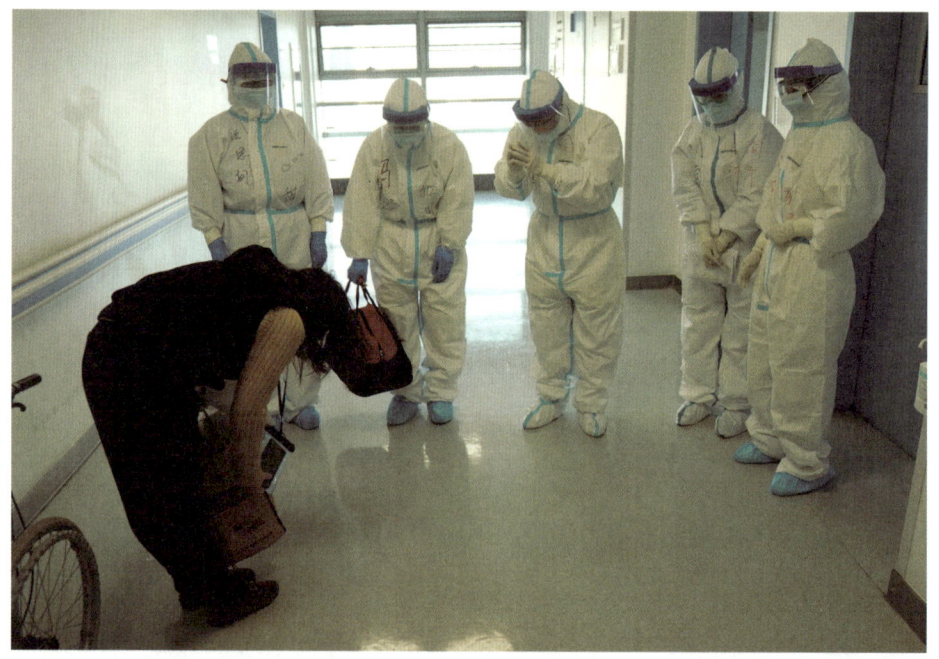

2月18日，严女士出院临别时向医护人员鞠躬致谢。当日，新冠肺炎患者严女士病愈，从武汉华中科大同济医院中法新城院区出院。这一天恰巧也是她的生日，医护人员向她送上祝贺。（王毓国　摄）

解家人的情况,并告诉家人自己的状况。不少患者把听音乐作为放松心情、辅助治疗的方式。

有一位姓杨的女患者,她在身患新冠肺炎后剖腹产下一名男婴。之后,杨女士与孩子分开,住在这里,挂念着孩子,无心配合治疗,对病情产生了不利影响。医护人员时常开导杨女士,对她精心治疗、悉心照顾,并随时向她通报在医院隔离观察婴儿的情况。当杨女士得知孩子各项指标都正常后,悬着的心终于放下,积极配合治疗,病情有了较大好转。采访中,杨女士拿出自己孩子的照片给我看,脸上洋溢着幸福的笑容。

听医生说,18日这个重症区有48位病人,大多数人病情稳定,还出现了无人使用呼吸机的现象。赵教授说,通过医护人员的积极治疗、悉心照料,很多病人出现了好转,死亡率下降了。

目睹医护人员不停忙碌,我不停地拍摄,全身衣服被汗水浸透。越是深入采访,对医护人员敬佩之情越浓厚。他们天天如此,置身危险之中,无私无畏;一天工作长达数小时,不能喝水,不能上厕所,无怨无悔。这种无私奉献的精神时时刻刻感动着我。我把这份感动倾注到一张张照片中。

在"红区",我还发现,医护人员的防护服上除了名字,还写着"加油""爱心""战士""阳阳最可爱""超美""最棒"等词汇,这些是他们的"内心独白"。每天上班前,他们把"最想说的话"写在自己的防护服上,祝福和激励自己、同事、家人、朋友。

近四个小时的采访结束了,原本以为从病房撤回是件"容易的事",没承想却是一个"艰巨的历程"。赵教授说,一些人是在脱防护服时被感染的,告诫我们"马虎不得"!为防病毒入侵,我们每个"卸装"环节都在严密监视下完成,要求近乎苛刻。例如每脱一个防护物件都要用酒精洗一次手,每过一道门要对鞋底进行消毒。记得有个环节,我刚消毒完的手不经意触碰了一下桌面,赵教授立即命令我重新消毒。我的相机器材也经历了三遍水洗式消毒。

补记:采访同济医院中法新城院区"红区",是我有生以来第一次进危重症隔离病房，第一次近距离接触奋战在抗疫最前沿的医护人员。此时此刻，我无法找到合适的词汇来描述那些置生死于度外的"白衣天使"，但我心中明白，用相机记录他们的奉献和大爱是我的神圣职责。于是，在接下来的日子里，我拿起相机，二进"红区"，三进"红区"……（王毓国）

阵地

战疫的一天

明媚的阳光,给依然寒冷的武汉带来春天的气息。

武汉新增新冠肺炎确诊病例数已连续四天降至 2000 以下,当前疫情防控呈现一些积极变化。但是,形势依然胶着,战斗仍处于最为吃劲的状态。

总攻号角已经吹响。我们在这一天依然坚守在没有硝烟的战场,从早上出发准备进入"红区",再到方舱医院、隔离点、社区、乡村、新闻发布会……见证湖北保卫战的一天。

8 时 30 分;武汉市徐东大街 356 号(新华社湖北分社、新华社武汉前方报道团队所在地)。

我们向着"红区"出发,"红区"是医护人员与死神争夺生命的关键战场。迎着朝阳,新华社武汉前方报道团队 7 名记者,前往华中科技大学附属同济医院中法新城院区。这里是新冠肺炎危重病人救治定点医院。

9 时;武昌方舱医院。

由体育馆、会展中心等改建而成的方舱医院,是与疫情战斗的又一个主战场。

9 时,几位新华社记者抵达武昌方舱医院,新一批 24 名患者正在为出院作最后准备。他们将在下午 3 点正式"出舱"。这也是方舱医院一个新的纪录——仅武昌方舱医院,出院人数即将破百,达 102 人。

截至 2 月 16 日,武汉市已建成 11 座方舱医院,计划床位 20461 张。一座座方舱医院的兴建,为更多患者点亮希望。

10 时;小东门附近集中隔离点。

在这里,每个隔离房间均为原酒店标准间,各类配套设施齐全,统一配送一日三餐。同时,还为有需求的留观者提供零食、书籍等服务,只需携带必需的衣物即可入住……

武汉正在拉网式排查"四类人员",同时也提出了五个"百分之百"工作目标。为确保应收尽收,武汉市将党校、宾馆、酒店等地改造为集中隔离观察点,对确诊患者的密切接触者进行医学观察。

为做好密切接触者的服务和管理,这个隔离点配备了包括3医3护在内的18名工作人员驻守现场,提供24小时隔离观察、生活服务、心理疏导、安全管理等服务内容。

11时30分:武昌医院。

武汉市武昌医院院长刘智明因感染新冠肺炎于2月18日上午去世。他是全国第一位因抗疫而牺牲的医院院长。

在去世前,他最担心的还是他的战友们。武昌医院是全市首批定点医院之一,他一直都要求同事们做好防护,得知自己受到感染后,刘智明询问与他接触过的每一位同事,"如果我们有事,他会觉得很内疚。"武昌医院的一名工作人员哽咽地告诉我。

截至2月11日24时,在抗击新冠肺炎疫情过程中,全国共报告医务人员确诊病例1716例,已有6名医护人员以身殉职。

12时许:青山区工人村街道青和居社区。

武汉市17日开始为期3天的集中拉网式大排查,提出要摸清底数,不落一人一户,坚决遏制疫情扩散蔓延。我们走访青山区工人村街青和居社区,发现住宅小区封闭管理趋紧。

"除就医以及防疫情、保运行等岗位人员外,其他居民一律不得外出。"在青和居东区门岗处,小区出入口已经被围栏封闭,社区工作人员正对个别想要外出的居民耐心劝导。

网格员李文丽穿着由雨衣改装的防护服挨家挨户巡查:敲门,询问基本情况,测体温,登记好每家每户的需求。一上午奔走之后,李文丽共完成160户居民的巡查。"手指都敲疼了。"

14时许:孝感市孝南区杨店镇沪川村。

孝感是湖北省除武汉之外疫情最重的市州。新华社小分队来到孝南区杨店镇浐川村。村干部和志愿者在路旁"站岗",房屋大门紧闭,没有人在路上溜达、聚集。在浐川村通往邱畈村的检查点,村民秦如康等人在这里"守卡",登记信息、测量体温。

在湖北各个市州,农村各种"硬核"防控措施,"土味"十足,却管用见效。

16时;湖北省政府第27场新闻发布会"线上"提问现场。

"日常生活保障问题是大家非常关心的。请问,实行更严封闭管理后,城乡居民基本生活如何保障?"在5G网络直播中的发布会上,记者喻珮以视频连线的方式代表新华社提问。

19时;武汉市武昌区一小区。

华灯初上,生活仍在继续。

武汉汉秀剧场的外墙上闪烁着"武汉加油"几个红色大字,在有些暗淡的城市夜景,显得分外耀眼。

武汉市民家中餐桌上有通过电商团购而来的新鲜蔬菜。正如网上流传的一句话:宅在家中,也在为抗疫做贡献。

人间烟火气,最抚凡人心。守望相助,传递的是温情和力量。

20时;离开"红区"的返程车上。

摄影记者王毓国和视频记者许杨难忘当天进入"红区"采访见闻,他们认为身穿防护服忙碌的医护人员,就是身处最前沿与病魔作斗争的战士。

在采访中,他们全力用手中的相机、摄像机拍摄下医务工作者奋战的身影,心中充满对医护人员的敬佩,对生命有了更多的敬重。

24时;新华社湖北分社办公楼。

灯火通明,记者、编辑们仍在紧张忙碌。

又将是一个难忘的夜晚,也是武汉"封城"以来,这座大楼里普通的一晚。(李伟)

扫码收看

武汉24小时

2020年2月19日
首次！新增治愈病例数超过新增确诊数

这一天，最令人振奋的消息，莫过于武汉市新增治愈出院病例数首次大于新增确诊病例数。

这样的数据对比，十分直观——2月19日0—24时，湖北省新增新冠肺炎确诊病例349例，全省新增出院1209例。

而在此前一天，2月18日0—24时，湖北省新增新冠肺炎确诊病例1693例，其中武汉市1660例；全省新增出院1266例，其中武汉市676例。

武汉胜则湖北胜，湖北胜则全国胜。

首次逆转，意义不凡。在此背后，凝聚了太多人的无私奉献、无悔付出。

2月19日，31名新冠肺炎重症患者，从华中科技大学同济医学院附属协和医院康复出院。

"目前，协和西院累计收治新冠肺炎患者1055名，今天出院的31人都是重症患者，这说明重症患者可防可控可治。"武汉协和医院党委书记张玉在送别出院患者时说。

"除了药物治疗以外，乐观的心态也是很重要的一点。如果病房里面的气氛比较乐观，病房里病人的呼吸道症状或者疾病的反复就会好一些，治疗配合度就高一些。而那些心情较差、比较郁闷的病人，症状缓解似乎就要慢一些。"协和医院呼吸内科教授张建初说。

"我的爸爸已70多岁，病得那么重，有糖尿病还做了心脏搭桥，他都能挺过来，因此我相信自己也能挺过来。对自己一定要有信心，我觉得这个很重要。"出院患者牛女士对新华社记者说。

"该吃就吃、该喝就喝、该睡就睡，我觉得应该乐观一点，心态很重要。"患者杨先生也深有同感。

"现在社会各界都很重视,努力从源头上把关,早诊断、早发现、早治疗,让轻症病人能够得到及时收治。得益于此,发展到重症和危重症的人数和比例都有望呈现出下降趋势。"张建初说。

协和西院床位满负荷运行,实现了应收尽收。通过规范磨合,将医院的工作重心从"应收尽收"转移到重视医疗质量,达到了有效救治危重症患者,降低病亡率的阶段性目标。

截至 2 月 19 日,在协和医院和全国 11 支医疗队的共同救治下,协和西院已有 145 名患者出院。

2 月 19 日,国家卫生健康委还发布了《新型冠状病毒肺炎诊疗方案(试行第六版)》。

新方案的诊断标准,取消了湖北省和湖北省以外其他省份的区别,统一分为"疑似病例"和"确诊病例"两类,明确确诊病例必须满足核酸检测阳性或基因测序高度同源的证据之一;在治疗方面增加了"康复者血浆治疗",建议适用于病情进展较快、重型和危重型患者人群。

诊疗方案还增加了"出院后注意事项",建议应继续进行 14 天自我健康状况监测。还在中医药治疗方面增加了适用于重型、危重型的中成药的具体用法等。

这一天,方舱医院建设工作同样传来好消息。

武汉市新冠肺炎疫情防控指挥部 19 日透露,武汉已全面启用 12 家方舱医院,全市方舱医院计划床位已超过两万张。随着各方舱医院建成运行,患者诊疗和收治能力将得到有效提升。

疫情蔓延势头,正在得到初步遏制;疫情防控工作阶段性成效,正在逐步显现。(廖君、王作葵)

2020年2月20日
与国家同舟　与人民共济

建院120年的同济医院，是国内顶尖医院之一。2019年12月底开始，疫情快速变化：发热门诊病人从日均四五十人，最高峰陡增至上千人，收治病人数量日益增长，医务人员疲劳作战、不堪重负。各定点医院一床难求……

疫情大敌当前，生命危在旦夕。"与国家同舟，与人民共济。这句院训深深烙刻在每个同济人身上、脑中。"同济医院院长王伟说，大疫当前，作为医疗国家队，同济人必须主动担当。

"集中患者、集中专家、集中资源、集中救治"，将重症病例集中到综合力量强的定点医疗机构救治，是党中央明确指示，也是战胜疫魔的重要举措。同济医院主动将中法新城、光谷两个新院区改造成定点医院，将普通病房隔断密封，开辟了约2000张病床，成为收治重症患者的新战场。

1月25日，大年初一，中法新城院区动工改造。时值春节，又逢疫情，工人难寻、材料难购、运输不畅。连续好几天，中法新城院区后勤科科长杨涵林和同事基本没合过眼，一直盯在改造项目上，"早一刻完工，就能早一点收治病人"。

边施工、边收治，48小时后，首批8名重症患者收治入院。由北京医院、北京大学附属人民医院等组成的首批援鄂国家医疗队，进驻中法新城院区。

随着改造床位数快速增加，中日友好医院、华山医院等国内顶级医院的35支医疗队，4000多名医务人员分批携带物资设备，成建制接管病区。

在这里，协调一致、标准先行。同济医院和各医疗队共同成立战时医务处，不断总结经验，形成专家共识，确立统一诊疗标准、统一医疗流程，为挽救危重症患者不断探索、总结、完善。

在这里，科学救治、胆大心细。一位70多岁的女患者，入院时血氧饱和

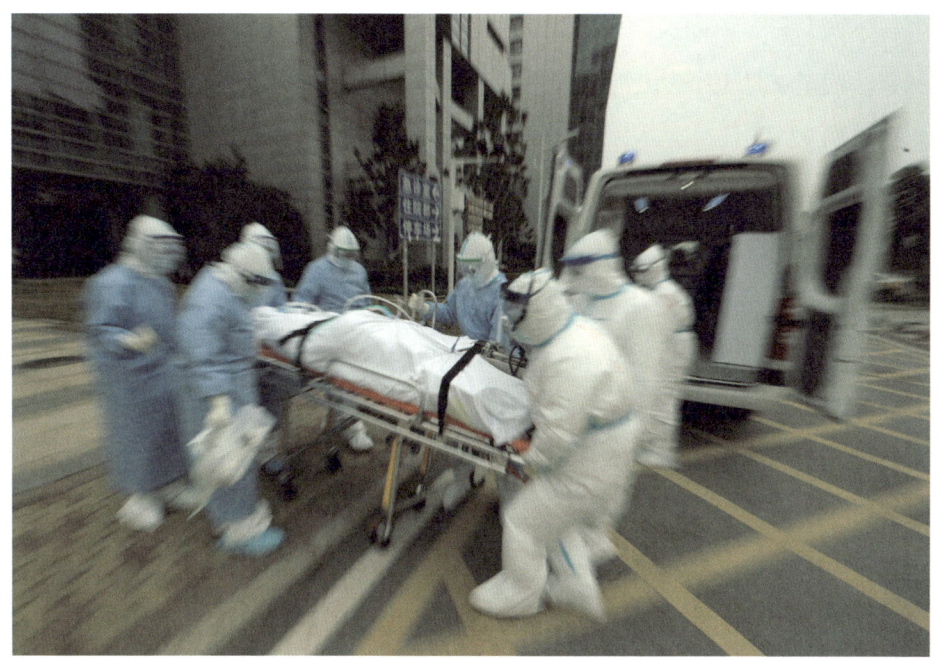

在华中科技大学附属同济医院中法新城院区,医护人员护送一名新冠肺炎患者去做CT检查。(费茂华 摄)

度只有70%多,使用无创呼吸机后也只有80%。以往患者早该气管插管了,赵建平团队用"绣花精神"仔细调试呼吸机参数,合理使用药物、激素,血氧饱和度逐步回升。第七天达到98%,脱离危险。

"氧合情况不好的病人,用好无创呼吸机,配合调试药物,能有效避免插管引发的众多并发症,提高救治成功率。越来越多病人撤掉呼吸机,病情平稳下来。"赵建平说。但这意味着医务人员要待在闷罐似的防护服里,时刻守护在病人身旁。

在这里,多方合作、立体诊疗。2月16日下午,74岁的胡阿姨在同济医院光谷院区治疗6天后,从昏迷中逐步清醒。刚入院时一天尿量不足100毫升,肾功能严重受损,命悬一线。广州医疗队中山大学附属第三医院岭南院区综合ICU主任毕筱组建由感染、肾内、内分泌、呼吸等科专家组成的救治小组,心电监护、面罩吸氧、降血压、抗病毒……连续几个昼夜精心救治,胡阿姨逐渐好转。病房首批收治的40位重症患者中,已有3位症状缓解转入普通病房。

不同学科、不同医院的专家同舟共济，奋力将一个个生命从死亡边缘拉回来。截至2月19日10时，仅中法新城院区已累计收治重症患者1251人，治愈出院97人。

医务人员是战胜疫情的中坚力量，同济医院始终注意对他们的呵护和保障。

同济医院不仅最早开始对发热门诊医护人员上三级防护，更是定期对全体医护人员进行心理情况调查，派专人做心理辅导。"我们连空调、门把手和电梯按钮都做了病毒核酸检测，对大家负责，让大家放心。"王伟说。

当我跟随医护人员进入同济医院中法新城院区重症隔离病房时，足足花了30多分钟、15个步骤才最终完成全套防护，刚穿完就已满头大汗，而这对医护人员来说是"家常便饭"。

中日友好医院作为国家呼吸临床研究中心，发挥呼吸与危重症学科优势，派出整建制的医疗团队及完备的危重症救治仪器设备，承担中法新城院区C6东病区重症患者救治任务。"所有护理人员都尽职尽责，没有一句怨言。"

在赵建平和团队悉心照料下，同济医院中法新城院区一位重症患者病情日渐好转。住院初期，这位患者发烧、呼吸困难、精神状态差。经过六天不懈抢救终于退烧，还想吃东西、喝水，大家悬着的心终于放了下来。

7000多名"白衣战士"全力救死扶伤，已将"同济战场"病亡率从5.85%降至3.5%左右。

但当前，疫情防控形势依然严峻。3万多名医务工作者依然在最前沿奋进，各地医疗队依然在驰援……

20日凌晨，韩国新任驻武汉总领事姜承锡乘货机抵汉履新，带来韩国地方政府、企业与民间的物资捐赠。姜承锡说，在这非常艰苦的时刻，韩国政府派他来到武汉非常有意义。2020年是韩中建交28年，不管什么情况，韩国都会维持韩中关系，互相了解、互相帮助。

深夜，一场特殊的妇产手术在中法新城院区紧张进行，产妇是一名新冠肺炎患者，汗水湿透了三层防护服下主刀医生乌剑利的衣背。

"哇……哇……"清亮的啼哭声,打破了夜的沉寂。产妇小陈顺利产下一名男婴,在场每个人都流下了激动的泪水,"这是最美丽动听的声音"。(黎昌政)

扫码收看

记者带你走进收治重症患者最多的地方 目睹战"疫"最前沿

2020年2月21日
数据有订正，有人被问责！

湖北省卫健委2月21日对新冠肺炎疫情数据进行了订正。其中，2月20日新增确诊病例数由411例订正为631例。截至2020年2月20日24时，湖北省累计报告新冠肺炎确诊病例62662例，全省累计治愈出院11788例，全省累计病亡2144例。

在当天举行的湖北省新型冠状病毒肺炎疫情防控工作第29场新闻发布会上，湖北省卫健委副主任涂远超说，这些天湖北省发布的新冠肺炎数据的调整，引起了社会高度关注，对数据产生了一定的怀疑。对此，湖北省委书记应勇同志高度重视，明确要求对已确诊的病例不允许核减，已核减的必须全部加回，

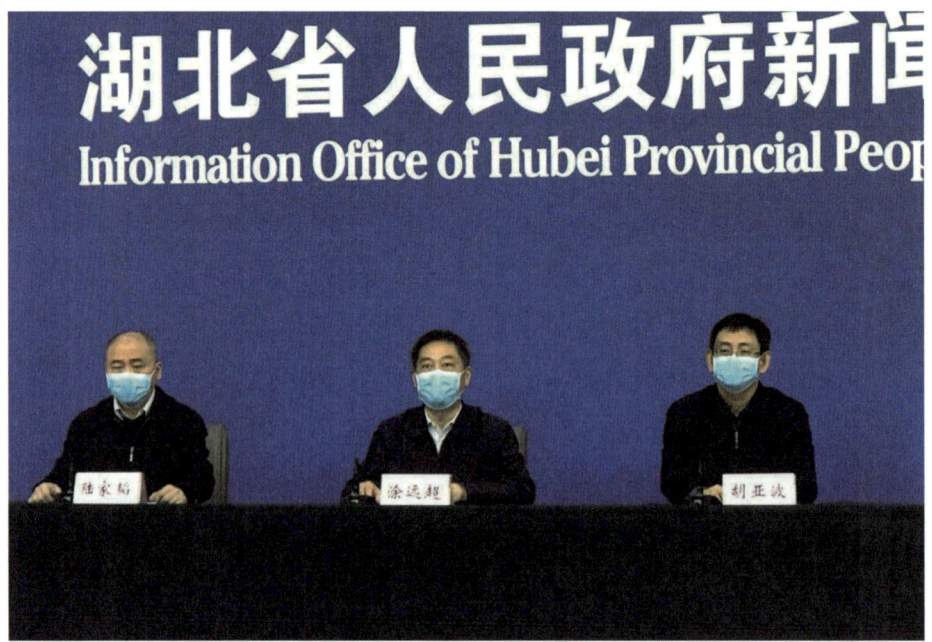

湖北省新型冠状病毒肺炎疫情防控工作第29场新闻发布会。

对相关责任人要查清事实，严肃问责。

涂远超说，通过采取一系列最果断、最严厉的措施，近期疫情形势总体出现积极变化，报告的病例数确实下降。同时，从2月13日起，按照国家卫生健康委办公厅、国家中医药管理局办公室发布的第五版诊疗方案，湖北省将临床诊断病例全部纳入确诊病例进行统计公布和治疗。2月18日国家卫生健康委办公厅和国家中医药管理局办公室印发《新型冠状病毒肺炎诊疗方案（试行第六版）》，相对第五版的诊疗方案，湖北省原有的临床诊断病例类目被取消。为对接此次诊疗方案调整，2月19日，有的市州组织对前期报告的临床诊断病例按照第六版诊疗方案进行了订正，核减了部分病例。针对此，已于2月20日叫停了这一做法。

此外，由于湖北省监狱部门目前没有接入传染病疫情网络报告系统，2月20日深夜接到监狱部门手工报卡后，经认真审核确认，截至2月20日24时，监狱部门报告的271例新冠肺炎确诊病例中有51例前期已纳入相关地区统计并公布，其余220例确诊病例和10例疑似病例纳入了2月20日疫情数据进行订正并公布。

涂远超说，下一步，我们将进一步严肃纪律、严格管理，确保疫情数据公开透明、及时准确。

据湖北省监狱管理局介绍，湖北省监狱系统已发现271例新冠肺炎确诊病例，涉及两所监狱。其中，湖北省武汉女子监狱确诊230例，湖北省沙洋汉津监狱确诊41例。

新冠肺炎疫情发生后，湖北省监狱系统落实相关要求，在湖北省委、省政府统一领导下，全面彻底排查，对疑似病例及其密切接触者一律隔离观察，对确诊患者一律送诊治疗，确保全部得到及时救治。目前，湖北省没有发生监狱在押罪犯感染新冠肺炎死亡事件。

两所监狱新冠疫情发生后，司法部以及湖北省司法厅、省监狱管理局派工作组对监狱疫情防控工作进行督导。目前，湖北省武汉女子监狱因防控工作不力，监狱长被免职；湖北省沙洋汉津监狱一名干警因未如实报告生活轨迹，被给予党内严重警告处分。

部分党员干部因疫情防控不力被处分，也有个别干部因无端斥责医护人员被停职。

2月20日，一则武汉市第七医院患者无端训斥医护人员的视频在网络传播。湖北省市场监督管理局在核实该患者为该局后勤服务中心筹备组副组长朱保华后，将其停职检查。

湖北省市场监管局召开党组会认为：在这场事关人民生命安全和身体健康的疫情防控阻击战中，广大医护工作者战斗在疫情防控第一线，与时间赛跑，与病魔较量，日夜奋战。朱保华作为一名党员干部和就医患者，对医护人员毫无尊重感恩之心，毫无敬重之情，态度蛮横无理、颐指气使，性质恶劣，造成了不良社会影响，决定对朱保华停职检查，根据调查情况进行严肃处理。

目前，湖北省市场监管局责成朱保华所在党支部对其进行严肃批评教育，责令朱保华向相关医护人员和所属医院真诚道歉，并向组织做出深刻反省和检查。

疫情当前，医护人员舍生忘死奋战在抗疫第一线，和病魔较量，与死神赛跑，必须对医护人员怀有感恩和敬畏之心。

2月21日，还有一条关爱医护人员的好消息。日前印发了《关于进一步加强援汉医疗队服务保障工作方案》，这一工作方案对援汉医疗队服务保障工作进行了细致明确的规定。例如，每餐提供荤素搭配的盒饭和新鲜时令水果，用餐标准每人每天200元；配备取暖器、电热毯、暖手宝等物资，提供牙刷、牙膏、毛巾等个人生活常备用品，及时解决队员理发等生活需求；完善一线医护人员值班、轮休等制度，每个班次结束后，合理安排休息时间，原则上每工作10天，休息不少于2天；根据各援汉医疗队工作需要，安排专人专车值班，确保随叫随到；对于援汉医务人员按照人均6000元标准发放一次性慰问补助。

连日来，全国各地和军队充分发扬"一方有难，八方支援"的无私奉献精神，迅速组派 200 余支医疗队、3 万多人援助武汉，他们与武汉医护人员一道，坚守在抗疫一线，为疫情防控做出了重要贡献。看到这些"白衣战士"衣食住行有保障，我们打准、打好、打赢武汉保卫战的信心就更足了。（王自宸）

2020年2月22日
中央暖心"十策"的背后

2月22日,中央应对新型冠状病毒感染肺炎疫情工作领导小组印发了《关于全面落实进一步保护关心爱护医务人员若干措施的通知》,明确提出十方面措施,要求务必高度重视对他们的保护、关心、爱护,加强各方面支持保障,解除他们的后顾之忧,使他们始终保持强大战斗力、昂扬斗志、旺盛精力、持续健康、心无旁骛投入战胜疫情斗争。

白衣执甲何止逆行,英雄无畏人心有愿。

听到这则温暖的消息,许多病房里从未言累的"铁人"流泪了,更多千里外牵肠挂肚的亲人松一口气,众多隔离中的武汉人由衷点赞。

作为医者,他们知道自己面临着怎样的风险;作为战士,他们明白自己守卫着怎样的防线。

除夕凌晨1时,接到中央军委命令后,空军军医大学医疗队在4个小时内就完成以呼吸、传染、重症、感控为主的医疗队人员抽组,实现医疗队准时集结出发。火神山医院综合病区护士长朱以芳接到命令时刚到千里之外的安徽芜湖繁昌老家,除夕夜万家团圆时刻,仅仅和母亲说了3句话:"妈,我回来了。""妈,您还好吧?""妈,我马上就得去繁昌站赶高铁回西安,部队有任务。"正是一名名这样的战士勇挑重担、勇敢逆行,才确保医疗队在接到命令当日的23时44分就落地武汉。

有的援鄂医疗队队长动情道:所有队员都是白班、夜班来回倒,工作期间不吃不喝,湖北当地医务人员作战时间更长,还承受着身边同事、亲人被感染的煎熬。随着重症病患增多,高强度工作之下,有的医务人员情绪紧张焦虑,甚至出现睡眠障碍,有的需要吃安眠药才能入睡,有的需要专门的心理热线安慰。

在武汉市第九医院，由于氧气压力不够，启用了氧气瓶。一个危重症病人需要借助无创呼吸机、鼻导管吸氧、中央供氧三路氧气不停供氧，护理工作任务量顿时大增。医务人员为了确保危重症病人治疗效果再好一点，几十公斤重的氧气瓶需要不停更换，一个班 8 个小时下来，一个人往往要搬运三四十瓶氧气，体力消耗可想而知。

一线医疗队的女性医务人员较多，保障物资短缺时期很难面面俱到，暖宝宝、卫生巾、一次性内衣等关爱用品成了"稀缺资源"。有的女性医护人员连续工作 20 多天，每天穿着防护服几个小时，即便是生理期也强忍着不适，卫生用品不够用了，也没时间去买。

疫情发生以来，3 万多名医务人员驰援武汉，截至 2 月中旬，上海、四川等地首批医疗救护人员已经连续工作超过 3 周。尤其是在"人等床"的危急阶段，面对防护物资短缺、病人大量激增的重重困难，许多医务人员冒着感染风险、克服心理压力，始终"咬牙坚持着"。有的医务人员说："大家相互之间打气时都会用一句'活着回去'，看似调侃，实际也是心里话。"

顾不上吃饭、顾不上睡觉……"废寝忘食"是那时很多在武汉医务人员的工作常态。曾经汇集过一组医疗队"吃饭、睡觉"场景图，闻者动容，见者泪目：2 月中旬，雷神山医院一个病区即将收治病人，为了挤出时间再次检查病区准备工作，医疗队的午餐只能匆匆解决，队员们就把床铺被褥掀起来，将床板当作"餐桌"；下午 2 时，有的重症医疗组为了节省时间，干脆在接送公交车上吃起了盒饭。凌晨 2 时的武汉几所医院里，有的白衣天使坐靠在墙角处睡着了；有的把三个凳子拼在一起躺下了，身上还穿着"舍不得"脱下的防护服；有的守在重症监护设备旁，身体后仰在椅背上闭目小憩；有的正在等待交接班，几个人齐刷刷倚靠在墙面上，生怕自己站不住。

为了节省防护服，医护人员工作期间尽量不进食、不饮水，穿上纸尿裤。"穿上防护服，我就是超人；所有同事在这里都是'战友'。"这是一名重症病区医务人员的留言。她，也曾因为"浪费"感到"自责"："我凌晨 3 点接的班，担心上厕所，10 个小时没敢喝水……那晚'浪费'了一条纸尿裤。"

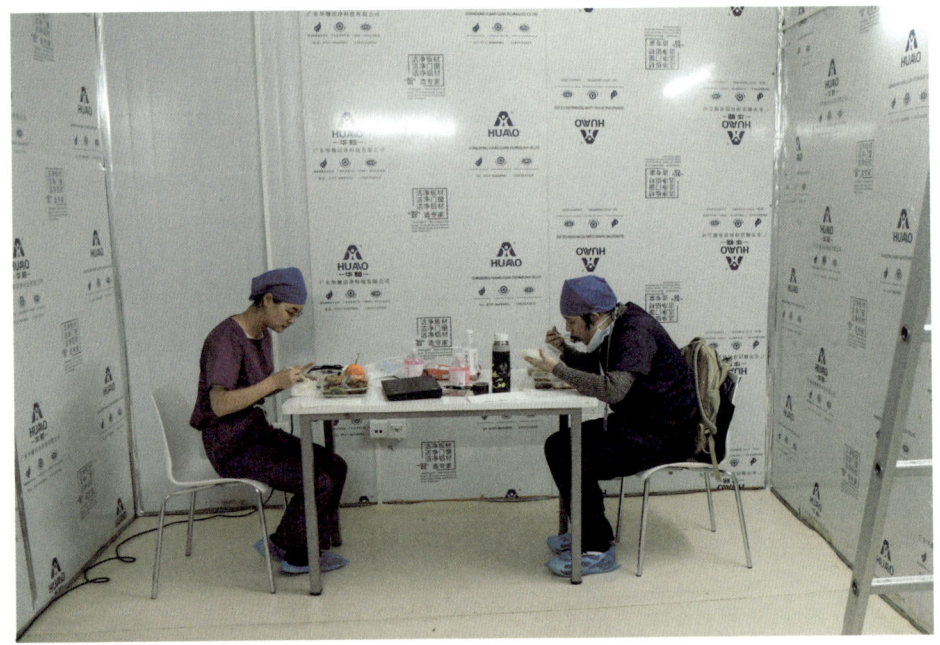

雷神山医院检验科魏俊岩（左）和同事在休息间吃饭。（程敏　摄）

四川省援助湖北医疗队总领队刘成坦言，新增确认病例人数还在增加，大家知道必须做好打持久战的准备，"轮休"就是为了更好的战斗！

一位医疗队员打心理热线倾诉，在电话里哭了半个小时才平静下来，因为"离家前太匆忙，没能跟孩子好好解释，只是说临时出差过两天就回来，现在面对孩子的追问，心里有愧，怎么办……"

山川相隔，血脉相通。"妈妈，我想你的时候爸爸让我看你的照片，你穿着黄色的衣服只露着眼睛，我都认不出你来了。妈妈，今天是你的生日，可你无法吃蛋糕，我要给你唱首生日歌，让爸爸录好视频给你发过去。等我长大了以后，也要像你一样去保护别人。"这是山东一名医疗队队员生日当天收到的孩子的信。另一名医疗队员的母亲没有去送女儿"出征"："妈妈答应你，妈妈能承担一切，但唯独不能参加你的出征仪式，妈妈怕哭，放心吧，孩子，家里有妈，一切安好。"

江西吉师附小六年级的欧阳子康写道："好容易带打通电话，电话那端的您，声音沙哑、急促，只是说——都挺好的，你们在家要保重……"

一封封信，一句句话，字里行间流露出思念，寄托着祝愿，还有一个共同的心愿——盼团圆，盼春来，盼家国永无恙！（李伟）

天使的逆行

一个"无疫情村"的"战疫史"

58岁的龚万梅,虽然戴着口罩,却掩饰不住因连日的值守而形成的疲惫神情;她身形瘦小,但眼神中却闪耀着坚定的光芒。疫情发生以来,这位瘦弱的女村支书,带领着200多位村民,实现了一个不小的"奇迹"——全村无一例病例。

武汉市蔡甸区总共有51个城区社区、339个乡镇村社区,其中,无疫情村(社区)占比超过三分之一。截至2月12日,该区115个村(社区)获评无新冠肺炎确诊病例、无疑似病例"双无"村(社区)荣誉。我们调研发现,尽管新民村是武汉市的一个移民村,但依靠村支书的果断与村民们的团结一致,这个小村率先成为"无疫情村"。

"无疫情村"是现实中自然出现的现象,有几个共性特点:一是大部分为农业片区,人口密集度不高,人员流动性低;二是村支书重视,警觉性高,动手快;三是防控措施有力,实现有效隔离。

2月16日,我们走访新民村。新民村位于蔡甸区张湾街,面积500余亩,村内实际留存人员为54户共217人。一到村口,我们即被两名戴着"志愿者"红袖章的工作人员拦住,进行测温和全身消毒。

防控及时果断,是实现"无疫村"的关键之举。新民村党支部书记龚万梅说,早在1月25日,她就按照比市内更加严格的标准对村庄实行封闭式管理,外人一律不许入内,村内的留存人员没有特殊原因也不允许外出。村里的大小路口全部封死,仅留一条主要道路供环卫、卫生院车辆应急出入。由于封闭管理措施及时坚决,新民村安然无恙,而其周边村均不同程度地出现了确诊或疑似病例。

"大家要认识到一点,我们现在在家里待着,就是为国家做贡献。"龚万梅一见到村民就反复这样地讲。

二　打响人民战争

在武汉市蔡甸区张湾街新民村，帮村民们换煤气罐的工作人员即将出村。（才扬　摄）

"村就是家，保护好每一个村民就是保护好家人。我有一种强烈的想法，作为移民村，绝不能让一个村民染病，在没有办法的时候，最好的办法就是隔离。"龚万梅说，尽管新民村的规定比其他村更加严格，但村民们均十分理解和支持。

发动老百姓的内在动力，实现全民战"疫"。包括龚万梅在内，新民村的"两委"干部总共才3人。但"两委"干部全部自愿放弃假期和休息时间，24小时全天候为村民服务。看到干部十分辛苦，村内党员纷纷站出来，积极发挥党员先锋带头作用。

封村后，仅有的3名村干部变成村民的"代购员"。通过微信群，搜集村民所需物资情况，每隔两三天，龚万梅会带着村会计，驱车20多分钟为村民们购物，有时一天跑好几趟。村内有四五个糖尿病、高血压等慢性疾病患者，龚万梅也会带上他们的医保卡，一家家地跑医院，为村民们购药。

60岁的村民曾学鹏说，看到龚万梅等村干部日夜不停地为群众服务，大家都很心疼,纷纷加入支援队伍。家家户户均要求出工出力,有的家庭出了两人甚至三人。目前村里已有30多人报名参加路口值守、测量体温等支援服务,排班表列到了2月底。有了充裕的工作队伍,新民村的排查和安保工作进展迅速和深入。

"村支书个人的果断决策在非常时期显得十分重要,这却取决于村支书与村民之间深厚的感情与相互信任。"张湾街道办的相关负责人说。

疫情暴发后,这种干群间的绝对信任,立刻转化为无穷战斗力。村民们成功躲过一劫,这让龚万梅颇感欣慰。

"作为村党支部书记,绝不能袖手旁观,村就是我的家,要把村当作家来经营。"龚万梅说,疫情之初,她每天都揪着心,一看电视就掉眼泪。"既然十年前是我把大家带出来了,就要对每一个人负责到底,绝不能让一个村民染上疫情。"(刘宏宇)

三

形势渐趋缓和

2020年2月23日
严峻的形势有所缓和

2月23日,武汉"封城"一个月。前一日湖北新增确诊病例630例,其中武汉541例。

疫情拐点,渺无踪迹,但新增病例多日远离四位数,严峻的形势有了缓和。更重要的是,人心稳了。

当天,党中央在北京召开统筹推进新冠肺炎疫情防控和经济社会发展工作部署会议,习近平总书记发表重要讲话,为全面打赢疫情防控人民战争、总体战、阻击战,努力实现全年经济社会发展目标任务提供了根本遵循。

以电视电话会议形式召开的会议并不少见,但一直开到县(市、区、旗),17万各条战线的中坚力量,直接聆听习总书记的指示要求,足以体现会议非同一般。

分析形势、统一思想。会议传递明确信号:抗疫不获全胜决不轻言成功。

在武汉采访的我们事先对此毫无所知。但新闻人重视时间节点,我们较早启动了"封城"满月的采访,并得到启示,战"疫"到底,别无退路。23日,人民日报等主要媒体在一版头条位置采用了新华社长篇通讯《将战"疫"进行到底!》,许多网站、客户端将其置顶,为当天的会议营造良好舆论氛围。

新冠肺炎疫情发生以来,习近平总书记高度重视,把疫情防控作为头等大事来抓,多次专门听取新冠肺炎疫情防控工作汇报,亲自指挥、亲自部署。23日的重要讲话对疫情防控战略策略再次进行概括——

总要求:坚定信心、同舟共济、科学防治、精准施策。

总目标:坚决遏制疫情蔓延势头、坚决打赢疫情防控阻击战。

防控"四早"原则:早发现、早报告、早隔离、早治疗。

救治"四集中"原则:集中患者、集中专家、集中资源、集中救治。

三 形势渐趋缓和

突出任务抓"四率":提高收治率和治愈率,降低感染率和病亡率。

战略上抓重点,武汉和湖北是全国主战场。

这是打赢疫情防控人民战争、总体战、阻击战的根本指南,体现了人民至上、生命至上的崇高理念。

一般来说,在疫情暴发初期或者大流行阶段,人们对疫情各方面的情况缺乏足够的认识。最好的防控措施,就是实行必要的人群隔离,坚决切断疫情在人群中的传播渠道。

"封一座城护一国人。"1月22日,党中央果断要求湖北省对人员外流实施全面严格管控。次日,武汉和湖北的离汉离鄂通道关闭,疫情向外蔓延的路径被有效阻断。对一个上千万人口的大城市实施管控,放眼世界也不多见,没有先例可循。

"封城"后,武汉城里防控不到位,与中央要求存在差距。我们采访一些小区下午5点半以后就无人值守,老旧社区防控力量更加薄弱,有的甚至没有围栏。武汉3300多个社区(村),实施居家隔离,在传染病大流行时,

2月23日,同济医院中法新城院区11名新冠肺炎重症患者治愈出院。(沈伯韩 摄)

漏洞百出。医疗资源遭挤兑，家庭聚集性感染更加剧了社会恐慌。

"新冠病毒的传播概率一般是1个人传染3个人，每隔3天倍增一次。"在武汉召开的一次专家座谈会上，中国疾控中心副主任冯子健直言，"武汉目前从发病到上报的平均时间是6天，在这6天里，病毒仍在社会上传播扩散。"

1月底到2月中下旬，感染者、密切接触者、疑似和发热患者散落城市各个角落，与普通市民混杂在一起。疫情80%以上是社区传播，如不采取有效措施，整个江城将沦为感染的"红区"。

这是武汉的"艰难时刻"。

专家说，新冠病毒表面的凸起，看起来就像皇冠，在电子显微镜下呈黑白色。那么，它的传播是否有声音呢？当一位年过半百的武汉人郑重其事地提出这个问题时，我仿佛能够真切地感受到恐惧是有重量的。

信心比黄金更重要。武汉火神山医院重症医学一科主任张西京跟我们说，在救治过程中一旦患者动摇信心，病情有时就会急转直下。

保卫一座城市也是如此。

中国是世界第二大经济体，武汉地区生产总值在全国省会城市中名列前茅。从理论上说，没有人相信疫情能够摧毁武汉。但如果人们丧失了信心，武汉保卫战将不堪设想。守不住武汉这第一道防线，湖北告急，全国则会陷入被动。

紧要关头，中央决定成立应对疫情工作领导小组，向湖北派出中央指导组。习总书记到北京市调研指导疫情防控工作时，视频连线湖北和武汉抗疫前线听取汇报，指导工作。

坚决贯彻落实习总书记和党中央的部署，中央指导组充实力量，湖北省委和武汉市委主要负责人调整。2月中旬后强化社区阻隔、切断传染源；多措并举增加床位，实现应收尽收；调动全国资源，做好抗疫保障；等等。武汉在"封城"一个月里由混乱、焦虑、恐慌逐步走向有序、平稳、可控。

如今社区封控更加严格。23日上午，武汉市疫情防控指挥部发出通告，专项招募志愿者，为居民提供食品药品代购代送等服务。截至下午5时许，全市志愿者报名人数突破1万人。

大武汉，万众一心！

尽管现在还没有特效药和疫苗，但随着患者能及时确诊、入院，医疗秩序重新平稳，如脱缰野马的疫情正在被控制住。人们逐渐恢复信心，坚守家中的武汉人也知道他们并不孤独。

这一个月暴露问题，也积累经验，中国抗疫方法和方案被证明科学有效。华中科大教授徐明华说，这是增强"四个自信"的最生动实践，青年学生们由衷为自己的祖国骄傲。（刘刚）

将战疫进行到底！
——写在武汉疫情防控的关键阶段

国新办记者见面会上的平凡英雄

无畏逆行的白衣战士、佑护万家灯火的公安民警、主动留守的外卖小哥、挺身而出的青年志愿者……2月23日，国务院新闻办记者见面会首次聚焦抗疫一线的普通工作者。5位凡人英雄用真挚的讲述，分享了一段段质朴感人又饱含力量的抗疫故事。

参加见面会之前，从事传染病工作20年的武汉市金银潭医院南四病区主任余亭，已经和团队在一线艰苦奋战了50多天。

2019年12月29日，武汉市金银潭医院转入首批7名新冠肺炎患者，一个全新的隔离病区火线成立。余亭主动请缨，成为第一批参与医疗救治的医务人员。他将年幼的女儿交给家中老人，与在医院护士岗位的妻子并肩作战。

"令我印象最深刻的是一位82岁的老爷爷，病情很重，生活不能自理。出院时，老人家拉着我的手说'你能跟我合张影吗？谢谢你救了我的命'。"余亭说。

一位位患者战胜病魔，面带微笑离开医院，是对所有医护人员最大的鼓舞。

"我们都很疲惫，但是我们心理上一定不能累，心理防线一定不能垮。救死扶伤，大爱无疆，这是我们应该去做的事情。"余亭道出了所有抗疫一线医护人员的信念。

2月23日，是中日友好医院医疗队护理组组长赵培玉支援武汉的第20天。出征前，930名护士踊跃报名，报名的理由很多——有人说我经历过SARS救治，有人说我是党员，有人说我家里负担轻。从事临床护理工作近18年的赵培玉被选中担任护理组组长。

在20天看不见硝烟的战斗里，中日友好医院医疗队收治危重症患者60余人次，20名患者康复出院。

赵培玉清楚地记得，有一位危重症女患者，气管切开，不能说话。她巡视病房时,看到患者用手在被子上写了一个"水"字。

"阿姨,您是口渴吗?"赵培玉问。这名女患者眨了眨眼睛。"您现在不能喝水,您再坚持下,好吗?"女患者再次眨了眨眼睛,并对她竖起了大拇指。

赵培玉瞬间湿了眼眶——

"看到这些,我能感受到,他们对生命的渴望,对医务人员的信任和支持。"

"我想对我们患者家属说一声,把您的家人交给我们,请您放心!"

抗疫战中,基层公安部门承担着路口守控、社区封控、医院防控、治安巡控以及为群众提供所需帮助和服务等工作。

1月23日凌晨1点30分,武汉市公安局硚口分局局长张晓红接到命令,两个小时以内组织300名警力,赶到武汉天河机场执行交通管制任务。

过去一个月,张晓红带领1500名民警值守了47家医院、隔离点;硚口分局6名党员民警28个昼夜没有回家;警车送了1200多名病人去医院……

硚口公安分局宗关派出所24岁民警易鑫,冲上辖区一栋老式居民楼,把

2月23日,国务院新闻办公室在湖北武汉举行国务院新闻办记者见面会,来自武汉疫情防控一线的工作者讲述他们团结奋战的故事,并回答记者提问。(肖艺九 摄)

一名突发疾病的患者从 6 楼背到 1 楼。在此过程中，这名患者大量呕吐，都吐到了易鑫后背上。

哪里有困难，哪里就有警察出现；哪里有疫情，哪里就有警察战斗。张晓红说："疫情当前，警察不退。这是民警写在请战书上的语言，也是人民警察的职责使命。"

在武汉读书四年的吴辉，对武汉有着"特殊感情"。2019 年 7 月，他重回武汉，从事外卖骑手工作。听说春节的时候订单比较多，他计划继续干活儿，多赚点钱。随着疫情越发严重，他计划从腊月三十开始休息。

除夕晚上，他一边吃火锅，一边刷微博，看到一线医护人员只能吃泡面，心里难过，觉得自己应该做点什么。他意识到，城市的运转需要他们。最终，他决定继续送外卖。

正月初一第一单，吴辉送到武汉大学中南医院呼吸内科，内心很忐忑。看到医院井然有序，他松了口气。

有天傍晚，吴辉已经收工了，忽然接到一个女孩儿的订单，备注写着"妈妈做的饭，给爸爸送去，我爸爸是前线医生，谢谢小哥了"。吴辉的眼眶有点湿润："这样的单必须送！"

从女孩母亲手中接过晚餐，吴辉直奔女孩父亲所住的酒店。然而，由于女孩父亲回医院加班去了，晚餐没能送到他手中，而是交给了他的同事。在见面会上，吴辉伤感地说："很抱歉，我没有完成小女孩的心愿。"

他以网名"老计"在微博上记录抗疫点滴瞬间，得到逾 6 万名网友关注。吴辉说："我相信，只要我们都在，武汉就不会孤独！我相信最先趴下的一定是病毒。"

武汉市青山区钢花小学音乐教师华雨辰是一名土生土长的武汉"90 后"。面对疫情，华雨辰选择成为一名志愿者。哪里需要就赶去哪里，她当过司机、测温员、搬运工，平均每天工作 8 小时。参加见面会的那段时间，她是武汉青山方舱医院的播音员，用声音温暖别人，也温暖自己。

和父母住一起的华雨辰，每天都万分挣扎要不要讲出实情。最终，为了父母安心,她坦白了。妈妈睁大眼睛问她:"你怎么这么大的事情都不跟我们商量?"从那天起,无论多晚回家,父母都在家里等着她。

华雨辰在高速公路口当志愿者,目睹了四面八方支援武汉的大货车进城,车上拉着横幅"武汉不怕,我们来了!"曾经还有一名四川汶川的村干部带着村民开车20多个小时送物资,横幅上写着:"汶川感恩,武汉雄起!"

华雨辰说:"真的,只要亲历那一幕,你就会觉得,不怕,武汉不会输。"

早点研制出疫苗,一起逛街吃火锅,摘下口罩互相拥抱……在见面会的最后,5名一线抗疫工作者表达了心中的期待。(谭元斌、喻珮)

善义满江城——致勇敢的战"疫"行者

2020年2月24日
戛然而止的旅途

在武昌火车站旁边的一个小旅馆里,谢平华无聊地翻看手机,盼着疫情好转的消息。为了省钱,在越南一家家具厂打工的他提前安排好了回家方式:1月22日坐飞机到深圳,转而搭乘普速列车到武汉,儿子再开车把他接回湖北钟祥的家。

这不过是一趟再平凡不过的美好旅途,在外打拼一年的中国人,选择在春节前回家,与亲人团聚。可这一次,一场突如其来的新冠肺炎疫情搅乱了一切。谢平华在火车上一觉醒来,就听到了武汉将于1月23日10时关闭离汉通道的消息。而他的火车10点半才到,跋山涉水从国外回来,眼看着就要与一家妻儿老小团聚,却困在了离家不远的省城……原本充满期待的旅程,戛然而止。

1月23日,武汉这座超千万人口的大城市按下了暂停键,毅然关上"大门"。留在城里的,有近一千万武汉市民,还有成千上万像谢平华这样,来这里中转、旅游、探亲、出差、工作的外地人。这一个月间,他们的心情随着疫情的走向起伏变化。他们承受着比当地人更多的恐惧和孤独、更多的压力和不便。

寒冷的冬夜,这些因突如其来的"封城"滞留在这座充满未知和恐惧的城市的异乡人,他们过得怎么样?有哪些实际困难?

2月17日至19日,我们连续三天夜访武昌火车站、汉口火车站地下停车场,滞留人员住的宾馆酒店,武汉市内的地下通道、涵洞,以及武汉市救助管理站等地,深入调研滞留武汉外地无家可归人员的生活状况,并通过互联网等方式遍访滞汉外地人员,采访了数十位滞留武汉的外地人,全面了解他们的困难和诉求。

"滞留在这里,住宾馆、吃饭花了3000多元。"谢平华说,"很想家里人,但是没办法,天天盼着'解封'的消息;我们那一车下来的有好几百人,估计里面很多人都回不了家。"45岁的谢平华语气平和,已经接受了短时间内回不了家的现实。"只差了半个小时,就回不去了,那就好好待着吧,幸运的是都还健康。"

在谢平华住的宾馆,有15名滞留的外地人,据店主介绍,"封城"后来来去去的有好几十人。

在汉口火车站附近的一家旅馆,我们遇到了湖北恩施女孩杨阳。她在江西南昌打工,五六年没回家过年,今年趁着给外婆过大寿回家,没想到滞留在了武汉。

"很后悔,一觉睡过了,就滞留在这一个月,还错过了外婆90岁大寿。"杨阳说,她1月22日中午就到了武汉火车站,赶晚上10点半的飞机回恩施,时间上绰绰有余。但她到武汉后有点累,就在离机场不远的地方找了个酒店休息,一觉睡过了,没赶上飞机,于是改签到1月23日下午。

谁知,23日"封城",机场关闭,杨阳的旅途在武汉中断。独身一人、举目无亲的她住了几天酒店,钱花得差不多了,就一个人骑着自行车到救助站求助,最后辗转被汉口火车站站区办安排在车站旁的一家小旅馆住下。

"我去接她的时候,她哭得稀里哗啦。"汉口车站站区办一位工作人员说,"周边有隔离点,我嘱咐她不要出门,每天按时来给她测体温,给她送单位食堂做好的饭菜。"

在互联网上,滞留在汉人员的信息有不少。我们随机添加了两个微信群,就有800多名外地滞留武汉的人。他们有的在武汉打工,有的是来短暂探亲,有的前来看病后滞留,也有的只是路过……他们素不相识,却因同是异乡滞留人,而在线上聚到一起,相互打气,相拥取暖。

定居在广东深圳的刘女士一家三口1月23日自驾到武汉,看望身患胰腺癌的妈妈,一家人准备接妈妈出院回恩施老家过年后,再送妈妈入院做手术。"武汉'封城'后找了个民房租住下,现在妈妈病情加重还没住上院,小孩上高三没法回去上学,我的单位也复工了,我们该怎么办?"刘女士说。

来自河南驻马店的女孩小刘是微信群里的活跃分子,她1月19日来武汉看病，做了个小手术，计划1月28日返程，在医院滞留了十多天后，担心交叉感染住进了政府安排的安置点。"本来2月20日复工看到曙光了，一次次希望破灭，感觉很压抑很郁闷，21日晚上跟心理咨询师打电话，聊了48分钟，感觉好多了。"

"进了群，看到很多经历相似的人，大家互通信息，相互鼓励，感觉心里会好受些。"长期在德国生活的武汉女孩小魏眼看着签证就要过期了，心里很着急，"重新申报签证至少要4个月，可能会失去工作、租的房子、商业信誉，最终面临个人破产，那边如果不考虑武汉的疫情因素，回不去损失就太大了。"

武汉一家留学咨询机构负责人告诉我们，他们服务的留学生很多都滞留在武汉，有的考证、考学都耽误了，光澳大利亚一所大学就滞留了200多人。

不少滞留的外地人勇敢站出来，到医疗机构或社区当起了志愿者。陕西西安人侯平安1月21日到武汉市新洲区的亲戚家探亲被滞留，干脆到社区当

2月19日晚，一位滞留在武汉的农民工在武昌火车站地下停车场看书。（杨志刚　摄）

起了志愿者,"我是退伍军人,也是党员,就想做点力所能及的事,为武汉疫情防控尽份力"。

举全省、全市之力打这场疫情防控阻击战的武汉,挤出力量为外地滞留人员提供更好的服务保障。2月23日,武汉市民政局开通疫情防控期间滞留在汉旅客临时救助申请线上通道,并公布了17个区的救助热线电话。我们所在的外地滞留武汉人员微信群里,不断有人收到有关部门打来的电话,免费为他们提供基本的生活保障。

"我对武汉挺陌生,每天都待在房间里,但这个地方给人感觉很温暖;站区办的叔叔每天都来看我,给我送吃的,关心我。"杨阳说。

武汉市救助管理站站长林小群说,"封城"以来已救助460多人,站内现在男区床位比较紧张,女区床位相对宽裕,另外还有新收入的近十人正在隔离。"我们的通道从来都没有关闭,也为可能增加的求助人做了准备,给无家可归的流浪人员提供兜底保障。"

补记: 4月8日,武汉"解封",杨阳一大早就坐上了开往老家的动车,此时,她滞留了整整76天,宾馆的费用需要自费,我们借给了她一笔钱,解了她的燃眉之急。

许多和杨阳一样的滞留人员,也纷纷重新踏上了旅途。这段经历,在他们心中,注定终生难忘。(佘勇刚、王贤)

病毒"快递员"

2月24日,晚上6点半,刘森波和梅乙齐在公司楼上的食堂里领了一份盒饭,分开坐在不同的小桌旁,埋头吃了起来。晚上,他们俩还要出一趟任务。

生于1974年的刘森波,曾是一名军人,1995年退伍。

生于1990年的梅乙齐,15岁那年在老家荆州的小乡村里,救起过溺水人员,受到当地政府表彰。

这一对搭档,都是老党员。在武汉抗疫战最吃紧的时候,他们主动请缨,来到一线,在武汉金域医学公司核酸检测实验室承担起繁重而危险的样本转送任务。

核酸检测是新型冠状病毒感染肺炎诊治的确诊标准,在疫情初期,核酸单日样本检测能力是确诊的制约因素。随着各大定点医疗机构和社会检测机构的加入,到2月初,日检测能力最高可以达到万人份。2月17日至19日,武汉市开展为期3天的拉网式大排查时,武汉市核酸检测能力达到每天两万人次。

95kPa罐、UN2814铝合金的标本箱、黄色大塑料袋、消杀喷壶、防护装备……逐项清点确认。

晚上7点,发动消杀完毕的专用转运车,目标雷神山医院,出发。

从实验室到雷神山医院有20多公里的路程,刘森波和梅乙齐每天需要出动两趟。在雷神山收取样本后,以最快的速度,保证在半小时内把样本送回实验室。

白色转运车驶上空空荡荡的马路,静静地穿行在高架桥上。灯光掠过,冷峻的脸庞上忽明忽暗。两边建筑物上,"武汉加油""中国加油"字样在夜空中闪烁。

夜幕下的雷神山医院外,格外静谧。刘森波和梅乙齐换上全套装备:防护服、护目镜、两层手套、鞋套,一样都不能马虎。

他们从污染通道进入检验科样品交接间,打开检验科交接窗口取出两大箱样本,装入 95kPa 罐,再放入 UN2814 铝合金的标本箱,套上两层黄色大塑料袋,在外层进行反复消杀。

把样本迅速装到转运车的密封后备厢后,他们按规程卸下防护服,马上赶往实验室。

20 多分钟后,两箱样本到达实验室,刘森波和梅乙齐把样本箱放入传送窗口,关上门。进行全身消杀后,他们这趟转运任务顺利完成。之后的任务,就由那些穿戴着最高级别的防护设备、在隔离区域工作的同事来完成。实验室 24 小时连续运转,一刻也不停歇地处理和检测来自武汉和湖北其他地区转运来的样本,以最快速度把结果反馈回去。

在疫情期间,许多像刘森波和梅乙齐这样的转运员,默默地在各医院、方舱、隔离点和实验室间奔波忙碌,与样本为伴,与病毒同行。武汉疑似患

2月24日,刘森波(左)与同事梅乙齐将收取的病毒样本转运至实验室。(肖艺九 摄)

者实现百分之百核酸检测，离不开他们的脚步。

刘森波说，以前入伍是为了守护国家安全，现在到武汉是为了守护国家健康，当过兵的就是要走到最危险的地方去，老兵不老，"军魂"永在。

梅乙齐说，救人是一件受内心驱使的事情，从小时候到现在都是如此。物流人员是与时间赛跑中的一员，他们的职责是保护好前线医护工作者冒着生命危险采集的样本，及时送检，为救命抢时间。（程敏）

昨夜，我们跟随病毒样本快递员一起行动！

2020年2月25日
走出被臆想的"围城"

美国《纽约时报》1月22日一篇文章写道：武汉封城的举措"几乎肯定会导致侵犯人权，这样做在美国是违反宪法的"。

英国广播公司1月24日一篇报道的标题："疫情之下的武汉封城：'我们的食物只够十天'。"

美国有线电视新闻网2月8日一篇文章写道："在封城之后武汉，医院里挤满了绝望的人们，供应的短缺使超市的货架空空荡荡。"

在外媒的猜测和臆想中，武汉似乎成了一座民不聊生的"围城"。

在这种情况下，我接受了英国广播公司的连线采访邀请。厘清真相，明辨是非，要用武汉当下的事实让人们走出偏见与谎言的"围城"。

今天上午，直播连线即将开始，对方把我的电话信号切入了演播室。

"徐泽宇是新华通讯社的记者……武汉已经成了世界关注的焦点，而你在那里待了三个星期，请为我们的听众介绍一下武汉现在的情况。"主持人说完，等待着我的回答。

我回答道："2月3日，我从北京来到武汉。这里发生的变化可以从数据中体现出来。我到武汉的当天，这座城市报告了超过1200个新增病例，中国大陆地区报告了超过3000个新增病例。就在昨天，我又关注了一下相关数字，武汉报告了400多例，而除湖北省以外的中国大陆地区只报告了9例。因此，我认为局势在向好发展。局面的改善是因为武汉采取了一系列强有力而果断的措施。例如，增加医院的床位。在疫情暴发初期，医院的床位很紧张，很难收治那么多病人。而到目前为止，武汉已经拥有45家新冠肺炎定点医院……"

当我想继续陈述武汉采取的几项举措时，主持人将我的话打断，表示不想继续听目前武汉的状况如何得到改善,并问道:"有很多人关注到,一些医生在疫情初期发出的警告被忽视了。你对此听到了什么说法?"

我介绍了武汉医务工作者目前的工作状态,随即回应道:"在疫情暴发的初期阶段,很多应对疫情的规范没有形成,人们多少都会有些手忙脚乱。但是,中国现在已经开始有条不紊地应对这场灾难。现在更为关键的是将目前的做法坚持下去,而不是改弦更张。"

主持人随即抛出了最后一个问题:"你谈到新增确诊病例在降低,你是否感受到武汉的恐慌程度比以前降低了?"

我回答道:"事实上,在我 2 月 3 日到达武汉的当天,最戏剧性的一点就是,我没有看到这里发生了什么戏剧性的事情。路上的行人跟我说,他们在家里待得太闷了,只是想出来透透气。我印象更深刻的是在定点医院里,很多患上新冠肺炎以外疾病的患者仍然去那里看病,比如去看感冒的。我当时还询问了一位这样的老人,我对他仍然前往这种似乎有感染风险的地方感到惊讶……"

主持人打断了我的发言,终结了提问:"根据你所说的,看来武汉的局

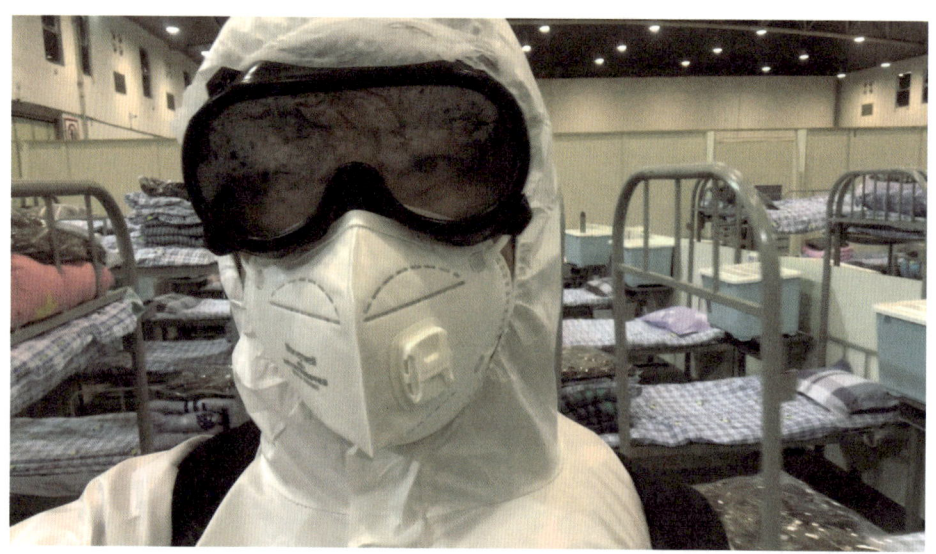

徐泽宇在武汉客厅方舱医院采访。

势很平静。感谢你为我们生动地描述了你所看到的武汉。"

采访结束后，对方制片人提出几个小时后再次连线的请求，我同意了。

下午的直播连线开始，对方更换了一位主持人，照例先让我介绍总体情况。

我快速地介绍了武汉采取的一系列措施："局势发生新的变化是因为武汉采取了四个方面的举措。第一，不惜一切代价增加病床床位，例如增加更多定点医院、建造更多方舱医院。第二，全国各地的医疗队支援武汉。目前支援武汉的医护人员数量已经达到32000人。第三，切断病毒传播途径，例如关闭离汉通道、小区封闭管理。最后，控制传染源。武汉开展了全市的大排查，确保确诊和疑似病例都得到医院的收治或者进入隔离点隔离。"

主持人提出第二个问题："武汉关闭了进出城市的通道，这种情况已经持续了很长一段时间，这对人们的生活产生了什么影响？"

我回答道："武汉是一座有着1100万人口的大城市，要维持这么大一座城市的日常生活供给是一件极其困难的事情。但就我目前看到的情况而言，武汉在很大程度上做到了这一点。我去过几次超市，与顾客和收银员交谈过。其中有一次是在中国的元宵节，一位年长的女士告诉我她只想买一包汤圆，也就是过节吃的食品。她说她并不想买其他东西，因为超市里的供应非常充足……"

这时，连线突然中断了。我依然能收听到演播室里的声音，但我的声音却播不出去了。这显然是对方在切信号的时候出现了失误，但是主持人却不失时机地发表了评论："我们的连线似乎中断了，我们等几秒看看能否继续连上线。很显然，中国那一部分地区的通信讯号目前并不畅通。"

重新连上信号后，主持人提出了最后一个问题。

主持人首先表示，英国广播公司的记者采访过一些人，其中有的人因为新冠肺炎失去了亲人，对政府非常不满。在描绘完一幅以偏概全的景象后，她继而问道："针对中国政府试图在疫情初期掩盖消息却没有防控疫情的行为，中国和国外都有很多批评的声音，政府对这些批评是如何做出回应的？"

我回答道:"在疫情暴发的最初阶段,普通民众以及很多专家对病毒的本源、结构和传播途径有不同的看法。这些问题在当时都没有定论。然而,中国尽一切努力来寻找应对这场灾难的正确方案,中国最终也做到了这一点。如果你去关注一下钻石公主号游轮的事例,你会看到各国政府对它们一开始不熟悉的状况是如何做出反应的,你会发现在这种情况下采取措施有多么困难。"(徐泽宇)

2020年2月26日

雨衣妹妹：疫情不走，我不走

2月26日，武汉"封城"第35天，尽管阴雨笼罩，可是人们在战场上正忙得热火朝天。

"快点拿起来，马上时间到了。"满溢着菜香的厨房里，一位"川妹子"一边用家乡方言叮嘱自己的同事，一边麻利地将一份份饭菜装盒打包，"饭要打满一点，不能让医护人员饿着。"

这位不愿意公开名字的"川妹子"刘女士今年24岁，是一名餐饮从业者。2月初，她了解到，武汉许多医护人员吃不上热饭，便决定带队赶去武汉为医护人员做饭。经过与相关部门沟通后，她作为志愿者获准进入武汉。2月3日，她带着厨师和食材，"逆行"十几个小时，驾车从成都赶到武汉，第二天就开工做饭，并免费为医护人员送餐。刚开始，由于没有防护服，她穿着雨衣，开着自己的车，奔走在各家医院，被医护人员亲切地称为"雨衣妹妹"。

"这边食物是足够的，面包牛奶之类的都不缺，但咱们医护人员得吃热饭热菜，得吃肉。"抱着这个念头，"雨衣妹妹"和团队每天要为医院送去400—600份盒饭，多的时候甚至超过1000份。"前一天晚上提前备好菜品，早上七点到厨房加工，十点开始装餐打包，十一点前第一批午餐必须送出。"心里装着这份时间表，她和同事总能把香喷喷的热饭热菜第一时间送到医护人员手里。

有一次，"雨衣妹妹"给医护人员做了两种口味的饭菜，随口询问他们喜欢哪一种，医护人员却说，不挑，都很好吃，过几天就不一定吃得到了。这句话深深击中了她，她和同事在回去的路上哭了一路。"不能让医护人员做没有盾牌的战士。"她决意再为医护人员尽一份力。于是，除了免费为各家有需求的医院送餐外，"雨衣妹妹"还为医院筹措、代送一些民间捐来的

2月26日,"雨衣妹妹"在分装盒饭。(程敏 摄)

物资。渐渐地,全国各地的人们,甚至不少明星,送来了肉、蔬菜、防护服等物资,希望通过她送到一线医护工作者的手中。她逐渐成为一个爱心的"中转站",小小"雨衣"们逐渐汇聚为一把"大伞"。

离家20多天,"雨衣妹妹"也想家。尽管写下了遗书,做好了一去不回的最坏打算,可父母始终是她最难舍的牵挂。前两天和父亲撒娇,说自己回家就是英雄了,父亲的一句"我们不要英雄,我们就要女儿",让她的眼泪夺眶而出。"老板娘我们都想你了。"在她的工作群里,留在成都的同事也纷纷向她送上思念。面对家乡亲友的挂念,"雨衣妹妹"说,自己要坚持到疫情结束,直到不被需要为止。

"武汉真的太漂亮了!""雨衣妹妹"由衷感慨道。因为很少出川,对从前的她来说,武汉是个陌生的城市。"我第一次看见东湖就被深深地吸引住了,由于赶时间给医护人员送饭,没来得及下车去看一看。"想到这里,"雨衣妹妹"眼里满是遗憾,"在四川从没见过这么大这么美的湖,等疫情结束,一定要好好到东湖边走一走。"

"这座城市里汇聚了全国人民的爱,满满的都是感动。""雨衣妹妹"告诉我们,等到疫情结束,想脱下口罩,多呼吸几口新鲜健康的空气。"毕竟是自己拼命奋斗过的地方。"谈笑之间,她悄悄抹去眼角的泪水。

送餐完毕,"雨衣妹妹"驾车驶离长江航运总医院。绵绵细雨中,后车窗上"疫情不走,我不走!雨衣妹妹"几个大字分外醒目。(董博涵、潘志伟)

扫码收看

雨衣妹妹:雨衣变成了一把"大伞"!

2020年2月27日
"ECMO"紧急大驰援

跨境接力——历时不到17小时，16台ECMO从德国法兰克福经北京运抵武汉，两架飞机接力飞行，行程近万公里。

特事特办——近80台ECMO集中到重中之重的武汉，从中央到地方，医院、民航、央企联手协作，一路畅行无阻，为危重病人抢救赢得宝贵时间。

北京时间2月27日凌晨04:05，中央指导组部署紧急采购的16台ECMO搭乘国航CA1042航班，从德国法兰克福起飞，下午12:41抵达北京首都机场，并在北京清关。下午5:32，邮政航空CF9121航班装载16台ECMO从北京首都机场起飞，当晚8:25飞抵武汉，直接送往武汉同济医院。

若非此次疫情，ECMO恐怕很难为大众所知。ECMO，一种体外膜肺氧合机。这种膜肺技术非常尖端，以前主要用于器官移植。在抢救新冠肺炎危重症患者的紧急关口，可以使血氧饱和度维持在一定水平，具有"起死回生"的效果。1月底，同济医院中法院区、金银潭医院的专家对危重症病例评估发现，如果单纯用呼吸机抢救危重病人，几乎没有康复概率。当时，金银潭医院投入四台ECMO，抢救成功率达50%。

2月27日召开的中央应对新冠肺炎疫情工作领导小组强调，加强重症患者救治是当前防控突出重点。把专家调配到最需要的岗位，抓紧从全国调集体外膜肺氧合机等设备，降低病亡率。

由于费用高昂、需求量小、使用门槛高，目前国内尚无生产ECMO的厂家，而在全球范围内，生产ECMO的厂家也仅有10余家。国家一方面从海外采购ECMO，一方面在全国范围征调。

海外采购ECMO的经历，可以用"惊心动魄"四个字来形容。

经过紧张的采购谈判，专家团队决定从德国费森尤斯公司采购16台

ECMO。由于德国费森尤斯公司的 ECMO 在中国没有上市,不能直接销售医院,只能卖给国内的企业,由企业捐赠给医院。2 月 21 日上午,得知武汉抗疫前线急需 ECMO,保利集团迅速制订行动方案,了解设备进口细节,并指派专人对接并向国药集团出具设备进口委托函,充分体现了央企的责任与担当。

按照合同约定,从德国公司采购的 16 台 ECMO 最快也要 15 天出货。经过多方努力,德国公司赶在第一时间将 16 台 ECMO 包装出库,计划于 2 月 26 日运到法兰克福机场,28 日晚从德国经上海运到武汉。

早一分钟送到医院,就给患者带来多一线生存的希望。在国务院联防联控机制的协调下,民航局运输司迅速组建了包含民航华北、中南地区管理局、国航、邮航的微信群,协调各单位尽快制订运输方案。30 多位相关单位负责人在微信群里献计献策,信息不停地更新。查找航班计划发现,27 日有一趟国航 CA1042 航班从法兰克福飞往北京,将原计划在上海浦东接收物资转运改

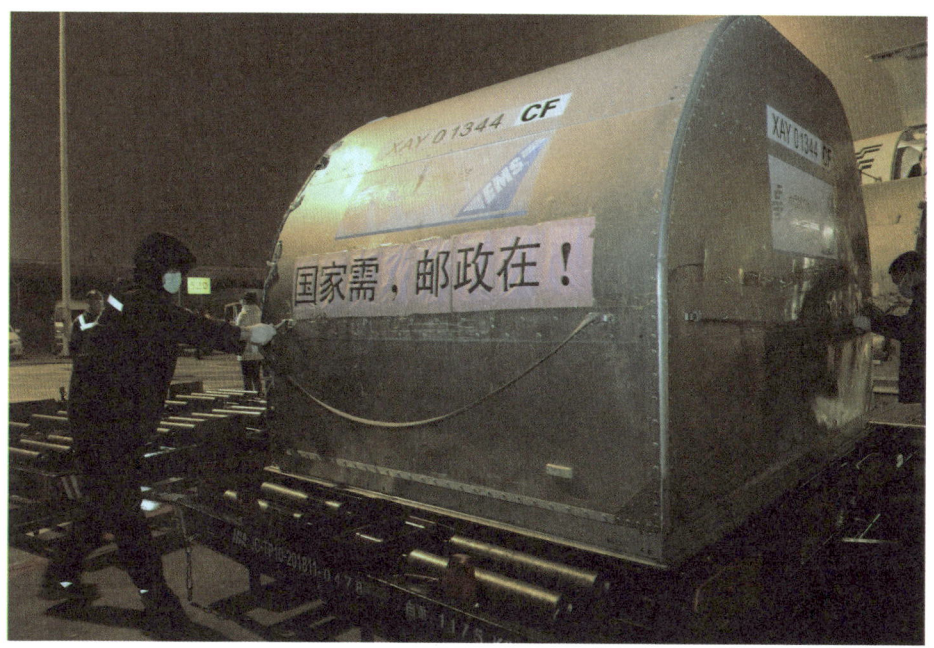

2 月 27 日,装卸员正在将装载有 ECMO 设备的货仓从飞机上卸下。(李贺 摄)

为北京。

此时，已是27日凌晨2点。民航局运输司、海关总署、国航、邮政航空等单位紧急协调飞机货仓，简化进口设备清关流程。跟时间赛跑，为生命接力。在短短两个小时内，各单位优化整体运行方案，完成一笔国际物资转国内物资的所有环节，创造了疫情防控阻击战中各相关单位联合作战的极限时间纪录。

数据显示，武汉重症患者最高峰时期为9000多例。这些危重症患者具有共同的特点：年龄比较大、合并多种基础疾病、病程迁延导致多个器官受损，救治难度非常大。有重症病房的医护人员感慨："救治危重症患者就像走钢丝绳，你不全力地去拉一把，他就走了，必须要尽全力。"

敬佑每一个生命，全力做好对重症患者的科学精准救治。在救治过程中，武汉市对危重症患者一人一案，专家组每天动态评估病情，只要提出ECMO、有创插管、血液滤过、血浆供应等需求，后方就立即组织保障。

在派出援鄂医疗队时，多数中央本级医院已经把一部分包括ECMO在内的重要医疗设备带去了武汉。中央指导组在第一批向中央本级医院征调10台ECMO的基础上，紧急发出了第二批征集指令，要求各地医院在确保心血管科、呼吸科危重症患者救治需要的前提下，尽最大可能支援湖北。在2月27日和28日两天内，从山西、辽宁、安徽、福建、山东、河南6省征调的11台设备，在邮政、民航通力合作下，全部运抵武汉。

世界卫生组织专家2月下旬在武汉考察后，一位外方专家在媒体上公开表示："如果我感染了新冠病毒，我希望能在中国治疗。一家医院有五六十台呼吸机、5台ECMO，连欧洲也达不到这个水平。"

经过这次采购和征调，加上援鄂医疗队携带的设备，有100多台ECMO集中在湖北，其中约80台集中在武汉。ECMO的使用费用较高，仅单台仪器耗材的价格就在2万元以上。在救治过程中，使用ECMO没有选择或限定人群，危重症患者只要符合使用指征就用。

据国家卫健委统计，到4月份，武汉市重症和危重症患者转为治愈的比例从初期的 14% 提高到超过 89%，80 岁以上治愈患者超过 3600 人。武汉市使用 ECMO 的总体救治成功率达到 60%，其中几家重点医院的救治成功率高达 80%，堪称医学奇迹。（赵文君）

相信吗？"老胡"开始"骑单车"了。

2020年2月28日
社区"药神"丰枫

武汉社区实行封闭管理后,市民外出受限,绝大部分商店也只对社区网格员开放。

网格员们为数百万隔离在家的居民买菜送药,他们每天人员接触量大,是疫情中的高风险人群之一。他们像是武汉这座城市的毛细血管,为社区送去养分,为人们的生活送去新希望。他们也是社区的润滑剂,直接面对因疫情带来的生活物资供应矛盾,用耐心和汗水缓解居民内心的不安与焦虑。

在数个月的武汉采访里,我们手机微信里多出了近百名武汉人,他们中有的是医生护士,有的是社区工作者。2月24日,我们偶尔看到手机里一名社区工作人员朋友圈里发了一张照片,照片上,一位微胖的男人挂了一身装满药品的塑料袋,询问后才了解到当天武汉市江岸区后湖街道惠民苑社区网格员丰枫和另外两名同事前往黄石路汉口大药房,帮居民购买重症慢性病药物。因连续两天没有排到号,24日这天在药店买到的药有近100份,带去的箱子装不下所有药物,丰枫索性将其中小份的药串成两串挂在身上。这是一张很好的照片,体现了社区工作者的坚决和勇敢。照片中的这名工作者像一座山一样屹立在路边,身上

在武汉市江岸区黄石路汉口大药房,丰枫把为居民购买的药挂在身上。

的药袋就像勋章。我们开始大海捞针一样找寻这个社区工作者，向一个个社区的联系人不停地询问，辗转询问两个多小时才联系了到了丰枫本人，在顺利得到这张照片原图以及其他现场图片后，又从头到尾将新闻事实捋顺核查清楚。

经过新华社摄影部和新媒体中心首发，第二天丰枫的这张照片在全网被转发，各大媒体和网民都对这位"药神"由衷地赞叹。

随后我们又到药店实地采访了丰枫的取药全程，探访武汉慢病重症药店：取药员每日人均拿药3万盒，当时采访时他的身边已经围了五六名记者，他们的镜头都对准了丰枫，他像一个大明星，但是他依旧做着自己的本职工作，仔细地核对社保卡。有一个细节我记得很清楚，药房的柜台很矮，人们要趴在上面核查社保卡等信息，办事的椅子又比较高，丰枫就一直半跪在地上一边打电话一边与工作人员核实信息，很多人给的病历本和信息不全，因为要核实信息，每次他们都需要耗费将近8个小时才能拿到所有的药。

2月26日，我们对网格员丰枫进行了跟随采访。丰枫，40岁，微胖强壮，声音低沉洪亮，习惯性的快步走让他走路时显得摇晃。

买药并不是一件简单的传递工作。疫情期间，为减少人员接触，药店不再允许买药者进店自由购买，而是由店员选好所需药物后递出，这明显延长了排队等候时间，所以提前了解药物库存和规划买药路线成了按时购回药品的关键。

早上，丰枫先乘坐爱心车出门了解药店供货情况，再拿号。然后回到居委会，统计买药需求。等到中午，丰枫根据上午的踩点情况，去药店排队取药。重症慢性病的患者多是老年人，他们往往不擅长使用电子设备，纸质处方容易丢失，现金付钱不容易清点，手写药名不容易辨认。

面对这些问题，丰枫疲惫的语气里带着些许自豪："他们信任我，会给我他们的病例，医保卡，我会好好保管。如果居民没有处方或者没写清楚，我就一个个找他们核对。如果要收现金，我都是先自己垫付，然后他们拿药时再给我，这样方便。还有一些药读音类似，或者药名换个次序读，又刚好是另一个药的名字，这些药名我现在都能搞清楚。还有啊，一些精神类药物，我要特别注意保护他们的隐私。"

临近中午 1 点，惠民苑社区服务站里，丰枫把一摞病历装进黑色塑料袋，绑牢后放进背包，临走扒了两口已经凉透的盒饭，快步走向出口，因为被多个居民拦下询问买药的情况，50 多米的路程，走了好一会儿。

"我们这里老年人多，我买的这些药，基本都是重症慢性病用药，像糖尿病、高血压药，药跟饭不一样，饭两三顿不吃，饿一饿不要紧，断药很危险，一旦断药的话，后果不堪设想。"丰枫说，"所以我能赶一点，就赶一点，有些人着急，我理解，真的理解！"

丰枫快步上了等候在居委会门口的出租车，司机随即拿出一张十几厘米厚的出车单，做好记录后驱车离开。大约 10 分钟左右，丰枫跳下车，没关车门，小跑着走向一家药店，问店员是否还有某种药。店员确认还有库存后，丰枫回头用力挥挥手，用洪亮的嗓音让爱心车司机先去接其他人。排队等待时，丰枫一部手机不停地接着电话，一部手机回着消息，和其他社区的网格员交流药店库存信息，以节约时间。有一些社区购药需求小，丰枫也会顺便带药。偶尔闲下来时，丰枫也会和其他网格员互通购药信息。遇到因为特殊情况不得不出门买药的居民，丰枫会主动帮忙询问店员药物库存，如果缺药，他会清晰地说出附近哪些药店还有库存。一名受助的居民连声感谢后，略微慌乱地收起铺开的药盒，赶往丰枫所说的药店。

轮到丰枫时，他在门前的小桌子上铺开病例，依次把药品清单或处方连同病历本和医保卡，递给店员。拿到药后，再把病例等物品和药品按人分装。丰枫说，买药过程如果短，一两个小时可以完成，如果长，那就要三四个小时。有时买药的人多了，拿在手里不方便，丰枫就把袋子捆在身上，也就有了网上广为流传的那张照片。

26 日当天买完药之后，已临近傍晚，丰枫开始挨个打电话通知居民来拿药。"晚饭？我得赶紧把药给出去。妻子和孩子都会等我——我总叫他们别等我了，但是总是会等我到很晚，我——"丰枫话未说完，又被电话打断。

买药的过程并不是一帆风顺,丰枫哽咽回忆说:"之前有一位师傅,当时他比较急,他第二天就没有药了,就要断药,来的时候情绪非常激动,跟我们吵闹,搞了半天。然后给他加急办完了,他向我们致谢,当时他差点要跪下来,被我们拦住了。"说起自己的工作,丰枫说:"是比较辛苦,但是想想,还有很多比我还辛苦的人,我还能行,还能行,别人有事帮一把是应该的。"

一名名网格员,每天冒着生命危险,每天奔波劳累,为一户户居民送去生活必需品,缓解着病毒带给这座城市的病痛。(方亚东、才扬)

扫码收看

今天,你看到这张照片了吗?

2020年2月29日
新生命的"摆渡人"

2月29日零点,春寒料峭,"程序猿"王震驾驶着自己的蓝色小车,一路开着双闪,飞驰在湿漉空荡的武汉北二环上。就在几分钟前,他接到一名孕妇打来的求助电话后,立即从沌口金色港湾小区的家中出发,前往30公里外的黄陂区名流人和天地小区,紧急接送一位羊水已破的待产孕妇和家属,再将他们送往武汉市妇幼保健院生产。

1月23日,武汉因新冠肺炎疫情封城后,王震加入了包括他在内,由5名志愿者组成的"W大武汉紧急救援队"微信群,和群友王紫懿、李文建、朱伟、杨学彬24小时机动待命,开始接送缺乏交通工具去医院的待产孕妇,一起成为这些即将出生的新生命的"摆渡人"。

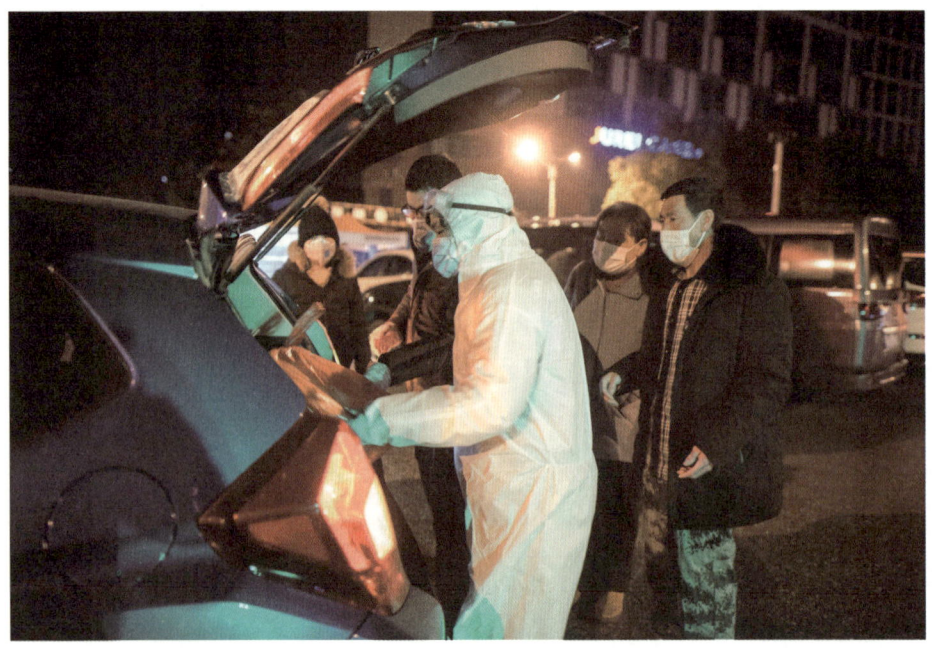

2月29日凌晨1点16分,王震帮产妇家属搬运待产行李。(肖艺九 摄)

"W大武汉紧急救援队"的群主是王紫懿,一名1988年出生的女生。在一次对医院捐赠行动中,她偶然听到志愿者和医护人员提起一个留守孕妈群里,很多留守孕妇缺乏交通工具去医院,身为女性,她深知这个时期孕妇的艰难,便通过朋友圈发起了招募带车司机的公告。

公告迅速得到响应,李文建、王震、朱伟以及杨学彬四位热心的武汉市民立即加入进来。李文建和哥哥在武汉一同经营着一家汽车服务公司。王震自嘲是一名"程序猿",做了七年的"北漂"之后,又回到了家乡武汉,继续干着自己的老本行。朱伟大学毕业后和老婆一起,留在武汉工作创业,是典型的新武汉人,朱伟的老婆2008年去汶川当过志愿者,还帮助过云南留守儿童,此次武汉新冠肺炎疫情期间,也在社区帮忙,一家人都非常热心公益事业。杨学彬是一名驾校教练,标准老司机,疫情期间在武汉多闻社区做志愿服务。

虽然王紫懿年龄最小,但做起事来非常认真,她迅速定下了群规——做一名志愿者,心要热情,但头脑必须冷静;必须是换过一本驾照的老司机;要保证孕妇的安全就不能再随意外出去做别的志愿服务,保持车辆的清洁和自身不被感染,若发现身体有异常情况将被强行退出;每人配备一把额温枪,每天测温汇报;接送孕妇时还要对孕妇及家属进行测温,碰到有发热咳嗽等情况,要协助孕妇联系救护车送至定点医院;每次送完孕妇后都要对车辆用酒精进行全面消毒……

疫情期间,一共有41位武汉孕妇在"W大武汉紧急救援队"群友的帮助下到医院顺利生产,无一人感染新冠肺炎病毒。(肖艺九)

扫码收看

新生命的摆渡人

奋战抗疫一线的人民警察

"武汉胜则湖北胜,湖北胜则全国胜。"武汉保卫战、湖北保卫战正处在关键阶段,公安队伍,是疫情防控中一支极其重要的力量。

哪里有危险,哪里就有他们的身影。湖北各级公安机关和广大公安民警牢记习近平总书记的要求,坚决贯彻落实党中央决策部署,日夜奋战,不计生死,越是艰险越向前。

"对党忠诚、服务人民、执法公正、纪律严明。"荆楚大地上,一支支公安突击队扛起千钧重担,一抹抹"逆行"的"警服蓝"闪耀在战"疫"一线。

公安部要求始终坚持把人民群众生命安全和身体健康放在第一位,全国公安机关坚持"一盘棋",全警动员冲锋一线,扎实抓好战疫情、防风险、保安全、护稳定各项措施落实。

在主战场湖北,6.3万名公安民警、5.6万名公安辅警,或驻守医院维持就诊秩序,或值守社区协助转运送治病人,或坚守城市出入口防止病毒扩散蔓延,在各自岗位上共同确保社会治安大局平稳有序。

"让哪个民警进武汉客厅方舱医院执勤,对于我这个局长来讲最难了。号召自愿报名后,马上有137名民警主动请战。"武汉市公安局东西湖区分局局长徐扬说。

"我有经验,参与过抗击非典,请把最苦最累的班排给我!"黄冈市浠水县民警胡汉魁主动挑起重担,坚持冲在一线。

"把支部建到一线去!"全警、全时、全程出征,湖北公安机关在检查卡点、重点防点、医院隔离点等抗击疫情关键阵地组建临时党支部,筑起坚强战斗堡垒。

在襄阳,东风医院警务室里,11名党员民警面向党旗庄严宣誓:"不论是把我分配到医院门口还是进驻重症治疗区,我都将听党指挥、履职尽责、不辱使命……"

在孝感,刚康复出院的汉川党员民警吴华东递交请战书:"我有抗体……我向市局党组申请参与此次抗击新冠肺炎感染风险最高的任务。"

在黄石,下陆分局向民警发出倡议,自愿报名到集中隔离治疗医院执勤。"我们带头上!""党员民警到最危险的地方去!"民警、辅警和即将退休的老同志纷纷请缨。

十堰市公安交管局指挥中心退休民警王永新,还像往常一样值守工作岗位,退休不离岗。他说,"就让抗疫胜利的消息,当我的'退休令'"。

据不完全统计,湖北有20余名民警为抗击疫情推迟了婚期。他们收起礼服婚纱,与爱人相拥而别:"待到春风传佳讯,我们再相会。"

"在这场大战和大考中,公安部党委和全国公安机关始终是你们的坚强后盾。力量向湖北、向武汉集结,资源向湖北、向武汉倾斜。""希望湖北和武汉公安机关咬紧牙关、再接再厉。我们坚信,在党中央的坚强领导下,一定能取得疫情防控斗争的全面胜利。"2月18日,公安部部长赵克志致信湖北和武汉公安民警辅警。

和平年代,公安队伍是牺牲最多、奉献最大的队伍。疫情如火,广大公安民警冲锋在前,无私奉献,甚至是付出生命。

1月29日,长航公安局宜昌分局民警尹祖川在值班时突发疾病,经全力抢救无效不幸殉职,年仅48岁。

2月6日,潜江市公安局交警支队二大队辅警王爱兰在换班途中遭遇交通事故,经抢救无效殉职,年仅37岁。

长时间奋战一线、经常出入定点收治医院处置警情,20多天没回家的武汉市九峰派出所所长吴培勇病倒了,确诊感染新冠肺炎。

尽管在医院接受治疗,他仍通过视频电话参与协调值班和备勤人员的工作安排。"告诉兄弟们,我一定平安归来,继续战斗!"

疫情依然严峻,战"疫"还在继续。

"人民警察来自人民,心系人民、植根人民、服务人民是公安机关的优良传统。"习近平总书记的重要论述,深刻阐释人民警察的殷殷初心,激励着各级公安机关和广大公安民警奋勇向前。(邹伟、梁建强)

疫情在前 警察不退

2020年3月1日
武汉日增数百确诊病例追踪

3月第一天,武汉全市新增确诊病例193例,相对于2月份动辄数千的新增病例,疫情的紧张形势已经大大缓解。尤其是新增出院1958例,大大超过新增确诊病例,出大于进,救治的压力也在缓解。

但是,公众还是有一丝丝担心。新冠病毒的潜伏期一般是14天,专家在分析疫情形势的时候,也将14天作为周期进行观察。武汉新增确诊病例也确实在一个个大约14天的周期里,一步步"下台阶"。

自2月2日武汉新增1033例后,每日新增超过1000例的情况一直延续到2月18日,达到17天;2月19日武汉新增确诊病例615例,跌破千后,每天新增数百例,截至3月1日已经延续12天。武汉的新增确诊病例什么时候跌破百?

公众的焦虑背后,还有一个疑问。进入2月下旬,全国新冠肺炎防控形势出现了一些积极的变化,新增确诊病例大幅下降;与此同时,在新增确诊病例中,湖北的病例数量占全国的九成以上,而武汉又占湖北的九成以上。

当全国其他省份新增确诊病例纷纷回落甚至清零,湖北除武汉外其他市州新增确诊病例也逐步回到个位数,武汉仍连续多日每天新增数百例。武汉每天新增的数百确诊病例到底从哪里来的?

带着公众的疑问,我们有针对性地追踪调查,勾勒出武汉新增病例来源图。

据了解,武汉重点排查、管理与新冠肺炎有关的群体,主要包括疑似病例、密接人员等。那么,新增确诊病例主要来自哪个群体?

首先,疑似病例群体是新增确诊病例的主要来源。国家卫生健康委新冠肺炎疫情应对处置工作专家组组长梁万年之前介绍,武汉新增确诊病例中80%—90%是由疑似病例转过来的。

武汉市江汉区唐家墩街西桥社区实施封闭管理。（程敏 摄）

这样的"大数据"，是否符合当下的实际呢？我突破重重障碍，采访到武汉一主城区的疾控部门负责人，他拿出了具体的"小数据"：29 日该区有 12 个新增病例，其中 10 个由疑似病例确诊转过来，比例达到 83%。这与专家的数字完全对得上。

其次，密切接触者中也有一部分人转化为新增确诊病例。中国—世界卫生组织联合专家组追踪调查发现，有 1%—5% 的密切接触者确诊感染了新冠病毒。

我在实际调查中发现，在一些隔离点，密接人员被确诊患新冠肺炎的比例还比较高。武汉一主城区疾控人士介绍，该区密接人员转为确诊的比例大约为 6%。

而我拿到一主城区两个隔离点的统计数据显示，第一个隔离点累计留观人员 170 人，转出确诊病例 26 人，比例高达 15%；第二个隔离点累计留观人员 270 人，目前转出确诊病例 27 人，比例达到 10%，远高于专家给出的数据范围。

专家的数据与记者调查的数据对不上？孰是孰非，需要进一步调查。原来，随着核酸检测能力的提升，近期，检测范围已然扩大到了密接人员，此前未能发现的轻症患者、无症状感染者被排查发现。

实际上，无论是疑似病例确诊，还是密接人员排查发现确诊病例，都无须过于紧张。因为这些人属于"四类人员"，都在防控的范围内，已经集中隔离，不会继续传播病毒。真正应该担心的是社区的散发病例。

2月11日，武汉市新冠肺炎疫情防控指挥部发布第12号通告，为进一步加强源头管控，最大限度减少人员流动，决定自即日起在全市范围内所有住宅小区实行封闭管理。

根据第六版诊疗方案，新冠肺炎潜伏期为1—14天，多为3—7天。如果严格执行小区封闭管理措施，20天过去了，病毒被"闷死了"，社区不应该再出现新增确诊病例了。然而，事与愿违，有的小区仍然出现新的确诊病例。

武昌区一社区2月28日通报，该社区四个小区当日新增确诊病例1人；青山区一社区2月28日通报，当日新增1例确诊病例。另外，洪山区一单位2月28日通报，该单位一职工住江夏区一社区，确诊为新冠肺炎。

本应该已经"干净"的社区，屡屡出现新增确诊病例。这在公众心里引发了极大的疑问。我带着疑问，走访了武汉多个出现新增确诊病例的社区，终于揭开谜底。

部分小区出现新增确诊病例，原因是疫情防控措施在一些环节上没有执行到位。

一个是老旧小区封控压力大，难以完全封闭。我实地走访近日出现新增确诊病例的洪山区一社区，正在值守的下沉干部介绍，小区内有8000多人，现在每天进出在四五百人次。我翻阅登记册，从下午1点到1点40分，就有46人次出入，平均一分钟一个。

有基层人员反映，一些老旧社区、城中村，成为小区封控的"死角"。武汉市某城乡接合部的社区民警反映，该社区有50多个路口，封闭后还剩6

个路口，耗费的人力非常大。

除了客观因素，还有社区干部管理不到位的主观因素。我在社区采访，竟然抓到一条"活鱼"。武汉市汉阳区某小区门口，只留正门一个出口，进出人员必须接受严格检查。我遇到一位买菜的中年人回小区。上去攀谈，他称自己母亲感染了新冠病毒，以陪护母亲的理由申请了进出小区的通行证，可以出来买菜。

这就是小区封控有漏洞的例证。（秦交锋）

决胜之地的三场战斗

时间进入3月,回顾前期湖北保卫战,我们看到了防控战、保障战、统筹战三场同步打响、艰苦卓绝的战斗。

防控战,背水而行,带来形势积极变化。自2月13日后,主战场武汉单日新增确诊病例数呈下降趋势。每一个数字背后都是一个鲜活的生命,都涉及一个活生生的家庭,决不能熟视无睹。

抓救治。患者太多,挤兑医疗资源怎么办?建方舱、建隔离点、开设定点医院,实施分级诊疗,定点医院管重症,方舱医院管轻症,隔离点管观察。坚持"四早"原则——早发现、早报告、早隔离、早治疗,将防控关口前移,同时进一步提高检测能力、优化诊疗流程,缩短确诊时间。

患者发现了,收进医院了,怎么做到让治愈率显著提高、病亡率显著降低?湖北进一步落实"四集中"原则——集中患者、集中专家、集中资源、集中救治,将重症患者集中到综合实力最强的医院进行救治,同时集中优势的资源和专家,按照"一人一策",开展多学科、综合的个体化诊疗。

全国各地共选派330多支医疗队、超过4万名医务人员驰援湖北。其中,重症医学科、感染科、呼吸科和麻醉科等专业人员就超过了15000人。国家卫健委还统筹安排19个省份,对口支援湖北省除武汉市外的16个市州,形成精兵、重兵围歼之势。

抓阻隔。"外防输出",实行严格的离汉离鄂通道管控措施,标准不降、力度不减,不麻痹、不厌战、不侥幸、不松劲。"内防扩散",推进筛查甄别、小区封闭管理、公共区域管控"三个全覆盖"。5万多名党员干部下沉社区,开展"拉网式"排查,全面做到应隔尽隔、应收尽收、应检尽检、应治尽治。通过这些举措,努力形成"筛查甄别—转送救治—康复出院"的收治闭环,形成"汇集—分析—研判—推送—核查—反馈"的数据应用闭环。

全力救治下，形势有了积极的变化。新增治愈病例数，从2月20日以来，连续10天超过新增确诊病例数；病亡率由1月16日的最高点9.0%，逐步下降到4.4%。

武汉的疫情，正在得到有力控制。

保障战，千方百计打通"最后一公里"。

在救治的主战场外，后期保障同样是一场不能有闪失的战斗。

做好医护力量的保障。对于全国和部队增援的医护力量，做好精心调配和服务保障。

做好医用物资的保障。随着节后用工问题的解决，国内强大的生产能力很快体现出来。2月27日，工业和信息化部监测调度的国内重点医用防护服企业日产量已达31.8万件，当日运抵湖北26.3万件，超出湖北当日提出的需求数6.3万件，连续8天超出湖北提出的需求数5万件以上。湖北省内的N95口罩日产能已超过25万只。

做好生活物资的保障。10元10斤！五家大型商超企业，面向低收入群体推出特价蔬菜包。在中百仓储梨园店，我看到，蔬菜包中，一般是白萝卜、胡萝卜、土豆、大白菜、卷心菜等搭配，比较实惠。通过网上团购，机关干部、网格员、志愿者入社区，解决了配送的"最后一百米"问题。

做好基本公共服务的保障。对于群众日常使用的水电油气、通信网络、消防安全等均强化保障。

做好社会稳定的保障。湖北6.3万名公安民警、5.6万名辅警，坚守岗位，驻守医院维持就诊秩序、值守社区协助转运送治病人等，共同确保社会治安大局平稳有序。

正是后期保障的战斗打好了，没有后顾之忧，主战场方能安心抗疫。

统筹战，辩证施策，点亮"双胜利"希望。

疫情防控，丝毫不能松劲；经济社会发展，亦需统筹推进；统筹施策，方能夺取"双胜利"。

在工业领域，湖北坚持一企一策，分类管理，切实帮助企业解决遇到的

武汉市江岸区花桥街道志愿者在对街区进行消杀作业。(程敏 摄)

困难问题,在确保安全的前提下,统筹部署、分类推进、错时安排,分区分级推进复工复产。

在农业领域,一年之计在于春,防疫不误农时。位于江汉平原的荆州市,按分区分类施策方式,全市10个无疫乡镇、1020个无疫村在守好镇村进出通道的前提下,逐步有序恢复农业生产。农民进出测体温、农具勤消毒、下地不聚集,分散劳作。

城市活起来,工厂动起来,农民忙起来……负重前行,从疫情寒冬中苏醒的湖北,按下复工复产"播放键",打响经济社会发展"主动仗"。

疫情尚未结束,湖北仍负重前行。

湖北省委也明确提出"七个毫不放松"——坚决做到防控之弦毫不放松、全力救治毫不放松、排查收治毫不放松、特殊场所防控毫不放松、严防严控毫不放松、物资保障毫不放松、保持政治社会大局稳定毫不放松。

一刻不能放松、一战也不能松懈。防控、保障、统筹，在新的疫情防控阶段，湖北保卫战中，战斗仍在继续，形势依旧复杂严峻，荆楚战"疫"，不获全胜不收兵！（李鹏翔）

2020年3月2日
科技是最有力的武器

3月2日,在北京召开的国务院联防联控机制新闻发布会上,国家卫生健康委新闻发言人米锋说,全国新增确诊病例数和新增疑似病例数,近2周总体呈下降趋势。新增出院病例数持续波动上升,近几日在3000例上下波动。武汉疫情快速上升态势得到控制,湖北除武汉外,局部暴发的态势也得到控制,湖北以外省份疫情形势积极向好。

人类同疾病较量,最有力的武器就是科学技术。

新冠肺炎疫情发生以来,习近平总书记始终高度重视科学技术在疫情防控中的重要作用,要求科研机构加紧开展科研攻关,积极为打赢疫情防控阻击战做出贡献。

武汉,高校科研院所林立,也是科研重镇。

决战之地,各医疗机构、科研机构、高等学校、相关企业等迅速行动起来,把疫情防控科研攻关作为一项重大而紧迫的任务,集中优势兵力打响科研攻坚战。

10家附属医院8900张床位、数万名医护人员投入战"疫"……处于武汉保卫战的主战场,华中科技大学两路作战,既全力支持附属医院,战斗在疫情防控救治一线,也积极投身科技攻关一线,发挥工科医科优势,加大攻关力度,依靠科学武器向疫情宣战。

两天前,华中科技大学附属协和医院西院,一位已有97岁高龄的新冠肺炎危重症患者治愈出院。这位老人竖起大拇指说:"谢谢医护人员对我的大力帮助,没有你们我不可能这么快好起来。我能战胜病毒,相信其他患者也一定可以。"

"抗击疫情,救治是关键。华中科技大学同济医学院是我国现代医学教育的发源地之一。学校 10 家附属医院全部奋战在抗疫最前线,均为定点医院。全力以赴收治病人,发挥了抗疫中流砥柱作用。"华中科技大学党委书记邵新宇说。

0.3 秒完成测温,利用人脸识别等人工智能技术识别被测目标,利用互联网技术实现远程监控报警。作为我国最早开展红外测温技术研究的单位之一,华中科技大学国家数控系统工程技术研究中心主任陈吉红教授组织团队满负荷生产,已累计生产 1000 多台新一代智能红外设备,在武汉、广东、河南、北京等多地投入使用。

华中科技大学电信学院许永超副教授向我介绍了新冠肺炎 AI 辅助诊断系统,目前该系统已在全国几十家医院使用,日均调用量 3000 多次,可以辅助医生定量分析,大幅提升效率,缓解影像医生的压力。

"充分发挥学校工科医科优势,医工结合、医理结合,学校已投入 5000 万元重点在医疗救治、药物筛选,特别是中药作用机制研究等方面加大攻关

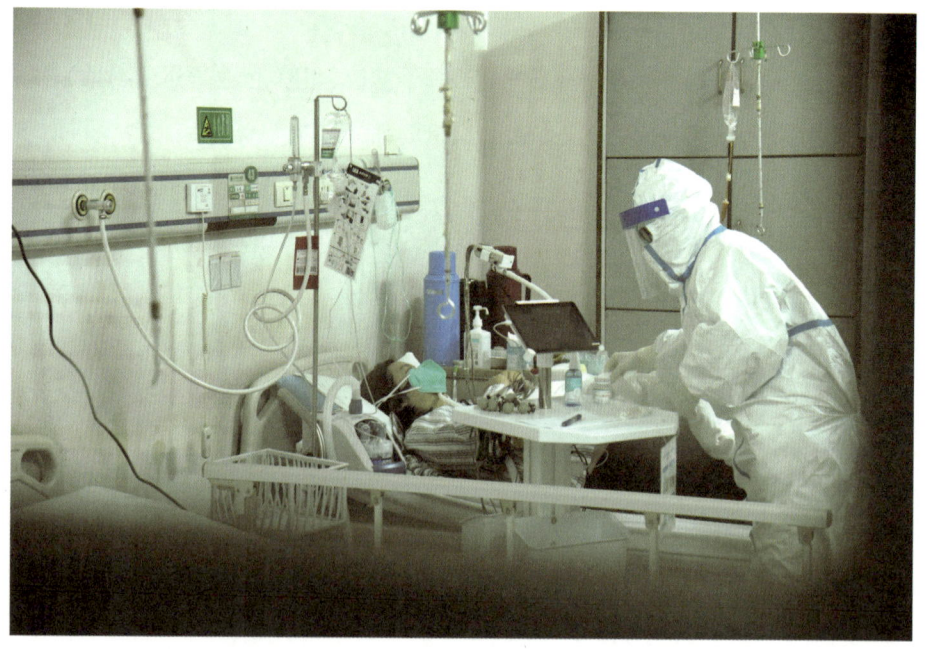

图为华中科技大学附属协和医院的医务人员在隔离病房工作。

力度。"华中科技大学校长李元元介绍说，34个科研单位已参与疫情防控科研项目，学校正在组织遴选第二批科研项目，全力加强科研攻关。

为了给一线防控救治提供更多科技支撑，身处湖北疫情最前线的科研工作者争分夺秒，不舍昼夜。

——中科院武汉病毒研究所2019年12月30日收到武汉市金银潭医院送来的不明原因肺炎样品，立即组织力量、连续72小时攻关，于2020年1月2日确定2019新冠病毒的全基因组序列；

——武汉大学病毒学国家重点实验室主任蓝柯带队加紧研发和优化病毒核酸检测方案，提升核酸检测灵敏度、准确性和精确性；

——华中农大研究团队采集人工养殖野生动物血液，如果子狸、竹鼠、豪猪、豚鼠等，努力寻找病毒"中间宿主"；

……

在这场与病毒赛跑的研究中，湖北省科技厅重点支持中国科学院武汉病毒所通过灭活疫苗、亚单位疫苗、重组疫苗等3条技术路线加快疫苗研发。

面对突如其来的疫情，病患需要科学救治，公众需要科学应对。

同济医院近400位医生在线上开通"发热门诊"，免费在线答疑，为广大群众提供诊疗咨询服务；

湖北省教育厅在疫情防控期间，专门面向广大群众组建心理咨询热线，来自80多所高校的266名心理专家在线提供心理咨询服务；

一些医护人员运用短视频方式，以一种轻松对话的姿态，将公众关注的疫情防控知识进行科普宣传……

华中师范大学、中南财经政法大学、武汉理工大学、中国地质大学（武汉）、湖北大学等多所高校人文社科、公共卫生等团队也在加大涉及突发重大疫情的科学防控体系、应急响应机制、大数据及智能决策系统、医疗资源统筹分配机制、国际合作机制等研究，为国家和湖北抗疫决策提供强有力的智力支持。

钟南山、李兰娟、王辰、黄璐琦、张伯礼、陈薇、乔杰、仝小林等10位院士集结团队齐聚湖北；

全国 4 万多名支援湖北医务工作者中重症医学科、感染科、呼吸科、心血管科和麻醉科的专家达到 15000 多人；

……

集中全国医疗科研专家之力，汇聚多学科力量，全力投入疫情防控湖北保卫战、武汉保卫战。特别是对危重患者病情发展中出现的各种情况进行科学预判，及时调整诊疗策略、展开科学救治，不断提升湖北重症患者综合救治水平。

面对新型冠状病毒这样一种此前未知的冠状病毒群体新成员，守正出新、勇于突破的科学精神，也托举起生命的希望。

一场惊心动魄的战"疫"下来，人们更加懂得一个道理：病毒不会离人类而去，但科学永远是我们生命的守护神。（李伟）

扫码收看

直面病毒
他们分秒必争

附录：
与时间赛跑，用疫苗捍卫生命

国防部新闻发言人任国强3月26日在国防部例行记者会上说，3月16日，军事科学院军事医学研究院陈薇院士领衔的科研团队重组新冠疫苗获批启动展开临床试验。

陈薇院士团队研发的重组新冠病毒疫苗，于4月12日开展二期临床试验。

世界卫生组织官网公布，这是目前全球唯一进入二期临床试验的新冠病毒疫苗。

从抗击非典，到"援非抗埃"，再到此次武汉抗疫，在生物安全领域这个没有硝烟的战场上，中国工程院院士、军事科学院军事医学研究院研究员陈薇一直在努力超越自己。

3月17日，武汉疫情吃劲之时，在中国人民解放军中部战区总医院军事科学院负压帐篷式移动实验室外，身着戎装的陈薇院士接受记者的专访。

"2月29日，我第一个带头接种我们研制的新冠疫苗，今天我在你们面前活蹦乱跳的，这也从另外一个角度来说，疫苗的安全性至少是有保障的。"陈薇自信地笑着说。

疫苗，是终结新冠肺炎最有力的科技武器。1月26日，陈薇受命率军事医学专家组紧急赶赴武汉，她率领团队与后方科研基地联合作战，集中力量开展应急科研攻关，争分夺秒进行腺病毒载体重组新冠病毒疫苗的研究。

"军事科学院在'援非抗埃'中率先拿出了疫苗，这次我们也要全力以赴，早日拿出疫苗。"

疫苗研制过程中，人体数据比动物数据更有说服力，正式进入人体试验阶段，这是研发过程中比较有突破性的进展。陈薇说："人体试验上，我们会根据一些国际规则和国内法规，针对不同剂量组，在不同时间点进行安全性、免疫原性、有效性评价。我很感谢来参加我们临床研究的志愿者，他们提供的数据将把可能有的一些不良反应或者其他东西暴露出来，从而评价疫苗安全性，最终目的是更快进行大规模人群应用。"

2月29日，陈薇院士第一个接种他们研制的新冠疫苗，随后团队7名专家先后接种，3月3日，又有4人接种疫苗。截至3月18日，疫苗安全性和产生抗体的结果都符合预期，抗体检测结果全部转阳。

陈薇甚至开玩笑说："我在武汉可以摘下口罩了。这样做，我们相当于抢了半个月时间出来。但真正评价疫苗效果，还需要进行大量人群临床试验。"

从1月底驰援武汉，到3月中旬，在武汉的这几十天里，陈薇说她很少有笑容。"当看到医护人员感染数字发布的时候，我彻夜未眠。这些天，见到了很多触动我的人和事，我更加愿意为疫苗去攻关，去拼命。"

"疫苗是防控烈性传染病传播的最好手段，这也是人类文明史上的一个里程碑式的科技发明。我一直在想，如果疫苗能早一天出来，让每一个人不得病，这才是最高的境界。所以我一定要带头攻关这个疫苗。"

陈薇的信心来源于成熟的技术平台，即腺病毒载体技术平台。在这个技术平台上，陈薇团队已经研制成功了包括埃博拉疫苗在内的多个品种，有上市的，有正在临床研究的和临床前的。在紧急情况下，他们选用了最擅长、最成熟的技术平台。

3月27日，完成疫苗一期临床试验接种的108位志愿者，目前全部结束集中医学观察，健康状况良好。4月13日上午，84岁高龄的武汉老人熊正兴在女儿陪同下完成了疫苗接种，成为二期临床试验中目前年龄最高的志愿者，截至当天17时已有273名志愿者接种疫苗。

疫苗能不能取得成功，能不能大规模应用，有四个决定要素，即安全、有效、质量可控、可规模化生产，疫苗研发工作一般要围绕这四个要素进行。

"临床试验这一步是一定要跨出去的。跨出去了，才能知道有没有可能成功，即使不成功，也能为后来的疫苗研发提供一些经验。"陈薇说，新冠病毒被人类认识的时间还比较短，很多特性，特别临床上表现出很多特性，

三　形势渐趋缓和

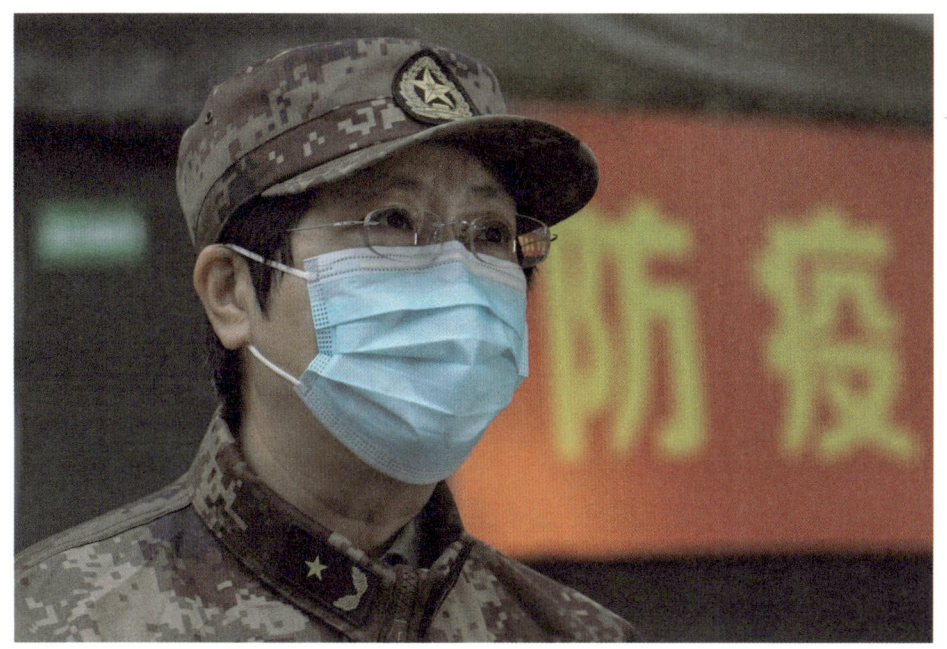

陈薇院士（程敏　摄）

都值得长期研究。因此，疫苗能不能成功、什么时候能成功、什么时候能够判断成功，都还需要大量科学研究。"希望我们的疫苗能够早一天通过科学研究，通过临床数据的翔实评价，能够尽快推广到更多人群的接种，像我们的埃博拉疫苗一样能够走出国门，展现科技软实力和大国形象。"

养兵千日，用兵千日。陈薇认为，团队能够这么快拿出疫苗成果，得益于团队的共同努力和十几年的技术积累。2006年，陈薇团队开始研制埃博拉疫苗，2014年研发出世界首个基因型埃博拉疫苗。"军事科学院的团队在国家需要的时候，总是能站出来。人家觉得我们这次很快，才几个月，但没看到背后十几年工作的积累。我们在疫苗、检测、免疫学、空气动力学方面取得的进展，都是长期积累的结果，国家设立这样的机构，这是我们本身就应该做的事情。"陈薇说。

谈到此次武汉抗疫，陈薇认为中国的很多优势在抗击疫情的斗争中显现出来了，但同时也有些短板，特别是在长效机制方面，比如说，在生物防御、生物安全领域，需要做的事情非常多。

陈薇说："拥有自主知识产权的疫苗成功进入临床试验，是我国科技进步的体现，也是大国形象、大国担当的体现，更是对人类的贡献。"

建设国家生物安全科学与产业创新中心，是陈薇的梦想，她一直在为此积极建言、大声呼吁。

"希望成立一个应急疫苗的国家创新中心，配齐硬件，将进口设备国产化，给我们每天更多练兵机会。这支队伍不一定需要特别庞大，但可以做到小核心大外围。团队在这个领域做了这么多年，我们知道强项在哪里，也知道短板在哪里。通过成立国家创新中心，我们可以优化力量配置，发挥各方优势，把链条的短板或者缝隙无缝衔接起来，多学科加强攻关，这样我们有更多精力、更多时间来做真正更擅长的事情。这是我特别期待的一件事情。"（余国庆）

专家解读｜新冠病毒疫苗进入Ⅱ期临床试验

2020年3月3日
友谊小区封控下的生活

3月1日,中央指导组副组长、中央政法委秘书长陈一新指出,武汉疫情防控中还存在"五个难点","封城封区带来的市民生活保障问题以及影响社会稳定问题的因素还不少,有些风险隐患需及时疏导化解"是其中之一。

我3月3日来到武汉市江汉区民意街友谊社区采访。副主任彭晓莉和社区工作人员、志愿者这天要完成一项并不容易的任务——帮社区居民团购300份蔬菜。

与彭晓莉的相遇是一个偶然,那是在武汉最大的蔬菜批发市场——白沙洲市场,当时她和社区的工作人员以及志愿者一起,正在和批发商砍价。

"你们先把白菜送回克(当地方言),我们克买莴苣和萝卜。"彭晓莉对志愿者说。"今天我们的任务是替社区居民购买300份蔬菜,每份包括一棵大白菜、两个白萝卜和两根莴苣,每份的总价不能超过8元钱。"彭晓莉说。

"我开了十几年出租车,从来没见武汉的大街上这么空过。"司机蔡青春对我说。后备厢和后排座都塞满白菜的出租车在他的驾驶下从批发市场开出,出口有工作人员把守,免收停车费,但要对车上人员检测体温。

蔡青春说,作为出租车,平时如果车里这么"载货"会很心疼,交警也会处罚,但是在疫情期间,这样可以多给居民们拉一些菜回去。

大年初二1点多,蔡青春接到电话通知,征召出租车作为社区保障车辆。"我本来不想来,因为风险蛮大,但爱人和孩子都觉得应该承担这个工作。"从那一天起,蔡青春没有休息过一天。

"到社区后,工作时间比平时长了一倍,有时还要送物品去医院。我打算和家里人隔离开来,但爱人不同意,她说'一家人就是死也要在一起'。"

蔡青春说。

蔬菜运回社区，十几名工作人员和志愿者都行动起来。把成堆的蔬菜卸下车，分装成300份，再把分装好的袋子拎到分发点去，这不是一个轻松的任务。看着看着，我忍不住放下手中的采访本和笔，抓起一个空塑料袋加入其中，成为一名不穿志愿者马甲的志愿者。

为了解决社区居民的购物难题，社区工作人员和志愿者组织了线上和线下两个团队。

"我们会提前跟超市等销售平台联系，把第二天到货的名称、数量、价格发布在微信群里，并把居民的订货汇总统计后报给商家。货运到社区后，我们再通过群通知大家分批来取。"负责线上团队的社区工作人员周学颖说。

"几多号？"每来一位取货的居民，周学颖都会这样问。核对订单序列号、姓名、手机号码并签字后，周学颖把货物发放给居民。

"今天下雨，只有138个订单，多的时候有400—500个。所有订单，社区不会加价一分钱。"她说。

友谊小区是一个典型的老旧小区，居民中80岁以上的老人多达247位。老年人、不会使用手机和微信的居民，可以把自己的购物需求告诉出入口的执勤人员，通过他们在线上下单。

在公司担任投标专员的闵茜就是一位这样的执勤人员。"其实，我住在街对面的另一个小区，但是那个小区的志愿者名额满了，所以我来到这里。"闵茜说。

13:30许，莴苣和萝卜也运回来了。社区工作人员和志愿者立刻开始分装，所有人都动员起来。

彭晓莉泡了一碗方便面作为今天的午饭。她冒雨在批发市场的各个摊位之间跑来跑去，裤腿上满是泥点。"有时候，真不知道哪里来的那么多力气。不过，自己的城市发生了这样的事情，自己不出力难道还要等别人出力吗？"

对账之后，发现比预计的2400元多花了40元。"这个就算给大家捐款了吧，好在超得不多。"彭晓莉说。

三　形势渐趋缓和

3月2日，武汉市江岸区球新社区副书记郑捷（右一）和志愿者们为社区里的五保户送货。（程敏 摄）

又有一些志愿者赶来帮忙。分菜过程中，大家合作非常默契，但也发生了一点小小的意见分歧，因为蔬菜有大有小，想均匀分配并不容易。

14:45，第一份爱心菜发到居民手中。"蛮新鲜！划得来！"两鬓斑白的王先生对邻里说。收到通知分批来取菜的居民排起队，大家自觉保持着一米以上的间距。

雨停了，天还阴着，但居民们的脸上有了期待的笑容。（王作葵）

扫码收看

网格员的日常工作

2020年3月4日
奋战在抗疫一线的"90后"

3月4日,湖北最新疫情风险等级低风险市县22个、高风险市县37个;武汉373家重点防疫单位实现"智慧保电"……

当天,新华社关于"90后"成为一线抗疫中坚力量的报道,成为舆论关注焦点。在全国支援湖北、武汉的4.26万名医疗队员中,有2.68万名护士。其中,"90后"护士占比达到40%。

曾经,抗击非典、汶川地震……"90后"是一群被大人们悉心保护的孩子;如今,这些"当年的孩子"成长为抗击新冠肺炎疫情的重要力量,为人民健康奉献光和热。

"未婚、未育、父母健康,家里无负担。"28岁的妇科护士张星阳在天津市蓟州区人民医院微信群里接起了"请战"的长龙。

张星阳是天津第五批支援湖北医疗队的队员,这支由303名医护人员组成的医疗队紧急集结、驰援武汉。在这支队伍里,还有综合内科"90后"医师时秋,一个多月前刚披上婚纱的她,又披上"战袍",加入抗疫大军。"我是内科医生,可针对腹痛、发烧、咳嗽等症状做出相应处理,非典时所有人都保护着'90后',现在轮到'90后'来保护大家了。"时秋说。

"我们长大了,虽然还年轻,但可以让国家放心!"1996年出生、两次请战,佘沙是四川第三批支援湖北医疗队里年龄最小的队员。作为一名汶川人,佘沙说:"我和其他人不一样。汶川地震时,全国各省市都来援助我们,现在我们也以同样的心情,回馈湖北。"

24岁的田佳佳是湖北恩施州民大医院二级生物安全实验室检验技师。工作两年多时间,她从来没检测过这么危险的病毒。虽然内心感到深深的恐惧,她依然选择挺身向前。充斥着浓浓消毒水味道的实验室,是田佳佳与病毒战斗的主战场。每一次检出阳性样本,她都十分紧张。每一次紧张过后,她都选择继续坚持。她深知:"每一个操作都是拯救生命。"

还有许多像田佳佳一样的年轻人,战斗在病毒检验这个特殊的战场上。他们与病毒之间,只隔着一层防护服。操作的每一步,都慎之又慎,一旦形成气溶胶,后果不堪设想。在巨大的精神压力下,他们勇敢地将责任与使命扛在肩上。

俯身上前、开放气道,手术刀片直抵病人喉部……胸腔气流携带着新冠病毒喷溅而出;撑开下颌,探下喉镜,塞入救命的气管套管,拔导丝、连接呼吸机,一气呵成。很快,病人的血氧饱和度开始回升。这样的生死时速,对于在武汉市武昌医院 ICU 病房工作的刘畅来说,早就是日常。生死瞬间,刘畅一定要做那个"比死神跑得更快的人"。27 岁的刘畅,一进 ICU 就至少要待 12 小时。

像刘畅一样高强度工作的"90 后",在武昌医院 ICU 医护人员里占到

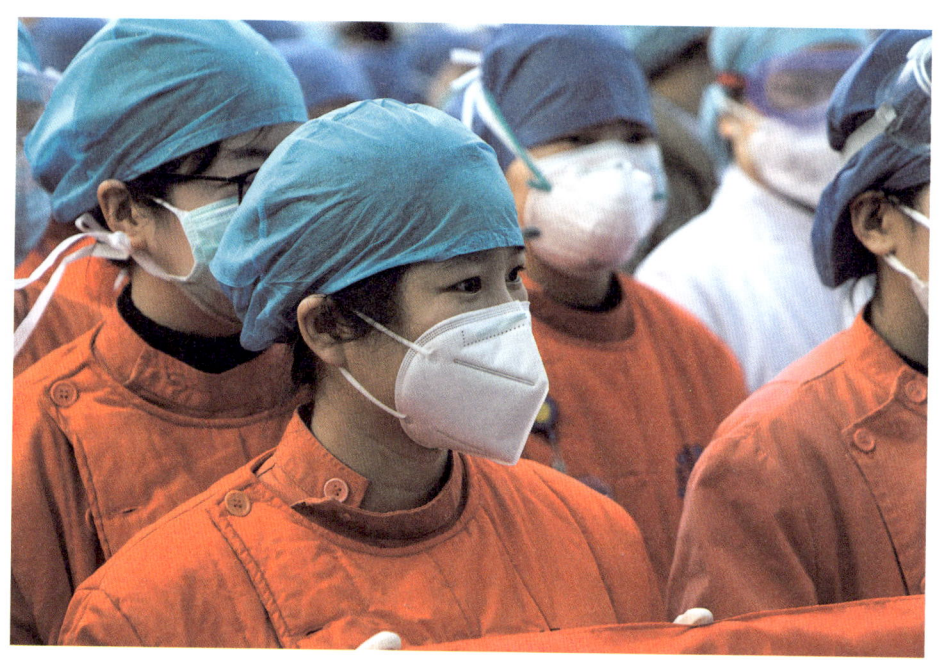

"90 后"医护人员。(熊琦 摄)

75%以上……

2月20日21时50分，一颗年轻的心脏停止了跳动。

他叫彭银华，年仅29岁。

次日，在他所供职的武汉市江夏区第一人民医院，同事们捧着菊花向这位殉职的年轻医生告别。他的结婚照被投射在一间会议室的幕布上，成了遗像。

"吃了你的喜糖，却没能参加你的婚礼。"一位同事在笔记本上留言，"心里一直在想你会好起来，却没想到……"

彭银华医生走了，而那些他曾经抢救过的患者，有的已经治愈出院。

按计划，他和已怀孕6个月的妻子本约定在2月1日举办婚礼。2017年11月，他与爱人领证结婚。彼时，他正在接受为期3年的规范化培训学习，婚礼因此一再被推迟。疫情发生后，他主动请缨坚守临床一线，拒绝科室轮休安排，不惜再度推迟婚礼。

谁又能想到，这是一场永远无法再举行的婚礼。人们想不起来他是什么时候、在什么场合被病毒入侵的，但人们将永远记得，那个总在病房里给人"搭把手"的热心医生。

在彭银华告别后的第三天，与病魔顽强搏斗了一个多月的武汉市蔡甸区人民医院消化内科医生夏思思，也永远地走了。

她走得很突然，甚至都没有给家人留下一句话。两岁多的儿子，一直以为她在上班。

同样的"90后"医生。同样的热心快肠、一丝不苟。

"有事叫我！"这是夏思思的口头禅。但如今，无论亲人和同事们怎样呼唤，都再也叫不回那个乐观、爱笑的她。

医院消化内科主任邱海华至今记得："我们去看她，她还经常询问医院工作情况，想早日重返岗位。"

同事们折完写满哀思的千纸鹤，献上蜡烛和菊花，继续挺身向前，与疫魔鏖战。

2月28日下午，武汉雷神山医院B3办公区。一场简单而特别的"战地婚礼"

在这里举行。

新郎叫于景海,肝移植监护室护士;新娘叫周玲亿,消化科护士。他俩都是上海交通大学医学院附属仁济医院的"95后"。

二人原定2月28日举办婚礼。疫情突发,他们果断取消婚礼,驰援武汉。在征得二人同意后,上海第八批支援湖北医疗队决定:在雷神山医院,如期为他们举办婚礼。

没有燕尾、婚纱,医疗队的冲锋衣是他们最美的礼服;

没有音乐,在场的所有人一同哼唱就是最真挚的祝福……

"疫情不退,我们不退!"铮铮誓言代替爱的箴言,道出了"90后"白衣战士们共同的心声。

在武汉大学人民医院,"90后"护理人员有1477人,加上医生和药师,总人数近2000人。在华中科技大学同济医院,"90后"医护人员达到1456人。

在全国支援湖北、武汉的4.26万名医疗队员中,有2.86万名护士。其中,"90后"护士占比达到40%。

一代人有一代人的使命,一代人有一代人的担当。历史的接力棒,终将交到青年一代手中。青春的力量,朝气蓬勃;青春的中国,生生不息。(谭元斌)

脱下白大褂,他们只不过是一群孩子

2020年3月5日
"疫"线闪耀"火焰蓝"

在武汉火神山医院消防救援站驻守执勤，出入"红区"……这样的日子，老党员李长春和7名党员突击队战友已坚持一月有余。"疫情不退，我们不退。"21年党龄的李长春语气坚定地说。

在主战场湖北，6000多名消防救援指战员坚守一线、日夜奋战，全面履行灭火抢险救援、防疫安全保障、社会救助服务等各项职责。从烈焰滚滚的火场，到危机四伏的"疫"线，消防指战员铭记训词嘱托，在荆楚大地擎旗而进。"火焰蓝"闪耀"疫"线……

关键时刻，湖北消防3560名党员组成的208支"119党员突击队"、143支"119党员服务队"冲锋在前。

孝感，1名疑似新冠肺炎患者将自己反锁在家中，有精神病史，手持铁锤要砸人。"保护好群众！我上！"孝南区交通路消防救援站站长陈言龙和队员破拆而入，协助送医……

荆州市沙市区一小区出现12名确诊和疑似病例。沙市区江津消防救援站政治指导员刘俊超和同事主动驻守，早晚巡查。

2月22日，贵州3大货车援鄂物资抵达。鄂州消防救援支队执行搬运。没有拖车，20名队员肩扛背驮，搬运了55吨物资！

武汉雷神山医院，消防救援站党员突击队9名队员，把脚印印在近8万平方米的危险区。"不怕危险！"队长曾雄飞回答干脆、有力，"我们就是来保卫生命通道的。"

得知定点医院的医疗废水需要转运，荆州市洪湖消防救援大队7名"90后"消防员集体请战，组成转运突击队。2月20日，机动泵突然增压。水带猛烈抽动，眼看就要从罐口脱离。金鑫迅速扑倒，不顾浓烈刺激气味，紧紧抱住水带，

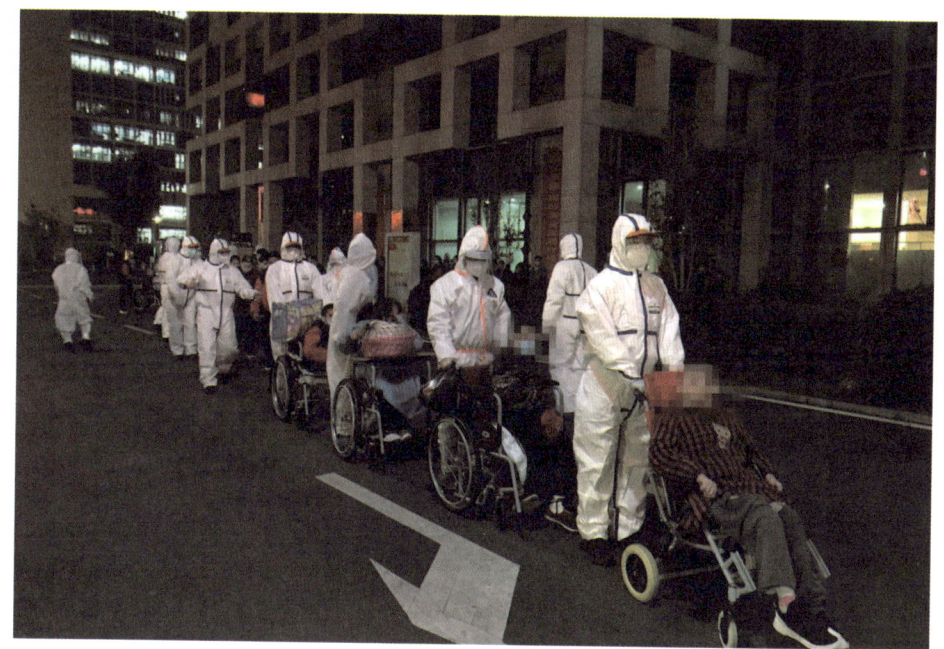

3月1日晚,武汉市消防救援支队"119党员突击队"青年路分队到武汉市福利院转运新冠肺炎病毒密切接触者。(何汉求 摄)

用身体堵上。"就一个念头:不能泄漏危及群众。"金鑫回忆说。

荆州市洪湖市消防救援大队20名指战员顶风冒雪,在气温零摄氏度的室外连续工作14个小时,让洪湖"小汤山"医院在风雪中安然无恙。

"口罩、防护服生产线消防安全不能有任何闪失。"湖北省消防救援总队抽调25名防灭火骨干赶赴仙桃,进驻当地防疫物资生产企业全天候看护。

"该消毒的地方一点也不要马虎,重点部位再来一遍。"2月22日一早,鄂州市华容区消防救援大队大队长毛飞率领10名突击队员,到辖区内的小区开展消毒工作。消毒装备重达60多斤,将整个小区全面消毒,至少需要来回装3次消毒水。繁重且枯燥的工作,队员们一丝不苟。

2月10日,武汉一住宅楼发生火灾,内有2例确诊患者和多例疑似病人。41名参战指战员,不怕被传染,挺身向前。

武汉黄陂消防员黄国康与母亲同战疫。母亲王靖是武汉大学中南医院影像科医生。他们身处不同岗位，隔着10米远，举起右臂，彼此鼓劲。

宜昌市枝江防火监督员张赵旭与妻子肩并肩。两人从大年三十就未见面。2月18日，张赵旭和妻子覃明敏在小区检查点偶遇，简单一句问候，挥挥手，就继续各自工作。

恩施咸丰消防教导员宋佳与父亲齐上阵。父亲宋发勇是恩施扶贫"尖刀班"成员，大年初一便奔赴驻点村摸排疫情。宋佳脚步紧随，也冲向战疫前线，"父亲是榜样"。

"看不清楚模样，看到了身上的'消防'，感觉踏实、安心。"一位江汉方舱医院患者感叹。

截至3月4日，湖北全省消防救援队伍共参与涉疫勤务处置任务4472起，转运病员4159人，消杀面积751万平方米，搬运物资1.17万吨。

截至3月4日，武汉医院、集中隔离点、医护人员驻地、防疫物资生产企业、防疫物资储存场所等五类场所，实现"零冒烟""零事故"。（冯国栋）

"疫"线闪耀
"火焰蓝"

2020年3月6日
留守外国人与武汉共度时艰

1月23日,武汉按下了"暂停键"。在多国公民与外交人员陆续从武汉撤离时,两国驻武汉总领事"逆行"抵达,愿与中国同舟共济;还有不少外国人选择了驻守武汉,陪伴他们的"第二家乡"共度时艰。

1月底,原本在法国休病假的法国驻武汉总领事贵永华回到了武汉,与3名自愿留下的法籍同事和远程办公的中方员工继续维持着领馆的运行。"我心系武汉,在艰难的时刻,毫无疑问我的位置就在这里。"贵永华在接受新华社专访时说,患难见真情,我们与湖北人民团结一心,始终陪伴武汉左右。

"职责需要,我和我的同事们主动选择留在这里。我们很骄傲在这里为法国同胞提供服务,并持续巩固法中友谊。"贵永华说,"当武汉的生活恢复往常,我们将第一时间重振双方在经济、科技、文化、教育及语言领域的合作。我们还希望组织更精彩的展览、演出、音乐会。"

2月20日凌晨1点24分,在韩国驻武汉总领事一职空缺3个多月之后,韩国新任驻武汉总领事姜承锡飞抵武汉天河国际机场,带来韩国地方政府、企业与民间捐助的救援物资。"我们同舟共济,武汉加油!湖北加油!中国加油!"姜承锡在机场用中文说。

姜承锡说,在这个非常艰苦的时刻,韩国政府派遣他来到武汉是非常有意义的。韩国跟中国,特别是跟湖北省关系非常密切。不管是什么情况,韩国都会维持韩中关系,互相了解、互相帮助。

疫情暴发以来,不少外籍志愿者投身疫情防控一线,成为一道独特的风景线。

来自巴基斯坦的哈荣·努曼是联想集团全球供应链新品导入测试工程师,于4年前来到武汉。2月初,他加入湖北省慈善总会的志愿者组织,负责帮助海外捐赠物资通关。在团队83人里,努曼是唯一一位外国人。

会说中文、英文和乌尔都语的努曼负责对接了十几个国家的捐赠。由于时差,他常常工作14—15个小时——早上和亚太地区国家的捐赠者沟通,深夜与欧美捐赠者对话。截至2月28日,他完成了100余单捐赠的全套沟通工作。"我希望这场危机很快就会结束,"努曼说,"但只要疫情继续,只要人们还需要我帮忙,我非常乐意继续做这份志愿者工作,不管它会花费我多长时间。"

法国人福雷德里克·多梅克8年前随爱人来到武汉,曾是武汉理工大学的一名法语老师。"我的妻女和妈妈都在武汉,我没有理由回法国。"

1月26日,朋友询问他是否愿意加入志愿车队为医院与社区运输物资,曾是一名军人的多梅克说,自己习惯处理比较复杂危险的情况,所以爽快地答应了,成为"豹变"志愿车队的一员。由于语言不通,多梅克时刻将手机拿在手中,与人沟通时,就打开翻译软件,输入法语转换为中文。截至3月底,他开着自己的车给医院送去消毒水、橡胶手套、防护服、饭菜等,还帮社区运输蔬菜、生活用品,跑了近1500公里。

武汉疫情逐渐好转后,全国援助湖北医疗队陆续撤离,多梅克与朋友们拿着鲜花,一趟趟前往医院与机场为他们送行。4月初,多梅克还与车队的朋友们一同前往武汉血液中心献出了300毫升血。

除了工作在一线的人们,还有不少外籍人士安心留守在家中,以"不动"的姿态配合武汉抗疫,耐心等待战疫的胜利。

在武汉生活了10年,法国人福雷德里克·西蒙和他的武汉太太在这座城市经营着一家咖啡店、一家服装店和一个设计工作室。谈及留守在武汉的理由,西蒙说:"我早已是一个武汉人,没有想过离开,也无法离开。"

随着社区实行封闭管理,西蒙与家人留守在家中,足不出户。尽管不能出门,但西蒙并不担心生活物资的供给问题,因为社区为大家提供了团购服务。"有一次,我们想买鸡蛋,但错过了团购的时间。令我感动的是,群里马上有人为我们协调了70余个鸡蛋。他们说'你家里还有一个宝宝'。"

福雷德里克·多梅克准备前往超市为医护人员购买食材。（王斯班 摄）

奥宾在武汉理工大学土木工程系念大三，来自加蓬。校园实施封闭管理后，他号召同学们组建了一支抗疫小分队，为校内学生分发医用物资、蔬菜粮食，协助宿管为同学们测量体温、检查健康状况。"我大部分时间都待在宿舍，看看电影，自己做饭，有时也会戴好口罩在校园里骑骑车，从未离开校园。"

而对于一些人来说，留在武汉的决定并不容易，他们不得不面对家乡传来的令人担忧的消息，有时甚至是家人的死亡。

当华中科技大学计算机系统结构专业的博士生米尔·哈桑在武汉居家隔离时，他的父亲在巴基斯坦因心脏病去世，他一度想回国，却未能成行。"这是我的终身遗憾，我错过了父亲的葬礼。"他在过去的几个月里通过睡觉、找朋友聊天，来缓解自己的压力。

"中国政府提出了要帮助我回国，但现在巴基斯坦的情况很危急，我们政府决定我们应该留在这里，因为这对我们有好处。"哈桑说，一旦巴基斯坦局势好转，他将订票回国，陪妈妈一两个月后，再回来完成学业。

"武汉是我的第二个家，这里是商业、交通枢纽，毕业后我想在这里工作。"哈桑说。（乐文婉）

2020年3月7日
武汉雷神山医院的"摆渡人"

3月7日傍晚,按约定我第二次专程到雷神山医院拍摄一位工作在一线的转运车司机。

李华,44岁,雷神山医院为数不多的转运车司机。一个月前,他所在的武汉中南医院整体接管了新建成的雷神山医院,而他本人也由此开启了转运新冠肺炎病人的新任务。

落日西下,我在工作人员驻地见到了刚刚吃过晚饭的司机李华,他话语不多,步伐紧凑。在他的带领下我走进了他和其他工作人员的临时驻地——雷神山医院旁边一座场馆内的二层临时简易板房。架子床、洗漱间组合出临时住处,而薄薄的板墙仅限于视觉的阻断,隔壁"邻居"说话声都清晰可辨。李华介绍:2月8日,雷神山医院迎来首批患者,由于部分病区仍在建设中,一些重病患者因肺部的病情导致呼吸困难而无法自行穿过悠长的通道去做CT检查,李华每天都要穿着全套防护服,载着重症病人往返于不同病区和CT室之间。最忙碌的是2月下旬,那时每天运送量达百人以上,常常是从早到晚"连轴转"。为了节省防护服和穿脱的时间,有时甚至连中午饭也来不及吃。为了确保转运安全,在医护人员人手紧张的时候,他会帮着一起完成抬担架、推轮椅等体力劳动,也会冒着危险搀扶病患。即使目前情况好转了些,也要24小时随时待命。"现在每天都有很多病人出院,医院也增加了转运人手,我的工作量有所缓解,但手机还是随时开机待命,医生有事随叫随到。"谈到近期这里的变化时李华说道。

正要聊他的家庭时,李华手机响起,那是驻院医生打来的电话。说话间他的任务就来了——转运一位新冠肺炎病人到20公里外的中南医院就诊。

出发时,他叫上了一位当天新到岗的同事,两人协同工作。和他们一起穿戴好防护服、口罩、手套、面罩和鞋套后,我开始记录转运过程。夜色中,雷神山医院雪白的建筑墙面在闪烁的色光下,快速幻化成缤纷色彩的银幕。这里不是武汉的酒吧街,也不见欢歌笑语,更没有灯红酒绿,有的仅仅是寂静的院区和急救转运车闪烁的彩灯。晚8时许,一位老年病人在医护人员的搀扶下缓慢地走出病房,登上李华驾驶的负压急救车。出于安全的考虑,医生带上了紧急供氧设备,李华和同事协助将代步轮椅装车固定。"有时候护送病人做检查的是女医生或女护士,帮助抬个担架、扛个氧气瓶都不算事。"李华关好车门即将启程时轻描淡写地说道。一番忙碌后闪着警示灯的救护车快速驶向目的地。3月初的武汉夜幕下依然有凉意袭来,但"全副武装"的我却是满头大汗、衣衫尽湿,隔着起雾的眼镜和面屏加上相机夜晚对焦不敏感让采访拍摄变得困难重重。

看着一路上默不作声、专注驾驶的李华,我想起了刚才在宿舍,他向我展示了他的"得意之作"——为了能够时常看到家人,李华在自家安装了网

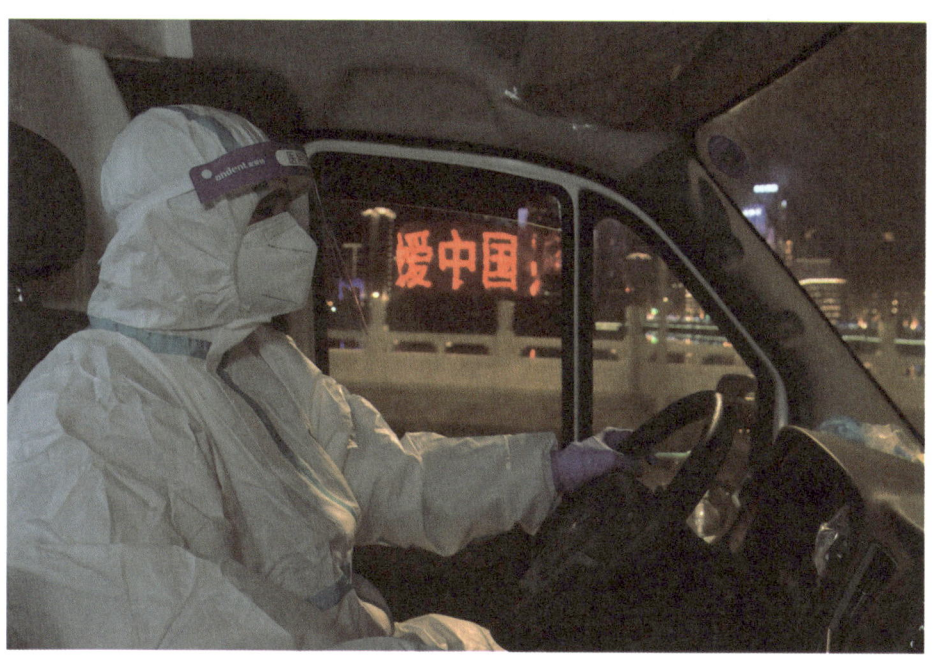

李华驾驶的急救车即将到达武汉大学中南医院。透过驾驶室的车窗远处的汉秀剧场外墙出现巨大的"我爱中国"字样,异常醒目。(李贺　摄)

络摄像头，不忙时他会在宿舍内用手机和家人进行视频通话，方便又直观。平时话语不多的他在和家人说起话来时似乎放松了许多……

即将抵达中南医院时，透过驾驶室的车窗可见远处的汉秀剧场外墙出现巨大的"我爱中国"字样，异常醒目。在激励人心的标语和此刻被战疫英雄所感动下，我按下快门拍下一张司机的工作照。车辆停稳，病人去做检查的间隙我们又聊了起来。2006年他进入中南医院车队，他是医院车队里为数不多的党员之一，疫情开始后义无反顾地奔忙在危险的工作中。最让李华愧对的是自己的父亲——无法回家的他少了许多对父亲的照料。去年父亲因病手术后需要的化疗中断了两个月，此时的李华希望疫情尽早结束，他好带着患病的父亲去做化疗。

转运完病人后李华和同事还要给全车喷洒药水进行消毒，回到医院隔离更衣室时已经是晚上10点多，无数次的进进出出让他对医院病区的分布了如指掌，来来回回的"摆渡"工作让他对转运危险传染病人的流程烂熟于心。换回了普通便装的李华和同事走在雷神山医院悠长的工作通道，步伐依旧急促、坚定。（李贺）

奔忙在武汉雷神山医院的"摆渡人"

青椒肉丝引出的爱心食堂

走进武汉市江汉区环球贸易中心太和里一个不起眼的防火出入口，沿粗糙的水泥楼梯上到二层，眼前是堆放着建筑材料尚处于装修施工阶段的大厅，空无一人。再往里走才能看到挂着"三串肆季"招牌的门店。很难想象，一个每天为医务人员、孤寡老人、志愿者等送出300多份爱心盒饭的爱心食堂，就坐落在这样的地方。

据介绍，武汉太和里将是一个汇聚美食、娱乐、休闲生活等功能于一体的综合性商业体，预计2020年全面开业。然而，突如其来的新冠肺炎疫情，却让它连装修都没能完成。建筑毛糙的内部与其光鲜的外表形成鲜明对比。

像这个商业体里的很多商户一样，烧烤店"三串肆季"也深受疫情影响，试营业没几天就因为武汉封城而歇业。进入餐厅前，老板娘肖晶拿起酒精喷壶，把我上上下下周身喷了个遍，细致程度堪比医院里的院感医生。喷完还让我帮着把她也喷了一遍。"我们是要给大家送餐的，一定要保证清洁、安全。"肖晶解释道。

此时，餐厅的师傅们正忙着为午餐做准备，几大盆切好的菜整齐地码在炉灶附近，有茄子、花菜、南瓜等。肖晶在后厨接了个电话，是和志愿者确认为梅苑社区的孤寡老人送餐的细节。之后，她继续在一个小本子上写写画画。那上面记录着当天午餐要配送的地点和份数——为4家医院、1个急救中心、2家机构和8个农民工配送157份，加上20份志愿者自取，共计177份。在地点后面，她标注了圆圈或五角星。"我们只有两个志愿者负责送餐，我就把相对顺路的目的地分成一组，用圆圈或五角星标注出来，帮他们做好线路规划，尽量方便志愿者能以最快速度把餐送到目的地。"肖晶对自己发明的这套统筹规划办法颇为得意。

新冠肺炎疫情开始之初，肖晶就加入到当地一个志愿者团队，不停地找物资，联系医院并了解医院需要，再把筹集到的物资分配出去。2月25日，她通过其他志愿者朋友了解到，武汉一家医院的120急救医护人员因为工作时间很不规律，没法按点吃到饭。她打电话过去，电话那头的医务人员问："你们能给我们提供真正的饭吗？"肖晶有些疑惑：什么是真正的饭？原来，他们就想吃上当天做出来的热饭菜，而不是像自热锅那样的即食方便食品。她还是有点拿不准对方的需求，就随口问了一句："那给你们配青椒肉丝这样的菜可以吗？"电话那头随即传来兴奋的声音："青椒肉丝？我们能吃到青椒肉丝吗？"

肖晶说："当我听到这样的问话时，顿时就有一种自己在家吃肉是罪过的感觉。"说到这，她一下哽咽住了，泪水顺着面颊流下来，薄薄的口罩被染出了一小片深蓝色。

自从有了这段关于青椒肉丝的对话后，肖晶就决定将自己经营的烧烤店改造成爱心志愿者食堂。她首先说服了股东和2名员工，并在股东的建议下，足足花了一天半研究各类保险条款，为每一个走出家门参加爱心志愿者食堂工作的人员购买了100万元保额的商业保险。在爱心人士和公益基金会的资助下，爱心志愿者食堂自2月28日正式开始为医护人员、社区孤寡老人、农民工、其他志愿者们免费提供热腾腾的盒饭。从最初每天送四五十份，到如今的每天午饭、晚饭共送300多份，最多时一天送了360份。

肖晶经营的这家烧烤店原本不是主营中餐，只有一口普通的炒菜锅，还是用来做员工餐的。但就是靠着这仅有的一口锅，厨师根据能买到的食材，变着花样做出喷香可口的饭菜。

不多久，大厨就把第一拨菜炒好了。肖晶的丈夫黄嵩盛好饭把饭盒递给配菜师傅，后者负责把香辣鸡块、红烧茄子、炒花菜、炝炒白菜盛到饭盒里，然后肖晶的舅妈负责打包，肖晶则根据配送安排把盒饭装到提前用酒精消过毒的送外卖的保温箱里。在外面的就餐区，志愿者圆子把装满爱心盒饭的保温箱用小推车拉到楼下，等着配送志愿者来取餐。整个流程简洁、高效，行云流水一般。

3月7日,肖晶将分装好的盒饭装入消毒过的送餐保温箱。(沈伯韩 摄)

大厨又炒好了一锅菜,是青椒肉丝。青椒鲜嫩,肉丝厚且多,一看就与普通小饭馆里做出来的不一样,配上热腾腾的米饭,鲜香可口。肖晶先拿了一盒打包好的盒饭给等在餐厅门外的配送志愿者杜成学,让他先吃。为了保障安全,爱心志愿者食堂的配送志愿者们都穿着防护服,一般不进到店里取盒饭,都是肖晶和店里的其他人把打包好的盒饭送出来。肖晶和其他人顾不上吃午饭,抓紧时间把剩下需要配送的饭菜打包装箱。

这一批需要配送的盒饭足足装满了三个大保温箱。肖晶帮杜成学拉着小推车把它们送到楼下,搬上汽车。临走,肖晶还叮嘱道:"一定要把那两箱牛奶送到护士手上,那是她们想喝的。"

临近中午,日头已高。肖晶手搭凉棚,望着送餐的汽车开远了。她说:"我们会一直坚持下去,陪着所有需要帮助的人,直到疫情结束。"(沈伯韩)

扫码收看

武汉:爱心厨娘肖晶

2020年3月8日
巾帼英雄战疫魔

"三八"国际劳动妇女节,是巾帼英雄们的节日。

身躯虽柔弱,坚守若磐石。在疫情防控各条战线上,白衣女战士、女社区工作者、女民警、女党员干部等巾帼英雄纷纷挺身而出,撑起疫情防控"半边天"。

告别丈夫说"相聚战'疫'结束时",告诉孩子"妈妈去打怪兽了",安抚父母"防护好就不用怕"……这些在家里的贤妻、良母、孝女,就这样坚决地踏上抗疫战场。

"疫情上报第一人"张继先,最早判断坚持上报拉响新冠肺炎疫情警报;国家援湖北医疗队北京医院肾内科主任毛永辉,脸上压痕恰似"天使勋章";火神山医院建设项目钢结构施工部分"主心骨"王晓红,通盘协调处理图纸、技术、物资、现场等工作,日夜守在工地……

多次请战终获批准后,来不及与家人告别,杜富国的妹妹、贵州省湄潭县人民医院急诊科护士杜富佳,加入贵州省第八批援湖北医疗队赶赴武汉。身为一个"90后",绑着一个冲天辫,杜富佳的脸庞仍透着一股稚气。岗前培训时,一位资深护士不禁感慨:"好小的一个娃娃啊!"

英雄,不分年龄,更不分性别。"哥哥在雷场上喊出的那句'你退后,让我来'一直在我脑中回荡,给了我满满的正能量。"杜富佳说,"哥哥的这种精神,一直鼓舞着我,让我一直坚守到现在。"

柔肩亦担重任,巾帼不让须眉。同样是在武汉大学人民医院东院,73岁的李兰娟院士已经在一线战斗了一个多月。

2月2日凌晨,她带着来自感染科、重症监护室的精兵强将以及最先进的仪器设备,从杭州专门赶来救人。武大人民医院东院的患者大多是重症及危重症病患，李兰娟每天只睡几个小时，时刻为最需要的病患奔走、操心。

面对忙里忙外比自己还要年长的李兰娟院士，一位60多岁的梅婆婆出院时，满含热泪鞠躬致谢："感谢你们帮助武汉人！一定要多保重身体，还有很多病人需要你们！"

虽在"强制休息"，湖北省中西医结合医院呼吸内科主任张继先电话中仍细细过问着病人的治疗方案和恢复情况，信号不好时，还得扯着点嗓子，房间里回荡着因长期熬夜而沙哑的声音。

自疫情发生以来，作为呼吸内科主任，她每天要对上百位病人查房制定诊疗方案，晚上经常通宵抢救，一大清早又开始新一轮的查房。"疫情发生初期还能住在家里，后来就住到了医院旁边的宾馆，一来方便与家人隔离，二来病人有情况可以及时赶到。"提起家人，张继先湿了眼眶。

谁人心中没有牵肠挂肚，只因为心中深埋着更深沉的大爱，才毅然选择了风雨兼程，在疫情第一线站成最坚强的堡垒。

风景秀丽的东湖边，武汉大学中南医院是这场战"疫"的主战场之一。对在医院急救中心工作15年的护士郭琴来说，这一次是她人生遇到的最大挑战。

由于最初人手短缺，防护用品紧张，为照顾好重症患者，郭琴每天自觉工作10小时以上，24小时连轴转也是常事。悉心的照料下，她帮助了百余名新冠肺炎患者转危为安，可自己却不幸在工作中感染了病毒。

"我不是英雄，但也绝不当逃兵。"经过治疗，恢复健康的她主动重返隔离病区，重新穿上那熟悉而厚重的三级防护隔离装备。在自己躺过的隔离病床前，郭琴护理着新的病人。"我的出现，即使不说什么，对病人也是鼓励。"

柔情似水的关怀，抚慰了多少颗焦灼不安的心。"虽然看不到你的模样，但我记住了你照顾我的样子。"一位患者感动地写下这样一句话。

白衣为战袍。在这场没有硝烟的战场上，万千巾帼坚守岗位，用细致与耐心挽救了一个个宝贵生命。

实施呼吸机试脱机，保持气管插管给氧，"人工肺"管道撤出血管……

一系列紧张忙碌操作后,同济医院光谷院区一位危重病人 2 月底成功撤离"人工肺"系统支持,转入普通病房。

堪称救治奇迹的背后,离不开一支平均年龄仅有 26 岁的"红色娘子军"。

被视为续命神器的"人工肺"系统,每分钟转速达两三千,仪器精密操作复杂。"红色娘子军"24 小时不间断观察机器转数与流量、氧气瓶余氧状态、调整抗凝药剂量及速度,牢牢守住生命的最后一道防线。

"工作强度很高、心理压力很大,可一分一秒都是生命的等待。"护士管志敏说,为了挽救生命,再辛苦也值得。

点滴微光,汇聚璀璨星河。亿万妇女同胞迸发出温善而坚毅的光芒,穿透疫情阴霾,激荡前行力量。

方舱医院里,女志愿者用清脆甜美的声音播送新闻和通知,女护士带领病人跟随音乐跳起广场舞,温暖的话语、欢乐的舞蹈,传递着战胜病情的决心与希望;

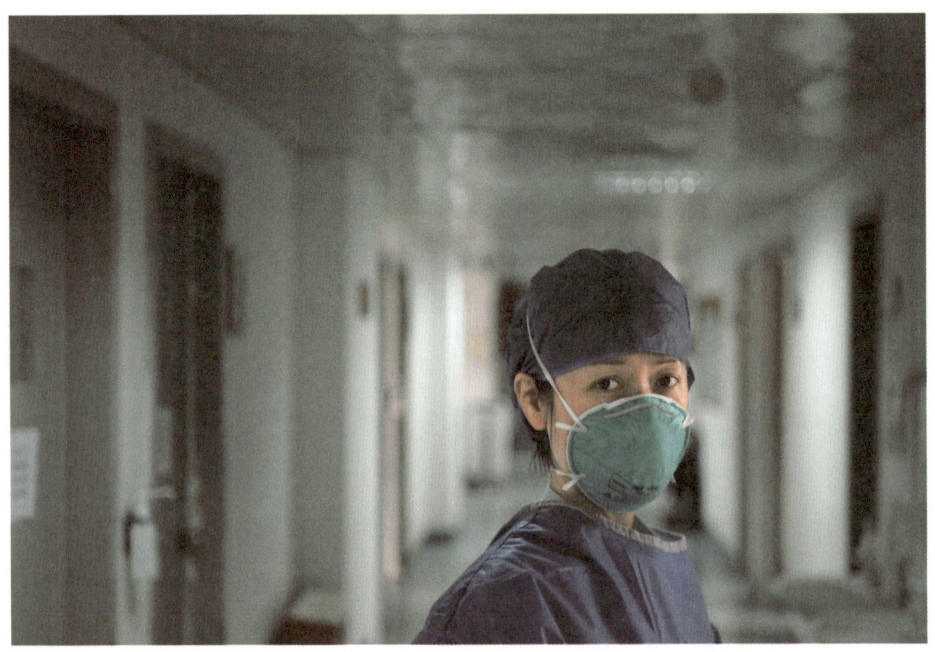

战斗在重症一线的华中科技大学附属协和医院的周琼教授。(程敏 摄)

小区门口前,女社区工作者发挥女同志的优势,家长里短讲道理、设身处地做劝导,站岗值守、消杀防疫,筑起联防联控的铜墙铁壁;

万家灯火中,女民警巡逻执勤、日夜值守,劝导不聚会、少出门,夯实大小家园的安全防线……

一个个靓丽身影,一道道前行之光。

激扬巾帼之志,凝聚巾帼之力。巾帼之花,在战"疫"征程中绽放出了更加灿烂的光芒!(林晖、李劲峰)

扫码收看

她们

2020年3月9日
一个长江边村庄的抗疫之路

3月的湖北,是春的季节。

武汉新增新冠肺炎患者逐日递减,出院治愈人数逐日递增。新冠疫情防控阻击战形势开始明显好转。复工复产复耕复种的人们开始有序走出家门。

在鄂东的黄冈市,甘桂香提着一篮草莓,迎着夕阳,缓慢地走在油菜花夹道的田间小路上。在她的身后,一大片大棚里鲜红的草莓娇艳欲滴,金黄的油菜花星星点点地罗布在绿叶、草丛间。

甘桂香正要到马路对面的马衖小区去送草莓。因为疫情不能出门,越来越多人通过手机在她家订购水果。

位于湖北省黄冈市黄州区堵城镇的马衖小区,是一个洪灾移民小区。

湖北省黄冈市黄州区堵城镇的马衖小区。(徐海波 摄)

1998年那场大水,马徘人至今记忆犹新。

他们曾住在马徘小区对面的叶路洲上。这是长江中游的一个江心洲。万里长江从武汉顺流而下至黄冈,江分三股,环绕滩地形成了椭圆形如翡翠般的江心洲——叶路洲。肥沃土地养育着这里一万六千多人。同时,洪水灾害犹如瘟神一般,不知道什么时候就会突然来到。

"那是8月1日深夜。"今年70岁的村医徐进田清楚地记得这个日子。当过兵的他,每年都要过"建军节"。当天凌晨,他被村支书的喇叭声惊醒,回过神就打着手电筒冲向了江堤。数千村民与抗洪官兵一起浴血奋战,与洪魔展开了一场规模宏大、艰苦卓绝的殊死抗争。虽然洲上3万亩庄稼淹入江底,70%的房屋不同程度倒塌,但所幸没有一例人员伤亡。

大水冲毁了家园,却没冲垮叶路洲人的意志。

大水一退,他们重建家园的行动已经开始了。在叶路洲外的9个移民小区开始动工建设,马徘小区就是其中一个。

今年67岁的陈少川是最后一批在移民小区建新房的。"大水淹个精光,连饭都吃不饱,哪有钱建房?"他说,直到第二年夏天,他才用政府补助的7000多元钱买了一半材料。"工人请的是村里人,工钱是赊着。"陈少川说,那段时间,他把垮了一半的老房子拆了,自己每天挑砖到这里盖新房。等还完了欠债,2009年,陈少川又加盖了第二层楼房,并进行了装修。

像陈少川一样,从洪水中走来的叶路洲人,就这样一步一步重建了家园,开始了新生活。直到2016年开展精准扶贫摸底时,马徘小区2000多人中只有368人因病因残致贫。

堵城镇党委书记王振林介绍,马徘小区离黄冈市区和团风县城都在半小时车程以内。通过外出务工,很多村民都过上了殷实的日子。没有劳动力的贫困户则将通过土地流转等方式,再加上政府兜底,也于2018年底全部实现了脱贫。

走进胡焕洲家,犹如走进城市里的别墅,两层的小洋楼,闪亮的装修,配上典雅的家具。胡焕洲说,自家建房也经历了三步,现在的房子是2018年底装修的。

装修是胡焕洲的手艺活。1998年,那场大水之后,他开始出去打工,就学会了这门手艺,一干就是20年。妻子在把两个孩子抚养长大后也到深圳干起了保洁员。如今,女儿儿子都大学毕业参加工作了。

今年,胡焕洲早早地回来过年了,而妻子却在深圳没能回来。"她早就开工了,而我已经耽搁一个多月了。"胡焕洲说,今年上班后,要加紧多干活,把这几个月的损失弥补回来。"攒够钱支持两个孩子成家立业啊。"

比胡焕洲幸运的是,马衕小区很多在本地务工的青年,已经顺利返岗了。他们的公司得知马衕小区是无疫小区后,都第一时间为他们办好了复工手续。

"传承抗洪精神,必将夺取抗疫胜利。"堵城镇干部丰向群说,疫情防控一开始就得到了马衕小区群众的大力支持,基本都能做到不出门不聚集,十几户返乡人员更是自觉隔离。小区至今没有出现一例感染病例。

经历过抗洪考验的马衕人,深深地明白团结就是力量。在抗疫一开始,一些返乡年轻人主动找到村委会,主动要求"加入抗疫"。镇政府对他们以"清单+"模式打桩定位,划分值守范围,下发每日工作任务,确保每个人任务清、职责明晰。

一些妇女也主动进来,轮流承担起小区村民代购蔬菜粮食的任务。一些老人也有了一个潮流的称呼——志愿者,他们戴上红袖章,举着喇叭,沿着村头村尾竭力喊着"戴口罩、勤洗手"。

得益于无疫小区,陈强也是第一批返岗人员。今年39岁的他在一家电信公司上班。1998年,初中毕业在家闲荡的陈强"一夜之间长大了",来到临近的黄州城区学习电信安装,并考取了登高证、电工证,成为一名技术工人。

说到疫情的影响,陈强十分有信心,"当年我家房子淹了,地也淹了,连吃的住的都没有,这么大困难都挺过了。如今,这一点困难算什么?"今年,他计划再考更高级别的资格证,争取工资翻一番。

"灾难击垮不了我们,反而会让我们紧紧拥抱在一起,凝聚起更强大的战斗力。"王振林说,历经"98抗洪"等磨炼的叶路洲人,如今更加勤奋勇敢,必将战胜疫情，过上幸福小康新生活。

王振林眺望的方向，正是远处的叶路洲，广阔的土地里，可以看见十几个村民零星分布在田地间。有的在温棚里摘草莓，有的在麦地里打农药，有的在菜园里播种蔬菜种子，有的在瓜地里培育西瓜苗。

夕阳耀眼的光线穿透河边一排春天的树林，染红了眼前的油菜花和劳作的人们。（徐海波）

最后的方舱之夜

3月9日晚,武汉市洪山体育馆武昌方舱医院。

当复旦大学附属华山医院医疗队队长、感染科副主任张继明换好防护服走进该医疗队负责管理的C病区时,这里大部分的病床已经清空,这样略显寂寥的场面,让他有点不适应。

就在一个多星期前,他只要一来这里查房,就会被很多病人围住,"张主任,我什么时候才能出院?""张主任,您能帮我再看看CT片子吗?"……患者们的问题往往让他应接不暇。而今晚,200多个床位的病区,只有寥寥十几名新冠肺炎患者,大部分患者已经痊愈出院,没有治愈的已经转往其他定点医院继续接受治疗。

从2月3日起,在中央赴湖北指导组的推动下,武汉及全国各方救援力量连夜行动,紧急抽调20个省区市的大型三级综合医院医学救援队,将武汉市的会展中心、体育场馆等改造成方舱医院,集中收治确诊新冠肺炎轻症患者。武昌方舱医院是2月3日晚首批动工改造的三家方舱医院之一,由武汉大学人民医院主导运营、全国9省市14支医疗队868名医护人员参加救治。该方舱医院也是武汉市最早投入使用的方舱医院之一,2月5日晚接收了第一批新冠肺炎轻症患者入舱治疗。

复旦大学附属华山医院副院长、华山医院支援武汉医疗队总指挥、第三批支援武汉医疗队党支部书记马昕在他的战"疫"日记里这样写道:

"今天吃完晚饭,大家都有同样一个感觉:我们是不是要再去一次方舱?大家都觉得以后想在方舱里面值夜班也没这个机会了,说不定一辈子也不会有了。我在群里问一下大家,你们还想不想再去看一眼方舱,再看看我们的病友,或者再值个夜班?我在大堂等大家。我在大堂等了一会儿,大家全来了,我们一起去。我们进了方舱,发现来自其他医院的医护人员也来了很多人。

大家都是一个心愿：想再看看方舱，再看看我们的病友。"

在病区里，前来与病友、与其他医疗队的战友、与这个病区道别的医护人员比患者还多，病区热闹起来。大家就像老朋友一样，对彼此说着祝福的话，以各种组合一起拍照留念。复旦大学附属华山医院的医护人员拍照时高呼："向武汉人民致敬！武汉加油！"在一旁的病友和武汉大学人民医院的医护人员们则竖起大拇指高声回应："向华山医院致敬！"

一时间，空气里弥漫着轻松和愉悦，而不像是一座新冠肺炎疫情下的隔离病房。尽管人们都戴着口罩，甚至是护目镜，但能透过这些看到他们的笑。

几名已经下班还不愿出舱的武汉大学人民医院的医护人员围成半圈拍照。他们的防护服背后都画着彩虹，胸前则是花朵，颜色鲜艳，造型可爱，样式大致相同，据说出自江西医疗队一名小护士之手，胳膊上则写着各自想说的话。护士长谢菲防护服的右臂上写着："想去快乐大本营！"

复旦大学附属华山医院的黄静在与队友拍完合影后，想要拍一张单人照片。她站到136号床旁，床头的蓝色隔墙上贴着一面五星红旗。面对镜头，她忽然举手敬了一个礼。在被问到为何想要敬礼时，她说："这个时刻，我就是想要敬一个礼，向自己，也向这里所有的人。"

病区医务办公室的外墙顶部写着大大的"武汉加油！"，下面则用各种字体写满了医护人员的心愿，横横竖竖大大小小——

"希望早点回家，亲耳听到11个月的女儿开口叫第一声'妈妈'。我的家人们，我想你们了！"

"希望结束后去见各地奋战在一线的同学们！"

"我要赶回婺源看油菜花。"

……

武汉大学人民医院的医生江文洋靠在墙边，默默看着不远处欢声笑语的人，看了许久。

在病区一侧，靠墙叠放着不少患者用过的床垫。这些床垫在病区关闭后，将严格按照相关流程被无害化处理。站在垒起来的床垫上，可以约略看出整个 C 病区的结构——从病区出入口到通往户外活动区域的门之间是一条宽宽的走廊，沿走廊左右各分布着被蓝色隔墙隔开的 5 个小区域，每个区域里放着大约 20 张床。

出院患者用过的床，一些还留着白色床垫尚未清理，一些已经只剩下黄橘棕彩色条纹的床板。今晚还要留在这里过夜的患者们，大多已经把自己的东西收拾好，或躺或坐在床上休息。他们散布在空床之间，像是沙滩上零星的贝壳。

穿红色棉服的女患者，坐在一个角落和家人视频聊天，喜悦之情溢于言表。

穿一整套粉红色棉睡衣睡裤的女患者，在往一个蓝色塑料箱里收拾自己的东西，旁边的行李箱已经装满。

年轻的应女士在病区里走来走去，像是在找人。见到复旦大学附属华

3月9日晚，在武汉市洪山体育馆武昌方舱医院，江西支援湖北医疗队员胡佩在熄灯后巡视，查看病人休息情况。（沈伯韩 摄）

山医院的曹晶磊后,立即给了她一个深深的、长长的拥抱。应女士在这里结交了不少新朋友,曹晶磊是她关系最好的姐妹之一。武昌方舱医院建好后,应女士即被收治,一直住到现在。如今,这一片病区20张病床上,只有她一个人。

50多岁的徐阿姨平时爱好唱歌,她说想给大家唱首歌。旁边的医护人员把平时用来在病区里喊话、通知事情的塑料小喇叭递了过来。她深吸一口气,对着小喇叭唱起《青藏高原》。歌声甜美,透过塑料喇叭扩音,带了点留声机放老唱片的质感。曲末高音,徐阿姨轻轻松松唱了上去,中气十足,引得大家连连鼓掌叫好。曲终,大家都想让她再唱一首,徐阿姨连连摆手。她抹了抹有些发湿的眼角,没有说话。

复旦大学附属华山医院的医护人员们早已离开,只有几名医护人员还在忙碌。把各项事宜都交代给了下一个班次的"战友",武汉大学人民医院医生江文洋结束了他在这里的最后一个夜班。他放松地斜躺在一张空空的病床上,双臂伸开,双脚垂地,如释重负。

距离病区出入口不远处的墙上,医护人员用装裱过的照片摆出了一颗心的形状,那是一些在这里接受过治疗的新冠肺炎患者和医护人员的照片。值最后一个夜班的武汉大学人民医院的管茜想要在其中找到自己的照片,可半天也没有找到。她摇了摇头,有些遗憾。

晚上10点,熄了灯。江西医疗队的护士胡佩和杨成带着灯巡视病区,查看患者们的情况。他们偶尔停下来,给患者叮嘱几句。

江西医疗队的护士李政嬙,借着台灯,在护士站忙着整理患者资料。3月10日,最后一批49名新冠肺炎患者就要出舱,运行了35天的武昌方舱医院将宣告正式休舱,武汉16家方舱医院也将完成它们的历史使命。

武汉大学人民医院的管茜,累得趴在了给患者送药的小车上。她的防护服后背上写着细细的字:"管茜加油。"

"明天我们武昌方舱医院就要休舱了,正好五个星期。刚开始,让我们多少有点想躲避的地方,突然间让我们感觉到留恋。留恋什么呢?里面的角角落落,都是我们亲手参与建设,或者一点点看着它发展起来的。……武昌方舱医院最后的夜晚,我们都会永远地铭记。"复旦大学附属华山医院支援武汉医疗队总指挥马昕在日记里写道。(沈伯韩)

最后的"方舱之夜"

春天脚步近了

2020年3月10日
习近平在湖北省考察新冠肺炎疫情防控工作

在抗击新冠肺炎疫情的关键时刻，中共中央总书记、国家主席、中央军委主席习近平10日专门赴湖北省武汉市考察疫情防控工作。他强调，湖北和武汉是这次疫情防控斗争的重中之重和决胜之地。经过艰苦努力，湖北和武汉疫情防控形势发生积极向好变化，取得阶段性重要成果，但疫情防控任务依然艰巨繁重。越是在这个时候，越是要保持头脑清醒，越是要慎终如始，越是要再接再厉、善作善成，继续把疫情防控作为当前头等大事和最重要的工作，不麻痹、不厌战、不松劲，毫不放松抓紧抓实抓细各项防控工作，坚决打赢湖北保卫战、武汉保卫战。

习近平指出，在这场严峻斗争中，湖北各级党组织和广大党员、干部冲锋在前、英勇奋战，全省医务工作者和援鄂医疗队员白衣执甲、逆行出征，人民解放军指战员闻令即动、勇挑重担，广大社区工作者、公安干警、基层干部、下沉干部、志愿者不惧风雨、坚守一线，广大群众众志成城、踊跃参与，涌现出一大批可歌可泣的先进典型和感人事迹。

习近平强调，在这场严峻斗争中，武汉人民识大体、顾大局，不畏艰险、顽强不屈，自觉服从疫情防控大局需要，主动投身疫情防控斗争，做出了重大贡献，让全国全世界看到了武汉人民的坚韧不拔、高风亮节。正是因为有了武汉人民的牺牲和奉献，有了武汉人民的坚持和努力，才有了今天疫情防控的积极向好态势。武汉人民用自己的实际行动，展现了中国力量、中国精神，彰显了中华民族同舟共济、守望相助的家国情怀。武汉不愧为英雄的城市，武汉人民不愧为英雄的人民，必将通过打赢这次抗击新冠肺炎疫情斗争再次被载入史册！全党全国各族人民都为你们而感动、而赞叹！党和人民感谢武汉人民！

习近平代表党中央，向湖北和武汉广大党员、干部、群众致以诚挚的问候，向奋战在疫情防控第一线的广大医务工作者、人民解放军指战员、社区工作者、公安干警、基层干部、下沉干部、志愿者以及各个方面的同志们表示崇高的敬意，向正在同病魔做斗争的患者及其家属、因公殉职人员家属、病亡者家属表示诚挚的慰问，向在这场疫情中不幸罹难的同胞、牺牲的一线工作人员表示深切的哀悼。

中共中央政治局常委、中央书记处书记王沪宁参加考察。

一下飞机，习近平就乘汽车前往集中收治重症患者的火神山医院。

在火神山医院指挥中心，习近平听取医院建设运行、患者收治、医务人员防护保障、科研攻关等情况介绍。习近平指出，疫情发生以来，包括军队在内的广大医务工作者发扬特别能吃苦、特别能战斗的精神，义无反顾奔赴湖北和武汉，毫无畏惧投入防控救治工作，日夜奋战，舍生忘死，不负重托，不辱使命，同时间赛跑，与病魔较量，为武汉疫情防控工作做出了重要贡献。军队医务人员牢记我军宗旨，招之即来，来之能战，战之能胜，为党旗、军旗增添了光彩。沧海横流，方显英雄本色。你们真正做到了救死扶伤、大爱无疆。你们是光明的使者、希望的使者，是最美的天使，是真正的英雄！党和人民感谢你们！

习近平通过远程会诊平台，同正在病区工作的医务人员代表视频连线，询问工作和保障情况。习近平强调，一线的医务工作者最辛苦，承受着难以想象的身体和心理压力，许多同志脸上和手上被磨出了血，令人感动，是新时代最可爱的人。我向你们表示崇高的敬意！习近平叮嘱广大医务人员加强自我防护、抓住机会休息，既敢于斗争又善于斗争。有关部门要落实好防护物资、生活物资保障，落实好工资待遇、临时性工资补助、卫生防疫津贴待遇，尽快出台关心关爱一线医务人员的政策措施，帮助大家解除后顾之忧，确保大家以饱满的精神状态投入到工作中。

习近平又连线感染科病房，同正在接受治疗的患者交流，了解他们的病情和治疗情况，得知他们得到有效治疗、病情都在好转，他感到很欣慰。习近平指出，疫情发生以来，党中央一开始就明确要求把人民群众生命安全和身体健康放在第一位，党中央采取的所有防控措施都首先考虑尽最大努力防止更多群众被感染，尽最大可能挽救更多患者生命。全国人民都在关心关注着你们。医务人员要竭尽所能为大家提供治疗，各方面要关心被感染的群众，照顾好他们的家人，让患者安心接受治疗。大家也要树立必胜信心，保持乐观向上的精神状态，主动听从医嘱，积极配合治疗，这有助于战胜病魔。习近平祝他们早日康复！

在医院办公楼外广场，习近平接见了湖北省当地和军队、外地支援湖北医护人员代表。习近平指出，在湖北和武汉人民遭受疫情打击的关键关头，广大医务工作者坚韧不拔、顽强拼搏、无私奉献，展现了医者仁心的崇高精神，展现了新时代医务工作者的良好形象，感动了中国，感动了世界。当前，疫情蔓延扩散势头已经得到基本遏制，防控形势逐步向好。这是全党全国全社会共同努力、团结奋斗的结果，你们是最大的功臣，党和人民要给你们记头功。党中央和各方面将一如既往大力支持湖北和武汉抗击疫情工作，一如既往全力提供医疗物资支援，一如既往为大家解除后顾之忧。党中央和全国人民永远同你们在一起，永远是你们的坚强后盾！在疫情防控斗争进入关键阶段，气可鼓不可泄。要一鼓作气，咬紧牙关，坚持到底，扛得住，守得住，不能前功尽弃。医务人员健康是战胜疫情的重要保障。很多同志在这里奋战一个多月了，很辛苦、很疲劳，希望你们注意休息，保证营养，保重身体。有关方面要改善大家工作生活条件，落实好各项防护保障措施，加强轮换和休整，尽最大努力确保一线医务人员健康和安全。

离开火神山医院，习近平来到东湖新城社区，实地察看社区卫生防疫、社区服务、群众生活保障等情况。疫情发生以来，社区累计确诊新冠肺炎患者32人，通过封闭式管控和实施网格化管理，半个多月来保持无新增确诊病例。见到总书记来了，在家隔离居住的居民纷纷从阳台和窗户向总书记挥手高声问好，习近平频频向大家挥手致意、表示慰问。

在社区生活物资集中配送点，习近平详细询问米面粮油和新鲜蔬菜水果等生活物资的采购和供应情况，强调要千方百计保障好群众基本生活。在察看社区警务室、卫生服务站、物业中心等运行情况后，习近平来到社区党群服务中心，了解社区实行网格化管理、联防联控、群防群治工作情况，对他们的工作表示肯定。

在社区党群服务中心，习近平同社区工作者、基层民警、卫生服务站医生、下沉干部、志愿者等亲切交流。习近平强调，社区作为防控的最前线，肩负的任务十分繁重，参与社区防控工作的同志们工作十分辛苦。大家夜以继日、不辞辛劳、默默付出，悉心为群众服务，为遏制疫情扩散蔓延、保障群众生活做出了重要贡献，展现了武汉党员、干部不怕牺牲、勇于担当、顾全大局、甘于奉献的精神。抗击疫情有两个阵地，一个是医院救死扶伤阵地，一个是社区防控阵地。坚持不懈做好疫情防控工作关键靠社区。要充分发挥社区在疫情防控中的重要作用，充分发挥基层党组织战斗堡垒作用和党员先锋模范作用，防控力量要向社区下沉，加强社区防控措施的落实，使所有社区成为疫情防控的坚强堡垒。打赢疫情防控人民战争要紧紧依靠人民。要做好深入细致的群众工作，把群众发动起来，构筑起群防群控的人民防线。

实地考察结束后，习近平主持召开会议，听取中央指导组、湖北省委和省政府关于疫情防控工作汇报。

听取汇报后，习近平发表了重要讲话。习近平强调，新冠肺炎疫情发生以来，党中央高度重视，重点支持湖北和武汉疫情防控工作，采取最全面、最严格、最彻底的防控举措，坚决遏制疫情扩散蔓延势头。人民解放军、中央和国家部委、各省区市鼎力相助、火线驰援，打响了疫情防控的人民战争、总体战、阻击战。经过艰苦努力，湖北和武汉疫情防控形势发生积极向好变化，取得阶段性重要成果，初步实现了稳定局势、扭转局面的目标。当前，湖北和武汉疫情防控任务依然艰巨繁重。各级党组织和广大党员、干部要不忘初心、牢记使命，扛起责任、经受考验，以更严作风、更实举措把党中央决策部署落实落地。

习近平指出，要把医疗救治工作摆在第一位，在科学精准救治上下功夫，最大限度提高治愈率、降低病亡率。要进一步落实"四集中"措施，集中优势医疗资源和技术力量救治患者，加快推广应用已经研发和筛选的有效药物，提升救治水平。要加强医疗防控物资生产、供应、调配，做好出院患者康复医疗工作。要加强医护力量和医疗资源统筹，兼顾其他患者的日常就医需求，逐步恢复正常医疗秩序。

习近平强调，打赢疫情防控阻击战，重点在"防"。现在到了关键的时候，必须咬紧牙关坚持下去。要紧紧依靠人民群众，充分发动人民群众，提高群众自我服务、自我防护能力。要加强进出人员管理，深入开展流行病学调查工作。要保持内防扩散、外防输出的防控策略，同时要在做好健康管理、落实防控措施的前提下，采取"点对点、一站式"的办法，集中精准输送务工人员安全返岗，帮助外地滞留在鄂人员安全有序返乡。

习近平指出，要加大对医疗力量薄弱市州的支持力度，发挥高水平专家团队的作用，探索巡回诊疗、远程会诊等有效做法，促进优质医疗资源下沉。要改善农村医疗卫生条件，加强农村医务人员和基层干部培训，提供必要的防护物资。要发动群众开展环境卫生专项整治，教育引导群众养成良好卫生习惯和生活方式。

习近平强调，民生稳，人心就稳，社会就稳。湖北和武汉等疫情严重地方的群众自我隔离了这么长时间，有些情绪宣泄，要理解、宽容、包容，继续加大各方面工作力度。要充分考虑群众基本生活需求，密切监测市场供需和价格动态，保障米面粮油、肉禽蛋奶等生活必需品供应。对因疫情防控在家隔离的孤寡老人、困难儿童、特困人员、残疾人等特殊群体，要落实包保联系人，加强走访探视，及时提供必要帮助。要加强心理疏导和心理干预，尤其是要加强对患者及其家属、病亡者家属等的心理疏导工作。要加强舆论引导，营造强信心、暖人心、聚民心的舆论氛围。要坚持依法防控，加强社会面管控，妥善处理疫情防控中可能出现的各类问题，维护社会大局稳定。

习近平指出，这次疫情，短期内会给湖北经济社会发展带来阵痛，但不会影响经济稳中向好、长期向好的基本面。要在加强防控的前提下，采取差异化策略，适时启动分区分级、分类分时、有条件的复工复产。要落实落细国家出台的一系列支持政策，有针对性地开展援企、稳岗、扩就业等工作，强化"六稳"举措，统筹抓好春耕生产、农民就业增收等工作，坚决抓好脱贫攻坚各项任务。中央和国家机关各部委要继续加大对湖北的支持力度，帮助湖北解决实际困难和具体问题，早日全面步入正常轨道。

习近平强调，这次新冠肺炎疫情防控，是对治理体系和治理能力的一次大考，既有经验，也有教训。要放眼长远，总结经验教训，加快补齐治理体系的短板和弱项，为保障人民生命安全和身体健康筑牢制度防线。要着力完善城市治理体系和城乡基层治理体系，树立"全周期管理"意识，努力探索超大城市现代化治理新路子。

习近平指出，我们党在内忧外患中诞生，在磨难挫折中成长，在攻坚克难中壮大。敢于斗争、敢于胜利，是中国共产党人鲜明的政治品格，也是我们的政治优势。各级党组织和广大党员、干部要不忘初心、牢记使命，扛起责任、经受考验，在这场大考中磨砺责任担当之勇、科学防控之智、统筹兼顾之谋、组织实施之能，做到守土有责、守土有方。要坚决反对形式主义、官僚主义，让基层干部把更多精力投入到疫情防控第一线。要激励广大党员、干部在危难时刻挺身而出、英勇奋斗，在大战中践行初心使命，在大考中交出合格答卷。

会议以电视电话会议形式召开，湖北省13个市州和4个省直辖县级行政单位设分会场，各地党政主要负责同志、相关部门主要负责同志和外地支援各市州医疗队领队参加。丁薛祥、张又侠和军队有关部门负责同志陪同考察。

（新华社3月10日通稿）

春到武汉城

16家"方舱"靠岸停泊

安全"摆渡"了1.2万余名新冠肺炎患者之后,武汉16家方舱医院陆续结束"航程",靠岸停泊。

3月10日,武昌方舱医院正式休舱——从2月5日首批方舱医院经过紧急改造后投入使用,到3月10日武昌方舱医院作为最后一家方舱医院休舱,30多天里,一个个"方舱",就是疫情防控中一艘艘承载希望的"生命方舟"。

疫情蔓延之际,由于医疗资源有限,大量确诊病人一度无法及时住院、难以收治。他们的每次寻医问诊,也被动成了一个个的"移动传染源"。确诊人数快速增长,定点医院"一床难求",怎么办?应对当时的状况,中央做出了建设方舱医院的决定,成为力挽狂澜的关键——方舱医院建好了,病人及时收治了,人心安定了,治疗慢慢跟上了,形势也就一点点好起来了。

一个个火速建设的方舱医院,成为与病魔竞速、争分夺秒抢救生命的一个个缩影,以及扭转"战局"的关键。

"方舱医院,用最快的速度、最小的社会成本,达到了迅速、大幅度扩大收治容量的目的。"这是王辰院士的评价。

这里,交出了一份这样的"答卷":收治逾1.2万名患者;武汉每4名确诊患者中,就有一名在这里接受治疗;实现了"患者零死亡、医护零感染"目标。

一个个数字背后,是一个个鲜活的生命,更是一个个免于支离破碎的家庭。我曾先后5次探访方舱医院,见证了一线战"疫"的坚韧,同样见证了"方舱"中的生命守望、希望之光。

首次探访是2月11日,那是首批方舱医院之一——武昌方舱医院启用6天后,首批28名患者康复出院。

治愈患者张凤玲的身影刚出现,9岁的儿子就看到了她,连连向她挥手。这个小男孩提前一个多小时就在医院外等候,他的脸庞,被微寒的风吹得泛红,"妈妈,我和爸爸来接你回家……"

那一天起,各方舱医院几乎每天都有患者出院的消息传来。"这证明了方舱医院的治疗效果,也打消了患者以及外界的疑虑。"武昌方舱医院院长万军说。

从那一天起,我多次前往方舱医院采访,近距离感知那一艘艘"生命方舟"。

——探访"方舱",见证无畏。方舱医院中的医生、护士,多是主动"请战"前来;来自全国的94支、8000多医务人员"逆行"驰援,在"方舱"中"乘风破浪"。

一次,我穿上防护服,在跟随医护人员一同进舱的路上,问护士长郑红:传染性这么强,怕不怕?她扶了扶护目镜说,"没事,习惯了"。没有豪言壮语,但满是坚定。

——探访"方舱",见证情义。从东北到湖北,跨越半个中国,"郭明义爱心团队"立德树人分队组织6辆大巴,载上数十吨水果、鸡蛋,历经30多个小时的长途跋涉,驰援武汉。在方舱医院卸下一批物资后,志愿者赵鹏飞说,所有的辛苦都值得,"希望医护人员平安、患者早日康复"。

异乡坚守,吃上产自家乡的南果梨,辽宁省国家紧急医学救援队队员王海旭感慨,"真甜"。

——探访"方舱",见证乐观与勇气。这里,是治疗之地,亦是希望萌生之地。这里提供了一方庇护之地,让许多患者从最初的慌乱中平静下来——有人在这里成为"读书哥""魔方姑娘",有人用纸片拼起"信心树",也有人跳起广场舞……

11岁的小姑娘刘嘉宇拿起了画板,画下身边的医护人员、民警、志愿者等。"三八"妇女节那天,我又一次走进方舱医院时,看到她送给医护人员一幅画。旁边,写着7个娟秀的字——"致敬了不起的你"。

3月10日,"方舱"抵岸。

有人在出舱时流下泪水,晶莹中,有着欣喜,更有着感动与感激。

有人转身与医护人员拥抱——是你们,用生命守护生命。

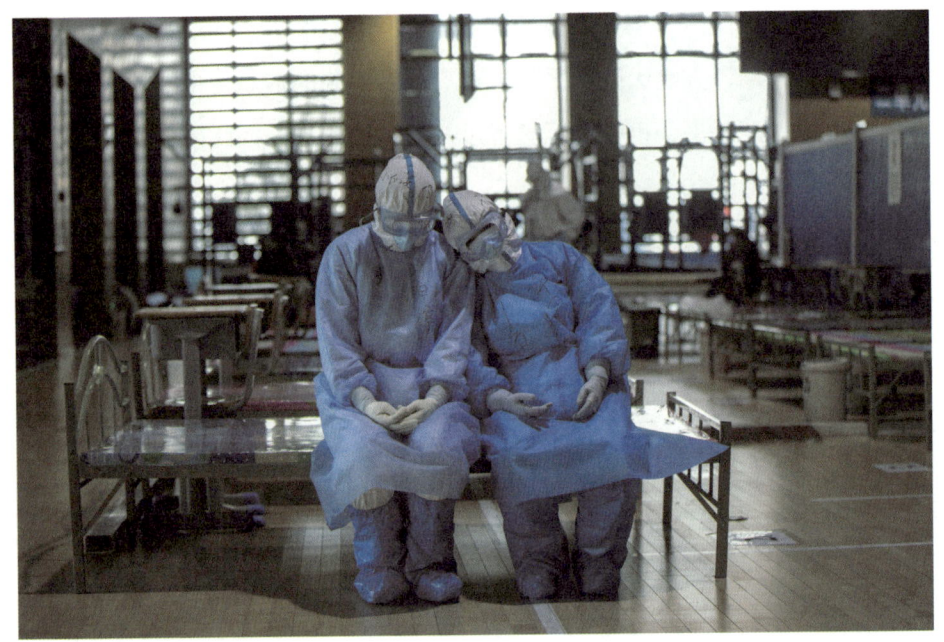

3月10日,在武昌方舱医院,两名青海医疗队队员等待出舱时小憩。(费茂华 摄)

也有医生笑着挥动方舱医院颁予的纪念证书,薄薄的一页纸,所承载的,全是与疫情鏖战的荣光……

治愈患者向女士,举起手机,拍下经过出舱通道时看到的两句话——一句是"希望如约而至的不止春天,还有疫情过后平安的你";另一句是"这世上有一千种等待,最好的那一种,叫来日可期"。

推开出舱通道尽头的那扇门,迎面而来的,是春天。(梁建强)

扫码收看

方舱彼岸 春暖花开

2020年3月11日
疫情防控阻击战的关键时刻

3月10日,武昌方舱医院最后一批患者出院。至此,武汉方舱医院全部休舱。

历经两个多月艰苦奋战,在决战决胜之地湖北和武汉,战"疫"取得积极进展,但疫情防控任务依然艰巨繁重。截至此时,湖北省在院患者还有1.3万余人,重症危重症还有4000多例。

"要一鼓作气,咬紧牙关,坚持到底。"3月10日,习近平总书记专门赴湖北省武汉市考察疫情防控工作,指引方向,坚定意志。

一组组升降的数字,记录着来之不易的阶段性战果:

2月19日,湖北新增出院人数首次超过新增确诊人数,次日武汉也迎来这一交叉点;

3月4日,湖北新冠肺炎治愈率升至约60%,武汉治愈率超过50%;

3月5日以来,湖北除武汉外连续实现无新增确诊人数。6日,武汉新增确诊人数从高峰时的数千例,降至两位数。

一幕幕出院场景,令人百感交集:

"除了感谢还是感谢!你们给了我第二次生命……"3月7日,准备出院的柯先生向医护人员深深鞠躬。曾经病重的他,一度"不能动,水都不能喝",在绝望中交代后事。

"没想到我的母亲能出来!"3月1日,54岁的丁女士与98岁的老母亲同时从武汉雷神山医院治愈出院,泪水满眶。

在党中央坚强领导和号召下,无数平凡人挺身而出,在艰苦卓绝的战"疫"斗争中践行初心使命,绽放时代精神光芒。

"不计报酬、无论生死!""我是党员,我先上!"……一封封请战书、一个个红手印，见证白衣执甲，逆行出征。

通行证明上，车牌号一栏写着"自行车"。为争分夺秒返岗，武汉市江夏区"90后"社区医生甘如意，历经4天3夜，骑行300公里，从荆州返回岗位……

战"疫"全国一盘棋。来自全国各地和军队的4万多名医务人员与湖北和武汉的同仁并肩携手，点亮生命之光。

用生命守护生命。超过3000名医护人员感染新冠肺炎，刘智明、夏思思等医护人员以身殉职。

用真心回馈真心。出院时，病患一步一谢，最想看看医生、护士们脸庞的心愿，是对白衣天使最大的肯定。

"患者需要我们，国家需要我们，疫情不退我们不退。"坚守武汉客厅

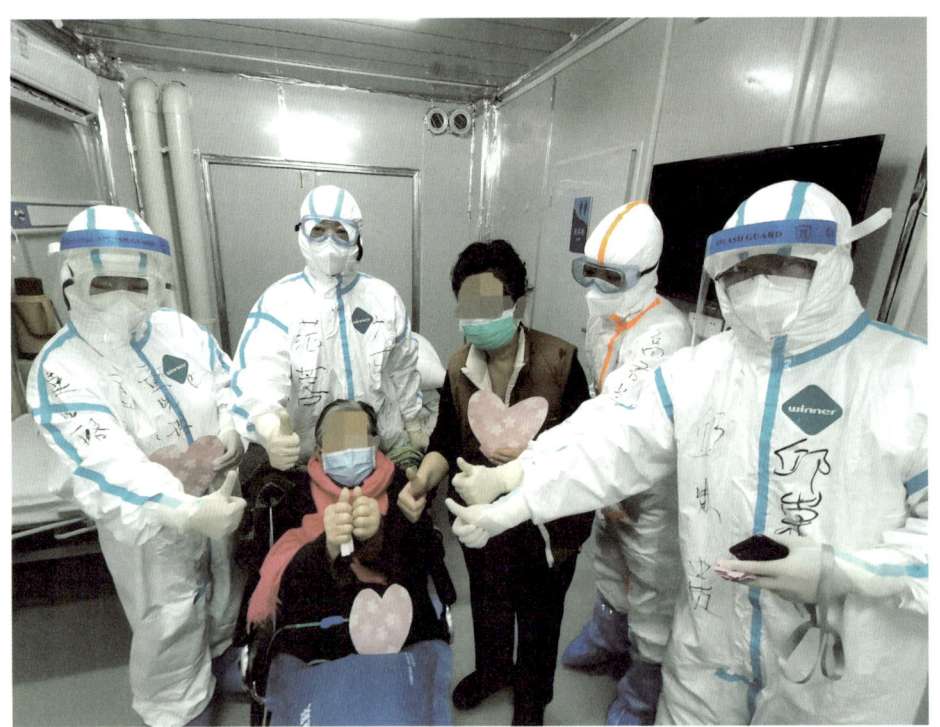

3月1日，98岁的新冠肺炎危重症患者胡婆婆（坐轮椅者）和女儿出院时，与武汉雷神山医院医护人员合影。（高翔 摄）

方舱医院,山东省济南市第一人民医院重症监护室副护士长王春霞如是说。

一道道难关闯过,一块块"硬骨头"啃下,一个个看似"不可能完成的任务"一步步成为现实——

火神山、雷神山医院拔地而起;方舱医院迅速启用;每天增加3000张病床,一个月建设完成的病床数相当于60家三级医院……

累计排查核查1315万余人次,累计追踪密切接触者27.4万余人,转运收治"四类人员"8.2万余人次……

抓住救治和阻隔"两大关键环节",推进筛查甄别、小区封闭管理、公共区域管控"三个全覆盖",形成数据信息和收治工作"两个闭环"……

艰难奋战中,湖北战局步步扭转!

着力实现早收早检、早诊早治,湖北和武汉治愈率显著提高、病亡率显著降低。近10多天来,省外地区没有再出现来自湖北的病例。

慎终如始,善作善成。越是关键时刻,越是要保持头脑清醒,毫不放松抓紧抓实抓细各项疫情防控工作。

——把医疗救治工作摆在第一位。

经历一个月生死一线,3月10日11时,同济医院中法新城院区一名重症患者成功撤离ECMO,1小时后又成功摘掉呼吸机。这是湖北目前成功脱离ECMO的患者中病情最重的一位。

武汉新冠肺炎患者救治的主战场集中在定点医院,广大医护人员仍在奋力救治每一位患者,最大限度提高治愈率、降低病亡率。

——提高群众自我服务、自我防护能力。

在武汉光谷关东街、佛祖岭街、九峰街及花山街,社区利用"机器人"随访系统自动拨打辖区居民电话,询问记录住户发热、接触史等数据,生成表格,反馈给社区。

大数据、人工智能等新技术、新手段正为决战决胜添砖加瓦。超110万次的呼叫,43万余次的防疫宣传短信通知,全力让防疫不留死角。

每天清晨,武昌区钢苑小区志愿者杨磊早早地等在社区附近的超市前,帮助群众选购、配送各种物资。"累是累点,但能帮上大家,还是很开心的。"

目前,50多万名各类志愿者,正活跃在荆楚大地。

"无疫情社区、小区和村"创建正在大力开展。截至3月8日16时,武汉市已有无疫情小区3021个,占小区总数的42.5%。

——力戒形式主义、官僚主义。

目前,湖北共有10995家机关企事业单位包保联系27345个社区(村),58万余名党员干部下沉一线投身防控工作。

对于失职失责人员,湖北加大问责力度。截至3月7日,湖北省各级纪检监察机关共查处新冠肺炎疫情防控中违纪违规问题8715个,党纪政务处分2485人,其中厅局级6人,县处级76人,乡科级及以下2405人。

——在加强防控前提下,适时启动复工复产。

"红码黄码请隔离,绿码体温无恙请通行……"3月10日,"湖北健康码"推出,为落实差异化防控策略,推进企业复工复产和人员安全有序流动贡献"数字智慧"。

在湖北多地,一手抓生产、一手抓疫情防控,做到两不误,已经提上议事日程。

经湖北省疾控中心组织专家评估,截至目前,湖北省低风险县市增至45个,中风险县市18个,高风险县市降至13个。分区分级发放人员"健康码",已发放"绿码"2000万人左右。

一鼓作气,不胜不休!(邹伟)

扫码收看

疫情防控人民战争,我们这样打

2020年3月12日
春天的脚步近了

腊尽春来，朝阳在宽阔的江面升起，越过耸天入云的大厦，照亮这座薄雾笼罩的城市。

3月12日，植树节。

这一天，"种一棵希望之树"网络植树活动在武汉开展。

遥望临街的新绿，市民魏昌芸点开网络页面，为还在"康复驿站"隔离留观的丈夫和公公"种"下三棵平安树，静候一个关于春天的佳音。

逾40天，武汉这座千万级人口的大都市关停九省通衢的高铁网络，封锁1400多个社区，暂闭了遍布两江四岸的历史文化名胜。阴霾笼罩荆楚大地，一层黑色的幕布重重压在近千万市民的心头。刚刚过去的冬季，是所有人心中最漫长、最难熬的寒冬——

生死攸关，看不见的敌人无孔不入、肆意横行。全市医院发热门诊人山人海，病房人满为患，医护人员精疲力竭。ICU病房满床，医护人员与死神赛跑，分秒必争。

"有一阵子，我觉得自己快抑郁了。"武汉大学中南医院重症医学科的年轻医生杨晓说，学医的人，谁不想救死扶伤，但有时却无力回天。疫情暴发初期，她的内心受到空前震撼。

除夕之夜。约900万武汉市民响应号召，"宅"在家中。一扇扇紧闭的家门后，是无数市民的隐忍和坚守；一家家敞开的医院内，是与疫魔搏斗的勇敢和坚强。

最难挨的，还有奋战在抗疫一线的医护人员。

来自辽宁的"90后"护士金钰在武汉协和江北医院ICU病房连续奋战一个半月。她说，有时经她拼命抢救的患者未能扛过病毒的吞噬，有时护理了一个月的病人终于有了意识、含泪握住她的手，在武汉，她经历了人生中最跌宕的大起大落、最难言的悲喜交加。

2月23日清晨，白衣战士夏思思走了，年轻的生命永远定格在29岁。夏思思的工位上，一束束菊花，清寒傲雪，一只只千纸鹤，寄满哀思。

还有刘智明、彭银华……他们用生命来融化这座冰封的城市，而他们的战友拭干满眼的泪水，继续接力。一批批白衣战士穿云破雾，从远方飞奔而至，从疫魔手中拼抢生命，传递果敢的决心、必胜的信念。

340多支医疗队、总计4.2万名医疗队员奔赴战场。

白色是圣洁，蓝色是博大。在火神山、雷神山、定点医院、方舱医院、隔离点……白蓝相间的防护服层层包裹着的身影，给无数患者以生的希望、活的尊严。

"我们长大了，可以让国家放心！"1996年出生、两次请战，四川支援湖北医疗队员佘沙说，"汶川地震时，全国各省市都来援助我们，现在我们也以同样的心情，回馈湖北。"

截至3月11日，武汉市累计报告新冠肺炎确诊病例49986例，累计治愈出院34094例。3.4万个家庭获得重生与团聚。

春芽萌动，秀丽的迎春花穿越栅栏，爬上阳光倾泻而下的医院墙面。

"他们戴着口罩、穿着防护服，每次只能看到一双眼睛，但是带给我信心和力量。"死里逃生的67岁患者周莉萍说。

在每一天"无面之交"的携手拼搏中，患者唯有从纯白色防护服上手写的姓名、手绘的涂鸦和被雾气模糊的目光中辨认"最可爱的人"。

遮不住的，是饱含深情的眼神；隔不断的，是守望相助的力量；封不了的，是涓涓爱意的暖流。

武汉，这座坚强不屈的历史名城被按下了"暂停键"，但城中人自发地成为通往光明的"摆渡人"。

"其实我并不是一开始就勇敢，但我们必须一起陪伴这座城市慢慢变好。"青年志愿者杨雪说，在组织"守护天使"车队一次次送医护人员上下班的途中，

四 春天脚步近了

武汉东湖磨山樱园里的樱花逐渐盛开,带来春天的气息。(程敏 摄)

身边每一位普通工作者鼓舞、感染着她。

免费为医护人员烹饪盒饭的"雨衣妹妹"刘仙、四处奔波帮社区居民采购药品的"药袋哥"丰枫……

萤火汇聚成星河,一个个侠肝义胆的故事广为传颂,一位位凡人英雄成为"网红"。

无数眼神凝望、无数力量汇集、无数暖流涌动,穿过厚重的隔离、穿越封锁的围栏、穿透冰封的城市,流淌至城市的最深处,直抵勃勃跳动的城市心脏。

了不起的人,撑起一座了不起的城。

"不服周"的武汉市民从有限的物资中,变出无限的花样,掰扯着过往每一个苦涩难耐的日子,也开始盘算着如何敞开怀抱迎接来之不易的新春。

12日,国家卫健委表示,我国本轮疫情流行高峰已过去。

同样在这一天,湖北新增确诊新冠肺炎病例数首降至个位数。

此时,武汉16座"生命之舟"已完成使命,全部"休舱"。

方舱"读书哥"出院了,他心无旁骛的阅读姿态,曾让无数人心头一暖、为之振奋。

江汉大学老师王飞还在隔离点,捧着手机里的备课资料,扛着轻症的身体,坚持为学生们网上授课中国近代史。

老人手指夕阳、医生驻足眺望,余晖下的身影,让人刻骨铭心……

春天的脚步近了,更近了。

目之所及,裸露的黄色土地生出鲜绿的嫩芽,俏丽的花苞爬上遒劲的灰色树枝。

东湖之滨,次第盛放的花海似在酝酿一场盛大的送别与新生。

希望的种子在这片富饶的土地生根发芽。舒枝展叶,绿树成荫,总会有时。

杨晓医生发了一条朋友圈——5张图片、5个鲜绿的植株,配文"春来了"。

(喻珮)

扫码收看

这个春天,期待已久

2020年3月13日
打好后勤保卫战

民生稳，人心就稳，社会就稳。

新冠肺炎疫情阻击战有两大战场，一个战场在医疗机构，一个战场在基层社区。3月13日，武汉"封城"已有50多天，许多群众在严格的封控管理下，基本生活和身心健康面临许多困难和挑战，在艰巨繁重的疫情防控工作中做好民生保障，考验着各级政府联系群众、服务群众的能力和水平。

3月11日，武汉市青山区钢都花园用垃圾车运送平价爱心肉，引起轩然大波，反映出群众在长时间封闭下生活保障不足、心理情绪较大等问题。

群众的难点和痛点，就是党委政府工作的着力点和落脚点。

习近平总书记在湖北考察疫情防控工作时强调，要千方百计保障好群众基本生活。湖北省逐一明确责任单位，细化措施，党员干部进社区、进农村，查热线、听民声、解民忧；各级政府和相关部门努力做好居民生活保障服务，加强心理疏导和心理干预，努力维护群众身心健康。

吃喝有保障，大家就不那么慌了。

武汉三镇小区封闭管理后，保障千万居民日常生活挑战巨大，诸多问题紧随而来。

打好武汉保卫战，必须打好后勤保障战。

武汉市民的"菜篮子""米袋子"有没有保障？价格是否平稳？这段时间，新华社记者多次前往供应武汉市七成左右蔬菜和水产品的白沙洲大市场，看着满载着新鲜蔬菜的卡车有序入场，蔬菜区六成商户档口开门营业。武汉白沙洲农副产品大市场有限公司行政总监郑荣秀说，当前整个大市场里滚动储存达3500吨以上，蔬菜、水产品等供应充足。

商务部门强化物资组织调运,保障物资正常供应。截至 12 日,湖北省成品粮储备 49.6 万吨,食用油储备 16 万吨,分别比 1 月底增加 91% 和 75%,可满足全省城镇人口消费 41 天。全省猪肉储备 1.9 万吨,可保障 20 天销售。3 月以来,粮油肉禽蛋菜价格有所回落。

市场供应充裕,畅通物资配送的"最后一百米"成了重中之重,由于社区人手十分有限且多为女同志,送菜送货这样的活大多是志愿者和下沉干部承担。3 月 12 日,在江岸区花惠社区当志愿者的湖北信通通信有限公司员工孙敏为 30 多位空巢老人、困难群众送去 35 份"爱心菜"。40 多天来,他和社区干部一起,为 361 户小区居民守门栋、代购药品、搬运团购菜、分发"爱心菜",忙得不可开交。

近期,"线上下单+社区团购+配送到小区"的生活物资供应模式应急而生。生活必需品保障主要采取电商配送、商超团购、生鲜直通车、对口支援、蔬菜直供等五种模式。

3 月 13 日,首批 100 吨调配自湖北省咸宁市的活鱼运抵武汉,直接送到硚口区 11 个街道下辖社区。(程敏 摄)

为确保群众吃得起、吃得放心，武汉重拳出击，及时查处了武汉土家二妹餐饮服务有限公司哄抬价格等违法违规行为。

不少市民表示，这几天通过网购买到了许久吃不到的活鱼、虾，物流慢慢恢复了，最难的时候已经过去了。

社区是防控和生活保障的最前线，任务繁重。武汉市江汉区北湖街德望社区出现多起确诊病例。社区党委书记感染确诊，副书记出现疑似症状，一名党委委员是密切接触者被隔离。一段时间，社区5600多人的疫情防控全靠居委会副主任熊威带领8名社区工作者承担，十分吃紧。区里和街道的30多位党员干部下沉到德望社区后，他们当起社区楼栋"守门员"、小区居民"采购员"。熊威说："党员干部下沉社区，可帮我们大忙了。"

疫情发生后，湖北全省10995家机关企事业单位包保联系27345个社区（村），58万余名党员干部下沉社区（村）。湖北明确由5774家牵头单位统筹下沉党员和居住地报到党员等，组建13048个临时党组织，将下沉党员全部编入45469个网格、86738个村组。全省17658个驻村扶贫工作队就地转为疫情防控工作队。（王贤）

扫码收看

今天，20万斤活鱼运至武汉

2020年3月14日
部分医院回归正常

医院是抗击疫情重要战场。一段时间以来,武汉一批医院陆续被用作集中收治新冠肺炎患者的定点救治医院,病房被改造、人员被抽调,正常诊疗秩序被打破,非新冠肺炎患者就诊难题逐步凸显。

在3月12日湖北省新型冠状病毒肺炎疫情防控工作指挥部召开的新闻发布会上,有记者提问,很多非新冠肺炎患者特别是一些重症患者急需就医,对此作何安排?武汉市新冠肺炎疫情防控指挥部医疗救治组医疗组组长白祥军回应说,计划分期分批把50多家定点医院向医疗资源丰富的10家定点医院集中,腾出医院,恢复正常医疗秩序。

作为抗击疫情重要战场的医院,能够开始回归正常,背景就是"新冠肺炎疫情防控正朝着积极向好方向转变,普通患者就医需求越来越突出"。就在举行这场发布会的前一天,武汉市新增确诊病例首次降至个位数。

医院秩序恢复进展如何?患者感受如何?医护人员状态怎样?带着这些问题,我走访了部分三甲医院。

3月14日上午8点半,我来到湖北省中医院花园山院区,院区办公楼古香古色、风格别致。我在门诊楼前看到,门口已有五六位患者戴着口罩、保持1米左右的距离排队等候就诊。医护人员身着防护服,手拿体温枪,依次叫号。随后病人还需进行体温、血常规和胸部CT检查,然后才能看病。

中医院院长何绍斌介绍,医院急诊业务一直在运行,随着花园山院区新冠肺炎患者清零,经过严格消杀处理后,陆续恢复普通门诊。为防止交叉感染,医院实行预约制,让患者分时段错峰就医,在门诊和急诊都进行CT和核酸检测,发现疑似病人,马上转走。对住院患者,入院前三天,每人一间病房,3天后没有症状再合并。这段时间,受小区封锁、交通暂停限制,来医院就诊

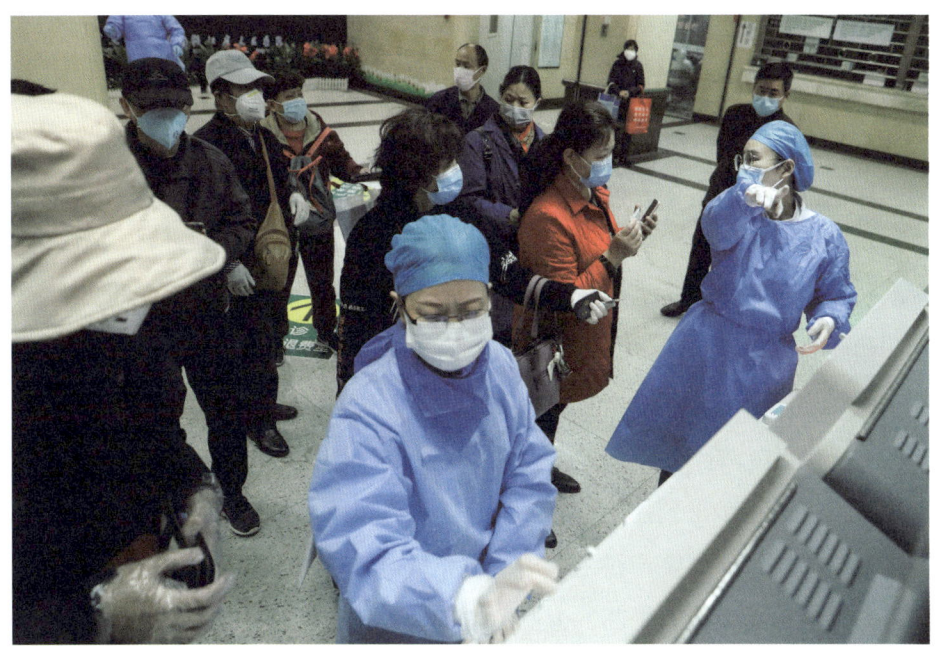

在武汉大学人民医院门诊大厅,医务人员协助患者在自动取号机上领取预约号。非新冠门诊逐步有序恢复。(沈伯韩 摄)

的多是慢性重症病人。这些患者需要经过社区同意才能出门,门诊患者没有出现大规模增加,每天就诊量约400人左右,大概是平时1/10左右。

在武汉大学人民医院门诊楼前,患者进进出出,秩序井然。陪妻子来就诊的王先生说,妻子心脏有些问题,此前没有办法及时治疗,最近看到医院恢复门诊,他赶紧向社区申请,很快社区就专门派车把他们送到这里看病。"昨天已经来了两趟,今天过来拿检查结果,开点药,心里也踏实多了,感觉很顺利。"

门诊管理服务部主任孙璇介绍说,疫情期间,人民医院一直有部分门诊开放。3月6日以来,随着疫情防控形势好转,更多门诊开始恢复。为防止交叉感染,医院严格执行分时段预约制度,患者就诊前需要进行体温、血常规、胸部CT检查,保持一医一患一室。与中医院类似,门诊量大概也为平时1/10,每天600人左右。

疫情期间，很多经济社会活动转移到线上，医疗机构也不例外。武汉不少医院互联网业务都在迅速发展，极大满足了市民求医问诊需求。孙璇说，截至3月12日，武汉大学人民医院互联网医院线上注册医生人数已有391人，患者注册人数共计25337人，很多患者足不出户就可以看病、拿药。

协和医院院区内，心血管内科、肿瘤科、心血管外科、泌尿外科、风湿科、肾病科、血液科、神经内科、消化内科、内分泌科、皮肤科等诊室均有患者就诊。据门诊办公室主任袁莉介绍，医院已有近2/3科室恢复接诊。

疫情期间，部分武汉医院一直正常运行，为特殊人群提供健康保障。29岁的武汉市民方洁怀孕近39周。前期她担心外出影响胎儿，耽误了几次产检，现在感觉疫情逐步得到控制，就联系社区志愿车队来到武汉市妇幼保健院检查。武汉市妇幼保健院产科主任周洁琼介绍，新冠肺炎疫情发生后，该院专家及普通门诊一直没有中断，为避免孕产妇在就诊过程中感染，医院也推出线上问诊服务，并对每名入院孕产妇及家属进行严格体温筛查。

武汉医院开始恢复非新冠门诊，意味着疫情逐渐得到控制，是疫情防控向好的重要信号，也是整个社会恢复常态的重要一步。（王海洋）

武汉部分医院已恢复非新冠门诊

"战友"相隔 11 年的见面

两张特殊时期的合影,奇妙的缘分,将河南与湖北紧紧相连。

这张特殊的 3 人合影,拍摄于 3 月 14 日,武汉大学人民医院东院区。

照片中的 3 人分别是河南省第十一批援鄂医疗队队长、商丘市第一人民医院院长韩传恩,武汉大学人民医院儿科护士李婷、董娟。

11 年前的 2009 年,3 个人还有另一张合影。

当年,河南省商丘市出现手足口病,武汉大学人民医院儿科护士李婷、董娟,加入到国家专家团队,赶赴商丘第一人民医院支援。为了救治患儿,她们日夜拼搏,实现患儿零死亡,很快扭转了商丘在手足口病重症救治上的被动局面。为了纪念这段难忘的"战斗"岁月,3 个人拍下一张珍贵的合影。

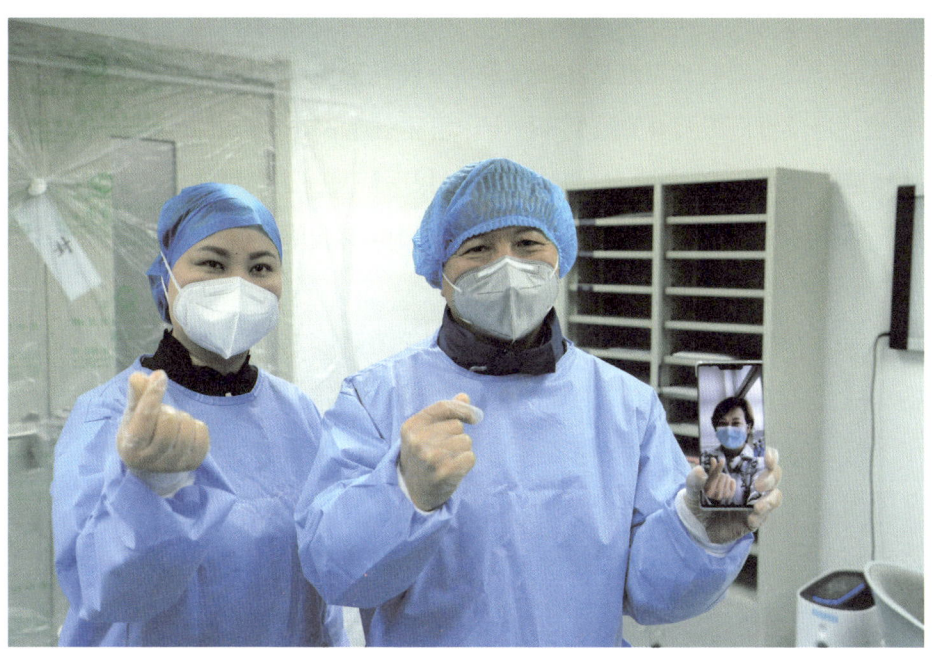

韩传恩(中)、李婷(左)和董娟进行视频合影。(邹亚琴 摄)

11年前的"战友"合照。2009年,韩传恩与李婷、董娟合影。(邹亚琴 摄)

11年后,新冠肺炎疫情在武汉暴发,韩传恩第一时间提出申请,挑选出60位优秀的重症医学科的医生和护士,组建医疗队支援湖北。

这些医护人员,几乎是商丘市第一人民医院重症医学科的全部"家底"。

韩传恩说:"在所有医疗队里面,我们可能不是最优秀的,但是我们把已有最优秀的医生护士,全都带来了。"

他们中有部分队员,被分在李兰娟院士团队里。巧合的是,他们所支援的医院,恰好是李婷和董娟所在的武汉大学人民医院。

繁忙的救治之余,韩传恩没有忘记那两位11年前曾并肩战斗的战友,他拿着当年与李婷、董娟的合影照片,尝试寻找她们。在东院区协助下,韩传恩找到了她们。知道李婷、董娟正在抗击新冠肺炎一线后,河南医疗队的队员们都很激动,感慨两个团队时隔11年又能够携手并肩,一起战斗。但是,还没来得及高兴,他们就得知,一直战斗在疫情一线的董娟,不幸被确诊感染新冠肺炎，正在东院区接受救治。幸运的是，李婷还一直在儿科一线守护着需要她的患儿们。

3月14日，韩传恩与李婷一起同董娟进行视频连线，鼓励她保持乐观心态战胜病魔。

三个"战友"，时隔11年，以这种方式见面，让人欣喜又泪目。

韩传恩说："这十多年里，商丘人民从未忘记过全国对商丘的支援恩情。"

不分昼夜战"疫"，一个多月，经过全体医护人员不懈努力，河南队所在病区实现"清零"。

补记：3月30日，完成支援任务后，河南省第11批支援湖北医疗队准备"回家"。

临别前，他们向武汉大学人民医院捐赠了包括1876套防护服、4017个医用外科口罩等在内的25类、逾4万件防护物资，总价值超过30万元。他们还赠送给东院区纪念牌，双方约定，建立友好医院，互相促进提升。

返程前，韩传恩和队员们，收到一个好消息，董娟已经治愈出院了，"太好了！这让我们不带任何遗憾回家。"韩传恩说，"我们期待疫情结束后，能再次相聚，真正照一张合影。"

鄂豫山水相连，亲如家人。长期以来，武汉大学人民医院与河南建立了密切的医疗合作和帮扶关系。目前，武汉大学人民医院已经与河南信阳市第三人民医院、息县人民医院、固始县中医院、潢川人民医院等建立了富有成效的医联体合作。

来时冬雪，去时春风。

做好事就像画一个圆，当年的受助者，成为如今善意的援助者。正是有那么多逆行驰援的善举，才慢慢地，将那么多平凡又动人的故事，画成一个完整的"圆"。（张书旗）

扫码收看

两张特殊时期的合影，中间是11年

2020年3月15日
人民子弟兵奋勇战疫

"4床怎么回事?""打好病历,15份!3点会诊!"

火神山医院狭窄的医生办公室里,一个声音格外响亮。

他叫毛青,解放军感染病防控专家。56岁,36年党龄,39年军龄,这是毛青的"个人简历",也是他站在全国抗击新冠肺炎疫情最前沿的原因。

兵者勇武,卫国护民;医者仁心,救死扶伤。

从1月24日开始,陆军、海军、空军、火箭军、战略支援部队、联勤保障部队、武警部队多个医疗单位,分3批次抽组4000余名医务人员,支援武汉抗击新冠肺炎疫情,成为抗击疫情的"钢铁洪流"。

时间拉回到除夕,凌晨4点左右,毛青接到电话,"任务来了,马上就要走,你看谁去好?"没等电话那头说话,毛青打断道,"那肯定我去!"

"这个问题不需要问,既为军人,亦是医生。"毛青说,穿着军装,肩上有责任;身为医生,这是职责;老党员,理当模范带头。

在灾难面前,人民解放军与武汉人民在一起。

1月24日,万家团圆的除夕之夜。军队支援湖北医疗队队员、火神山医院护理部副主任宋彩萍来不及吃一口摆上桌的年夜饭,接到命令,紧急出发。

临别时,16岁的儿子两眼含泪,用双臂紧紧地把宋彩萍搂在怀里。

"没有一个人退缩,请战的电话、微信一个接着一个。"海军军医大学医疗队政委陈宏伟直到抵达武汉,还在努力说服没有入选的医护人员原地待命,随时准备第二批投入战斗。

在上海虹桥机场,海军军医大学医疗队中有43名"90后"女护士,平均年龄只有25岁。"我们虽然年轻,但我们经验很丰富。"一名戴着口罩的护士说。口罩遮住了她大半个脸庞,只露出清亮的眼眸。

四 春天脚步近了

在重庆江北机场，出现了当年抗击埃博拉病毒专家毛青的身影。接到支援武汉的任务时，他正在医院布置预防新型冠状病毒扩散工作。"在未知的传染病面前，有谁不担心？但我们必须去。"毛青说。

在西安咸阳机场，空军军医大学医疗队集结了呼吸、感染控制和重症医学等多个科室的骨干力量，队员均具有防控治疗传染性疾病经验，医生的中高职称比例达到了70%。疫情紧急，很多人到达机场，才想起跟家人告别。

除夕之夜，三架军用运输机接连升空，飞往武汉。1月24日23时44分，距离农历鼠年春节只剩16分钟。三支医疗队全部抵达武汉，连夜清点医疗物资，展开协调对接，进行人员岗前强化培训。

2月1日、2日，航空、铁路、公路机动"三路齐发"，承担火神山医院医疗救治任务的950名人员抵达武汉；

2月13日、17日，两批2600名医护人员分别通过航空和铁路输送抵达武汉。

4000余名军队支援湖北医疗队队员成为这座英雄城市抗疫大军中不可或缺的重要力量。

"在武汉的日子，每天都像在打仗。"军队支援湖北医疗队队员、武汉泰康同济医院感染四科副主任阿依努尔说，等到将来战"疫"胜利那天，自己最大的心愿就是好好看看这座美丽的城市。

无暇欣赏江城美景的，远不止这位50岁的维吾尔族女军医。

武汉蔡甸区知音湖畔，火神山医院会聚了来自全军的1400名医护人员，成为这场战"疫"一把紧急作战的尖刀。

ICU病房——这把尖刀上的刀尖，也是火神山医院收治新冠肺炎危重症患者最多、最重、最集中的地方之一。

"嘀，嘀，嘀嘀嘀……"监护仪上红灯闪烁，报警声突起。

呼叫值班医生，穿戴防护装备；跑进病房，投入抢救；快速诱导气管插管、有创辅助通气……又一位呼吸衰竭的重症患者被成功从死亡线上拉回来。

"还可以再快一点！"汗水顺着火神山医院重症医学一科主任张西京的护目镜往下滑，在重症监护室工作20多年的他，早已习惯和死神"抢人"的读秒节奏。

"这样的救治每天都有,只要对患者有用,我们就不能退。"在火神山 ICU 病房里,张西京等人时刻都在与死神掰手腕。

毛青说,"随时准备为党和人民牺牲一切"不是一句大话,是自己和战友时时刻刻需要面对的考验。

53 岁的李文放这些天多了一个习惯,除了例行查房,还要和护士一道,把所有患者的生命体征数据,各种诊疗设备的工作状态,全都过一遍;

科室副主任宋立强条件反射式的,见到护士给病人做俯卧位通气,就会立马跑到病人床头盯着,保证管子不脱落,不打折;

护士吕向妮额头那道勒痕一直没消,天天进病房,忍着防护装备的不适,也要确保每一个医嘱及时准确执行。

57 岁的中部战区总医院抗击疫情医疗专家组组长江晓静夜里查房后干脆直接在办公室休息,凌晨时分还在微信群里跟进了解患者病情。

"当病人对我说'解放军来啦,我们就放心啦',这份信任何其珍贵。"

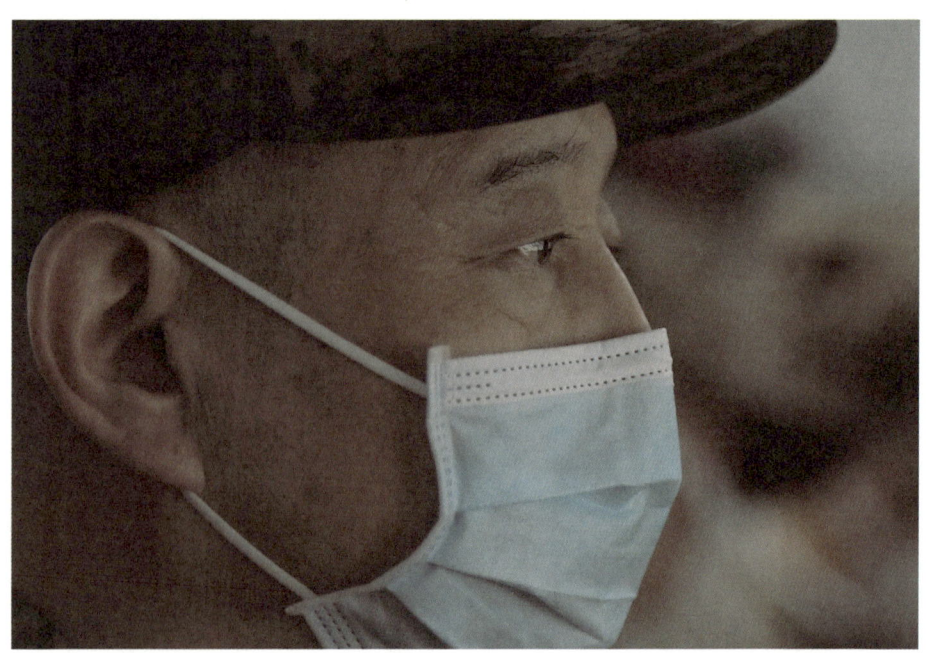

院感专家毛青(李贺　摄)

深夜值班的火神山医院护士张楠说。

执行任务期间,军队支援湖北医疗队加强组织领导、密切军地协同、坚持科学施治、搞好自身防护,全面做好医疗、护理、防控、保障等工作,3家抽组医院展开床位2856张,累计收治确诊患者7198名,圆满完成医疗救治任务,实现了"打胜仗、零感染"。

上下同欲者胜,同舟共济者赢。在这场疫情防控人民战争中,没有"你""我",只有"我们"。

军地合力,凝聚起对抗疫情的磅礴力量。

解放军支援湖北医疗队员的专业和敬业精神,也给已经连续超负荷作战一个多月的地方医护人员带来了信心和力量。汉口医院副院长王琼娅说,"危难之际,解放军和我们在一起!"(廖君、侯文坤)

毛青:防控战的关键是让医护人员努力做到零感染

2020年3月16日
"三药三方"进入全球视野

据美国约翰斯·霍普金斯大学最新发布的数据显示，截至美国东部时间15日23时（北京时间16日11时），全球新冠肺炎确诊病例达到169385例，中国以外确诊病例数超过中国国内病例数。

在国内，全国现有确诊病例已降至1万例以内，重症病例数量持续减少，医疗救治效果明显。各地正逐步分级恢复正常的医疗秩序。

中国工程院院士、天津中医药大学校长张伯礼，北京中医医院院长刘清泉，东南大学附属中大医院副院长邱海波等专家接受记者采访表示，在这次中国抗疫战争中，中医药广泛参加新冠肺炎治疗，深入介入诊疗全过程，发挥了前所未有的积极作用，成为抗疫"中国方法"的重要组成部分。

目前，全国5万余名出院患者大多数使用过中医药。在湖北，中医药使用率累计达到91.91%，方舱医院中医药使用率超过99%，集中隔离点中医药使用率达到了94%。

同时，新冠肺炎的早期预防也在积极开展，面向集中隔离点、隔离人员、一线的医务人员和社区工作人员，截至3月13日，一共发放了43万人份的肺炎预防方以及36万人份的中成药。

3月15日，三位中医院士张伯礼、仝小林、黄璐琦和两位中西医专家刘清泉、邱海波接受了媒体采访，向外界推出"三药三方"概念，包括中英文名称、使用情况和对应病症等。

让轻症患者不要变成重症，是疫情防控的治疗工作中的关键问题，国际临床评价指标同样认为，对于新冠肺炎轻症患者，真正反映疗效的关键指标是转重率。在轻症患者基数较大的时候，转重率高低直接决定重症病人数量多少。

"中医药治疗发挥的核心作用正是有效降低转重率，特别是在早期介入，能显著降低轻症病人发展为重症病人的几率。"张伯礼说。

他对比类似条件下的108例病例后发现，西医治疗转重率在10%左右，而中西医结合治疗转重率约为4.1%。对发热、咳嗽、乏力改善等症状，中药起效非常快，对肺部炎症的吸收和病毒转阴都有明显效果。

邱海波认为，中医中药与西医西药的结合，在防止早期轻症向重症转化上有很大作用。"我们发现中医中药对于轻症患者的发烧、乏力、肌肉酸痛症状确有缓解作用，这些症状缓解后转成重型的病人就变少了。"

邱海波是西医，对中西医结合治疗有着经过实践检验的深刻认识。他注意到中药注射液血必净，它的作用是阻断新冠肺炎引起的炎症风暴和微血栓形成。

"这个药很有意思，1月底我们开始在临床上使用，并按照西药的评价体系去研究，发现它能使重症肺炎的病死率下降近8.8个百分点，这是一个了不起的结果。"

在早期没有特效药、没有疫苗的情况下，专家结合临床实践，总结中医药治疗病毒性传染病经验，深入发掘古代经典名方，筛选以"三药三方"为代表的一批有效方药。国家中医药管理局初步证实清肺排毒汤、化湿败毒方、宣肺败毒颗粒、金花清感颗粒、连花清瘟胶囊、血必净注射液等三个中药方剂和三个中成药对新冠肺炎有明显疗效。

中国历史上，初步统计具有一定规模疫病流行有300多次，很多中医药典籍都是大疫之后形成的，积累了非常丰富的抗击疫病经验。比如连花清瘟和金花清感，这两种药都源自我国两张古方——近2000年历史的张仲景《伤寒论》麻杏石甘汤和清代《温病条辨》银翘散。

专家们认为，针对新冠肺炎这样一个新的疾病，老药新用，真正是守正创新，病变治化。

方舱医院是实现新冠肺炎患者应收尽收、应治尽治的关键举措，江夏方舱医院是专门的中医方舱医院。2月12日，张伯礼率领209名医护人员组成的中医医疗团队进驻江夏方舱医院。在这里，医务人员采取中医药为主的中西医综合治疗，所有患者中药汤剂全覆盖，还配合耳穴压豆、灸疗、穴位按摩、太极拳、八段锦等中医传统疗法，打了一套中医药"组合拳"。

江夏方舱医院共收治564位患者，到休舱时为止，没有一例转重症，没有一例复阳。

不仅仅是在江夏，也不仅仅在中国，面对全球抗疫的情况，中国医疗专家已携带大量医疗物资驰援意大利、伊拉克等国家。据张伯礼介绍，此次中国带去的药品中就有中药连花清瘟和金花清感。

他说："这次新冠肺炎疫情中我们积累了很多宝贵经验，也乐于跟国际社会分享，只要他们需要。"

补记：据专家们反映，海外同行对中医药的需求日益提升，电话咨询和求助大幅增加。中医专家们通过WHO、世中联、世针联向世界各国介绍我国的防控治疗经验，与澳大利亚、日本、伊朗、菲律宾、巴西等中西医同道交

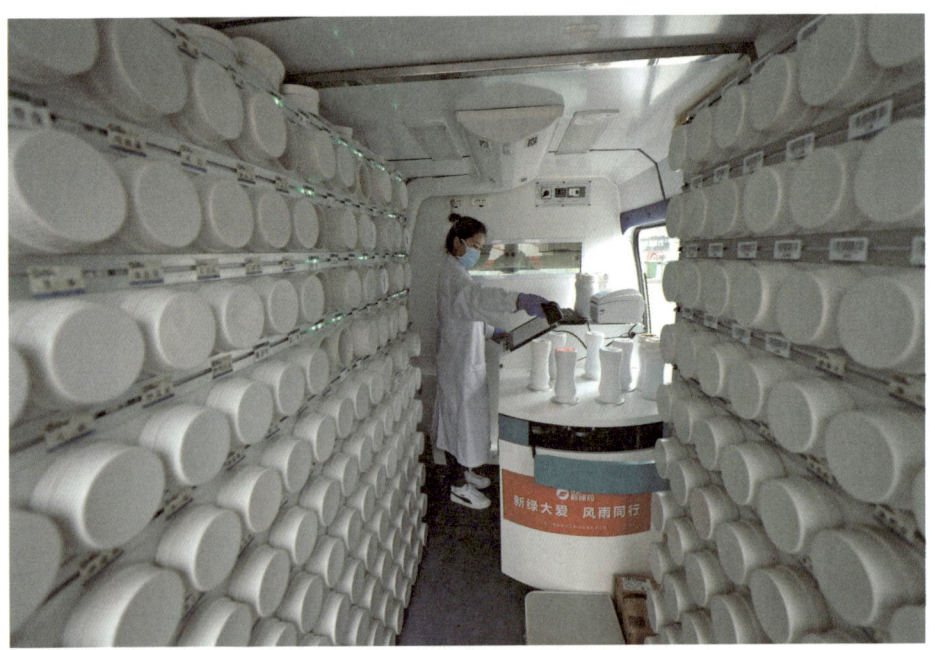

位于江夏方舱医院院内的"流动应急智能中药房"里，工作人员吴志婷准备制药。（沈伯韩　摄）

流新冠肺炎救治的隔离、预防和药物治疗等经验，还在与法国、美国科学家合作共同开展中医药救治新冠肺炎的科学研究。以"三药三方"为代表的中医药正逐步参与全球疫情的防治工作中。

4月中旬，"三药"获得了国家药监局下发的关于针对新冠肺炎治疗新增适应症的《药品补充申请批件》，被认可用于新冠肺炎的治疗，在全球疫情的防治工作中被更广泛便利地使用。张伯礼认为，中医药通过在这次疫情中的探索和使用，找到了一条公共卫生应急状态下的临床、科研及药物评价的新路径。（郑璐）

这一份中医战疫实录，请查收

我的血液，你的生命

根据新型冠状病毒肺炎诊疗方案（试行第五版），对于病情进展较快、重型和危重型患者可以采用彻底康复病人的恢复期血浆进行治疗。从临床病理发生过程看，大部分新冠肺炎患者经过治疗康复后，身体内会产生针对新冠病毒的特异性抗体，可杀灭和清除病毒。

目前在缺乏疫苗和特效治疗药物的前提下，采用这种特免血浆制品治疗新冠病毒感染是一种有效的方法，可降低危重患者病死率。

3月16日，汉口医院护士蔡桃英作为新冠肺炎治愈者，第三次献血。蔡桃英的丈夫是名医生，也不幸感染过。如今这对患难夫妻都成了固定无偿献血者。

2月17日我到武汉市血液中心采访，中国医学科学院CPnCoV项目组在血液中心院子里一个小角落，有不到20平方米的两个小房间，我在这里第一次见到了蔡桃英。

蔡桃英，46岁，武汉汉口医院内分泌科的一名普通护士。在汉口医院成为首批新冠肺炎患者救治定点医院后，承担了巨大的收治压力，蔡桃英所在的内分泌科在元月初就全员上了一线，她基本每天加班加点到晚上10点多。

1月18日，她开始出现乏力等不适症状，但因为科室实在太忙，她一直坚持上班。到21日时她突然高烧不退，经过临床诊断确诊感染新冠肺炎，经过一段时间的治疗于1月30日治愈出院。

蔡桃英说自己很幸运。唯一让她受打击的是同在医院放射科的医生丈夫黄卫兵也被确诊。"我刚出院就得知他确诊的消息。"蔡桃英说。

"我当时边接我老公电话边哭。"丈夫的确诊对蔡桃英打击很大，她害怕失去丈夫，这也是她康复后毅然决定捐献血浆的原因之一。"我在医院看过很多家庭因为这个病家破人亡，我自己也体会过老公确诊时绝望的心情，我不想这样的悲剧再发生。"

蔡桃英说,能帮一个是一个,只要需要,她会一直捐献下去。捐献者一次捐献血浆量为200—400ml,每隔14天可以捐献一次,康复者捐献血浆不会对身体造成影响,但是对于新冠肺炎患者而言,血浆治疗是必要的选择,希望更多康复者加入血浆捐献,将康复的幸运传递下去。

蔡桃英在2月22号便返回了工作岗位,她心系人手紧张的医院,重返疫情防控最前线与病魔战斗。

补记:2月17日、3月2日、3月16日、4月21日、5月10日蔡桃英连续5次无偿捐献血浆,每次都是400毫升。

5月10日,母亲节这一天,蔡桃英再次走进武汉血液中心捐献血浆。武汉血液中心数据库显示,5次捐献血浆,蔡桃英是全国唯一的一个。与之前不同,这一次,她的血浆将被用于黑龙江抗疫一线。

蔡桃英因为多次捐献康复者血浆而被媒体广泛报道,人们惊讶于她高抗

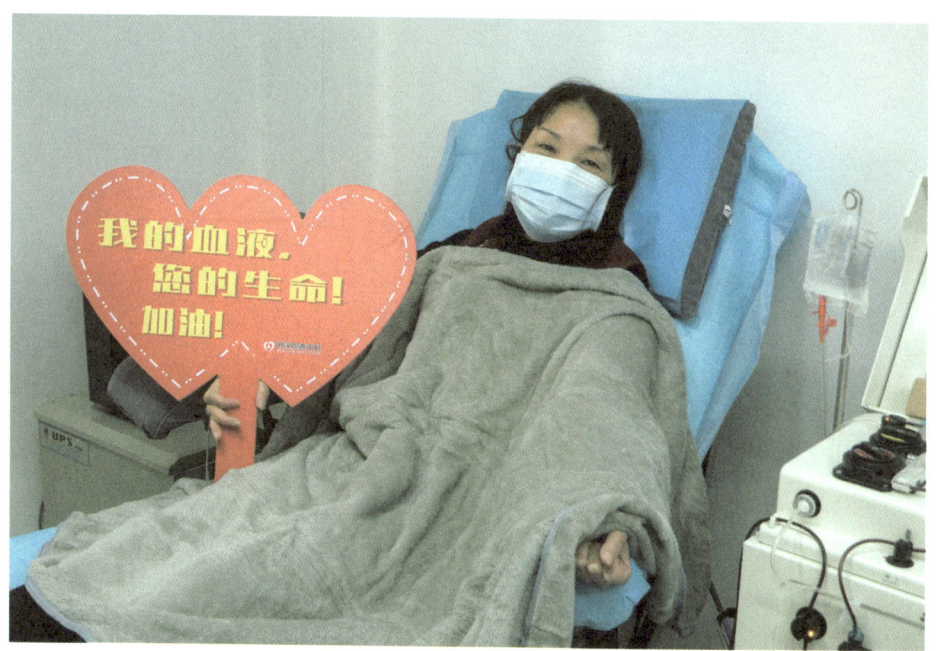

在武汉血液中心,新冠肺炎康复者,来自汉口医院的护士蔡桃英在献血浆时拍照留念。(才扬 摄)

体的血浆"一次能救4个人"。

她和丈夫是新冠肺炎疫情暴发后第一批救助患者的一线医护人员，也是第一批因工作暴露感染新冠肺炎的患者。微妙的身份转换，背后是对生命中阴影的穿越。其中的安危，暗含着武汉整座城市在这个春天不应被历史遗忘的悲欣苦乐。

黄卫兵治愈回家的那一天，蔡桃英仍在居家隔离。不能出门，她便倚门"等待他的脚步声"，"竖起耳朵听"。

这是他们相识的第27个年头。

毕业于同一所学校，工作于同一家医院；在工作中相识、相爱，决定共度此生。

黄卫兵说，经历了这次疫情，人们不管是生病或者健康，可能都会有这种感觉：看着外面的阳光，明媚的阳光，停在外面的鸟，听着它们的叫声，觉得真美。他愿意通过无偿献血，把这种美好传递下去。（才扬）

扫码收看

蔡桃英夫妇的"三重身份"

2020年3月17日
逆行天使,今日回家

3月17日,晴,武汉"封城"55天,连日的阴沉正在逐渐散去。

凌晨3时30分,武汉市青山区天际丽豪酒店厨师刘军早早起床了。今天,他将为驻扎在此的陕西国家紧急医学救援队员们最后再做一次早餐。

"除了牛奶、鸡蛋、粥,今天还特意准备了热干面和陕西小吃。"刘军说。

随着湖北疫情形势逐步好转,根据统一安排,3月17日起,援鄂医疗队开始分批次有序撤回。陕西国家紧急医学救援队是首支撤离武汉的医疗队。

清晨5时许,天还未亮,酒店门口已经人头攒动,43名队员收拾好行囊整装待发。志愿者、驻地工作人员与他们一一拥抱告别。

"你们在青山人民最危险的时候出现在青山,挽救了很多患者的生命,你们是最可爱的人!"武汉市青山区政府举行了一场只有3分钟的欢送仪式,区领导向全体队员深深鞠躬,欢迎队员们来年再来武汉看看。

6时30分,队员们陆续登车,与酒店工作人员拥抱、告别。"常联系!""多保重!""一路平安!"话语简单,却很温暖。队员崔雅清的眼泪顿时涌了出来:"武汉真的挺难的,但是我们同舟共济。武汉人民真的很英雄。"

最后上车的救援队领队马富春也哽咽起来。"国家紧急医学救援队驰援武汉,不仅分担了当地医务工作者的重任,更重要的是给受到疾病困扰的武汉百姓带来了信心。今天,看到我们所有队员都能健康安全地返回,我非常高兴。"

车行驶在马路上,沿途很少见到行人车辆。救援队队员们大多盯着车窗外,再看一眼这座生活工作43天后依然陌生的城市。"想去武大看樱花""想在工作过的地方摘下口罩照张相""想做一次最美旅行者,而不是逆行者"……每个人都有自己的小愿望。

"送给你小心心,送你花一朵,你在我生命中,太多的感动,你是我的天使，一路指引我……"护士高丹萍在手机伴奏下轻声唱起《听我说谢谢你》，一个声音加入进来，又一个声音加入进来，救援队队员们边唱边挥舞手臂。

"听我说谢谢你，因为有你，温暖了四季；谢谢你，感谢有你，世界更美丽……"渐渐地，一个声音哽咽了，又一个声音哽咽了。

幸得有你，山河无恙。

在这一个多月与死神赛跑的日子里，来自全国29个省份、新疆生产建设兵团及军队的346支医疗队、4.2万多名医护人员驰援湖北，和湖北医务工作者一起，打响了荡气回肠的生命保卫战。

樱花烂漫，掩映逆行英雄无畏身影；长江奔流，诉说武汉人民不尽深情。

陕西援鄂医疗队撤离的同时，在武汉天河机场T3航站楼出发大厅门口，早早聚集了一批志愿者和工作人员。电子屏幕上，红底金色的大字交替闪烁："感恩白衣天使""湖北感谢你们"。

上午10时许，随着海南援鄂医疗队队员走下大巴，在场的人民警察挺直身体、庄严敬礼。志愿者挥舞手中的国旗，齐声高喊："感谢海南，向您致敬！"向即将乘机返回的"白衣战士"们表达着湖北人民、武汉人民发自肺腑的感激之情。

"风雨与共 守望相助 携手奋战 感谢有您""你们是新时代最可爱的人""武汉人民永远铭记您"……一幅幅标语寄托深情，一声声感谢饱含厚谊。

对英雄的礼遇与敬意，隐藏在一个个细节中——

机场LED大屏幕、显示屏等滚动播放着"感恩白衣天使""湖北感谢你们""你们是新时代最可爱的人"；专门开放机场部分商业服务店铺；为每人准备一份湖北特产伴手礼；医护人员无须自行托运行李……

登机口是"凯旋门"，航班号是"胜利号"，舱位是"功勋舱"，旅客姓名是英雄签名，一张精心制作的援鄂抗疫登机纪念牌，成为援鄂医疗队员们"最美的纪念"。

我了解到，由于疫情期间武汉缺乏相应企业，天河机场16日紧急通知在江苏泰兴的印厂连夜赶工印制，17日上午通过调机航班运到武汉。

12时许，天河机场38号登机口处，138位天津援鄂医疗队队员陆续登机，即将乘坐厦门航空MF8766航班踏上归家的旅途。机场工作人员反复说着:"感谢你们,祝你们一路平安,再见!"

国家卫生健康委医政医管局监察专员焦雅辉也拿着扩音器,向医护人员们表示感谢,叮嘱他们回去后保重身体、再建新功。

"看着他们平平安安地来、平平安安地回,我想这不仅是我们,也是老百姓最大的心愿。"泪水在焦雅辉眼眶里打转。

中午14时,武昌火车站也迎来了第一批通过铁路撤离的医疗队——贵州医疗队。志愿者在进站口两侧拉起横幅,向医疗队致敬。

"在方舱内,我们和患者约定,下次再来武汉,一起不带口罩,一起吃碗热干面。"贵州省国家紧急医疗队队员张杜荣说。

高铁马上就要开动了。一张贴在车窗上的便笺纸格外醒目——"武汉人民加油!后会有期!"

同舟共济的岁月,生死之交的情谊。当江城武汉逐步走出阴霾,垂危的病人重获新生,武汉人民用各种方式向英雄们表达着感激之情。

——"谢谢白衣天使""英雄一路顺风""一定要常回来看看啊!"在车队经过的道路两旁,尚在家中的市民纷纷打开窗户站到阳台边,挥舞着国旗、

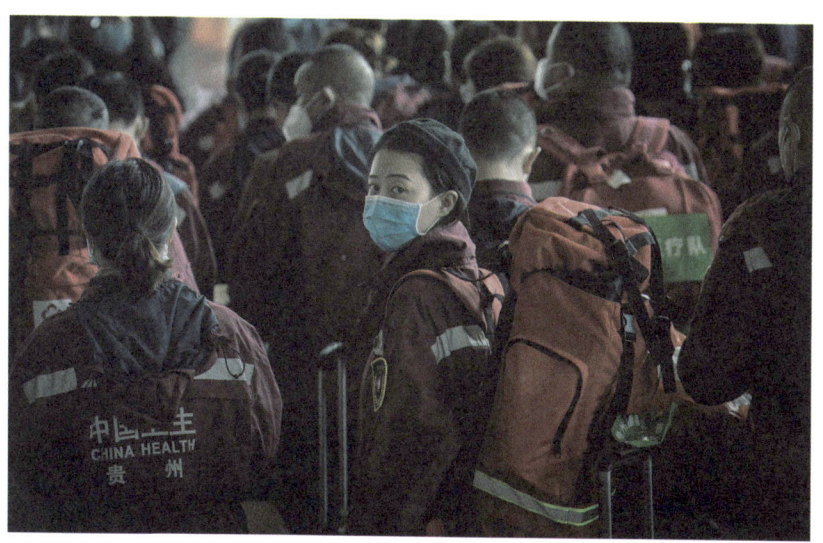

3月17日,贵州医疗队员程小雪(中)在武汉站准备进站乘车。(肖艺九 摄)

彩带，用最大的音量，喊出对白衣天使们由衷的感谢；

——"热干面谢谢炸酱面！""硬核搬家式援助，给力！""是你们，送来了春天""爱嗦粉的朋友，记得来武汉吃虾子"……武汉市文化和旅游局精心设计了32幅海报，向所有参与这场战斗的医疗队员们致敬；

——武汉高楼夜间集体亮灯，滚动着"白衣执甲，逆行出征，凯旋而归！""希望的使者，最美的天使"等送别文字，祝福返程医疗队员一路平安；

——湖北公路客运集团组织了100台大巴负责人员运送，武汉邮政管理局、武汉邮政公司组织30台厢式货车负责物资运送，中国铁路武汉局集团公司对乘火车离鄂的医护人员专门预留防疫隔离座位；

……

感谢的话语此起彼伏，是这个春天发自武汉市民心中最真挚的声音。

补记：依依惜别的场景在援助医疗队驻地、在武汉高铁站、在天河机场、在离汉各个高速路口等地多次出现，还不能走出家门的武汉市民透过阳台、窗户向医疗队挥手致敬，表达自己一份朴素的情感。

最早增援武汉的人民解放军也在最后一批撤离。4月16日新华社播发《经中央军委主席习近平批准　军队支援湖北医疗队圆满完成任务回撤》后，许多人才知道自1月24日除夕，开始增援武汉的4000余名军队医务人员已经撤离。离开武汉前，他们对医疗设施进行消毒，精心整理医院、住宿场所各类物品，并认真进行物资清点、资料归档、医院移交等工作，把人民军队的光荣传统和优良作风留在武汉这座英雄的城市。

悄然离开的还有许多志愿者、建筑工人等为武汉作出贡献的人们，其中包括"雨衣妹妹"，他们同样把最美的一面留在了武汉。（林晖、杨志刚、陈晔华）

扫码收看

撤离武汉，他们还是忍不住哭了

四 春天脚步近了

2020年3月18日
数据首次归零！

2020年3月18日0—24时，武汉市新增确诊病例首次实现"零报告"。

作为全国疫情防控斗争的重中之重和决胜之地，武汉从高峰时段每天新增病例在四位数，到当天的清"零"，这个"零"具有标志性的意义，这样的"战果"令人鼓舞。

3月18日0—24时，全省新增新冠肺炎确诊病例0例，无境外输入性病例。现有疑似病例数为0，当日新增数为0，当日排除0人，集中隔离人数为0。

这已经不止一个"零"。

从手机里看到这个数据后，武汉市金银潭医院护士金思思格外感慨。在这场抗击新冠肺炎的武汉战"疫"中，金银潭医院是最早收治不明原因肺炎患者的医院之一。"大家都在盼着这天的到来！"金思思告诉我们，从2019年12月底以来，自己和同事们一直奋战在抗疫一线。工作之余，她最关心的一件事就是疫情数据的变化。

据通报，18日中国首次无新增本土确诊病例。湖北以外省份，无新增死亡病例，已连续7日无新增本土确诊病例。湖北除武汉外，连续14日无新增本土确诊病例。

从高峰时期的全市48家新冠肺炎定点医院，到现在的10家，持续奋战在抗疫一线的医护人员的工作重点也发生了转变。

武汉大学中南医院重症医学科医生杨晓说，她所在的重症隔离病房12日就全部清空了，目前科室医生承担着雷神山医院重症病人的救治任务。"等到重症病人都清空了，我们才是真正取得胜利。"

从1月28日抵达武汉以后，上海市第二批援鄂医疗队领队、上海交通大学医学院附属瑞金医院副院长陈尔真已经在武汉市第三医院光谷院区工作了50多天。

陈尔真和队员们忙着进行"扫尾"工作。陈尔真说:"新增确诊病例归'零'对武汉来说确实令人振奋,但是一天的'零'并不意味着疫情的结束。紧要关头仍然不能放松,还要继续坚持才能实现最终的胜利。"

截至2020年3月18日24时,湖北省仍有在院治疗病例6636例,其中重症1809例、危重症465例,均在定点医疗机构接受隔离治疗。

中央指导组专家、中国工程院院士张伯礼指出:"重症和危重症患者的救治现在也到了关键时刻,我们的任务还没有完成。"

从17日起,支援湖北医疗队队员通过民航、铁路、公路等多种交通方式陆续离汉返程。而与此同时,还有一些驰援的医疗队担负起"再次逆行"的任务,继续留在武汉和疫情战斗。

浙江省第五批支援湖北医疗队是留下来的队伍之一,他们从武汉大学中南医院转战武汉市金银潭医院,承担起在综合病房楼搭建危重症病区的任务。

"这一段时间,我们明显感觉到对重症、危重症患者的治疗设备资源越来越充足、方法越来越多样、流程越来越精细,我们的信心也越来越强。"浙江省第五批支援湖北医疗队副队长屠越兴说。

陈尔真说,死亡人数下降的背后,是来自全国ICU的精英力量在这里共同战斗、不懈努力的结果。他们通过各种手段帮助患者渡过难关,让这些患者可以接受最佳、最优化的治疗。

伴随着疫情防控形势的好转,武汉对非新冠肺炎患者的医疗服务也在逐步恢复。武汉市卫健委开始定时公布武汉市已恢复普通门诊、急诊的医院数量、开放床位数量。

战"疫"却丝毫不容懈怠。

在武汉,一批批无疫情小区和社区被逐个公布和逐渐"解禁",被认定为无疫情小区且连续7天以上的,允许居民在小区内进行非聚集性的个人自由活动。截至17日,武汉无疫情小区累计数5607个,占比78.9%;无疫情

3月18日，在武汉天河机场，云南医疗队队员在飞机上向前来送行的工作人员告别。（费茂华 摄）

社区累计数556个，占比39.5%。

人员流动增大，管控仍不能松懈。

"从腊月二十八开始，一波又一波重任扑面而来，一直没有休息，今天终于等来了这个好消息。现在社区封闭、人员排查、生活保障等各项工作还在继续，对小区进出人员不仅要测量体温、登记，还要检查健康码，我们的工作将面临更大的压力。"武汉市江汉区民意街友谊社区副主任彭晓莉说。

为了让居民们少出门、不出门，社区工作者承担起替大家到批发市场团购蔬菜食品的任务。"居民们现在希望可选择的品种能更加丰富。今天我们要给居民们采购250份蔬菜，包括西红柿、辣椒、黄瓜、茄子，明天要采购300份排骨，总量超过一千斤，工作量很大。"彭晓莉说。

杨晓提醒说，大家还是不能放松警惕，需要有基本的防护意识，比如注意卫生、尽量不去人多的地方。

张伯礼感慨道:"新增确诊病例清零是好事。我原本估计要到 3 月底武汉确诊病例才会清零,现在看来是提前了。我们取得了阶段性的胜利,但清零了也不能掉以轻心。"(喻珮、廖君、乐文婉)

2020年3月19日
与病毒较量的幕后英雄

抗疫战场上，活跃着一群与病毒较量的"疾控卫士"：

核酸检测、判定阴性阳性，为医疗救治提供科学依据；指导环境消杀、检测环境卫生，为重点场所撑起防护之盾；开展流行病学调查、追踪密切接触者，为社区防控传递准确情报。他们是攸关战"疫"胜败的幕后英雄。

"手握"病毒、"对视"病毒……在湖北省疾控中心检测实验室，刘琳琳凝神静气开展新冠病毒核酸检测。作为核酸检测员，她和同事们已持续战斗两个多月。

病毒来势汹汹，疫情迅速扩散，尽快提升新冠病毒核酸检测能力，早诊断、早治疗，是关键一环。从收样到反馈结果，大概需要4—6小时。湖北省疾控中心卫生检验检测研究所全体检测人员24小时轮班，争分夺秒检测。

"检测员面临风险很高，每天接触大量高致病性样本，实验操作还会产生气溶胶，有传播风险。"刘琳琳说。

核酸检测在P3实验室进行，检测人员进入实验室要全副武装：戴上N95口罩，穿上两到三层防护服，还要带上十几斤重的正压式呼吸器。检测任务最吃紧的时候，刘琳琳曾连续工作36个小时。

人手不够，相近专业人员顶上！曾莹春博士的专业是微生物，她第一时间主动请战。过生日当天深夜11点，她正准备脱掉防护服下班，又紧急收到200多份标本。她将这些标本当成特殊"生日礼物"，连夜检测……

疫情如野火蔓延，病人数量不断增多，检测任务日益繁重。全国疾控系统20支检测队伍，紧急奔赴湖北17个市州对口支援。

缺人，支援人。2月1日，吉林省疾控中心驰援湖北的应急检测队员杨尧、齐鹏，抵达巴东县疾控中心。第二天起，巴东县疾控中心开展核酸检测，病

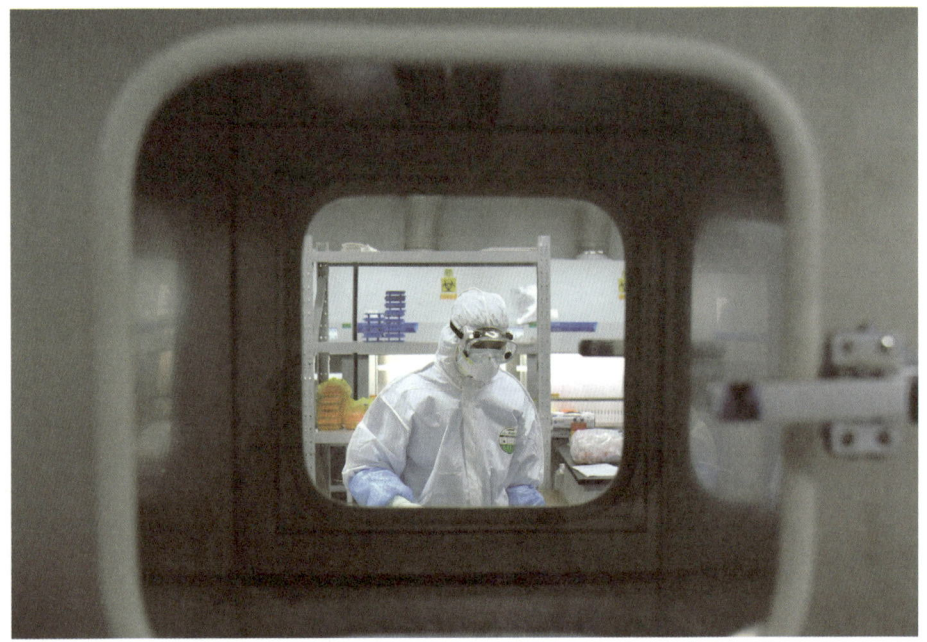

检测人员在实验室进行核酸检测工作。(程敏 摄)

毒核酸样本再不需要送到恩施州。

缺设备,支援设备。重庆向对口支援的孝感市捐赠 5 台 PCR 检测仪,支持孝感市妇幼保健院、第一人民医院等建设检测实验室。孝感市检测能力从每天 200 多份提高到 2500 份以上。

来自天津市南开区疾控中心的王楠,2 月 13 日抵达宣恩县后,马不停蹄辗转于乡镇卫生院发热门诊和集中隔离点,他手把手指导工作人员消毒,向医护人员讲解医废物品处置要点,协助编制技术方案,指导复工复产企业疫情防控……一个多月来,他和同事们对 9 个卫生院和 17 个隔离点摸排了两轮以上。

湖北省疾控中心卫监所环境卫生部主任谢曙光是环境卫生检测专家,他带领团队承担传染病医院收治病人前最后一道工序:检测环境指标是否符合国家标准。

"静压差 4 帕,再调通气阀门!""换气次数 11 次,还不够!"……2 月 4 日晚上 7 点,刚刚建成的武汉火神山医院,谢曙光带着 4 名同事快速检测每间负压病房。由于病人即将入住,留给他们的时间只有半个小时。

除了火神山、雷神山医院,谢曙光团队还远程指导黄冈市中心医院、松滋市人民医院、大冶市人民医院、黄陂区中医院等20多家医院开展传染病区改建。他带领检测团队,先后对500余台生物安全柜、200余个PCR实验室运行状态检测。

谢曙光还参与临时性收治医院改建技术文件的编写和审查。这些都是深夜完成修改审核,次日就发布。虽然忙得像打仗一样,但他说:"搞我们这个专业的,这个时候不上,什么时候上?"

黄冈市蕲春县48岁的胡某,回想感染经历,仍觉不可思议。那是1月20日,他和一名同事并排走路,交谈了5分钟。1月23日,他出现发热、干咳、流涕、胸闷等症状,第二天被确诊。

"太厉害了!我都忘了的这次偶遇被锁定为感染原因。"这么快神奇锁定,靠的是疾控中心"流调员"。他们从感染者生活轨迹和社会活动中搜索蛛丝马迹,找出其他患者和密切接触者,控制疫情扩散。

流调工作每天都在进行。截至3月15日24时,奋战在荆楚大地的流调员,累计追踪到密切接触者275503人。

"我们在跟病毒赛跑!"黄冈市疾控中心预防控制科科长王芬说,跑在病毒前面,把密切接触者找到并集中隔离,才能遏制传染。对每名确诊和疑似病例的流调工作,必须接报后24小时内完成。

这是一项危险的工作。有时病人是躺着的,说话声音很小,流调员只有俯下身子,将耳朵靠近,才能听得清。

这是一项艰苦的工作。为了节约时间,也为了节约防护物资,流调员一套防护装备得穿上六七个小时,每次衣服都湿透了。

"参加工作15年,这样严峻的考验前所未有。"孝感市孝南区疾控中心流调员黄亮说。他和同事一起完成了超过1000人的流调。

这段时间,黄亮和同事着重对此前流调中尚未查清楚的问题补充调查。在孝南区陡岗镇,他和同事意外发现16个病例有同一农贸市场暴露史。"这警示,农贸市场是新冠肺炎传播高危场所。"

总体上,我国本轮疫情流行高峰已经过去,但流调任务没有终结,抗疫之战,疾控人仍在火线。(黎昌政)

2020年3月20日
春分时节的武汉

春分之日，昼夜平分，阴阳相半。街道似乎也被分割，一半晒在阳光下，一半躲进高楼大厦的阴影里，形成强烈的光比。

前一天，湖北省更新市县疫情风险等级，除武汉外，市县疫情均已降为低风险等级。武汉在封城两个月之后，进入战"疫"最焦灼、最吃力的阶段，但一些转好的迹象也正在显现：新冠肺炎新增确诊病例开始为"0"。

骑行武汉三镇，江汉路、楚河汉街、光谷步行街仍然空空荡荡……这些地方，都曾是武汉人口最稠密的地方，也是这座"准一线"城市的活力所在。

"这里叫作星光大道，很多大牌明星都来过，刚开业的时候，举办了盛大的开业典礼。""这是一个音乐喷泉，常有音乐灯光秀，整面玻璃墙都变成荧屏，热闹极了。"魏莉莉是较早入驻光谷步行街的商户之一，见证着世界城广场的建设与兴起，她热心地带领我们徒步在静寂空荡的商场里，介绍往日繁盛的景象。

阳光洒照到广场上，但商场里仍然透出一丝寒意，地面已经蒙上了一层薄薄的灰尘。站在电梯旁，说到动情处，魏莉莉忽然哽咽，眼泪顺着面颊流进口罩里。

"这里有事业，也有我的青春。"她说，"希望早点热闹起来。"十多年前，她带着1万元钱，从梅妃故里福建莆田来到武汉，从皮包生意做起，一点一滴，如今经营着8家动漫、汉服店铺，成为"动漫街"上的"潮人"。

"平时这里的高峰人流量达到20万人次，想快步走都难。"喜欢长跑的张树荣，每天要在光谷步行街来回走上一两万步，有时甚至对这里热闹拥挤的场面感到"心烦"。但现在，她很不适应于这里的冷清。

张树荣曾是一名女子特警队队员，转至东湖高新开发区分局关东派出所后,13年如一日从事社区工作。春节前,她已经回安徽老家过年。疫情发生后,独自逆行返回武汉。

"没有什么岁月静好,唯有负重前行。"抗击疫情进入决战决胜阶段,曾多次参加马拉松比赛的张树荣说,"现在就好像在跑一场马拉松赛,在最后要紧关头,我必须咬紧牙关,坚持到胜利。"

中山大道,百年老街,始建于1906年,2016年整饬一新重新开街。这里,老式的西洋建筑与现代化的高楼大厦犬牙交错,自行车轮在不算宽阔但十分洁净的路面上旋转,将人带入一种现实与梦幻相交织的错觉。

在中山大道上碰见的,多数是快递小哥和环卫工人。他们是这条街上真正的守望者。

王望生是位老环卫,属江岸区环卫局。他有着令其他环卫工羡慕的"正式工"身份,从事环卫工作40余年,见证了这条承载着大武汉复兴梦想老街的变迁。

坐在公交站牌下的长凳上小憩,他指着街边一幢幢老房子对我们说:"这条街是武汉的脸面,外地人来了都要看,打扫起来也要特别仔细。防疫期间,当然更不能间断。"

经历过1998年的抗洪,也经历过2003年的非典,王望生感慨,每一次武汉人表现得都很勇敢。

中山大道两旁的小街巷很多,"老武汉"在这里也常常会走迷路。但现在,海寿街、车站路……都被黄色、绿色、蓝色各种围挡拦住,禁止车辆和人员的通行。

从送餐到送米送油送药送菜,"封城"以来,快递员挑起了武汉城市生活的一肩重担。已经是中午1点多了,他们给自己订了午餐,或坐在电动车上,或蹲在路边吃饭。

"三月已至,春风不远,疫情面前,人人都是参与者,让我们风雨同舟,众志成城,守望相助,以爱相伴,共克时艰,合力战疫,用实际行动汇聚必胜磅礴力量,共迎春暖花开日,笑容灿烂时……"

四 春天脚步近了

正午，暖阳直射江汉关的钟楼。一旁的步行街上，人影寥寥，树影婆娑。一辆社区消防车的小喇叭，声音回荡，充盈着整个商街，如同老电影里的背景声，令人恍如隔世。

江汉路步行街，数百米的黄色塑料围挡，将商铺和住宅围裹，只留下一个出口。出口处，一面"无疫情小区"的绿色小旗迎风飘扬。自2月19日起，这里就没有疫情发生，被列入武汉市第一批无疫情小区。

这里是江汉区花楼水塔街交通路社区交通小巷小区，门口有两顶蓝色救灾帐篷。除了志愿者，还有市区机关的下沉干部，他们共同把守着这个唯一的出入口。

疫情期间，武汉市有超过5万名干部和党员下沉社区，还有不计其数的志愿者，他们共同推动这个城市运转的车轮。

汉口江滩，一元路口，矗立着武汉防洪纪念碑，这是为纪念武汉人民战胜1954年洪水而建。那一年，武汉关水位创下了有水文记录以来的历史最高值。

春分时节的武汉楚河汉街。（皮曙初　摄）

那年夏天，武汉几乎全民抗洪，历时 100 天，战胜百年不遇的长江特大洪水。

陶红花独自在纪念碑下溜达，还特意请我们帮她和纪念碑合个影。

陶红花来自麻城市黄土岗镇，在武汉一家热干面馆里打工。因"封城"滞留武汉，她跟着老板一起，为社区做配送服务，当起了志愿者。

送菜之余，她便到这里走一走。她告诉我们，爱人因病几年前去世，由她一个人担起家庭沉重负担。"滞留在武汉两个多月，老板管吃管住，可是却没啥收入。主要是想家，80 多岁的婆婆需要人照顾。"

距此不远，汉江与长江交汇的地方，是历史悠久的龙王庙。这也是武汉人战天斗地的历史见证，一组百余米长的"武汉 1998 年抗洪图"浮雕，每每将人们带回 22 年前那一场声势滔天的斗争中。

站在龙王庙公园的最高处，极目远望，黄鹤楼、长江大桥尽收眼底，满载集装箱的货轮在江中穿行。

"1998 年，洪水高过地面，像悬在城市头上的一盆水。狂风将一人抱的法桐树吹倒。"龙王庙公园管理中心主任汤文学说，"历史上，武汉就多灾多难，但是总能挺过来，确实可以说是一座英雄的城市。"

东湖绿道，岸柳青青，莺飞草长，枝头繁盛，与楼台碑亭相对相映，如同山水画卷。樱花园里，樱花绽放，迎风摇曳，近看炫彩夺目，远观如云如雾。樱花树下，曾经为武汉拼过命的援鄂医疗队队员纷纷留影拍照，绽露出久违的温暖笑容。

"喜欢一座城市，是从喜欢这个城市里的人开始的。"来自中日友好医院的苗晓晓说，"武汉是座英雄的城市，因为所有人都在奋斗。不仅有逆行而上的白衣天使，还有每两小时就给电梯间消毒的保洁阿姨，无论什么时候下班都能给我们吃上热腾腾饭菜的厨师，每天载着我们去上班时总要说声'辛苦了'的司机……喜欢武汉，是因为我们一起在这战斗过。"

这几天，援鄂医疗队的人员已经开始陆续回家。武汉街头，"致敬抗疫逆行者""你们是新时代最可爱的人""白衣执甲，凯旋而归"的标语随处可见。

武汉洪山体育馆外，"武昌方舱医院"几个大字依然醒目。一群来自广西医疗队的医护人员重回这里看一看。3月10日，武昌方舱医院清零休舱。他们用自己最大的努力，完成了这座"生命方舟"的使命。

"90后"林雨翔来自广西医科大学附属武鸣医院。2月5日，作为第二批广西援鄂医疗队中的一员，驰援武汉。

她说："我是第二次来到武汉，这座城市往日的繁华已不见踪影，没有熙熙攘攘的人群，也鲜有车来车往，它仿佛中了沉睡魔咒，一切都是静悄悄的。看到这里我的眼泪不由潸然而下，希望这一切早点结束。"方舱医院休舱了，林雨翔就要回家了。她告诉我们，她还想来武汉，再去看看长江，看看黄鹤楼，看看长江大桥。

一些商家悄然做着复工的准备。楚河汉街上，巨幅广告牌闪耀，有的商家正在清扫店面。在东湖绿道梅园驿站，中百罗森超市杨艾华正对店内的物品进行一一核对清理，货架大半已经清空，地上几个大纸箱堆得满满当当。

"两个多月没有营业，很多商品快要超过保质期了。"杨艾华说，疫情发生后，商店关门被临时抽调支援到其他店铺。"现在要准备腾仓换货了。"

中山大道上，一辆修剪树枝的专用车正载着工人认真修剪沿途的每一棵法桐树。江岸区园林局修剪班班长郭军华说："季节不等人。修剪树枝，既美观又帮助树木健康生长。已经上班两天了，园林维护人员到岗达到七成。"

"希望等到城市解封，还大家一个美丽的江城。"（皮曙初、李思远）

2020年3月21日
与死神赛跑的他

早上7时35分,湖北省卫健委同往常一样发布通报:3月20日0—24时,全省新增新冠肺炎确诊病例0例,无境外输入性病例。这已经是湖北连续3天无新增确诊病例。

武汉市金银潭医院ICU里,医护人员一如既往地忙碌。

临床救治组组长钟鸣原本是复旦大学附属中山医院重症医学科副主任,也是此次新冠疫情上海赴湖北支援抗疫的"第一人"。1月23日,武汉封城当天,接到国家卫健委指令,原本定好全家春节赴澳大利亚旅游的钟鸣退掉航班机票、取消宾馆预订,只身一人,逆行武汉。

截至3月21日,他已在金银潭坚守了整整58天。

58天,钟鸣亲身经历了从束手无策,到有效控制重症患者的全过程。这几十天里,他一直与死神赛跑。从某种意义上说,这个过程,也是人们认识新冠病毒并与之战斗的过程。

来武汉之前,钟鸣对疫情的了解主要来自新闻。"很快就意识到这趟旅程的不同寻常。当时,虽然是春运高峰,但车厢里只有几名乘客。空荡的高铁车厢里气氛有些压抑,到武汉后,这种感觉更强烈,仿佛空气里都弥漫着病毒。"钟鸣说。

年过不惑,将近20年的重症医学工作经历,钟鸣拥有着丰富的重症病人救治经验,也见惯了各种复杂紧张的局面。但回首这几十天,还是觉得惊心动魄。

1月24日,到达武汉的第二天,钟鸣第一次走进金银潭医院南6楼医生办公室。"透过房间里的一台大电视屏幕,可以看到重症监护室每一个病人的情况。我惊呆了,满屏幕都是呼吸机在报警,一半以上的病人氧饱和度低于 80%。如果在平时我们医院里有一个这样的病人，所有的医生都会参与病人的抢救，现在眼前都是这样的病人，都处于生命危急状态，真是感到有些不知所措。"钟鸣心有余悸。

那天晚上，值夜班的钟鸣产生了强烈的与死神赛跑的感觉：28 位危重病人中，一半以上的病人生命随时会逝去。在抢救第一个病人时，第二个病人心跳停止了。我们又去抢救第三个病人时，但第四个病人心跳停止了。当晚，有 4 位病人不幸去世。

"无力感很强。可以说是我医生生涯中最大的一次挑战，因为从来没有觉得自己能做的事情这么少。"在并不大的 ICU 圈子里，钟鸣被不少人视为"ECMO 大神"。钟鸣介绍，种种迹象表明，新冠肺炎和我们过去碰到的疾病不一样，救治更困难。在很多危重病人的抢救中，呼吸机等传统"十八般武艺"不起作用，甚至 ECMO 的表现也不像以往那么出色。在一段时间里，他的信心很受打击。

从大年三十加入一线，每天都在工作，疲惫也侵蚀着钟鸣的身心。他说，虽然见多了极其危重的情况，但金银潭医院 ICU，这么短的时间里高强度、高频率的一直经历这样的情况，对人的心理很具挑战。

对新冠肺炎充满未知，开始时会感到一些恐惧，加上层层防护让以往简单的操作变得艰难，无论是对心理

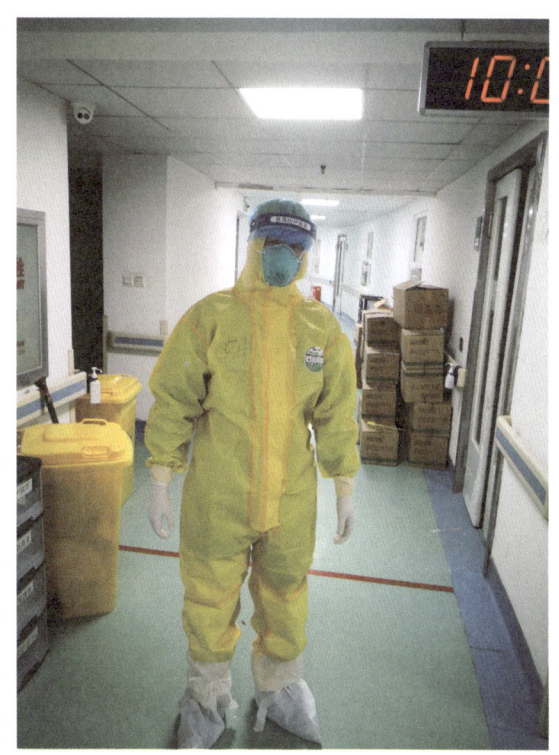

钟鸣在武汉金银潭医院的工作留影。（受访者本人供图）

体力，还是对职业技能的挑战都是最大的。

但钟鸣从未想过放弃。钟鸣说，不付出努力，永远看不到结果。虽然可能前一个病人你不能挽救他的生命，但在救治他的过程中能学到很多，获得更多的经验，掌握到更多的规律，下一个病人救治成功的希望就会增大。

迎难而上、愈挫愈勇，在钟鸣和同事的努力下，金银潭医院ICU重症患者的病亡率下降不少。（余国庆、李思远）

扫码收看

倾尽所能，从未放弃！

2020年3月22日
追踪一位无症状感染者

"清零了！"3月18日，终于迎来武汉新增新冠肺炎确诊病例首次"零报告"，随后几日连续"零报告"。从高峰时段的每天四位数，到清零，人们既欢欣鼓舞，又有些许担心：这个"零"会不会有水分？武汉的疫情会不会出现反复？

果然，3月20日，网上出现一份材料：武汉19日其实出现新增确诊病例了！根据官方数据，武汉19日新增病例为"零"。引发对武汉新增确诊病例是否为零的争议。

随后，武汉市硚口区新冠肺炎疫情防控指挥部回应称，这个病例是无症状感染者，不是确诊病例。

当天的新增病例到底是不是"零"？感染病毒了为什么还不能确诊？无症状感染者是怎么回事？20日当晚，我们对无症状感染者的追踪调查启动。

网上流传的截图显示，这份材料是硚口区韩家墩街综合社区3月20日发布的一份公示，其内容显示，截至3月19日24时，丽水康城小区12栋新增1人确诊患者。

采访过程并不顺利。武汉市、硚口区有关部门只是说事件还在调查过程中。于是我们采取"最笨"的办法，直接奔向韩家墩街综合社区。但是导航却把我们指向了韩家墩街道办事处。经再三打听，才找到了韩家墩街综合社区，这个社区的办公地点在一居民小区里，而这个小区正是丽水康城小区。

到达社区时，已是晚上9点多，经与小区物业值班人员再三交涉，他们才联系上了社区党支部书记陶正太，陶正太答应尽快赶到社区接受采访。在我们向陶正太求证网传内容是否属实时，他表示，这份公示的确是社区发布的。当追问是否有证据表明有1例新增病例，陶正太不正面回应，只向我们展示一张网络截图，并表示这是"健康武汉"App上新增确诊病例的核酸检测结果。

这名张姓患者63岁，有两次核酸检测：第一次采样时间为3月17日，送样机构为武汉市肺科医院，检测结果为阴性；第二次采样时间为3月18日，送样机构为速8酒店隔离点，检测结果为阳性。

陶正太解释，这名张姓患者原本是就医诊治脖子肿大，核酸检测排查发现阳性结果。3月19日晚接到排查结果通知后在小区公示新增1例确诊病例，提醒居民注意安全防护。

稍晚，硚口区新冠肺炎疫情防控指挥部随后回应也证实了陶正太的说法：经全面调查，韩家墩街综合社区丽水康城小区居民张某某，因淋巴结肿块（大脖子病）去医院就诊，体温正常，无发热咳嗽等症状。新冠筛查第一次核酸结果为阴性。3月19日第二次核酸检测结果为阳性，并收治入院。根据《国家卫健委办公厅关于印发新型冠状病毒肺炎防控方案（第六版）的通知》，张某某系无症状感染者，不是确诊病例。3月20日再次采集患者痰拭子、咽拭子，核酸检测均为阴性。

回应还称，因3月19日晚社区了解到张某某第二次核酸检测结果为阳性，误认为其是确诊患者，为提醒社区居民做好居家防控、提高警惕，在小区内发出了通知。3月20日下午，社区已向小区居民解释其不是确诊患者。

无症状感染者为什么没有纳入统计？

一方面，我们深入采访金银潭医院的副院长黄朝林和感染科主任，了解无症状感染到底是怎么回事，应如何加强无症状感染者的监测和防控。

另一方面，查阅了专业方案并认真研读。国家卫健委3月7日发布的《新型冠状病毒肺炎防控方案（第六版）》，监测定义条款中将疑似病例、确诊病例、无症状感染者等分别单列，其中对无症状感染者的定义为：无临床症状，呼吸道等标本新型冠状病毒病原学或血清特异性IgM抗体检测阳性者。

而在2月21日发布的第五版防控方案中，并没有监测定义条款，而是在方案的附件（《新型冠状病毒肺炎病例监测方案》）中体现。也就是说，有关监测定义的内容没有出现在方案正文中。

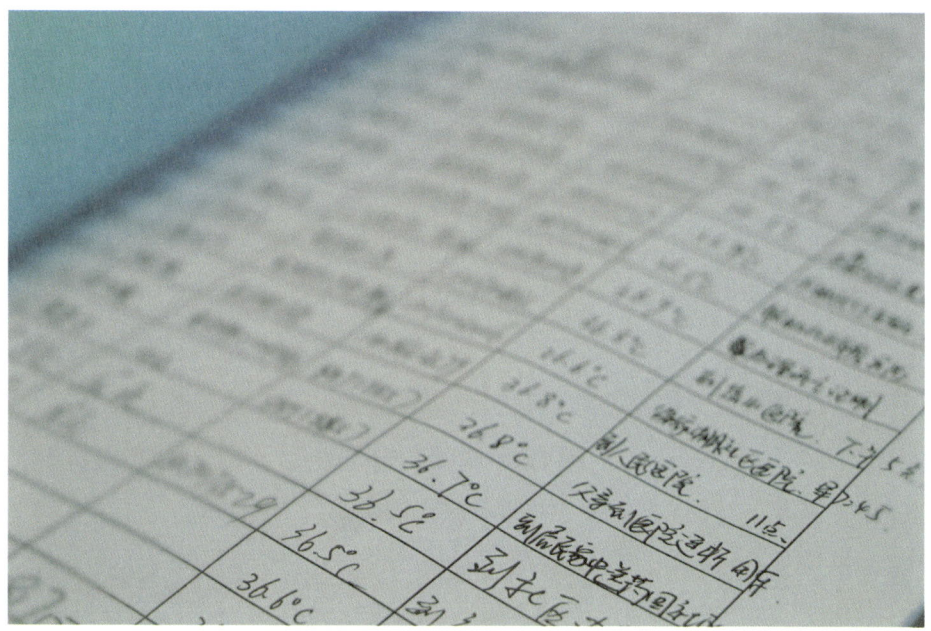

一个社区的居民健康登记本（程敏 摄）

在硚口区防控指挥部的回应中，张某某"体温正常，无发热咳嗽等症状"，第二次核酸检测阳性。根据第六版防控方案，"张某某系无症状感染者，不是确诊病例"。随后，我们追踪调查武汉市当时的几个新增确诊病例，发现临床表现上有的患者同张某某一样，没有发热咳嗽等症状，但由于CT检查结果显示肺部有感染，才被计入确诊病例。

当时，我们查阅武汉市每天发布的新冠疫情动态，其中有疑似病例、确诊病例等统计数据，但并没有无症状感染者的相关数据。

经过深入采访和精心写作，3月22日稿件"对武汉一例无症状感染者的追踪"在"新华视点"栏目刊发。这是主流媒体第一次就"无症状感染者"进行调研。

不少在一线担任救治任务的医生认为，此前疫情严重的时候，防控和医疗资源主要向确诊、疑似、密接人群倾斜。随着疫情进入新阶段，为巩固抗疫成果，防范疫情反弹风险，应高度重视无症状感染者的问题，把进一步加强监测、隔离纳入未来的工作重点中。

补记： 稿件发出的第二天，也就是 3 月 23 日，武汉市卫生健康委组织召开省、市专家咨询会，针对当前市民比较关注的新冠病毒无症状感染者相关问题，从什么是无症状感染者、无症状感染者一般通过什么途径发现、无症状感染者有没有传染性、无症状感染者为何不纳入确诊病例、无症状感染者会发展为确诊病例吗、发现无症状感染者如何处置、个人如何预防无症状感染者带来的传染风险等 7 个方面，给出具体而专业的回应。

10 天后，也就是 3 月 31 日下午，国家卫健委发布《关于新型冠状病毒无症状感染者的防控工作答问》，首次公布无症状感染者统计数据。

至此，无症状感染者这个词被越来越多的人知晓，对无症状感染者的信息发布、隔离、防控、管理等，也逐渐被人们接受。（熊言豪）

2020年3月23日
珞珈山上"云赏樱"

珞珈空寂寥，樱花独自开。

东湖之滨，珞珈山上，武汉大学樱花悄然绽放枝头，却没有等来往年的人海。

疫情之下，"樱"为你而更美。有网友的一句期盼，引发万千共鸣：愿山河无恙，人间皆安，武大樱花的梦想不再缺席。

3月23日，一场为时约一小时的武大校长带你云赏樱视频直播火了，这场新华社视频直播登上各种社交媒体平台热搜，形成刷屏之效。其中，校长在直播中透露一个消息："为感谢一线抗疫医护人员，明年，武大将选择樱花最盛开的一天，开放医护人员赏樱专场。"

武大赏樱的背后，是自16日开始持续12天、视频累计7.5亿次播放量的"云赏樱"，让数以亿计的观众，每天有6个小时可以实时通过5G传输技术，欣赏到了樱花盛放美景。据统计，此次参与武大"云赏樱"网络直播的国内外媒体平台总数超1000家。

武大多位师生化身讲解员，在各媒体平台的"云赏樱"直播节目中介绍武大校情校史，讲述武大战疫故事。他们中，有战疫一线医护人员、有担任志愿者的教授、有学校青年突击队队员、有留校的中国和国际学生，他们通过现场讲解或直播连线的形式，结合自己的亲身经历，传递战疫正能量。

武汉是一座英雄的城市，武汉大学与武汉是一个命运共同体，武大人没有袖手旁观，站在救治一线，挺在防疫前线。武大以两个附属医院为主体，在抗疫临床救治中发挥了中流砥柱的作用。一组数据就能说明：

武汉大学人民医院本部、东院，接管托管了4900张新冠肺炎患者病床，还支援金银潭医院等。武汉大学中南医院本部，接管托管了5400张新冠肺炎患者病床，全面接管雷神山医院，创造"边建边治边培训"的"中国奇迹"。如果算上附属的同仁医院、亚心医院、恩施临床医院等新冠肺炎定点医院3000多病床，武汉大学投入病床达到13300多张。

"在与疫情战斗中，一批武大人临危不惧、义无反顾，以医者的使命感和责任感，站在战疫的最前线。"中国科学院院士、武汉大学校长窦贤康感慨。

武汉大学1989届临床医学专业校友、湖北省中西医结合医院呼吸与重症医学科主任张继先，发现了新型冠状病毒肺炎患者后，最早和院方一起上报。张继先也被称为"武汉疫情上报第一人"。

会诊抢救过SARS、禽流感重症患者的彭志勇第三次主动站在防疫最前线。作为武大中南医院ICU科室主任，他是在武汉较早建立隔离病房，并较早呼吁降低确诊标准的一线医务人员。

武大人民医院呼吸科医生余昌平也是一名新冠肺炎患者。在与病毒搏斗的40天里，他一直用乐观的心态配合治疗，录制短视频科普"新冠病毒"，让更多人能科学清晰地认识新冠肺炎，知道如何防范不恐慌。

在武大中南医院急救中心，郭琴、赵智刚、李春芳和柏慧等4名医护人员不幸先后感染新冠肺炎，但他们在治愈后都不约而同地选择第一时间返回岗位，继续救治患者，被称为心系患者的"返岗天使团"。

附属医院开展前线阵地战，珞珈山忙于校园防卫阻击战。截至目前，除了一名医学硕士研究生在一线帮助医务人员被感染以外，武大796名留校学生无一感染。

"据我们了解，现在国内从事冠状病毒基础研究的团队不超过10个。冠状病毒是武大病毒学国家重点实验室布局的一个长期且重要的研究方向，具有厚实的学术沉淀。"实验室主任蓝柯充满自信。

中南医院院长王行环教授团队，率先进行了新型冠状病毒肺炎临床诊疗循证与转化系统研究，形成临床一线诊疗、护理经验和循证医学融合的诊疗快速建议指南，并与王辰院士共同主编《实用新型冠状病毒肺炎诊疗手册》，为一线医务人员提供参考。

"为进一步推动开展病毒防控领域研究,我校设立了疫情防控科研攻关专项经费,为国家做好技术储备。"武大副校长唐其柱介绍,作为一所综合研究型国家"双一流"大学,疫情暴发以来,学校充分发挥多学科、综合性优势,将研究成果及时地应用到疫情防控工作中,为战疫提供强有力的科技支撑。

武大人文社会科学研究院副院长李霄鹍介绍,在人文社科领域,武大专家学者充分发挥学术和科研优势,把文章写在国家最需要的抗疫一线,向国家部委提交咨询报告上百篇。

为感谢湖北省和援鄂医疗队一线医务人员为湖北疫情防治所做出的努力和牺牲,在校友珞珈白衣天使爱医基金的大力支持下,武大决定,对2020年通过高考录取到武汉大学的投身湖北省疫情防治一线的湖北和援鄂医务人员子女,给予每人10000元的关爱资助。

疫情中,武大年轻人没有缺席,为奉献者奉献,与逆行者同行。疫情中,

一辆5G无人摄像车在武汉大学樱花大道进行不间断无人巡游,实时采集和传输直播图像信号。(程敏 摄)

散落在天涯海角的武大人,也在关注着珞珈山、江城武汉,紧急筹款,放眼全球。

"3月8日,校党委书记韩进、校长窦贤康于珞珈山向全体援鄂医疗队员发出了赏樱邀请信。"李霄鹍说,武大发出邀请,从明年开始,武大将连续3年为援鄂医疗队员以及湖北省疫情防治一线医护人员和家人开设免预约赏樱绿色通道。

有诗人歌颂:珞珈山上,每一次樱花的盛开,皆仿佛一个隆重的春之加冕礼。卸白衣铠甲,英雄正归乡。相信,武大的千余株樱花,会一直在等:待明年,春暖花开,英雄踏胜归来,樱花树下再相约。(李伟)

樱为你,待新篇——
武汉大学"云赏樱"

五

按下"重启加速"键

2020年3月24日
在艰难中按下"重启加速"

这一天,"复工复产"是最醒目的关键词。

城市活起来,工厂动起来,农民忙起来……负重前行,从疫情寒冬中苏醒的湖北,按下复工复产"播放键",在艰难中重启,在阵痛中复苏,打响经济社会发展"主动仗",努力夺取疫情防控和经济社会发展"双胜利"。

3月下旬,陆续有援鄂医疗队完成使命,光荣凯旋。"白衣战士"挥别之际,一座座城市,正从"停摆"中"重启",久违的人间烟火气回归。

襄阳市汉江一桥附近一家面馆前排起了长队。在家闷了近两个月,许多襄阳人最想做的一件事就是:吃碗牛肉面。

面馆师傅将一把把面丢进笊篱,伸进沸水中搅动,捞起来倒进大碗,浇上滚烫的红油,再舀上一勺牛肉加牛杂,撒上葱花。"就是这个味!熟悉的生活又回来了。"襄阳市民周祥感慨。

春回大地,万物复苏。随着疫情风险降低,商业、物流、社会服务等各项功能正在加快修复和激活。

街上,车辆多了起来。咸宁、孝感、黄石等湖北省内除武汉外16个市州陆续恢复了公共交通运营,空荡了两个月的马路,又迎来了熟悉的川流不息。

商铺,陆续开门迎客。孝感街头各类门店约有三成已经开业。在孝感市乾坤国际超市,进场不再限定为代购员,顾客比前段时间明显增多,米面粮油、蔬菜水果及其他物资均供应充足。

战"疫"主战场武汉,在连续多天实现确诊病例"零新增"后,改变也在悄然发生——

在武昌区东亭花园小区,两个小朋友近两个月中第一次从家中下楼,在小区游乐场一边晒太阳,一边荡秋千。

武汉市新冠肺炎疫情防控指挥部 18 日发布的信息显示,"无疫情小区",允许居民分批、分时段、分楼栋,在小区内进行非聚集性个人活动。截至 3 月 23 日 16 时,武汉市无疫情小区占比超 94%。

两个月前,武汉公交、地铁全部停运;两个月后的 3 月 23 日,武汉公交集团部分公交线路实际演练,110 余路公交车上街试跑,熟悉刷码乘车细则;地铁站内,开始进行无死角消杀。

3 月 22 日,武汉市 27 个过江桥梁防疫检测点和主城区近 80 个防疫检查点已经全部撤除。

楚河汉街上,巨幅广告牌闪耀,有的商家正在清扫店面,着手做好开业准备。

这座城市,正慢慢恢复昔日的生机与活力。

经济社会是一个动态循环系统,不能长时间停摆。对于此刻的湖北而言,统筹好疫情防控和复工复产,同样是一场大考。

3月24日,工人在东风乘用车公司工厂总装车间的流水线上生产作业。(肖艺九 摄)

湖北省出台了《促进经济社会加快发展若干政策措施》等系列政策，明确提出在加强疫情防控的前提下，有针对性地开展援企、稳岗、扩就业工作。

放眼荆楚大地，重大项目打头阵，各地加紧推进复工复产。

一大批重点工程项目建设有序启动。仅交通领域，已有18个重点项目安全有序复工，涵盖"铁水公空"所有领域。

总部驻鄂央企积极行动，全力组织。当前，三峡集团复工复产率已达100%。东风汽车公司正逐步推进分区分级复工复产，目前省内企业员工返岗率达63.6%。

湖北本地企业，抢抓复工生产。位于武汉的"中国光谷"，许多企业正在加班加点开足马力生产。厂房内，信号灯闪烁，高度自动化的设备平稳运行。作为国家存储器基地的武汉新芯集成电路制造公司，一直没有停产。"企业备足了原料，基本保持计划进度在生产。"公司董事长杨道虹说。

中国光谷是我国乃至世界重要的光电子产业基地。"稳住中国光谷，就稳住了我国的光电子信息业，也稳住了湖北的高技术产业。"湖北省经信厅厅长王祺扬说。

截至3月19日17时，湖北亿元以上续建项目中，已复工（含未停工）项目1425个。

"我们要抢抓项目、资金、产业发展、重塑重建和招商引资，化危为机，努力完成全年目标任务。"咸宁市委书记孟祥伟说。

据湖北省经信厅统计，截至3月23日，湖北省规上工业企业已有13155户开工，复工率为85%，员工到岗人数171万人，到岗率为60.3%。

"鱼米之乡"抢抓农时，希望的田野上，追赶春天的脚步。

拉起笼子，一只只鲜活的小龙虾从水中跃出。见到这久违了的"老朋友"，湖北潜江市熊口镇赵脑村村委会主任柴社会欣喜不已。

近日，"中国小龙虾之乡"潜江迎来春节后首次开捕小龙虾。"今年是暖冬、暖春，小龙虾提前出来觅食，所以品质比往年好。"中国小龙虾交易中心工作人员王丽晴说，疫情初期，交易中心一度只有6家商户、1台车，目前已逐步恢复到 200 多户，对外开通 46 条小龙虾专线运往全国 300 多个城市。

麻辣、蒜蓉、油焖……小龙虾上桌，唤醒了大家沉睡一冬的味蕾，也点燃了沉寂一个冬天的农村。

湖北是全国水产养殖大省，连续 24 年居全国淡水水产品产量第一。"滞留"水塘的小龙虾终于"上岸"，吹响了湖北农业努力追赶春天脚步的"集结号"。

充分运用网络和云端技术，湖北大力实施农资线上购买线下配送，采用互联网指导农技、无人机洒肥等，多地实现"云上春耕"。

湖北省农业农村厅厅长肖伏清说，湖北围绕"人、车、技、物、钱"五个方面，出台了多项政策举措，帮助农民不误农时，不误农需。全省还已推出 89 期网络直播课堂，发布 600 多条小视频、短视频，指导各地开展春耕。

多个电商平台踊跃行动，推出"湖北农产品特卖""抗疫农货"等销售专区，免费为湖北农业企业开通基地直播"带货"。3 月 17 日至 22 日，宜昌市秭归县通过电商平台销售脐橙 1019 吨。

铆足干劲战疫情，决战决胜奔小康。目前，近 2 万支扶贫工作队活跃在湖北各个扶贫点，着力确保剩余 5.8 万贫困人口如期实现脱贫。

疫情尚未结束，湖北仍负重前行。

这一天，新的准备工作已然就绪：从 3 月 25 日零时起，武汉市以外地区解除离鄂通道管控。

新的生活，要开始了。

历尽千帆，极目楚天，信心与希望，正在春天里升腾……（李鹏翔、梁建强）

扫码收看

湖北潜江小龙虾开捕啦！吃货们准备好了吗？

2020年3月25日
解除离鄂通道管控

3月25日，湖北保卫战的一个重要节点。

这一天零时起，湖北省武汉市以外地区解除离鄂通道管控，有序恢复对外交通，离鄂人员凭湖北健康码"绿码"安全有序流动。

这是湖北保卫战取得阶段性成果的重要标志。对湖北除武汉以外的16个市州来说，这是期待已久的时刻。对许多滞留在湖北市州的人们来说，这更是激动人心的消息。我在湖北孝感见证并记录了历史性的这一天。

25日零时，京港澳高速公路孝感东收费站。

一辆江西牌照的私家车徐徐开上了京港澳高速。车主是24日从江西送人到孝感复工的。由于没有湖北健康码，他在孝感东收费站入口旁等了十来分钟，等到25日零时到来，管控措施解除，他顺利踏上了归程。

获悉检查点要撤除，我和同事提前20来分钟赶到了孝感东收费站。这是进出孝感的主要通道之一，离武汉不到半个小时车程，到河南也仅需一个多小时。临近午夜，检查点帐篷已经拆除，但交警和乡镇干部仍在执勤，检查过往人员绿色健康码和目的地接收证明，一直坚持到25日零时。

从1月22日到3月24日，孝感东收费站检查点存续了63天。这63天里，检查点见证了孝感疫情发展和当地抗疫努力。设立之初，检查点只对过往人员测量体温，后来随着疫情扩散，防控措施逐步升级。疫情严峻时期，跟防疫无关的车辆和人员一律不许通行，以最大限度减少人员流动。从3月15日开始，随着孝感降为疫情低风险地区，防控措施也相应调整，车流量逐渐恢复。

25日零时，在鄂皖交界的界子墩卡口，同事徐海波也见证了离鄂通道管控解除。等待近一个小时后，38岁的货车司机赵亮亮踩下油门，载着32吨瓷砖，沿着105国道轻快地驶过卡口，朝着安徽省宿松县方向驶去。

五 按下"重启加速"键

"终于能出来拉货了。"他的声音中透露出兴奋。受疫情影响,他已经两个月没有出门接单,一家人的生计都受到影响。当天他拉了一车货从湖北省黄梅县去往河南,原以为省界卡口管得很严,没想到碰巧等来了撤卡。

赵亮亮走后不久,在宿松火车站下车的黄梅籍女士蔡婷也来到了卡口,等待其父亲接回家中。蔡婷今年29岁,在黄梅经营一家母婴用品店,春节前受疫情影响,在安徽省六安市婆婆家过年的蔡婷一直滞留在安徽。"我在火车上还一直担心不能通过界子墩呢,没想到现在已经撤卡了。"蔡婷表示,随着黄梅县许多行业陆续复工复产,自己的母婴店也能重新开业了。

25日7时30分许,我和同事再次来到孝感东收费站。收费站入口、出口各有一条车道放行,没有检查环节,车辆自由通行。出入车流量较大,以私家车为主,也有大巴车、大货车、快递车等,表明物流和客运也已恢复运营。孝南区副区长、公安分局局长赵海涛说,车流量已恢复到平常一半左右。

在孝感东收费站完成一场电视直播后,我们沿着京港澳高速,来到了孝感市大悟县。大悟县扼守湖北"北大门",县内的大新收费站是京港澳高速公路在湖北最北端的收费站,再往北不远就进入了河南省境内。

25日上午,我们在大新收费站看到,检查设施已经撤除,执勤人员已经撤离,车辆可以自由通行。过往车辆以私家车为主,其中许多是外省牌照。

10时许,当地人董先生驾驶私家车开上京港澳高速。他和两个老乡一起前往浙江嘉兴返岗复工。他从1月19日回家过年,待了两个多月,没有工资、没有其他收入,生活压力蛮大。他说:"我们都有绿色健康码,确认了浙江那边可以下高速,去了以后先到小区登记,要不要居家隔离还不知道。"

大新收费站员工介绍,该站去年日均车流量2942辆,疫情严峻时期降到每天几十辆,从3月16日以来调整管控措施,凭绿码和目的地接收证明、测温正常后通行,车流量逐步增加。25日0时至19时,大新收费站入口车流量1236辆、出口车流量933辆,与前一天相比大幅增长。

公路离鄂通道管控解除,铁路、航空也正在恢复。

铁路方面,从25日零时起,湖北省内武汉以外的铁路客站恢复办理到达

3月25日，车辆有序进出京港澳高速孝感东出入口。（胡虎虎 摄）

和出发业务。大悟县境内的高铁孝感北站25日恢复运营，该站没有始发列车，25日有11趟过站列车，有两三百人乘坐高铁出行。

在孝感北站候车大厅，来自湖南株洲的陈先生说，他们一家四口今年1月11日到广水市老丈人家过年，没想到一待就是两个半月，吃饭都不好意思了。他说："昨天晚上看到高铁开通，连忙订了今天的票，要赶回去打工。"

机场方面，从25日零时起，湖北省内武汉以外地区解除离鄂通道管控后，省内支线机场具备了复航条件。但具体航班计划安排及执行，尚需按规定报民航局审批。目前，有关手续正在申报中。

虽然湖北除武汉外解除了离鄂通道管控，但部分周边省份对湖北籍车辆和人员仍有限制。

在大悟县采访后，我们驱车沿京港澳高速继续北上，来到河南省罗山县鸡公山收费站、灵山收费站，两处都有人设卡检查。执勤人员均表示，湖北车辆不能通行，没有接到上级通知解除管控，他们执行的政策是"鄂牌不能下、京牌不能上"。

大悟县宣化店镇与罗山县定远乡交界处，湖北省道 108 线、河南省道 219 线相接，湖北一侧检查点已经撤除，河南一侧仍然保留，有人 24 小时值守。执勤人员说，湖北人员进入河南凭绿色健康码、健康证明和目的地接收证明可以通行，购买生活物资可以在检查点交货，但是不允许赶集、来回串门。

"两边疫情风险都已经很低，我们几个月没回家，早就想撤了，但是上级没有通知撤，我们也不知道什么时候撤。"一名执勤人员表示。

同事徐海波在湖北与江西交界处采访发现，江西方面对湖北籍车辆和人员通行也有限制，从湖北进入江西九江的长江大桥上排起了长队。

武汉市此时尚未解除离汉离鄂通道管控，但街头也有了许多变化。

25 日清晨 5 时 25 分，一辆 533 路公交车离开汉口火车站，驶向尚被夜色笼罩的街头。为解决外省来鄂来汉人员及复工复产人员市内交通出行，从 3 月 25 日起，武汉恢复 117 条公交线路运营，包括汉口、武昌、武汉三大火车站始发的 42 条公交线路和中心城区的 75 条区域公交线路。

在武昌火车站附近的公交车站，周晶晶正逐一提醒乘客扫码上车。2008 年起，她成为一名公交司机。如今，她有了新的工作岗位——公交安全员。"我们的职责是监督每一位乘客上车前先要扫码，没有健康码的乘客，需要出示所在社区开具的健康证明才可以乘车。"周晶晶说。

迎着春光，一座座沉寂了许久的城市和乡村，正在这个春天中苏醒。（伍晓阳）

现场直击：湖北除武汉外解除离鄂通道管控

2020年3月26日
医疗废物去哪了？

3月26日，多云，但阳光总能穿破云层照耀江汉大地。

据湖北省卫健委通报，这一天的0—24时，全省新增新冠肺炎确诊病例0例——这已经是从24日起的连续第三天，湖北省新增确诊病例为零了！

这一天，我沉醉在这让人如沐春风的好消息当中，甚至幻想着也许再过两三天病毒就会完全消失，而我和我的同事们也将结束在武汉的报道生活，各回各家；也是在这一天，我走进了王鹏和他的伙伴们的世界，而他们的故事，从另外一个角度告诉我：武汉是如何从病毒肆虐的"至暗时刻"，走向希望，走向百花绽放的春天。

短发，戴着眼镜，文质彬彬。35岁的王鹏第一眼看上去你不会把他与他的职业联系到一起——"病毒终结者"！

王鹏是武汉汉氏环保工程有限公司（以下简称汉氏公司）的一名普通职工，他的工作就是和几位同事一起，把武汉各个医院的医疗废物，送进焚化炉：病毒不论出处，无论是来自雷神山还是火神山，也无论是来自方舱还是金银潭，或是同济、中南，无论是新冠病毒肺炎患者用过的针管、纱布、棉签，还是医护人员脱下的防护服、隔离衣，到了王鹏和他同事手里，这些医疗废物只有一个归宿：送进焚化炉，让这些沾满了病毒的医疗废物化成灰烬，让病毒再也无法危害人间。

疫情发生前，武汉市每日医疗废物产生量40—50吨。疫情发生后，武汉市医疗废物产生量随着病例的增多而陡增，2月16日超过100吨，2月21日达到200吨，3月1日达到最高约247吨。与之形成对比的是，武汉市医疗废物处置能力明显不足。那时，武汉市仅有汉氏环保公司1家医疗废物集中处置单位，日处置能力为50吨。

武汉汉氏环保公司总经理杨帆说,最多的时候,运输医废的专用车从厂内的上料口一直排到厂区门外,绵延七八百米。"那时,一线司乘及操作人员极度疲劳,压力巨大。"

王鹏,就是杨帆所说的一线操作人员。疫情的发生,让汉氏公司的医疗废物收运量由每天 1600 桶左右陡然上升到了 2300 桶左右。而王鹏的工作量也由原来的上两天歇一天,变为从春节前到现在连续两个多月无休!而且每天从早上 8 点干到晚上 8 点,12 个小时一换班!

"每天非常累,下了班洗完澡,躺在床上马上就能睡着。"王鹏对我说,"有时候在班上,靠在一个什么地方,也能睡着!不过现在已经好很多了,最累的时候是一月底到 2 月底的这一个多月!"

面对疫情的发展,武汉市在中国节能环保集团的帮助下,只用了短短几天时间就建起了一个新的医疗废物处理厂,同时,又把一家原来专门处理工业废物的工厂转变为处理医疗废物的工厂,但从总体比例来说,汉氏公司处理的医疗废物依然占整个武汉市的五成以上。

3月26日,王鹏推着装有医疗废物的塑料桶走向上料系统。(费茂华 摄)

每一天，汉氏公司的司机会从各个医院把医疗废物运到公司，而王鹏和同事将这些装有医疗废物的塑料桶从电梯上卸下来，放到上料系统上，机器运转把桶里的医疗废物倒进焚化炉。卸桶、推桶，然后再将已经倒空的塑料桶挪到一边消毒——这些简单的动作其实危机四伏。装有医疗废物的塑料袋虽然已经扎好了，但里面的针头等器械经常会把塑料袋扎破，而且，有些塑料袋口系得不紧，在塑料桶翻转的时候，里面的医疗废物会散落开来——这些，都会给王鹏和他的同事们带来巨大的危险。

"我觉得问题不是很大，我们不用直接接触那些医疗废物，就把桶推到上料系统上，它自己就倒进焚化炉里去了！"王鹏对我说。

理论上确实如王鹏所说，但是我在现场看到，在将医疗废物倒进焚化炉的时候，有的塑料袋自己打开了，里面装着的医疗废物散落开来；还有的塑料袋不知为何，就是倒不进焚化炉里去，王鹏和同事只好伸手到垃圾桶里把装有医疗废物的塑料袋取出来！

王鹏和他的伙伴们虽然不像重症病房里的医护人员一样直接面对新冠病毒肺炎的患者，然而，他们直接面对的是在救治这些患者的过程中产生的医疗废物，这些医疗废物上面，沾满了大量的新冠肺炎病毒！

所以，王鹏和他的同事是当之无愧的"病毒终结者"：每天都有数量大到无法统计的病毒经过他们的手，被送进焚化炉中，从人间消亡。

"我挺喜欢这个工作的！"王鹏对我说，"这个工作说小了，是养家糊口；说大了，我也是在为这个社会服务！而且，现在在这个疫情中，我这个工作的意义更大，我和同事经常在宿舍里聊天时说，现在虽然疫情已经有了很大的好转，每天的确诊病例都在下降，甚至有几天武汉都没有新增的病例。但是，只要医院的病例不清零，我们的工作就不能停！"

在忙碌的每一天，与老婆孩子的视频聊天是王鹏最惬意的时光，从春节前到现在，王鹏已经有两个多月没有回过家，和老婆孩子只能通过视频相见。

"两个月没见，我儿子好像已经长高了，而且还不少。"在午饭后，王鹏又拿出手机，呼叫了自己的老婆，在视频聊天的时候，王鹏的儿子问他："爸爸你哪天才能回家啊？"

"等爸爸把病毒打败了，就能回家了！"看着手机视频里老婆儿子，王鹏的脸上突然绽放出开心的笑容，这发自内心的纯净的笑容，让我的内心也温暖感动起来，但同时伴随的还有一些内疚：如果不是因为在3月24日的时候跟着文字记者李思远进行了一次关于武汉医疗废物处理的调研采访，我不会知道，在武汉的这场"战疫"中，除了医护人员之外，还有像王鹏和他的伙伴们这样默默无闻但却直接与病毒对抗的人，这样几乎不被人关注的普通人。

王鹏的笑容让我想起了采访过的送菜员马增辰以及我在江夏方舱医院休舱那天遇到的三位保洁员大姐：在某个瞬间，我都在他们的脸上看到过同样愉悦同样纯净的笑容。

送菜员马增辰脸上的笑容是绽放在采访他的那天下午4点多，那是一天中他感觉最美妙的时刻：抽完一根烟之后，品尝着女朋友送来的包子时，他笑了，那笑容是从心里往外荡漾出来的。

这些包子是他在那一天从凌晨4点多开始工作后的第一顿饭。吃完饭后他可以稍微休息一会儿，而后又要开始为封闭在各个小区、社区里的居民们送菜，一直到夜里10点多钟，才能吃第二顿饭。

疫情发生之后，马增辰和他的几百个小伙伴们的工作时长都延长到每天将近十五六小时甚至将近20个小时，而因为所住的小区执行严格的管理规定，马增辰每天不能回家睡觉。我跟着他拍摄了一天，看着他在车里吃饭，在车里睡觉，在公司的厕所里洗脸、刷牙、洗澡……

"你为什么这么拼命？"我问马增辰。

"现在干这个不仅仅是为了挣钱。每天接触这么多人，风险很大。但是居民吃不上菜怎么办？只能靠我们！"马增辰对我说。

而那三位保洁大姐的笑容则是在我将镜头对准她们的时候：3月9日，就在人们庆祝江汉方舱医院休舱的现场，在欢乐的海洋旁边，在隔离区内的一角，我发现有三位女士静静地站着，远远地看着。她们防护得非常严密：防护镜、防护服加上隔离衣、靴套……外面还有一件黑底黄色条纹的背心。当我把镜头对准她们的时候,她们显得异常开心,并且立刻高兴地摆出"心形"的造型,随即又转身把背心后面的字展示给我看:厕管中心!原来她们是负责厕所的保洁人员。

因为新冠肺炎病毒会通过粪口传播,所以方舱医院的每一个患者上完厕所之后,这些保洁大姐就要进到厕所里去冲洗!"你想想,你在家上厕所,你妈妈会这样给你冲厕所吗?"一位跟我聊天的保安这样对我说,他说在这个方舱医院,除了医护人员之外,他最崇拜的就是这些保洁大姐。

但遗憾的是,我还没有来得及知道三位保洁大姐的名字,她们就消失在隔离区里。

无数的保洁大姐们、"小马哥"们和王鹏们,他们默默无闻、普普通通,他们也许不会说什么豪言壮语,但他们同样是这场战疫中的"战士"。正是有他们的努力,让武汉这座城市的心脏继续跳动,血液继续流淌,让这座城市继续保持着温度,保持着体力,保持着活力!

而在这场战疫中,还有多少平凡的普通人,做出了多少非凡的努力!

他们各自在自己的角落里散发着光芒,终于使这场战疫能够从至暗时刻走向天色即白!让人们从绝望迈向希望!(费茂华)

扫码收看

医疗废物处置人员:
特殊战场战病毒

2020年3月27日
这熟悉的日常，把武汉人看哭了

湖北要"重启"了，武汉要"重启"了。

离鄂通道解除管制，湖北人凭健康绿码可行自行离鄂；武汉117条公交线路恢复运行，大批项目陆续开始复工……几天中，我们的记者记录了这"重启"的每一个历史性步伐。

那么，普通武汉人的生活，是否也在"重启"？

27日上午，我和两位同事熊琦、饶力文驱车前往那条标志性的吉庆街，寻找武汉人生活"重启"的迹象。我们联系了一家当地著名的热干面店"蔡林记"。

热干面是武汉人最日常和最喜爱的小吃，是他们"过早"必不可少的选项。在武汉"封城"初期，有一张广为流传的海报，画的就是各地小吃在窗外关心病榻上的热干面。

没有热干面的"重启"是不可能的。

武汉的春天简直不是用"多变"能形容的，十几分钟的车程，我们就遇上了一场如泼暴雨，所幸路上车不多，在白茫茫的雨幕中，熊琦成功地把车停到了吉庆街口。

店长周秋香搬开堵在门口的桌子，把我们放了进去。在这个上下两层的连锁面店里，只有她和另外两个店员。"24号通告，当天我们就开始在线上接单了。前两天，我们就把店收拾好了，就盼着能开始营业。武汉人离不开热干面。"

周秋香不是武汉人，但一直在武汉工作。"1月23日要封城，我带着大家把店收拾好放假后，发现自己走不了了。"此后，她和同宿舍的另一个外地同事一起，在小小的宿舍里度过了紧张担心的两个月。单间宿舍里没有厨房，

"蔡林记"热干面馆的店长周秋香在做热干面。(熊琦 摄)

她们靠着两个电饭锅,一个蒸饭,一个就用白水蒸菜。刀也没有,就用手撕菜。所有的调料就是一瓶盐。

她们几乎靠吃白粥熬到了今天。

就一个房间,两个人这么过两个月,真是不容易:"好在宿舍还有个阳台,你们还可以出去晒晒。"

"我们哪里敢去阳台啊,那时害怕得阳台门都不敢开。"

……

"也没什么,就这样,慢慢地,也过了。"周秋香说。

这就是疫情下的武汉,外界风声鹤唳,但只有身处其中,才能体会面对无形病毒的胆战心惊。

从最高时一天确诊万余例,医院人满为患,病人呼号求治,到如今方舱医院全部休舱,援鄂医院队陆续撤离,两个月间,武汉人经历的,不只是生与死的考验。

27日的通告说,3月26日0—24时,湖北新增确诊病例0例(武汉0例),新增疑似0例(武汉0例)。湖北省卫健委副主任柳东如在下午的发布会上宣布，武汉主战场疫情传播基本阻断，武汉市整体由高风险区降为中风险区。公园等各种公共场所，都在开始研究如何稳妥地开放了。

在家封闭得时间久了，武汉人越来越想念热干面。经常有人朝着周秋香她们的宿舍喊："哎，'蔡林记的'，你们怎么还不卖面？"更多的人打电话来，天天打，晚上11点还有人打。

"他说，好想吃，我说，我们知道，武汉人就是离不开热干面。"周秋香说，她们自己也盼着开门，终于盼到了这一天。

"头一天，我们打扫到凌晨2点，回去睡了个把小时，4点又回来开始干活。"在恐惧中封闭了两个月后，这些店员都异常渴望重新开业。

"'蔡林记'，能吃了吗？"采访期间，不断有人冒着雨过来问。

虽然整体情况好转，复工复产步伐加快，但政府对餐饮业的管制还是严格的。餐馆的门虽然开了，但要用桌子拦住，而且还不能现场点餐，只能通过手机下单。

武汉放松了交通管制，店里的面和调料的供应正常了，但店员还只有她们3个人。24日，只接了五六十单。25日，接了七八十单……发现热干面店恢复营业后，订单很快多了起来。

"开张以后生意太好了，我们人少，好多东西做不出来，搞不赢。"忙成一团的周秋香和同事们，看起来并不发愁。

我们一边采访，一边看着旁边的机器不断吐出新的订单。最新的那张美团34号订单上，有一个长长的备注：

"因为我正在集中隔离，您可能需要同大堂工作人员沟通，如果有问题跟我打电话，8228房的。"

我们的采访一再被打断，最后完全无法进行了。小小的"蔡林记"门口，外卖骑手挤成一团。

"饿了么，32和34。"

"快点快点，我的30出来没？"

"美团33给我搞一下。"

"24还没出来？"

"23还在这里等着呢！"

骑手们此起彼伏的催单声和抱怨声响成一片，周秋香和店员们忙作一团，一边清楚地安排订单，一边毫不示弱地跟骑手们斗嘴。

我们一边拍，一边想流泪。

这是武汉人最熟悉的日常一幕。（徐壮志）

扫码收看

这熟悉的日常，把武汉人看哭了

五 按下"重启加速"键

2020年3月28日
"烟火味"武汉等你来"过早"

武汉市地铁部分重启,轨道交通1、2、3、4、6、7号线恢复运营了。

地铁车厢内,座椅上贴着矩形黄色小标签,提醒乘客隔位而坐。戴着口罩与护目镜的安全员,举着蓝色的告示牌来回走动。告示牌上写着:"全程戴口罩,人员不聚集,下车请扫码。"

扫码"实名登记乘车",过安检测量体温,进入车厢再次扫码,这些将是疫情防控常态化措施。

"我们记得很清楚,地铁一共停了65天。当时看到新闻说地铁要停运,我比较震惊,因为从来就没有想过地铁有一天会停运。"武汉地铁运营有限公司车辆二部工班长李伟说,"今天地铁再次运营,再次为武汉市民服务,我们又激动又高兴。"

当日,从广州南始发的G1112次列车停靠在武汉车站一站台。等待65天,"九省通衢"铁路大动脉也恢复了跳动的频率。在疫情防控形势持续向好的背景下,全市17个铁路客运站点恢复到站业务。

列车开门后,240名旅客在车站工作人员和志愿者的引导下依次下车,一场简单庄重的欢迎仪式在站台举行。车门外,一句"欢迎回家"的问候,迎面而来的鲜花、掌声和欢呼声,让不少在异乡漂泊多日的旅客湿了眼眶。

"终于回家了,一下心里踏实了,感觉武汉还是原来的样子。"刚刚踏上家乡湖北武汉的土地,来自武昌区的王先生激动地说。

是的,武汉还是原来的样子。三月的最后几天,阴雨相间,樱花已经凋残,"烟火味"的武汉,正在一点点恢复往日的气息。

武汉"烟火味",最浓户部巷。此时的户部巷里,无患子树绿满枝头,春意盎然。年轻人穿着家居服打羽毛球,老人们戴着口罩在胡同里踱步,街坊们聚在一起"唠唠天",还有人拖着行李箱匆忙返回或外出,热干面的香味也在小巷里弥漫飘散……

"过早户部巷,消夜吉庆街。"武汉人将吃早餐称之为"过早"。一个"过"字,很有气势,就像"过年""过节"一样,隆重而富有仪式感。他们将早餐"过"得花样百出、名目繁多:汤包、豆皮、油香、面窝、热干面、欢喜坨、锅贴饺、糯米鸡、炒豆丝、糊汤粉……一顿早餐,可以吃出上百种花样。

户部巷是武汉人的"过早一条街",也是外地游客来武汉的网红打卡地。不管什么时候到达户部巷,都是一片人头攒动的热闹景象,来自四面八方的游客,摩肩接踵,熙熙攘攘,在各个摊位面前,汇聚成一幅幅活色生香的城市表情。

疫情防控期间,"过早"的武汉也被按下了"暂停键"。

民主路、户部巷、自由路三条步行街,构成了如今的户部巷小吃街。店铺还没有开门营业。蔡林记热干面、老谦记豆丝、脆皮五花肉、壹米大薯条、

在武汉市粮道街的家阳"赵师傅"天天红油热干面店,厨师在制作热干面。(沈伯韩 摄)

徐嫂糊汤粉……这些平日里香飘满巷、让人口水肆溢的小吃店，此刻都香味难觅，只有那些熟悉的招牌依然醒目，默默守候。

在这里，我看到了武汉正在发生的当下，也看到了武汉刚刚经历的过往，看到了武汉人的日常。

广福坊、鸿祥巷这些背街小巷里，越来越多的居民走出家门，或在巷口闲聊"唠天"，或者在转角溜达休息，年轻人干脆拿出球拍，打起了羽毛球，小巷中回荡着击球的砰砰声，增添不少的活力……

老巷子里，蒋君臣老人戴着口罩，默默在地上书写。他用一支自制的巨大"毛笔"，一丝不苟在青石地面上写下一篇《武昌揽胜图》："武昌古郡，华夏名城。江腾汉汇，人杰地灵……起义门举枪鸣炮，威震层云。都督府帷幄运筹，皇冠永落；中山舰英雄抗敌，亮节长存。农讲所燃一盏明灯，照亮沉沉黑夜……"

老人已年逾七旬。他说，发生疫情以后，他和老伴两个人被困在家里，与儿女们分隔。为了打发时间，他用扫帚柄、沙发海绵和饮料瓶为材料，自制地书笔，练习写地书。刚开始在自家院子里写，现在可以出门，就在巷子里来写了。

"院子里地不平，笔磨损得快，这里地平，好写多了。"回顾刚刚过去的两个多月，老人十分感慨，"不能光坐着看电视，得找点事情做啊。"

沈小妹却不愿回顾过去两个月里发生的事情。她是武昌区中华路街户部巷社区党委书记，面对我的追问，她只是反复说道："都过去了，蛮难蛮难的时候已经过去了，现在一切都在好转……"

但是，从她忽然夺眶而出的眼泪中，便能明白，那是一段多么难熬的日子。

8614人的社区，65岁以上的老人超过1200人，20多人确诊新冠肺炎。"我们属于老旧城区，没有物业管理公司，社区要直接面对居民。"沈小妹介绍，社区只有12名工作人员在岗，其中11人是女同志。

"即使最无助的时候，大家还都保持克制和理性。为了保护我们，一些发热病人自觉与我们保持距离。"沈小妹说。

随着志愿者不断加入，下沉干部也陆续赶到，人员力量、各种物资逐渐充裕。抗击疫情的战线迅速形成，管控措施也更加严格有效。四通八达的小巷被蓝色的围挡挡住，只留下一个进出口，并安排人员24小时执勤。居民生活物资保障体系也逐步建立，团购、分发，针对老人还会送菜上门。

艰难时期，让人看到了守望相助的温暖。

60多天来，熊先武一天也没休息，转运发热病人，给社区进行全面消杀，解决居民每一个困难求助，帮助居民采购生活物资……虽不是社区工作人员，这位67岁的老人却和社区工作人员一道，一直活跃在抗疫一线。

"疫情暴发以来，我自己也经历了由紧张、到恐慌、再到平静的心理战。如今，我已经全身心地投入到社区工作中来。我觉得，武汉抗击新冠肺炎，我们普通人也应该挺身而出，每个人分担一点，助她一起渡过难关。"

户部巷大大小小商铺有300多家。突发的疫情，让许多店老板都滞留下来，他们不能返乡，也无法经营，一些人自发加入到志愿者的队伍中来。

熊先武说，他们不计得失，不惧生死，洒汗水，抗疲倦，受委屈，用自己的血肉之躯筑牢了"最后一公里"的防控战线。

他在朋友圈里自豪地写道："户部巷社区自由路30号，一居民家卫生间堵了，在没有专业疏通工具的情况下，能亲自用手去疏通，我大胆地说，没有多少人能做到！"

"我不是不累，只是不想当逃兵。"他对我们说，有时候躺在床上都起不来，可是睡一晚上爬起来还是继续顶着干，现在想起来也挺自豪，"毕竟在这关键的时候，我为我的社区拼过命！"

民主路的尽头，就是武昌江滩，武汉长江大桥高高矗立。透过围挡的缝隙，可见宽阔的江面上，巨轮穿行。历史上，这里曾是大码头。

户部巷便因码头而兴，"过早"的文化也是码头文化的一部分。舟车络绎，人气鼎沸，汇聚江汉五粮、天下干鲜，汉味小吃杂糅了南北之风、东西之味，品类繁多，经久不衰。

三月已过，四月将近。纵使所有的计划都被疫情打乱，这个难挨的冬天也已经挨过去了。热气腾腾的"过早"、热气腾腾的武汉正在恢复。

"店铺开业正在申请审批中,等复工开业了,再来,会更有'味道'。"沈小妹说。

"烟火味"武汉,等你来"过早"。(皮曙初、李思远)

武汉地铁,开往春天

2020年3月29日
人间有爱，海棠花开

"没有一个冬天不可逾越。"严冬里，这句话激励了很多武汉人。3月末，春日暖阳如约而至，武汉疫情继续向好。

3月29日，武汉雷神山医院举行送别仪式，千余名援鄂医护人员即将踏上归途。

据湖北省卫健委3月29日通报，3月28日0—24时，全省新增新冠肺炎确诊病例0例，无境外输入性病例。截至3月28日24时，武汉市报告确诊病例50006例、累计治愈出院45418例。

也是在3月29日这一天，那个被感染的急诊科女护士李婷康复回家了，她是45418位新冠肺炎治愈者中的一位。

妻子回家这天，丈夫海棠把家里的里里外外都打扫了一遍，他说，希望妻子回来的时候，可以看到家里的一切都还是原来的模样。

早上9点半，社区安排的车子送石头妈妈回家，当两人在家里像从前一样拌嘴，打打闹闹，忽然觉得空缺了许久的生活气息，好像一瞬间就回来了。

李婷问："娶了我你后悔吗？"

海棠说："不后悔，我后悔没早点认识你。"

海棠，真名蔡开海，今年31岁，武汉本地的一名影视摄影师。妻子李婷，武汉中心医院诊科的护士。他们的儿子小名"石头"。

和很多武汉人一样，1月24日除夕那天，海棠带着妻儿回老家和父母一起吃团年饭。1月23日武汉"封城"，但各区之间仍能通行。父母在武汉新洲区，距离中心城区约有一小时的车程。想着初二（1月26日）就要上班，中午吃完年饭，李婷便一个人回到了市区，海棠和石头留在父母那里，准备多陪老人两天。

"当时没有想到事态变化得这么快,1月25日大年初一晚上,政府发通告,实施交通管制。我一看,不行,得马上回去,不然可能回不去了。"当天晚上,海棠告别父母和孩子,独自一人驾车回到市区。孩子留在老家,海棠后来回忆说,这是多么正确的决定。

"武汉出了这么大的事,我也想做点什么,妻子正好在医院工作,我想可以从拍摄他们医院抗疫开始。"虽然妻子拒绝拍摄,但从事影视纪录工作的海棠,仍然寸步不离地跟着李婷。其实,他有另外一个私密的想法,"听她在家里说,新冠病毒很可怕,我跟在身边拍摄,也是怕她出事。"

怕什么,来什么。1月26日,海棠永远也不忘不了的日子。那一天,李婷确诊感染了新冠病毒。

"大约8:40的时候,这个时间我记得很清楚,她给我打电话,说她中了。我一听就知道是什么事情,当时脑子里一片空白。这个时候,我的拍摄已经停止,没有办法继续下去。CT结果出来后,医生说,肺部有一块病灶,可以考虑病毒性肺炎。我当时不相信这个结果,想是不是医生搞错了。"

1月底至2月初,湖北在院患者数量最高峰达到4.4万人,其中重症患者1.1万人以上,医疗系统几近崩溃。患者数量激增,医疗资源严重告急,武汉出现了"人等床"现象。一床难求,大量患者奔波在求医路上,很多病人在煎熬等待中由轻症拖成重症。

"医院根本不可能帮她搞到一张床位,虽然是医院的职工,"海棠说,"没有办法,我们只能回家去隔离。"

从知道自己感染的那一刻起,李婷就和海棠保持两米以上的距离,在回家的路上,虽然很冷,但车窗仍然开着。路上他们一句话也没有说。

回到家里,海棠开始调整拍摄视频方案,从开始想记录妻子及医院的工作,变成记录妻子在家隔离的日常。"担心后面事态变得更严重,我想将这些视频拍摄下来,让更多的人看到,这样她可能有机会住上医院。"

海棠为他拍摄的视频起了一个名字:《那个被感染的急诊科女护士》。其实,

出院后，海棠和妻子李婷带着孩子享受春光。

他自己也不知道能拍摄多久，有没有人关注他的视频。

"视频在网上播出后，真没有想到会引起这么大的关注，很多网友发来一些很关心的话语。我把这些东西发给妻子看的时候，就发现她的情绪会更好一点。我每天在家里跟她说，不要怕，加油，坚持住，显得很苍白。陌生人的鼓励对她来说，却很重要，她的信心大大增加。有一个江西赣州的小女孩，专门给李婷做了一个贺卡，并跟她妈妈说，要把自己的700元压岁钱，再找妈妈借300，凑出1000元钱捐给我们。妻子感动得不行，这也是我继续拍下去的原因。"

网友的关注，让海棠有了继续拍摄记录下去的信心。后来他们发现，一些有同样境遇的家庭更加关注他们的视频，留言询问各种各样的问题。"我拍摄的这些视频，不仅对妻子是鼓励，对一些正在与病毒做斗争的家庭，也是一种鼓励。当时其实特别累，但我仍然坚持拍摄下去。"

视频中的一个情节感动了很多网友。海棠到妻子隔离的房间打扫卫生，李婷用厚厚的被子裹住自己，不断地哭喊，不断地重复一句话："你出去，你不要离我这么近，我不要你待在里面，我传染给你了怎么办？"

"我不害怕，真不害怕，我也没想过害怕。我觉得必须定期进去，这样对她恢复健康有好处。我进去观察一下，说几句话，也能让她放松一点。我

五 按下"重启加速"键

到底有没有想过怕被感染呢？其实那个时候，我也没有时间去想，只是想把她照顾好。"

在回家隔离的第 5 天，李婷的状况变得特别不好，高烧 39 度多。这时候，武汉市每天因新冠肺炎死亡的病例也在增多。

"非常的恐惧，担心她会随时死掉。我就想着赶紧送她去医院，打了很多电话，包括 120，也没有人接。那时候真是太难了！"

李婷全身酸痛无力，整天将自己裹在被子里，泣不成声，不断地说："我不舒服，我好难受啊。"海棠感觉很无力，但什么都做不了，只能一遍遍安慰妻子。

那真是段艰难的日子。为了妻子能吃好点，海棠开始学着下厨。买菜、做饭、煎药、煮鸡汤，以前那些很少做的事情，现在都成了日常。

妻子想吃大白菜，因为出不去，海棠就想办法找跑腿去买；网友推荐了一位知名中医，他就按照中药方子煎好了端去给妻子喝，怕她觉得太苦，还专门带了根棒棒糖。

在家隔离中，他们度过了结婚四周年的纪念日，海棠还尽自己所能为妻子准备了一个惊喜：一个蛋糕，一束鲜花，还有一张"陪你去世界任何地方"的欠条。

后来妻子的高烧慢慢退下去，海棠看新闻中说很多人一周就好了，认为妻子也应该是这类人。2 月 7 日，差不多第一个 14 天隔离后，他们满怀信心地去医院复查。谁知一看到结果，医生说肺部 CT 还是有问题，二人的心一下子沉到了谷底。

2 月 6 日，武汉新建的方舱医院开始接收病人。这让很多苦苦等待床位的病人看到了希望。

2 月 8 日，李婷终于住进了医院。但在妻子住院的日子里，海棠并不轻松。

"其实自从她'中招'后，我就感觉像是坐上了过山车。开始病情不断恶化，心都提到嗓子眼了。后来症状消失，感觉平稳了许多，结果肺部 CT 仍然没有好转，又异常低落。在医院 37 天，核酸做了 7 次，第一次阴性，感觉不错,第二次怎么又变成阳性,第三次又是阴性,第四、第五次阳性,第六次、第七次阴性,一会儿好,一会儿坏,这样的结果,心情异常煎熬。"

3月15日,住院第37天后,李婷康复出院。按武汉市要求,李婷出院后到一个指定隔离点继续隔离观察。14天后,3月29日,解除隔离,李婷回家。

自1月26日李婷患上新冠肺炎后,海棠一边照顾妻子,一边用摄像机完整记录她从发病、恶化、居家隔离、住院、定点隔离、回家的全过程。

61天里,海棠在网上发布了27期《那个被感染了的急诊科女护士》系列短视频,引发无数海内外网友关注。有人这样评价他的视频:以独特的第一视角,完整记录了疫情中心武汉的一个普通家庭在遭遇新冠病毒袭击后如何应对的全过程,非常具有样本意义,也有历史价值。

"我没有那么高尚,没有那样去想过。拍摄到后来,有一个新想法,就是想将这些东西留给自己的儿子看,给自己的后代看,让他们了解自己的爸爸妈妈当年经历了什么。"

海棠说,这件事后,终于知道自己和妻子在对方心中的位置。今后会更加珍惜彼此,珍惜生活,有什么困难,两人会一起勇敢面对。

"在过去的整整61天里,我和老婆一起经历了恐惧、病痛、争吵,其中有苦有泪,也有幸福和温暖,所幸,一切都过去了,我们会一直铭记,永远感恩,和武汉一起再出发。"

回首过去那场历经60多天的战"疫",有痛苦,有争吵,有恐惧,有迷茫,也有数不清的幸福与感动,点点滴滴,都是他们难以忘却的记忆。

人间有爱,海棠花开。(余国庆)

扫码收看

经此一疫·面对

2020年3月30日
壮哉,英雄的武汉人民

"当……"长江之畔,江汉关大楼整点钟声响起,仿佛城市的心跳。

百年江汉关见证了武汉历经沧桑,也见证了武汉一次次从逆境中的崛起。庚子年间,钟声激越,记录着英雄城市、英雄人民惊心动魄的战"疫"历史。

封一座城,护一国人。至3月下旬,以武汉为主战场的全国本土疫情传播基本阻断,全国疫情防控取得阶段性重要成效。这座千万级人口城市和人民做出的牺牲和奉献,必将通过打赢新冠肺炎疫情防控斗争被载入史册!

英雄之城即将迎来"解封"。几个月来,我们亲历并见证了武汉人民的不畏艰险、顽强不屈、坚韧不拔、高风亮节……为了不负这段惊心动魄的历史,新华社真情聚焦伟大的人民力量。

——识大体、顾大局:每个武汉人都是坚强的天使。

14岁的孙婉清,父母都是医生。在疫情最为严峻的时期,小婉清给奋战在医院的父亲写下家书,"吾坚信,没有一个冬天不可逾越……"一时广为传诵,给无数人带来信心和力量。

身处疫情的漩涡中心、风暴之眼,武汉面对的是新中国历史上防控难度最大的突发公共卫生事件。1月23日,武汉史无前例地断然"封城",奋力阻止疫情蔓延扩散。

城市静止,家门紧闭。由于起病隐匿,传染性强,确诊困难,床位紧缺,有的危重患者甚至等不到入院就不幸病故。

惊恐、迷茫、焦灼、悲痛……在与疯狂攻击的病毒生死搏斗的68个日日夜夜里,900万武汉市民宅家坚守。每扇紧闭的门窗背后,都是特殊的战斗。居家不出,就是一种无声的奉献。

冰封的城市,连接着恍若隔世的此去经年;渐暖的春日,映照着紧咬牙

武汉黄鹤楼。(才扬 摄)

关的顽强坚持。

29岁的小莉走出雷神山医院那一天,只带走了出院证明,因为上面写了一段话,她想珍藏一辈子——"你经受了心灵的煎熬与病痛的折磨,病毒拉开了我们的距离,却让我们的心贴得更近……爱是最好的武器,让我们一起迎接春天的到来……"

伤痕变成铠甲,无数个曾经是"孩子"的少年一夜成长。

3月28日,阿念解除隔离回家。为了照顾抗拒治疗的外婆,她申请从方舱医院转到火神山医院。虽然她89岁的外婆最终没能和她一道回到温暖的家。

挺过艰难,克制哀伤,不忘感恩。阿念含泪签下外婆的遗体捐献书,她希望更多的患者能够治愈出院。

——传大爱、担大义:英雄的人民撑起英雄的城市。

阴霾笼罩之处,光芒更显耀眼。

疫情初显,湖北省中西医结合医院呼吸内科主任张继先率先拉响警报;疫情突袭,武汉市金银潭医院院长张定宇隐瞒身患渐冻症的病情,疾行在与病魔搏斗的最前沿;疫情蔓延,在数以万计病人求医无门的紧要关头,中南医院影像科副主任张笑春大声疾呼:应将CT临床诊断作为筛查的重要依据;疫情肆虐,面对"一床难求"、死亡人数激增的凶险形势,同济医院院长王伟带领团队迅速改建新增近2000张床位，主动承担抢救任务。

白衣执甲，逆行出征。6万余名武汉本土医务工作者和4.2万名从全国各地驰援的医疗队员并肩作战，与时间竞速，与病魔赛跑。刘智明、彭明华等甚至献出了自己宝贵的生命。

截至3月29日，武汉市累计治愈出院45733例，治愈出院率达91.5%。

与城市共同进退、生死相守的，还有广大社区工作者、公安民警、基层干部等。每天工作15个小时左右的武汉大学病毒学国家重点实验室主任蓝柯，四处为居民买药、身上挂满药袋的社区网格员丰枫，患过癌症、身体瘦弱却每天背着10公斤重的消毒喷壶忙碌的洪山区司法局下沉干部杨端华……

每位武汉人，如同钻石的一个个切面，都闪耀着自己独特的光。

我们在武汉工作和生活多年，特别是曾与江城人民一道并肩抗击过98长江特大洪水、08特大冰雪灾害等，深知他们在码头文化背景下的英雄底色。此次，不少人或许也曾有过"吓蒙了""吓苕了"的过程，但回过神来，迅速恢复的是"冇得么事"的勇敢、"不信邪""不服周"的倔强。

医护鏖战的时刻，他们没有后退；社区封锁的时刻，他们没有旁观；交通阻隔的时刻，他们没有迟疑。志愿者、外卖小哥、咖啡店老板……一个个再平凡不过的普通人，挺身而出，将自己幻化为"超人"，尽力拯救这座深爱的城市。

心若有爱，战自有力。终于，出院人数越来越多，方舱医院全部休舱，无疫情小区超过98%。

——迎大考、战大"疫"：武汉保卫战，终将必胜！

"寒雪梅中尽，春风柳上归。"

3月18日以来，武汉市除23日新增一例确诊病例外，其余12天无新增确诊病例、疑似病例；重症、危重症患者数降到三位数……英雄的武汉人和他们英雄的城市一起，定能闯关夺隘，走出阴霾。

地铁开了！随着地铁2号线头班车缓缓开出，城市交通功能正逐步恢复。班列通了！停运60多天的国际班列开始驶向欧洲。企业运转了！截至3月

28日,武汉市农业产业化龙头企业和规上工业企业复工率分别达到98.2%和95%。热干面回来了!吉庆街上的老字号"蔡林记"恢复线上销售,一时间面香四溢……武汉正在把失去的时间夺回来!

战争与瘟疫,永远是人类的公敌。中华民族精神的薪火传承,总是在危难的关头闪耀出夺目的光芒。

"英雄者,国之干。"回顾历史,伟大的中国人民总是在追赶时间中不断书写新的历史;回首过去,英雄的武汉人民总是在砥砺前行中创造新的奇迹。

天道酬勤,力耕不欺。人们坚信,一个崭新的武汉,必将重新勇立潮头,不负大江大湖大武汉的盛名。

苦难中孕育着希望,伤痛中迎接着新生。

3月25日凌晨,"哇"的一声啼哭,武汉大学人民医院东院产科内,新冠肺炎孕产妇诞下又一个新生儿。

经过隔离观察后,4月8日,这个新生命将第一次与亲人团聚。

那一天,正好迎来武汉解除"封城"……(唐卫彬)

武汉战"疫"全景
纪录片《英雄之城》

五 按下"重启加速"键

2020年3月31日
告别一季度，武汉迎来振奋人心的好消息

3月31日，武汉，晴。今天，告别一季度。

6时40分，随着156名河北省第七批援鄂医疗队员乘坐河北航空NS8880航班顺利起飞，武汉天河机场迎来自3月17日援鄂医疗队分批撤离以来返程人数最多的一天。

13时02分，国航CA042航班起飞，载着北京援鄂医疗队的138名白衣战士航向首都北京；

13时33分，川航3U3102航班起飞，四川省第三批援鄂医疗队117名队员告别武汉回家；

16时16分，山航SC9002航班起飞，两分钟后，SC9012航班起飞，342名山东医疗队员踏上归途……

这一天，共有来自20省市的66支医疗队、7022名医护人员，在国家民航局组织协调下，分乘51架医疗包机返程。

"这英雄的土地，有你们最坚实的足迹；送你，万里长江是我们的绶带……"这一天的天河机场，高高举起的横幅、飘扬的五星红旗、医护人员口罩上红色的爱心，交汇成爱的洪流；一遍遍响起的送别诗歌，定格在不舍的拥抱合照中，也润湿了现场记者的眼睛。

"在重症病区，信心有时候就是最重要的东西。"离别之际，四川成都医学院第一附属医院重症医学科医生金晓博又想起了曾治愈的一位老年患者。

"入院时病情很重，经过治疗虽有好转，但一直腹泻不止。"后来，金晓博和同事探讨发现，该患者是由于焦虑引起的胃肠不适。"我们发现很多患者由于对病情的恐惧、家人的思念等情绪因素导致焦虑，从而引发一些症状。"金晓博说，他每次到病区都要看望这个病人，和她聊天，给她战胜疾

3月31日，北京市属医院医疗队队员返程回家。（才扬 摄）

病的信心。

有信心，就有了走出寒冬的力量。

告别2020年一季度，挺过至暗时刻的武汉也迎来了令人振奋的好消息。

"经过艰苦努力，以武汉为主战场的全国本土疫情传播已基本阻断，疫情防控取得阶段性重要成效。"

3月31日，国务院新闻办公室在武汉举行的新闻发布会上，当中央指导组成员、国家卫生健康委主任马晓伟公开这番表示，我们忍不住雀跃，这是多少人期盼的消息。

更令人欣慰的是，官方宣布，迄今4万多名援鄂医务人员无一人感染。"这是中国奇迹。"很多网民由衷点赞。

这一天，我们笔下更新的数据，印证着中国本土疫情防控正走出最困难、最艰巨的阶段——

到31日，全国已累计治愈新冠肺炎患者超过7.6万人，其中湖北全省治愈患者6.3万多例，治愈率超过93%。遵循党中央"把医疗救治工作摆在第一位"的指示，重症患者救治不断传来好消息，重症和危重症患者转归为治愈的比例已从14%提高到88%，尤其进入3月，每天都有100到150例重症患者转为轻症患者。

随着湖北和武汉疫情防控形势积极向好，武汉市更多完成医疗救治任务的定点医院，逐步恢复正常医疗秩序。截至3月30日，武汉市有62家医院恢复正常医疗，涵盖绝大多数规模较大的医院。

不过，这一天，中国之外每天飙升的数字，也提醒我们，全球疫情依然严峻。

31日，世界卫生组织统计，中国以外的新冠肺炎确诊病例较前一日增加57512例，达到668345例。

据美国约翰斯·霍普金斯大学当天数据，美国新冠肺炎确诊病例升至188172例，死亡3873例，成为全球新冠肺炎确诊病例最多的国家，其中纽约州确诊病例和死亡病例数量最多。更多国家确诊病例数也在31日突破新高。意大利和西班牙双双超过10万例，德国超过6万例，伊朗超过4万例，英国突破2万例，土耳其破万，日本超2000例，非洲大陆已有40多国报告有确诊病例……

"新冠肺炎疫情是联合国成立以来面临的最大考验，国际社会应加强协调，共同应对。"联合国秘书长古特雷斯31日通过视频发布了联合国报告，强调只有团结一致，抛开政治游戏并认识到困难，才能共同战胜这场危机。

疫情是人类共同的敌人，纵然全球疫情阴云笼罩，纵然不时有西方政客将其政治化"甩锅"中国，中国始终淡然处之，一方面扛起大国责任支持全球抗疫，另一方面争分夺秒做好自己的事情。

"危和机总是同生并存的，克服了危即是机。"一季度收官之际，习近平总书记在浙江考察说的这番话，为我们正确认识发展形势，在抗疫大考中化挑战为机遇指明了方向。

大江南北传来的消息显示，中国经济社会复苏的脚步在加快，并给世界带来信心。

31日公布的3月份中国制造业采购经理指数（PMI），在2月份大幅下降基数上环比回升6.3个百分点，达到52%。这意味着，复工复产的有序推进，带动企业生产经营情况较前两月明显改善。

这一天，一辆自武汉发出、搭载了166吨疫情防护以及汽车配件、电子产品、光缆等物资的中欧班列，经阿拉山口口岸出境，驰援欧洲多国。这也是疫情防控以来，从武汉开出的首趟中欧班列；

这一天，雄安新区的工地上热火朝天，为4月1日的三周年生日献礼：京雄城际铁路雄安站主体结构混凝土部分完工，北京支援的"三校一院"工地塔吊林立，容东片区地下综合管廊已现雏形……高质量发展的"未来之城"正待崛起；

这一天，教育部发出公告，明确2020年全国高考延期一个月举行，考试时间为7月7日至8日，一切正在渐回正轨……

"在卫生危机高潮过后，中国逐渐醒了过来。"法国《论坛报》这样评价。

寒随严冬去，春上柳梢来。致敬不平凡的2020年一季度，我和同事携手以《春天，汇聚复苏的力量》为题播发通讯，我们笔下的中国正在亮起来，交通正在忙起来，耕地正在绿起来……字里行间跃动的激昂鼓点，正是14亿中国人民共同奏响的春天奋进曲。（韩洁）

不负春光　负重前行

春回大地，万物复苏。

据湖北省卫生健康委员会3月31日通报，2020年3月30日0—24时，全省新增新冠肺炎确诊病例0例，无境外输入性病例。除3月24日报告1例确诊病例以外，湖北和武汉已经多日呈现确诊病例、疑似病例"零新增"的良好态势。

"经过艰苦努力，以武汉为主战场的全国本土疫情传播已基本阻断，疫情防控取得阶段性重要成效。"中央指导组成员、国家卫生健康委主任马晓伟当天下午在湖北武汉举行新闻发布会上介绍，中央指导组1月27日驻扎武汉以来，全面有力地指导、组织和推动湖北省加强防控工作，把握患者救治与社区防控两个关键，从防与治两端遏制增量、消化存量、控制变量。

马晓伟表示，目前湖北全省累计治愈患者63000多例，治愈率超过93%。同时，严格落实院内感染防控措施，4万多名援鄂医务人员无一人感染，令人欣慰。

"零新增"不等于零风险。随着湖北武汉解除通道管控、复工复产复学、公共交通恢复、人员流动增加，仍然存在出现零星散发病例甚至聚集性疫情的可能和隐患。

"境外疫情快速蔓延，给我国疫情防控带来很大压力。"中央指导组成员、国家卫生健康委副主任于学军表示，国家卫生健康委按照党中央、国务院部署，会同联防联控机制相关部门，全面实施外防输入、内防反弹的总体防控策略，做好从境外到国门、从国门到家门的全链条防控，强化无缝衔接和闭环管理，防范境外疫情输入。

"要慎终如始做好国内疫情防控，还要精准有效应对境外疫情输入，对每一例境外输入病例深入排查，绝不让来之不易的疫情防控持续向好形势发生逆转。"马晓伟说。

随着疫情形势好转，更多定点医院完成医疗救治任务，逐步恢复正常医疗秩序。国家卫生健康委指导湖北省和武汉市通过开展互联网诊疗、慢性病长期处方和药品配送等多种方式来逐步满足患者常见病、多发病需求。

国家卫生健康委医政医管局监察专员焦雅辉在发布会上介绍，根据湖北省和武汉市报告，截至3月30日，武汉市有62家医院恢复正常医疗，涵盖绝大多数规模较大的医院。

焦雅辉说，除武汉以外，根据风险等级不同，湖北省已有75个低风险市县全面恢复正常医疗。下一步，国家卫生健康委将指导湖北省和武汉市进一步开放床位，增加门诊医疗服务，进一步扩大医疗服务供给。

在疫情防控常态化条件下，加快恢复生产生活秩序，有力有序推动复工复产提速扩面，是各地各部门面临的迫切任务，也是化危为机的实践考场。

3月31日，中共中央政治局委员、国务院副总理、中央指导组组长孙春兰率中央指导组赴咸宁市调研春耕生产和企业复工复产情况。其间，她强调，当前是复工复产关键阶段，要完善产业发展支持措施，增强大中小企业协同复工复产动能，抓紧把支持中小微企业的优惠政策落实到位。

湖北检察机关近日出台《关于充分发挥检察职能依法保障复工复产促进经济社会加快发展的意见》，着力从依法惩治破坏复工复产秩序的违法犯罪、强化对涉市场主体诉讼活动的法律监督、依法稳妥开展检察公益诉讼等10个方面，为湖北复工复产提供司法保障。

我当天从湖北省人民政府办公厅获悉，湖北对2020届湖北高校毕业生给予一次性求职创业补贴，引导用人单位延长招聘时间，推迟面试体检和签约录取时间。湖北省人民政府办公厅近日印发《关于应对新冠肺炎疫情影响全力以赴做好稳就业工作若干措施》的通知，要求全力以赴做好高校毕业生稳就业工作。

3月31日湖北用电最大负荷2306万千瓦，同比增加0.75%，为疫情发生以来首次同比正增长。据湖北省经信厅通报，3月31日，全省当日用电量4.66

3月28日，开往德国杜伊斯堡的中欧（武汉）班列从中铁联集武汉中心站驶出。（肖艺九 摄）

亿千瓦时，恢复到去年同期95%水平。

新冠肺炎疫情发生后，湖北电网经历了用电量、用电负荷断崖式下跌到逐渐回升。随着复工复产有序进行，湖北电网用电水平不断上升，日用电量和最大负荷均保持连续多天增长。国网湖北电力表示，将重点关注武汉地区复工复产对用电需求的变化，确保全省尤其是武汉地区电力可靠供应。

湖北省黄冈市疫情防控指挥部3月31日晚发布通告提出，调整限制清单范围，有序开放堂食类餐饮、书店、美容店等与群众生活密切相关的经营场所。黄冈市要求，相关企业和个体工商户必须严格落实疫情防控主体责任，按照卫健部门制定的本行业复工复产新冠肺炎防控技术指南，做好疫情防控工作。

3月31日，自武汉发出的、搭载了166吨疫情防护物资的中欧班列经阿拉山口口岸出境，驰援欧洲多国。这也是自疫情防控以来，从武汉开出的首趟中欧班列。

X8015中欧班列（武汉）于3月28日自中铁联集武汉中心站始发，终点是德国杜伊斯堡。此趟班列搭载的近九成货物为武汉本地企业生产，共计50节100个标箱，货重408吨，货值达392万美元。其中，有支援欧洲各国的医用无纺布等疫情防护用品，同时搭载的还有汽车配件、电子产品、光缆和铁路工程建设物资。（王玉）

2020年4月1日
"主战场"化危为机科学应变

4月1日当日,湖北新增确诊病例0例(武汉0例),新增治愈出院病例145例(武汉145例)。自3月18日以来,武汉市除23日新增一例确诊病例外,其余14天无新增确诊病例、疑似病例;重症、危重症患者数降到397例。截至4月1日,武汉市累计治愈出院46320例,治愈出院率达92.6%。

4月1日,新华社播发了习近平总书记在浙江考察的消息通稿。习近平总书记在考察中强调,经过一段时间艰苦努力,我国疫情防控形势持续向好,境内本轮疫情流行高峰已经过去,但境外疫情正在加剧蔓延,我国面临境外疫情输入风险大幅增加。必须牢牢坚持外防输入、内防反弹,防控疫情要强调再强调、坚持再坚持,始终保持警惕、严密防范,尤其要加大对无症状感染者管理工作力度,继续抓紧抓实抓细各项防控工作,精准落实到复工复产和社会生活各方面。

"危和机总是同生并存的,克服了危即是机。"他强调指出。

两个多月来,疫情不可避免会对经济社会发展造成较大冲击。

随着境外疫情加速扩散蔓延,国际经贸活动受到严重影响,我国经济发展面临新的挑战,同时也给我国加快科技发展、推动产业优化升级带来新的机遇。

在疫情防控常态化条件下,加快恢复生产生活秩序,有力有序推动复工复产提速扩面,是各地各部门面临的迫切任务,也是化危为机的实践考场。

武汉的生产生活秩序正在逐步恢复!

连日来,武汉城市用电最大日负荷持续攀升。截至4月1日下午,武汉电网最大日负荷增长至561.9万千瓦,较一周前增长三成。汽车制造、电子通信、医药制造等支柱产业用电负荷增速快。

受疫情影响，今年春节后，武汉电网负荷较去年同期下降近四成。从3月22日开始，武汉电网最大日负荷由434.4万千瓦增长至561.9万千瓦，日均增长率3.4%。3月28日，武汉6条地铁线路恢复运行，当天新增18万千瓦负荷。

为全面援企稳岗、支持企业减负，湖北人社、金融等部门打出政策组合拳，推出社保费阶段性免、降、缓，提供创业担保贷款等对企业予以支持。湖北省复工复产工作取得了阶段性的成效，全省生产生活秩序正加快恢复。

截至3月31日，全省44918家"四上企业"已经复工42130家，复工率93.8%，已到岗人员469.5万人，复岗率69.3%。武汉市的复工率、复岗率也分别达到了85.4%、40.4%。

湖北省人力资源和社会保障厅副厅长董长麒在当日举行的新闻发布会上说，为援企稳岗、支持企业减负，全省各类参保企业均可享受社保费阶段性免、降、缓等政策，预计2月至6月免征企业养老、失业、工伤三项社保费单位缴费额度将超过270亿元。为鼓励企业吸纳登记失业半年以上人员或就业困

工人在湖北太古可口可乐饮料有限公司流水线上加紧生产作业。（肖艺九　摄）

难人员就业，中小微企业招用毕业年度高校毕业生，均给予每人1000元一次性吸纳就业补贴。对参与服务疫情防控重点企业，提高吸纳就业补贴标准，给予以工代训培训补贴。

此外，金融部门也将持续发力支持企业发展。中国人民银行武汉分行对于当年新招用的符合条件人员占职工人数达到一定比例的小微企业，可以申请最高300万元的贷款额度，其中职工超过100人的小微企业，符合条件的新雇用人员占职工的比例从过去的15%降为10%，从而使更多的小微企业能够享受到创业担保贷款的优惠政策。

受疫情影响，湖北一些地区出现了不同程度的农产品滞销问题。在社会各界的关注关心下，各地联动、部门联合、政企联手，多措并举，多管齐下，湖北农产品外销的燃眉之急正逐步得到缓解。

既要立足当前，又要着眼长远。新冠肺炎疫情，是对人类的一次大考，对中华民族的一次大考。（齐中熙）

扫码收看

在抗疫大考中化危为机

2020年4月2日
这些烈士会被永远铭记

庚子年的这个春天,有这样一群人,他们奋不顾身、敢于担当、坚守一线、无私奉献,用血肉之躯勇敢地同病魔较量,日夜守护人民群众生命安全和身体健康。他们用自己的牺牲保卫我们共同的家园,虽死犹生。

4月2日新华社发布消息,湖北省人民政府根据《烈士褒扬条例》和《退役军人事务部 中央军委政治工作部关于妥善做好新冠肺炎疫情防控牺牲人员烈士褒扬工作的通知》精神,评定王兵、冯效林、江学庆、刘智明、李文亮、张抗美、肖俊、吴涌、柳帆、夏思思、黄文军、梅仲明、彭银华、廖建军等14名(按姓氏笔画排序)牺牲在新冠肺炎疫情防控一线人员为首批烈士。

"烈士"是党和国家授予为国家、社会和人民英勇献身的公民的最高荣誉性称号。他们为坚决打赢湖北保卫战、武汉保卫战做出了突出贡献。

他们当中,年龄最大的是72岁的王兵,生前是武汉市洪山区王兵西医内科诊所主治医生。新冠肺炎疫情发生以来,在医疗资源极为紧张的情况下,她不顾个人安危,主动参与疫情防控工作,坚持开门接诊救治患者,在工作中不幸感染新冠肺炎去世。

他们当中,有两名年轻的医师夏思思、彭银华,用生命交出了属于"90后"医生的奋斗答卷。"有事叫我,我来。"这句话是夏思思工作中的口头禅。"对工作非常用心,非常上进""为人憨厚、乐观、积极",这是同事们对彭银华的评价。

他们当中,还有冯效林、江学庆、刘智明、李文亮、张抗美、肖俊、柳帆、黄文军、梅仲明等白衣战士,用生命守护生命,以大爱诠释医者仁心。新冠肺炎疫情发生以来,全力救治患者,在工作中不幸感染新冠肺炎以身殉职。

他们当中,有始终坚守在疫情防控一线的公安干警,以生命践行使命,用热血铸就警魂。武汉市硚口区公安分局汉正街利济派出所共和社区民警吴涌，新冠肺炎疫情发生以来，全力以赴做好社区封控、患者转运、服务群众等工作，连续奋战61天，3月22日，在抗击疫情一线工作岗位上因公殉职。

他们当中，还有用真心真情帮助解决群众生活困难的社区工作者，用生命书写担当，用爱心守护家园。武汉市硚口区六角亭街民意社区居委会副主任廖建军，1月26日社区出现一名疑似患者病情加重，廖建军自己使用轮椅将病人送至医院就诊，在工作中不幸感染新冠肺炎……

他们用生命保护了我们。致敬，英雄！

他们是新时代最可爱的人，他们的崇高精神永垂不朽！（吴箫剑）

原创MV《夜空中最亮的星》致敬抗疫英雄

2020年4月3日
走近战疫背后的"沉默英雄"

4月的武汉春暖花开。

聚光灯之外,依然有来自各行各业的人在默默付出,誓与疫情战斗到底。他们的工作很普通,但是,他们的身上却闪耀着与白衣战士一样的英雄之光。他们的点点微光,汇聚力量,温暖人心。

为更多了解这些普通人的战"疫"付出,我和同事决定走近这些"沉默英雄",讲述不一样的战"疫"故事。

提起火神山、雷神山医院,大家都耳熟能详,建设速度令国内外惊叹,成为数千名新冠肺炎患者的"安全岛"。可是,奇迹背后的4万多名建筑工人的名字却鲜有人知。

让我们没想到的是,"两山"医院落成,医护人员进驻,病人逐步收治后,病区水电气等系统的运行维修保障任务,还需要一批工人留守承担。比起施工建设阶段,维保工作并不容易,经常要进半污染区,甚至"红区"。与病毒贴身作战,更需要胆量与细心。

王野是维保组进入隔离病房的第一人。他说:"不紧张、不害怕那是骗人的,可一干起活来,就顾不上了。"逐一检测、调试电源……工作完毕,王野在护士帮助下脱掉防护服,冲个热水澡,安全返回。在王野的带领下,大家逐步迈过了心理障碍关。

高峰期,有494名维保人员在"两山"医院一线,全天候响应院方和医护人员的需求。最多时每天完成600余项维保事项,确保医院正常运转。

为快速反应,尹典和同事们除了认真日常巡检外,还得24小时待命。有时候,深夜一两点接到维修电话,也得马上出发。遇到恶劣天气,他们还得在狭小的配电间铺床被子睡一晚。

五 按下"重启加速"键

像尹典一样的"火雷兄弟"不胜枚举。和每个建筑工人聊天,我都能听到不同版本,但却同样让人敬佩的奋斗故事。正是他们用粗糙的双手、辛勤的汗水、质朴的热情,释放出惊人的力量,完成了"火雷奇迹"。

刚采访时,我和同事还有点担心,普通建筑工人的故事是否能撑起4000多字的稿件。然而,采访越进行,聊的人越多,我们发现之前的担心完全没有必要,他们每个人的故事都很精彩,采访素材很快就积累到几万字,以至于到后来压缩每个人的故事时,我都有点舍不得。

随着大量病人治愈出院、部分病区陆续休舱、运行维护任务减少,一批批工人陆续撤离"两山"医院。但是,新的问题也随之出现。这些英雄的工人能否顺利出城?滞留武汉,健康和收入如何保证?返回家乡是否受到歧视?

为消除建筑工人的后顾之忧,让他们流汗不流泪,相关部门接连采取了一系列保障措施:隔离留观时,参照一线医护人员补贴标准,按每人每天300元为建设者发放15天补贴;滞留武汉时,按武汉最高标准每人一次性救助

尹典(左)和同事张健在武汉火神山医院检查连接重症病房的排风管的密闭情况。(沈伯韩 摄)

- 349 -

2540元,并根据工友意愿就近安排临时工作;离汉返乡时,提前组织接受核酸检测,联系办理返乡证明手续,安排专车专员护送,在出城路口组织欢送,合影留念,赠送返乡"大礼包"……

"沉默英雄"的奋斗故事不会被遗忘。他们的凡人微光,将在中华民族的历史长河中持续闪耀。(陆华东)

扫码收看

沉默英雄

附录：
"火神""雷神"同日休舱

10天左右建成、战"疫"攻坚的标志性阵地火神山医院和雷神山医院4月15日同时休舱闭院。

雷神山医院院长王行环在休舱仪式上说："我们来这里时有两个目标：一是尽快地收治病人；二是所有战友平安回家。这两个目标都实现了！"

雷神山医院可容纳床位1600张。从2月8日收治首批病人，到4月14日患者"清零"，累计收治患者2011人，1918人康复出院。来自9个省市、286家医院的16支医疗队、3202名白衣战士前来援助。

"雷神山医院，老年患者多、合并基础疾病的多、重症危重症多，有重症899人、危重症患者179人，重症和危重症病人比例约为45%。整体病亡率约2.3%，重症和危重症患者病亡率约4.3%。"王行环说。

火神山医院编设床位1000张，从2月4日到4月15日累计收治病人3059人，治愈出院2961人，医疗力量来自全军不同的医疗单位。

国家卫健委医政医管局监察专员焦雅辉说，决定建设"两山"医院时，还没有提出建设方舱医院，正是武汉市医疗资源"挤兑"最严重的时候。"两山"医院的建设、使用对短期内增加床位资源、收治患者、控制传染源具有重要作用。

通常建一个ICU需要3—6个月，雷神山医院仅用10天就建成。尽管时间仓促，但设备齐全、物资丰富，建院之初便配备呼吸机、监护仪、血透仪、CThe等设施设备。这是奇迹般的"中国速度""中国力量"。

1月25日，中建三局接到紧急命令，继火神山医院后再建一座专门收治新冠肺炎患者的雷神山医院。

公交车驾驶员朱正堂2月15日开始接送雷神山医院医务人员上下班。

"感谢全体医疗队员的无私奉献。明天起，他们终于可以稍稍休息了。"朱正堂说。

15日是个阳光灿烂的日子。上午，随着最后一张"封条"贴在雷神山医院病房门缝处，昔日忙碌的"战场"安静下来。病区走廊上满墙的手绘涂鸦，仍释放温情与力量，这段刻骨铭心的抗疫时光也将被永存。

"内心里有许多不舍，但更希望它再也不重开。"休舱之际，工作人员纷纷合影留念，定格战"疫"记忆。回望过去，一个个"雷神山时刻"，令人难忘：

2月18日，首批2名患者康复出院。

3月16日，首批5支医疗队250名医护人员休整撤离。

3月18日，第1000名患者出院。

3月25日，首个病区清零。

4月9日，最后一个普通病区关闭。当晚，最后一批医疗队200多人撤离。

一个个"雷神山故事"，温暖人心：

"看到您安全出院，我们很高兴，让我们一起迎接春天的到来。"3月1日，护送一名98岁的新冠肺炎危重症患者康复出院，医护人员由衷感慨。

在雷神山医院，有专为聋哑、失明等残疾患者贴心护理的"爱心护士团"。双盲失明的72岁老人、88岁的聋哑老人等一批残障患者先后康复出院。

这里还有给病人心理按摩的"心理医疗组"。35位心理治疗师对病人进行心理治疗，帮助他们早日战胜病魔。

火神山医院、雷神山医院休舱，是湖北保卫战、武汉保卫战取得重要阶段性成果的标志之一。湖北重症、危重症患者数量，已从最高峰突破万例，降至4月14日24时的57例。

几乎在"两山"医院休舱的同时，最后一批撤离的援鄂抗疫医疗队——北京协和医院医疗队约180人，结束80多天的援助任务，从位于蔡甸区的中核国际酒店广场启程返京。至此，全国各地340多支援鄂国家医疗队全部离开。

五 按下"重启加速"键

来时雪如花，归时花如雪。1月26日开始，北京协和援鄂医疗队陆续赶赴武汉。4月12日下午，同济医院中法新城院区C9病区正式关闭。109例重症、危重症患者在这里赢得生的希望。

广场不远处，就是这些医护人员的战场——华中科大同济医院中法新城院区。两个多月来，全国23支援鄂医疗队2836名队员和当地院区1684名医务人员在这里并肩作战，累计收治新冠肺炎危重症患者1916人，出院1585人。

过去两个多月里，全国各地4.2万余名医务工作者驰援湖北。

截至目前，除北京以外，铁路恢复包括武汉三大火车站在内的17个客运站出发业务，民航恢复除北京以外的国内航线业务，9家长途汽车客运站恢复市域、省内公路客运运营。自4月8日离汉通道管控解除一周内，通过铁路、航空、公路返汉离汉复工复产人员66.1万人次。

最近一段时间，黑龙江疫情防控压力加大。15日11时许，一架满载医用

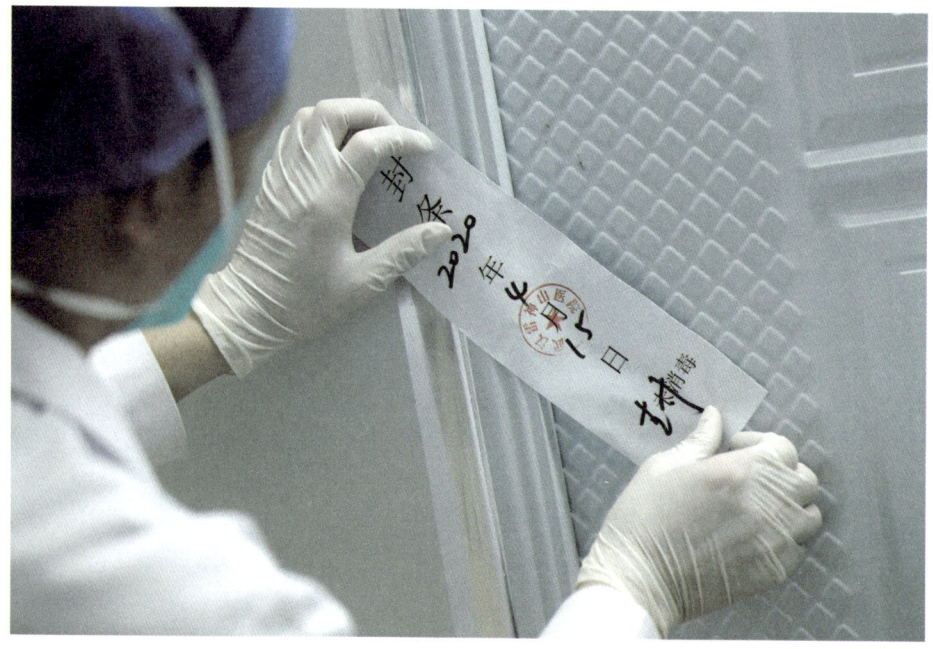

4月15日，医务人员在雷神山医院病区贴封条。（沈伯韩 摄）

物资的专机从武汉天河机场起飞，运往黑龙江省绥芬河市。机上载着湖北向黑龙江捐助的价值3000万元的医用物资设备。

湖北人永远铭记：疫情期间，黑龙江省共派出8批1554名医护工作者援助武汉市和孝感市，还紧急调集3000吨大米等物资。（黎昌政）

"火雷"落幕

五 按下"重启加速"键

2020年4月4日
流泪是为了更勇敢地前行

4月4日,武汉的天空没有小雨,薄雾罩着城,春风吹落了晚樱。

曾经喧嚣的汉口江滩一元广场鸦雀无声,广场中央黑色底板衬托着"深切悼念新冠肺炎疫情牺牲烈士和逝世同胞"白色大字,下方整齐排列着一排花圈。

这一刻,举国同悲!

湖北省、武汉市医护人员代表、援鄂医疗队代表、志愿者代表、社区工作者代表、人民群众代表、牺牲烈士和逝者同胞家属代表等约500名各界代表驻足江滩,深切悼念新冠肺炎疫情牺牲烈士和逝世同胞。

人群中,武汉市江汉区民意街多闻社区党总支书记田霖眼眶泛红。"在没有硝烟的战场上,危险、牺牲始终相随。但共产党员从来没有忘记自己的使命,永远冲锋在前、舍生忘死。"田霖说。

广场上,来自北京大学第三医院的郑亦沐医生百感交集。2月初驰援湖北以来,她一直奋战在华中科技大学同济医学院附属同济医院中法新城院区危重症救治一线,经历过抢救成功的欣慰,也面对过病人撒手人寰的无奈。

"湖北人民、武汉人民做出了巨大牺牲和奉献,逝去的每一位同胞,都值得永远铭记。"郑亦沐说。

在武汉百年地标建筑江汉关大楼,一些市民自发在大楼前打起"沉痛哀悼疫情斗争中牺牲烈士和逝世同胞!一路走好!"的横幅。

上午10时,汽车、火车、舰船哀鸣齐响,防空警报声彻江城,人们静立垂首,默默致哀。在武汉长江二桥,车辆停止行驶,司机的手按在喇叭上;江面上,轮船司机的手不停地按着汽笛按钮。

在数千公里外的首都北京,习近平总书记等党和国家领导人同14亿中国人民一起，默哀3分钟。

这一刻，江河呜咽！

江水卷翻浪花，仿佛诉说着人们心中的伤痛。在长江边，有一名亲属因新冠肺炎病逝的市民高先生带着孩子将玫瑰和康乃馨花瓣洒下，"以前去世的家人的骨灰也洒在江里，如今想把更漂亮的色彩带给他们。"

听到防控警报声拉响，80岁的刘义侠拉着老伴一起站立默哀。"疫情中的逝者，特别是那些为保卫武汉而牺牲的医护人员、警察、社区干部，没有他们可能早就没有了我们。"

在武汉各主要路口执勤的民警交警脱帽默哀，不少市民眼中涌出泪珠，打湿了蒙在脸上的口罩。

泪水涟涟，哀思绵绵。

在武汉支援1个多月的南昌大学第一附属医院护理部副主任曹英说，低头默哀，泪水止不住，抗疫英烈群像在脑海闪现，"我心里对英烈说，因为有你们，才会山河无恙"。

这一刻，曙光已现！

为避免人群聚集加大疫情扩散风险，武昌殡仪馆、多家墓园等举行代祭扫仪式。在龙泉山孝恩园，鸣笛默哀、宣读祭文、敬献花篮……

在互联网上，大量武汉市民转发纪念海报，更多人写下了"加油""努力活着""终将春暖花开"……

4月4日，武汉市疫情防控形势积极向好，已取得阶段性成果。距离武汉"解封"还有不到一周时间。

抗击疫情的武汉保障已现曙光，举国哀悼让武汉市民心理压力得到释放。已付出了几千条生命的代价，活着的人更要珍惜来之不易的形势，争取让江城和江城人民更快走出疫情阴霾。

这一刻，勇敢前行！

22岁的李景秀在汉口家中听到了整座城市对逝去同胞的悼念。56天前的2月8日，她的父亲因新冠肺炎不幸逝世。她自己也感染了新冠病毒，所幸经

五 按下"重启加速"键

4月4日,在武汉汉口江滩一元广场参加悼念活动的人们为逝者默哀。(程敏 摄)

过治疗后已经康复。

就在清明节前一天,李景秀前往武汉血液中心,捐献出自己的血浆。"我虽然失去了父亲,但如果通过我捐献的康复者血浆,能让更多人勇敢地活下去,我想这是对父亲最好的祭奠。"

田霖说:"疫情还没有最终结束,我们要继续奋战,完成烈士们没有完成的使命。"

在悲痛中擦干眼泪,在苦难中汲取斗志,英雄的武汉人民、英雄的中华民族必将在磨难中奋起,昂首挺立天地之间!

大地春回,在汉口江滩一元广场不远处,武汉抗洪纪念碑面朝长江、巍然矗立,诉说着这座城市的不屈与荣光。

长江边,芦苇荡漾,似在挥手告别。(邹乐)

扫码收看

武汉·哀悼

2020年4月5日
20万滞鄂人员返京

湖北省人力资源和社会保障厅5日通报,湖北全省返岗就业累计达到557万人,组织包车、专列集中输送63万务工人员返岗就业,目的地涵盖湖北省外28个省市区的90多个城市。

从3月25日起,武汉市以外地区解除离鄂通道管控以来,湖北全面复工复产正在恢复,当天829名旅客经铁路由鄂返京。根据铁路等部门数据,滞鄂待返京的有近20万人。

我了解到,有返京需求的北京滞鄂人员,首先要通过线上申报。在微信或支付宝中通过"京心相助"小程序,填写个人相关事项,选择返京方式、返京意向等信息。申报信息经审核后,返京人员将收到短信反馈;也可通过"京心相助"小程序中,查看审核结果和"返京服务证"。

湖北十堰市公安局治安支队政委吴新胜介绍,为做好在十堰的北京人员安全有序返京,由十堰市公安局牵头,与政府相关责任部门联合行动,对在堰北京人员和需返京人员持有健康码"绿码"进行"双审核",依托"京心相助"小程序进行信息即时核查反馈。

黄石北站党支部书记冯玉林说,作为疫情期间开行北京的专列,车站专门增加了安全防护措施,每位旅客要经过两次健康码查验和两次体温检测才能进站候车。

一家4口正在排队进站的杨菲告诉我,她和丈夫在北京工作,妈妈在北京帮忙照顾上幼儿园的儿子。从新闻上看到,可以在"京心相助"上申请回京专列后,她第一时间递交了申请,前天就收到出行短信,后来又接到电话确认,3月26日顺利出发。

如选择通过铁路返京,湖北省有关部门会组织通过审核的人员到指定的专列车站，与铁路部门完成人员、责任交接，返京人员在进站或登车后办理购票手续；专列抵京后，由铁路部门与北京市在站台完成人员、责任交接。未来列车将根据申请回京人数数量继续加开。

通过审核人员还可选择持健康码"绿码"、身份证自驾返京。沿途公安、交通检查站将逐人逐车核验，对无上述凭证人员，将予以劝返。非京牌车辆须按要求，提前网上办理进京证。湖北进京列车除在个别站点办理上车业务外，其他沿途站点停靠但不办理业务。

发车前，所有乘客均须进行体温检测、健康筛查，凭健康码"绿码"进站。上车时，每一节车厢的乘客都由一名工作人员举牌带队进入车厢。

我发现，列车运行途中，餐车暂停集中就餐，乘务员为乘客提供"送餐到座"服务。车厢中预留隔离席位，座位之间根据情况，适当分散就座。

在湖北十堰等地，我看到铁路部门在客运站的进站口、出站口等醒目位置张贴海报、公告等，提醒出行旅客戴口罩、核验健康码。同时动态保持候车厅、卫生间、站台等重点区域环境卫生整洁，每天对电梯间、卫生间、会议室、宿舍、车库、车辆等公共区域和楼梯扶手、门把手、公共按钮等公共设施进行预防性消毒。

黄石火车站还为每名赴京人员准备了一份黄石港饼特产包，里面装有黄石港饼、蛋糕、面包等食品，将家乡的味道带在路上。

在进京终点站北京西站设置专用站台，重点站区设置专用集结点、专用通道、专用停车场。北京西站党委办公室主任宋婷婷说："抵达北京的返京人员经由专用的通道、专用的出站口单独测温后出站，全程与其他的普通旅客没有交集。"

北京市各区级转运组工作人员接到返京人员后，会先进行体温筛查，然后安排统一乘坐专用车辆前往集中分流点。到达区级分流点后，返京人员下车到自己居住地址所属的街镇登记点进行核实信息，然后被再次引导到各街镇安排的转运车辆。随后，各街镇工作人员将返京人员运送至各自居住的社区，与社区方面进行人员交接，社区工作人员负责将返京人员送回家中开展居家

首趟武汉"解封"后返京列车抵达北京西站。(邢广利 摄)

隔离。

北京海淀区总协调小组负责人介绍:"转运的全流程,都安排医务人员进行体温测量和身体状况的询问,出现发热、咳嗽等不适的情况的,进入独立的区域予以妥善照顾。"

据悉,符合居家观察条件的返京人员,居家观察14天。对于不具备居家观察条件的,政府部门安排有集中观察点。

"终于可以返回单位,为复工复产出把力了。"3月26日12时20分,位于鄂西北的十堰东高铁站,在北京现代汽车有限公司务工的小黄登上G4834次列车之后,兴奋地比出了"剪刀手",激动之情溢于言表。

与小黄一样,还有73名返京人员一同登上了这趟"点对点"从十堰经襄阳赴北京的高铁复工专列。

这个春天,从湖北出发,开往北京的列车仍在陆续启程。(李伟)

2020年4月6日
夕阳下的送别

4月6日,湖北省新增新冠肺炎确诊病例0例,距离武汉"解封"还有两天。这一天,对于武汉大学人民医院东院区里住着的一位老人来说注定是一个难忘的日子。今天,他将再次进行CT检测,如果符合要求,便可以很快出院。

这位老人名叫王欣,今年已是87岁高龄。此前,他曾因一张躺在病床上看夕阳的照片感动了无数人。

清晨6点,我和同事便就来到了武大人民医院东院区。穿上厚厚的防护服,调试好设备,终于在8点进入病房见到了正躺在病床上吸氧的王欣老人。老人呼吸平稳,声音洪亮,和此前照片中虚弱的身影已判若两人。

提起照片当日的情况,王欣有些激动。他说,当时自己住进隔离病房已有一个多月,大多数时间都处于昏睡之中,大小便失禁,高烧不退。是上海援鄂医疗队医护人员无微不至的照顾,才让自己逐渐退烧,并且清醒过来。3月5日傍晚,刘凯医生和志愿者一起推着王欣老人去做检查。回来的途中,刘凯看见夕阳余晖很美,便停下来指给病床上的老人看。王欣坦言,自己当时已有一个多月不曾见过太阳,抬起头的那一刻,只觉得夕阳太美了。一旁的志愿者见状抓拍下了这温暖一幕。

之前采访时,我们见过许多危重症患者居住的病房——三面环墙,另一面是玻璃门。里面住着的病人从进来那天起就再也没有见过阳光。

时间在他们身上仿佛凝固了,每一次呼吸都须拼尽全力。在普通人眼中极其平常的太阳,对他们来说却成了遥不可及的期盼。王欣看见夕阳的那一刻,努力睁开双眼,注视着金色的夕阳,不禁赞叹"太可爱了",想必这也是老人对生命的感叹。

王欣说,自己拉琴一辈子没出名,老了倒是因为夕阳照火了,好久没有联系的亲戚、朋友都打来电话询问自己的病情，实在有些不好意思。

在上海医疗队的治疗和照顾下，王欣逐渐恢复了力气，从需要人搀扶着才能走几步到现在自己可以独立下床走动。他说，自己的女儿此前也曾确诊新冠肺炎，目前已经治愈回家，希望自己也能够尽快康复。

3月31日，上海医疗队完成任务撤离武汉，王欣转入四川华西医院援鄂医疗队所在病区。他说，自己非常感谢上海来的同志，是他们将自己从死神手里抢了回来。但是他们走了却没告诉一声，让他觉得非常遗憾。

在华西医疗队医护人员的细心照顾下，王欣病情一天天好转。4月6日上午的CT检查，将决定老人是否能够出院。医护人员扶着王欣坐上轮椅，备好了氧气袋，将他推出病房。春天的阳光洒在身上暖洋洋的，医护人员推着老人，沐浴着阳光，一路有说有笑。进入CT室，老人熟练地自己躺上检测台，几分钟后，检查便结束了。

中午12点，华西医疗队的医护人员突然接到通知，将于第二天中午撤离武汉，返回成都。离家两个多月的医护人员们在欣喜的同时，却又放不下病区内的病人们。值班的护士们挨个病房与患者们道别，许多患者流下了眼泪。

王欣老人拿起小提琴，在窗边拉响了《送别》。（饶力文 摄）

五 按下"重启加速"键

在他们心中,这些外地来的医护人员就像亲人一样,在最无助的时刻,给自己带来了生的希望。

护士刘琴走进王欣的病房,看见老人正坐在床边大口吃着午饭。她走到王欣身边,告诉老人自己即将撤离武汉。王欣激动地握住她的手,一时语塞,不知该说些什么,只是连声说着"谢谢"。

下午,我们再次进入隔离区,医护人员正在为患者们办理转院区,王欣自己收拾好了行李,站在病房门口等待。两名医护人员走上前帮老人提起黄色塑料袋封装好的行李,扶着他前往楼上武大人民医院本院负责的病区。上电梯前,医生跑过来告知了上午CT检测的结果,老人身体情况达到标准,近日即可出院。王欣激动地双手合十,一个劲儿地感谢。

王欣从15层转至16层病区,收拾好行李,他从墙角提起一个黑色盒子放在床上。小心翼翼地打开,里面静静躺着一把红褐色的小提琴。老人介绍,自己年轻时候曾是武汉爱乐乐团的一名小提琴手。让家人把琴送来,本来是想给上海医疗队的同志们拉上一曲,谁知离别匆匆,竟无法实现。今天,同样细心照顾自己的四川医疗队即将离开,他想用自己的方式表达感谢之情。

下午5时许,金色的夕阳在躲进高楼阴影前一刻,透过窗户照进了病房的走廊。王欣老人拿起小提琴,在窗边拉响了《送别》。"长亭外,古道边,芳草碧连天。晚风拂柳笛声残,夕阳山外山。"略微生涩的琴声,在空旷的病房内回荡,让人心头一紧。两个多月来,这些病房装载了太多的磨难与坚守,是每一位医护人员与患者的共同努力,才让武汉挺过了最艰难的时刻,才让我们能够再次遇见如此美丽的夕阳余晖。

我们拍摄制作的短片《那天的夕阳》于第二天上线播发,这一幕感动了千万网民。许多上海、四川医疗队的队员们看过短片,也纷纷落泪。

补记: 4月9日,王欣顺利康复出院。

4月23日,王欣完成医学观察回到家中与家人团聚。

从上海援鄂医疗队到四川华西医院援鄂医疗队,再到武大人民医院,这是一场生命的接力。经过医护人员们两个多月的不懈努力,才从死神手中抢回了这个 87 岁的生命。在武汉，在中国，这样的"生命接力"还有很多。

当疫情有一天真正散去，也请不要忘记，在最艰难的日子里，我们一起看过最美的夕阳。

即使历经磨难，人间依旧值得。（饶力文）

扫码收看

那位看夕阳的老人，今天拉了一曲《送别》

2020年4月7日
等待曙光到来

早上6点多,武汉的"蔡林记"热干面吉庆街店开门了,接单的外卖小哥排起了长队。店长周秋香说,人们只有吃上这口热干面,说一句"还是这个味道",才感觉自己原本的生活回来了。

民以食为天。市井的烟火气息正在回来。这段时间,武汉外卖点餐品类的前五名分别是小龙虾、热干面、烧烤、火锅和奶茶。不少人说,封城封久了,大家都憋坏了。很多快乐的来源都是吃上了。

公交车已经开行了316条、地铁恢复开行了6条线路。虽然人们上车要测体温、扫健康码,同时车上控制落座率。

街道上的车辆也比以往多了许多。有人会说,终于看到堵车了,真好!

家住武汉汉阳钟家村的陈卓告诉我,自武汉"封城"的那一刻起,有一个字就一直悬在他和他家人心头——"等"。

"真的每天就是等,等武汉'解封'的那一天,等黑暗散去的那一天,等一切恢复正常的那一天。"陈卓说。

4月7日刚过零点,我的手机上就收到了陈卓发来的微信——"只剩不到24小时了!"短短的一句话后面,接了四五个笑脸和跳舞的微信表情,毫不掩饰这压抑了近三个月的兴奋与激动。

这一天,人们在等待解封时,一支支援鄂医疗队正有序撤离。

一方有难,八方来援。4.2万名援鄂医护人员白衣执甲、悬壶入荆。正是这些逆行的白衣天使和本地的医护人员一道成为抗"疫"的中流砥柱。

来时还是严冬、去时已春花烂漫。在这两个多月的时间里,让大家更懂得了生命的意义。正如中日友好医院急诊科李刚所说,肩负国家使命而来,带着深情厚意而归,这段日子经历的所有磨难,只会让我们变得更加强大。

4月7日这天,恰逢世界卫生日,我国今年的宣传主题是"致敬医护,共抗疫情"。

国家卫健委医政医管局监察专员焦雅辉说,借着今天这个特殊的日子,向中日友好医院国家医疗队,向同济医院所有医务人员,向现场这么多护士以及全国400多万护士,致以节日的问候和崇高的敬意。

这些远道而来、不停冲锋的白衣天使,有的除夕夜接到指令就奔赴前线,有的为了防护剃光了长发,有的为了缓解患者心情带领大家跳起了广场舞,有的在高强度的值班后累得靠在一起睡着了……

情深谊厚,山高水长。"待来年春暖花开之际,诚挚邀请各位再来武汉看看,看看这座为之守护的美丽城市,看看大家朝夕相处的美丽同济,看看曾经并肩战斗的战友。"看着相拥在一起难舍难分的战友们,同济医院党委副书记胡俊波说,"武汉永远感恩您!"

"感谢你们为湖北拼过命!""湖北必胜!武汉加油!"响亮的声音,在广场上空久久回荡……

7日晚11时,距离武汉"解封"只剩一个小时。

4月7日,在武汉动车段,列车停靠在存车线上。(肖艺九 摄)

五 按下"重启加速"键

京港澳高速公路武汉西收费站，百余名交管和交通部门的同志在此会聚，将举行一个简单的仪式。

收费站管理员杨丽说，75 天前，是他们将城市的大门关闭，马上，他们又将城门打开。一关一开间的经历是终生难忘的。今夜也有幸见证这一历史时刻。

晚 11 点半，计划从武汉西出城的汽车已排起了长龙。鄂 A267HL 的轿车来得最早。驾驶者是来汉过年的恩施人匡后尧。他们在武汉儿子家过年，刚好碰上了封城。"大家都挺不容易的，一起都扛过来的了。"老匡谈起这一段特殊经历，不禁感叹，"武汉真的了不起！"

另一位要回北京复工的张小姐对我们坦言，这一刻她感到热泪盈眶，"煎熬的等待终于到了这一刻，武汉人民值得所有人的尊敬。"

"我要回去上班了，相信武汉也很快会恢复正常的生活秩序，过去的两个月很难，但这一切终究都会过去。"张小姐说。

11 时 58 分，湖北省高速公路路政、养护、收费、高警等人员各就各位、整装待发。两分钟后，执勤人员接到上级解封指令，离汉离鄂通道管控正式解除。工作人员马上将收费站每条通道前的水马全部推到道路一边。武汉封闭的城门就此打开。

排队的车辆迅速从多个通道欢快地驶出。驾驶者们纷纷按着喇叭，高喊着"出城了"，以示庆祝。

这是此轮疫情中，全世界第一个封闭的大城市，也是第一个开封的大城市。

城门开启的背后，人们不会忘记，无数人的牺牲和隐忍，冲锋与拼命、品格与力量。正是这些，让我们记住这个英雄的城市、这些英雄的人民。

致敬武汉，致敬为这个城市拼过命的人们，致敬那些平凡又极为不凡的日日夜夜。

武汉人民终于等来了黎明前的曙光。

相信，全国战"疫"胜利的这天，必将到来！（李鹏翔、眭黎曦）

扫码收看

武汉，我们这样走过

2020年4月8日
76天后,武汉解封

这是注定将载入史册的重要时刻:4月8日零时起,武汉市解除离汉离鄂通道管控措施,有序恢复对外交通。

"5、4、3、2——1!"高速收费站前,工作人员在倒计时中搬开路障,提前等候的车辆鸣笛驶过,仿佛结束"封城"的武汉对外界发出第一声呼喊。

此刻,长江、汉江两岸的大桥和楼宇耀眼闪亮,用璀璨的灯光秀迎接英雄城市的归来,气氛如同跨年。新华社前方报道指挥部内灯火通明,紧张忙碌之间,大家击掌欢呼。

50分钟后,武昌火车站,开往广州的K81次列车接上442名乘客后,在夜色中启程。这是武汉"解封"后经停载客的第一辆旅客列车。

7时06分,从武汉始发的首趟出省高铁G431列车开往南宁。为此,武汉火车站举行了一场特别的"解封"仪式:站长撕下进站口大门上的封条,工作人员向三名旅客代表献花。

7时22分,天河机场,复航起飞的首班客航MU2527轰鸣而起,飞往三亚。空乘在播报欢迎辞时一度哽咽:"我们度过了非常特别的76天。我们心怀感恩与感谢,感谢全国人民对武汉的守望相助。"

"九省通衢"的武汉,终于开始恢复对外交通活力。经统计,4月8日共有276列旅客列车由武汉各站开往上海、深圳等城市,5.5万余名旅客乘火车离汉。天河机场离汉航班107班,旅客7100多人次。

从"暂停"到"重启",这是无数人翘首企盼的一刻。

为了阻断新冠肺炎疫情快速扩散蔓延,1月23日10时起,武汉暂时关闭离汉通道。在历时76天艰苦卓绝的斗争后,作为全国抗疫决战决胜之地,武汉的疫情防控取得阶段性重要成效,以武汉为主战场的全国本土疫情传播已基本阻断。

根据 8 日当天的通报，武汉已连续 4 天无新增新冠肺炎确诊病例报告。14 亿人民的支持、千万武汉市民的坚守，让英雄城市浴火重生。

这一天，令人刻骨铭心。

郭垒开着满载的 7 座商务车，7 日晚 8 点 40 分就抵达了府河收费站。他在武汉做副食批发生意，春节前，他老家的亲友前来帮忙送货，却因疫情滞留城中达数月。"好在家人亲戚都平安无恙！"在武汉生活了 8 年的他，对这座城市深有感情，临出城时大声说道："大难过去，相信武汉会越来越好的！"

何路是一位调车司机，8 日凌晨 5 点就到达武汉动车段的存车场，进行发车前的例行检查。疫情期间，这里停放了 100 多组动车，一眼望去，银灰色的列车排列有序，如同一排巨型的钢琴琴键。在"巨型钢琴"静默的两个多月里，工作人员每天对车辆进行维护和消杀，为复工之日做准备。70 多天过去，他说："终于可以回襄阳家里见孩子了。"

"能出远门了，感觉很好！"乘坐 G431 去长沙谈生意的官涛感叹道。"人生第一次有这样的经历，所有人都遵从指示，居家隔离。一个国家能做到这一点，真是很了不起。"

封一座城，护一国人。

人们不会忘记，走过惊恐、焦灼、悲伤……在与疫魔的搏斗中，那些识大体、顾大局的武汉人，那些紧闭门窗进行的特殊抗疫战斗；

人们不会忘记，那些白衣执甲的医务工作者，那些闻令即动的人民子弟兵，那些坚守一线的社区工作者、公安民警、基层干部和挺身而出的志愿者；

人们不会忘记，全国各地紧急驰援、众志成城，凝聚起中华民族生生不息的磅礴力量……

在这场新中国成立以来发生的传播速度最快、感染范围最广、防控难度最大的重大突发公共卫生事件中，作为疫情的"风暴中心"，武汉目前累计报告新冠肺炎确诊病例 50008 例，病亡 2572 例。

经过艰苦卓绝的努力，疫情形势已持续向好，治愈出院 46991 例，仍在

4月8日,乘客在武汉站进站口准备进站。(才扬 摄)

院治疗者降至 448 例。

　　武汉胜则湖北胜,湖北胜则全国胜。武汉解除"封城",标志着湖北保卫战、武汉保卫战进入了一个新的阶段。

　　我们采访看到,这座千万级人口城市正在加快"复苏":市内交通开始运转,长江大桥桥头,车潮的涌动与火车的轰鸣、轮船的汽笛一道,奏出"重启"的交响曲。东湖春和日丽,光谷复工繁忙,全市规模以上工业企业开工率超过 97%。大街小巷中,一些市民"过早"时一边等候那碗最爱的热干面,一边互道"好久不见"……

　　然而,"解封"不等于"解防","零新增"不等于"零风险","开城门"不等于"开家门"。为了防止疫情反弹,武汉市慎终如始,建立常态化疫情防控长效机制,持续做好小区封控管理工作。"解封"首日,在黄鹤楼脚下的西城壕社区,不停忙碌的社区书记翁文静说:"我们是'无疫情社区',但依然主张非必要不出门。"

　　这一天,新华社前方报道团队全员出击。自 7 日晚,组织 6 支报道小分队,通宵作战,第一时间发出大量现场报道。至 8 日,共播发文字、图片、视频、新媒体各类报道 200 余条（张），总浏览量超过 1 亿次。

这一天，全球媒体的目光聚焦武汉。作为人类与新冠病毒正面交锋的首个战场，武汉的历劫重生，给世界带去了希望。

据世卫组织报告，全球新冠肺炎确诊人数已超过 127 万，病亡人数逾 7 万。武汉"解封"之际，中国工程院院士、著名呼吸病学专家钟南山接受新华社记者采访时说："希望各国都能继续全力投入到疫情防控中去，相信我们终将战胜疫情。"（唐卫彬、姚远）

武汉，久别重逢

附录：
武汉在院新冠肺炎患者清零

武汉市卫生健康委员会 4 月 26 日下午发布消息称，武汉市肺科医院 77 岁的新冠肺炎患者丁某第二次核酸检测结果为阴性，临床症状解除，达到出院标准。至此，经过武汉和全国援鄂医务人员的共同努力，武汉市所有新冠肺炎在院患者清零。

当日下午在北京举行的国务院联防联控机制新闻发布会上，国家卫生健康委新闻发言人米锋也宣布了这一消息。

截至 25 日 24 时，湖北全省累计报告新冠肺炎确诊病例 68128 例，累计病亡 4512 例，治愈率约 93.38%，病亡率约 6.62%；其中武汉市累计报告确诊病例 50333 例，累计病亡 3869 例，治愈率约 92.31%，病亡率约 7.69%。

湖北和武汉是疫情防控的重中之重，是打赢疫情防控阻击战的决胜之地。武汉胜则湖北胜，湖北胜则全国胜。从 2019 年 12 月 27 日湖北省中西医结合医院呼吸与重症医学科主任张继先最早判断并上报疫情，到 2020 年 1 月 8 日国家卫健委专家评估组初步确认新冠病毒为疫情病原，再到 1 月 12 日向世界卫生组织提交新型冠状病毒基因组序列信息；现有确诊病例从最高峰 2 月 18 日的 50633 例（武汉 38020 例），到 4 月 14 日湖北除武汉以外病例清零，4 月 21 日武汉病例降至两位数，再到 26 日在院新冠肺炎患者清零；从 1 月 23 日武汉"封城"，到湖北其他市州先后"封城"，再到三四月间相继复工复产……武汉市、湖北省乃至全国人民做出了巨大牺牲，付出了艰苦努力，万众一心、众志成城，湖北省、武汉市新冠肺炎医疗救治工作终于取得阶段性重大成效。

"这是历史性的一天，终于盼来了这一天！"一直奋战在新冠肺炎重症病人救治一线的华中科技大学附属协和医院危重病研究室主任尚游对我说。

4 月 27 日，经习近平总书记和中央批准，中央指导组离鄂返京。

五 按下"重启加速"键

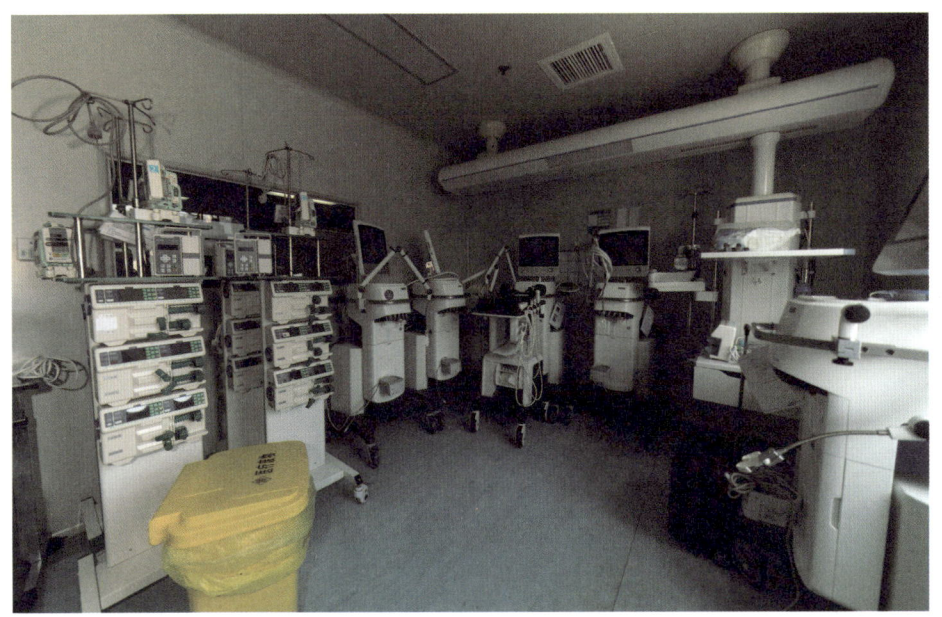

在武汉市肺科医院,重症监护室里已经闲置下来的各种医疗设备。(费茂华 摄)

5月2日,湖北省突发公共卫生事件应急响应级别由一级响应调整为二级响应。

5月6日,习近平总书记主持召开中共中央政治局常务委员会会议,指出在党中央坚强领导和全国各族人民大力支持下,中央指导组同湖北人民和武汉人民并肩作战,下最大气力控制疫情流行,努力守住全国疫情防控第一道防线,为打赢疫情防控的人民战争、总体战、阻击战作出了重要贡献。中央决定继续派出联络组,加强对湖北省和武汉市疫情防控后续工作指导支持,继续指导做好治愈患者康复和心理疏导工作,巩固疫情防控成果,决不能前功尽弃。(王贤)

扫码收看

武汉在院新冠肺炎患者清零

后　记

"参加抗疫斗争，对于大家来讲是人生中一段不平凡的经历，是一笔宝贵的精神财富。"这是新华社赴武汉增援抗疫报道的记者返京时，蔡名照社长对大家说的一句话。

这本书，是我们总结并试图与读者分享这段不平凡经历的一种努力，反映出参与武汉抗疫报道的记者对"新华精神"的弘扬与传承。

勠力同心，闻令而动。1月20日，习近平总书记就疫情防控工作作出重要指示后，新华社启动重大突发公共事件应急响应机制，成立由蔡名照社长、何平总编辑任组长的新华社应对疫情工作领导小组，22日起抽调多批采编骨干增援武汉，与湖北分社同事并肩作战。1月25日，新华社成立武汉前方报道指挥部，按照战时状态，组织指挥武汉和湖北疫情主战场的报道。

去时雪如花，归来花如雪。截至4月27日前方增援人员基本撤离，先后共有85名新华人在武汉前指共同战斗过，采写播发各类稿件超过1万条（张）。新华社党组发出嘉奖令，对前方全体同志提出表扬。

钟南山、李兰娟、王辰、陈薇、张伯礼以及张定宇、张继先、王伟等医学专家，都接受过新华社专访，有的甚至是多次受访，对诊疗方案修订、新药和疫苗研发、研判无症状感染者和复阳患者防控救治等热点问题发表真知灼见，尤其是他们对建设方舱医院、医院改造、社区封控、流行病学调查等重要问题的意见建议，体现了医者仁心和责任担当，为疫情防控作出了重要贡献。他们还对我们的报道怎样做到更科学、专业、严谨给予了指导和帮助。

后 记

除权威部门和专家学者之外,广大医护工作者、解放军、公安民警、疾控人员、社区工作者和居民、志愿者、建筑和环卫工人、乡村干部群众等,都是我们践行脚力、眼力、脑力、笔力等"四力"采访的主要对象。通过了解他们的所思所想,表现他们的作为和奉献,这座寂静的城市变得鲜活起来。对留汉海外人士、留学生和生活困难群众、滞留人员的采访报道,也能体现出这座英雄的城市虽陷困境,但依然具有同舟共济的爱心,让全国、全世界了解真实的湖北和武汉。

据不完全统计,武汉前指在新华社通稿线路"一线抗疫群英谱"等栏目中报道过的医护工作者超过600人,社区工作者(含下沉干部)、公安民警、志愿者等也分别在100人上下,推出了张定宇、刘智明等一批先进人物典型报道,也在抗疫史上留下了"雨衣妹妹"、阿念姑娘、"药袋哥"等凡人善举的动人故事。

突如其来的新冠肺炎疫情,与复杂多变的网络舆情相互缠绕交织,与17年前的"非典"、12年前的汶川地震等重大突发事件报道相比,此次面对的挑战更加严峻。

在克服疫情初期的恐惧和高强度的报道压力,克服人力紧张和轮换不易等困难时,记者的所思所想、所作所为,无意中也构成了抗疫史的一部分。

湖北分社"90后"记者熊琦,1月23日凌晨得知武汉可能要"封城"的消息后,只身驾车从老家荆州紧急赶回武汉。次日除夕夜,他勇闯"红区",进入重症隔离病房采访。他那台最早拍摄重症隔离区新闻图片的相机,在5月18日第44个国际博物馆日,作为"新冠肺炎疫情防控代表性见证物"由新华社捐赠给南京博物院收藏。

他在自述报道《不在现场我会遗憾终生》中写到,"作为新华社记者,我知道该出现在最该出现的地方,这也是成千上万医护人员日夜奋战的地方,无数病人寻找生之希望的地方"。

自述式的报道在传统新闻报道中并不是主流,但在新媒体时代,网民首先要确定的就是你这个记者是否离现场足够近,其次你是否发现了其他人没有看到的事实，最后你提出的判断是否能与网民产生共鸣。

"只要你在现场，你就会发现，武汉从未暂停"，多次采写现场直击报道的国内部记者胡喆说，"大家在一起继续向前，逆风奔跑。"

"隔离区直击""我在武汉"等新媒体栏目就这样开设起来，"新华社、记者、一线、武汉"，成为网络上受欢迎的标签。

海外也是如此。新华社英文报道重点栏目播发 Xinhua Headlines:Wuhan's battle against the virus through the lens of a Xinhua photographer（中文稿题为《新华社记者费茂华武汉自述》），在海外社交媒体上的浏览量达到创纪录的 821 万。费茂华在文中写道："每当有重大事件发生的时候，我依然能感受到内心的激荡与澎湃。"

费茂华说出了许多同事的心声。在武汉报道的新华社记者，有的曾战斗在 98 长江抗洪抢险第一线，有的参加过汶川地震报道，有的曾是阿富汗战争时的战地记者，还有四成是 35 岁以下的青年记者。无论是总社增援记者还是在湖北探亲要求参战的记者，无论是来自北京还是昆明、广州、南京、乌鲁木齐，在抗疫斗争中，他们与湖北分社记者一样，"成了武汉人"。

他们与武汉人一样，经历了"封城"初期一个月的焦灼和物资短缺，见证了疫魔在两个月里被逐步控制的过程，最终在第三个月迎来武汉保卫战、湖北保卫战取得决定性成果的时刻。

与武汉人不同的是，他们每一天都有不同的采访任务，必须一次次接近可怕的病毒。他们并非天生勇敢，只是因为职责而选择向前。

湖北分社的不少记者在疫情猖獗时不敢回家，只能默默地望着家里的灯光，因为他们不知道走进家门，会带给家人怎样的危险。来到武汉增援的记者，许多人没有向家中的老人和年幼的孩子提及出差的目的地。他们有的原以为一到两周就可以轮换，不料一干就是八九十天。有的家里老人去世、有的孩子需要照顾、有的出现身体不适……但没有人退缩，每一次组织进"红区"采访，我们总要去安抚那些主动申请而暂时没能得到采访机会的记者。

除在武汉设立报道指挥部外，新华社还在疫情严重的黄冈、孝感成立了

后 记

报道组，向宜昌等其他市州多次派出采访小分队，在江城内外、荆楚大地，忠实履行职责。

2月18日，前方记者采写了《战"疫"的一天——新华社记者直击湖北保卫战》，被129家媒体刊用。次日，何平总编辑给我们写信说：昨发《战"疫"的一天》一稿，以记者第一人称视角，全景式地再现了湖北保卫战的一个侧面，内容真实，文风朴实，有场景、有细节，画面感强、感染力强，不仅使人看到白衣战士等英勇无畏的样子，也能感受到新华社记者逆行而上的样子……

历史终究是人民创造的。只有与人民群众同呼吸共命运，我们才能把握住前进的脉搏，谱写抗疫的英雄诗篇，无愧于党、无愧于时代，无愧于"新华社记者"这个称谓。

6月初，亚洲-太平洋通讯社组织秘书处向新华社征集报道新冠疫情的"记者日记"，类似的约稿在国内从2月份开始就有不少。我们因此萌发了结集出版的想法，并得到新华出版社社长梁相斌的支持。

本书的时间跨度从1月20日到4月8日，即从武汉市成立疫情防控指挥部到解除离汉通道管控，从新华社记者的视角逐日反映这一时段战疫的场景。书中的内容有一些是记者当时发表的作品或是记录下的事实和思考，但相当一部分是大家到4月底疫情趋缓、征尘初洗时，才开始回顾报道并创作的内容。因此，有一些以"补记"的方式对事件后来的发展作了完整的交代，还有以"附录"形式收集在一些日记后的作品，实际上将时间跨度追溯到2019年12月30日，并延伸到2020年5月。为力求准确、完整，部分内容与国务院新闻办发布的《抗击新冠肺炎疫情的中国行动》白皮书进行了核对。

4月22日下午，蔡名照、何平同志代表社党组迎接慰问返京的总社增援人员，他们同意将慰问时的讲话摘编作为本书的代序，这是对我们的极大鼓励和鞭策。

由于本书是参加报道的记者集体创作，每篇的风格不尽统一，国内部张旭东，湖北分社周甲禄、皮曙初、李鹏翔，总编室吴箫剑，出版社张程等同志不辞辛苦，认真统稿，为本书出版做出了贡献。

需要指出的是，由于我们水平有限，并不能对所有事态有全面的了解和把握，因此难免可能存在错漏或是误差，敬请读者批评指正。

我们愿以自己的亲身经历，用文字、图片、视频等形式讲述武汉抗疫的故事，让读者通过新闻人的视角了解那座英雄的城市和生活在那里的英雄的人民，成为记录湖北和武汉抗疫历程的一个缩影。

刘刚、唐卫彬

2020 年 6 月 12 日

（刘刚系新华社总编室副主任，新华社武汉前方报道指挥部总指挥
唐卫彬系新华社湖北分社社长，新华社武汉前方报道指挥部总指挥）

《武汉战疫日记》作者名单

刘　刚	总编室副主任、 武汉前指总指挥	秦交锋	国内部记者
		林　晖	国内部记者
唐卫彬	湖北分社社长、 武汉前指总指挥	齐中熙	国内部记者
		韩　洁	国内部记者
钱　彤	全媒编辑中心副主任、 武汉前指副总指挥	王　玉	国际部记者
		眭黎曦	国际部记者
徐壮志	全媒编辑中心副主任、 武汉前指副总指挥	何自力	对外部记者
		王作葵	对外部记者
张旭东	国内部副主任、 武汉前指副总指挥	徐泽宇	对外部记者
		姚　远	对外部记者
周甲禄	湖北分社副社长、 武汉前指副总指挥	佘勇刚	参编部记者
		熊言豪	参编部记者
吴箫剑	总编室记者	王海洋	参编部记者
饶力文	总编室记者	邹　乐	参编部记者
胡　喆	国内部记者	李　伟	参编部记者
胡　浩	国内部记者	李　贺	摄影部记者
邹　伟	国内部记者、 黄冈报道组负责人	才　扬	摄影部记者
		陈晔华	摄影部记者
赵文君	国内部记者	王毓国	摄影部记者

沈伯韩	摄影部记者	程　敏	湖北分社记者
费茂华	摄影部记者	肖艺九	湖北分社记者
杨志刚	音视频部记者	熊　琦	湖北分社记者
董博涵	音视频部记者	余国庆	湖北分社记者
马原驰	音视频部记者	王斯班	湖北分社记者
张书旗	新媒体中心记者	方亚东	湖北分社记者
陈　罡	新华网记者	潘志伟	湖北分社记者
皮曙初	湖北分社记者	李劲峰	湖北分社记者
李鹏翔	湖北分社记者		（现青海分社记者）
吴　植	湖北分社记者	郑　璐	湖北分社记者
廖　君	湖北分社记者	徐海波	湖北分社记者、
黎昌政	湖北分社记者		黄冈报道组负责人
梁建强	湖北分社记者	李　伟	湖北分社记者
谭元斌	湖北分社记者	李思远	湖北分社记者
喻　珮	湖北分社记者	伍晓阳	云南分社记者、
乐文婉	湖北分社记者		孝感报道组负责人
王　贤	湖北分社记者	胡虎虎	新疆分社记者
冯国栋	湖北分社记者	刘宏宇	广东分社记者
侯文坤	湖北分社记者	陆华东	江苏分社记者
王自宸	湖北分社记者		